Mark Franley
Irrlichter

AF214685

Das Buch

Wegen eines Verfahrensfehlers kommt der Mädchenmörder Moritz Unruh frei. Die wohlhabende Familie Drescher, die zur gesellschaftlichen Elite von Rügen gehört, ist alarmiert. Denn Gerald Drescher hat im Prozess gegen den Mörder ausgesagt. Was, wenn der Täter sich jetzt rächen will?

Ein Fall für Privatermittler David Bender und Ex-Polizistin Catharina Adler. Seit ihrem letzten Auftrag sind sie ein Paar, genießen jede Sekunde zusammen, aber verlieren dabei ihr Ziel nicht aus den Augen: Sie sollen die Kinder der Familie Drescher beschützen und neue Beweise für Unruhs Schuld finden.

Als ein junges Mädchen von einem Campingplatz entführt und unweit der Kreidefelsen ermordet aufgefunden wird, fällt der Verdacht sofort auf Unruh. Doch die Privatermittler stoßen auf Hinweise, die sie zweifeln lassen, denn auch die Familie Drescher lässt sich nicht immer in die Karten schauen.

Der Autor

Mark Franley wurde 1972 in Nürnberg geboren. Mit den packenden Fällen um seine Kommissare Mike Köstner, Lewis Schneider und Ruben Hattinger hat der Bestsellerautor Hunderttausende Leser in seinen Bann geschlagen. »Irrlichter« ist die Fortsetzung seiner spannenden Ostsee-Krimireihe über die Ermittler David Bender und Catharina Adler.

Mark Franley

Irrlichter

Ein Fall für David Bender
und Catharina Adler

Deutsche Erstveröffentlichung bei
Edition M, Amazon Media EU S.à r.l.
38, avenue John F. Kennedy, L-1855 Luxembourg
September 2023
Copyright © der deutschsprachigen Ausgabe 2023
By Mark Franley
All rights reserved.

Umschlaggestaltung: zero-media.net, München
Umschlagmotiv: © ricok © Ralph Lear © Viesturs Jugs
© Janis Smits / Shutterstock
1. Lektorat: Lektorat Kanut Kirches
2. Lektorat und Korrektorat: Rotkel Textwerkstatt
Gedruckt durch:
Amazon Distribution GmbH, Amazonstraße 1, 04347 Leipzig /
Canon Deutschland Business Services GmbH, Ferdinand-Jühlke-Str. 7,
99095 Erfurt /
CPI books GmbH, Birkstraße 10, 25917 Leck

ISBN 978-2-49671-382-4
e-ISBN: 978-2-49671-383-1

www.edition-m-verlag.de

Kapitel 1

»So sieht also dein Job aus?«

David sah Catharina von der Seite an. Am liebsten hätte er sie jetzt zärtlich berührt, doch er ließ es bleiben. Wenn ihre zukünftige Zusammenarbeit funktionieren sollte, mussten sie Bett und Arbeit voneinander trennen. Es war schwer, trotzdem drehte er den Kopf wieder nach vorne und sah weiter auf die vom Mond schwach beleuchtete Umgebung.

»Warten gehört dazu«, erwiderte er. »Ich mag es auch nicht, aber oft geht es nicht anders.«

»Wir hätten die letzte Stunde auch auf der Rückbank nutzen können«, stellte sie mit einem frechen Grinsen fest, rief sich aber sichtlich ebenfalls zur Ordnung und fügte hinzu: »Doch dann hätten wir ihn vielleicht verpasst.«

David schob sich ein wenig im Fahrersitz nach oben, blickte auf die Uhr und erklärte: »Wir müssten jetzt eigentlich in seinem Zeitfenster sein.«

»Jetzt erst?«, fragte Catharina, die er recht kurzfristig zu diesem Einsatz eingeladen hatte.

Er zuckte mit den Schultern. »Ich bin gerne schon vor den Bösewichten da. Aber Frau Wagner erhält die Nachrichten und Anrufe regelmäßig zwischen dreiundzwanzig und null Uhr.

Und jedes Mal beschreibt er ihr darin, was sie gerade tut und was sie anhat. Er muss also in der Nähe sein.«

Catharinas Blick ging zu der kleinen Villa, in deren Nähe David den Wagen abseits der nächsten Straßenlaterne in Stellung gebracht hatte. Dann erkundigte sie sich etwas fassungslos: »Und diese Janette Wagner ist wirklich erst vierundzwanzig und macht nichts anderes, als kleine Filmchen ins Netz zu stellen?«

Er nickte. »So ist es. Wahnsinn, oder? Ich habe keine Ahnung, wie man mit so einem Quatsch so viel Geld verdienen kann. Ihr Profilname ist übrigens *Likealady*, alles zusammengeschrieben.«

Catharina dachte kurz an ihr jämmerliches Gehalt und hoffte, dass sie bei David mehr verdienen konnte. Nur noch ein paar Tage als Polizistin, dann würde sie voll bei ihm einsteigen. Sie konzentrierte sich wieder auf den Einsatz und gab zu bedenken: »Aber was machen wir, wenn ihr Stalker ein Fernglas besitzt? Er könnte Hunderte Meter weit weg sitzen und nie hier auftauchen.«

»Nein«, widersprach David. »Ich habe das im Vorfeld abgeklärt und wenn ich nichts übersehen habe, muss er hierherkommen. Seine Beschreibungen beziehen sich immer auf die westliche Hausseite, wo sich sowohl ihr Wohn- als auch ihr Schlafzimmer befinden. Und in dieser Richtung gibt es keine Stelle, von der aus man mit einem Fernglas in das Haus blicken kann. Entweder sind die Fenster zu weit oben oder es stehen Bäume davor. Er braucht also irgendeinen erhöhten Aussichtspunkt. Vielleicht steigt er auf einen Baum oder so. Folglich muss er hier irgendwo herumlungern. So kam er auch an das Sexvideo, das er von Frau Wagner hat. Zu der Zeit wusste sie noch nichts von ihm und ließ in einer, im doppelten Sinne, heißen Nacht ein Fenster offen. Seitdem lässt er ihr keine Ruhe mehr. Egal wo sie hingeht, sie bekommt umgehend ein Foto von sich geschickt.«

»Und was machen meine Kollegen, ich meine, die Polizei?«

»Was würdest du tun?«, entgegnete er.

Catharina klang resigniert. »Das weißt du als Ex-Bulle genau. Ohne echte Bedrohung und ohne Kenntnis der Person können wir so gut wie nichts machen. Vielleicht ein wenig Internetfahndung und die Kontaktdaten des Anrufers überprüfen, aber wenn sich der Stalker ein bisschen mit der Technik auskennt, dürfte das nichts bringen.«

Wieder nickte David. »Und genau deshalb hat Frau Wagner mich damit beauftragt, ihn zu finden. Clara hat sich natürlich die technische Seite angesehen, aber keine Spur zu ihm gefunden. Also bleibt als letztes Mittel nur, sich hier den Arsch platt zu sitzen und zu warten.«

»Ich mag Clara«, warf Catharina ein. Seit sie und David sich auf Usedom kennengelernt hatten, war sie zwar erst zweimal in Davids Berliner Büro gewesen, hatte sich aber sofort gut mit seiner Angestellten verstanden. Die junge Frau war engagiert, weltoffen und immer gut gelaunt, obwohl sie ein schweres Päckchen zu tragen hatte.

David ging nicht darauf ein, nahm das kleine Fernglas aus dem Türfach und sah damit die Straße entlang. Catharina verfiel in angespanntes Schweigen und folgte seinem Blick. Eine dunkel gekleidete Person kam auf sie zu, doch sie verschwand in einer Seitenstraße. David nahm das Fernglas wieder herunter und stellte fest: »Ist nur eine Teenagerin, die es eilig hat.«

In den nächsten Minuten saßen sie einfach nur schweigend da, dann begann Davids Handy zu brummen, was beide zusammenzucken ließ. Er hob ab, hörte zu und fragte nur: »Sind Sie sicher, dass es aktuell ist?« Wieder hörte er nur zu, bestätigte: »Alles klar, ich melde mich wieder«, und legte auf.

Während er seine Tür öffnete, erklärte er Catharina: »Er muss hier sein. Frau Wagner hat gerade zwei Fotos von sich geschickt bekommen.«

Neben seinem Wagen verharrte er kurz und raunte über das Dach: »Mach die Tür leise zu.« Sie drückten beide die Türen leise ins Schloss und lauschten in die Nacht. Gegenüber der kleinen Villa, auf der anderen Straßenseite, stand ein weiteres Haus. Daneben gab es ein kleines Wäldchen, das Davids erstes Ziel war. Doch anstatt dorthin zu rennen, umrundete er den SUV, nahm Catharina an die Hand und schlenderte langsam los.

Innerhalb von Frau Wagners Anwesen konnte der Stalker eigentlich nicht sein. Es gab nicht nur einen hohen, massiven Zaun, sondern auch ein auffälliges Sicherheitssystem. Trotzdem warf David, während sie auf der anderen Straßenseite daran entlanggingen, einen verstohlenen Blick hinüber. Wie er es seiner Mandantin vorgegeben hatte, brannte in zwei Zimmern Licht und sie hatte die Lamellen an den Fenstern nur nachlässig geschlossen. So wollte David dem Stalker einen Anreiz geben, heute Nacht erneut zuzuschlagen.

An dem lichten Wäldchen angekommen blieb Catharina stehen, zog umständlich eine Zigarettenpackung aus der Hosentasche und lallte etwas zu laut: »Willscht du auch eine, mein Schatz?«

David begriff ihr Vorhaben und lallte zurück: »Klar, wart mal, isch kann mein Feuerzeug nicht finden.« Während er gespielt mühsam in seinen Hosentaschen kramte, ließ er seinen Blick durch das Unterholz gleiten, sah in der Dunkelheit aber nichts Auffälliges. Catharina machte einen Ausfallschritt, hielt sich an seinem Arm fest und brachte sich so in eine Position, um auch noch unauffällig eine andere Richtung einsehen zu können. Dann war sie es, die zuerst registrierte, was nicht stimmte. Denn abgesehen von einigen Insekten, die um das Licht der nächsten Laterne summten und brummten, gab es auch ein etwas lauteres, surrendes Geräusch.

Sie löste sich von David und sagte ohne das Lallen: »Er ist nicht hier, er verwendet eine verdammte Drohne.«

David folgte ihrem Fingerzeig und dann sah er sie auch. Das Fluggerät war klein, schwarz wie die Nacht und hatte keinerlei Lämpchen. Es schwebte etwa zehn Meter von ihnen entfernt genau über dem Zaun von Frau Wagners Villa. Er hatte keine Zeit, um sich darüber zu ärgern, dass er diese Möglichkeit nicht bedacht hatte.

Catharina fragte: »Was machen wir?«

David verwarf seinen ersten Gedanken, das Ding einfach mit einem großen Stein herunterzuschießen, und beschloss: »Es dürfte uns nicht bemerkt haben. Hol du den Wagen und ich versuche, die Drohne zu Fuß zu verfolgen.« Damit drückte er ihr den Autoschlüssel in die Hand und sah die Straße hinunter. Da die Reichweite einer solchen Drohne begrenzt war, gab es nur zwei Möglichkeiten: Entweder der Pilot war hier irgendwo in der Nähe und steuerte die Drohne vielleicht von seinem Auto aus oder Frau Wagner hatte einen Spanner als Nachbarn. Und da sie auch außerhalb ihres Hauses verfolgt wurde, sprach vieles für die erste Theorie.

Im selben Moment verstärkte sich das surrende Geräusch und das Ding stieg ein Stück nach oben. Dort drehte es sich einmal um sich selbst, verharrte und flog schließlich über das kleine Wäldchen davon.

David hatte sich im Vorfeld ein Bild von der Umgebung gemacht und wusste, dass hinter den Bäumen und dem benachbarten Anwesen Felder begannen. Also zögerte er nicht und schlug sich im Dunkeln durch die Bäume. Auf den ersten Metern ging es gut, doch als er den Schein der Straßenlaternen hinter sich ließ, stolperte er einige Male über Wurzeln und flache Heidelbeersträucher.

Am Rand des Feldes angekommen musste er nicht lange suchen. Der billige Kleinwagen stand auf einem Feldweg zwischen hochgewachsenen Maispflanzen. Daneben war ein Mann gerade damit beschäftigt, sein Fluggerät sicher zu landen.

David wartete einige Atemzüge ab und als sich sein Körper etwas beruhigt hatte, schlich er sich leise an. Die dichten Pflanzen waren die ideale Deckung und brachten ihn bis auf wenige Meter an den Mann heran. Die Drohne lag inzwischen auf dem Dach des Autos und der Kerl holte eine Transportbox vom Rücksitz.

David trat hinter ihn, drückte ihm den Lauf seiner gesicherten und entladenen Waffe an den Hinterkopf und sagte nur: »Ganz still, mein Freund, dann passiert dir nichts.«

Der dickbäuchige Typ erstarrte augenblicklich. David begann, ihn von hinten zu durchsuchen. Wie erwartet trug der Übeltäter keine Waffe, aber sein Portemonnaie steckte in der hinteren Jeanstasche. David zog es heraus, klappte es auf, zog den Ausweis heraus und las im Mondschein, was darauf stand. Dann verstärkte er den Druck seiner Waffe auf den Hinterkopf des Fremden und erklärte: »Also, hör zu. Folgender Vorschlag. Du blickst jetzt weiter schön nach vorne und gibst mir die Speicherkarte der Drohne sowie dein Handy. Dann versprichst du mir, dass du nie wieder auch nur einen Internetkanal von *Likealady* öffnen wirst. Außerdem wirst du nie wieder näher als einen Kilometer an sie oder ihr Haus herankommen. Bis hierhin verstanden?«

»Ja«, lautete die geflüsterte Antwort. Der Typ machte mit der Hand eine Bewegung zur Drohne, hielt aber inne und fragte verängstigt: »Darf ich?«

»Aber sicher doch!«

Kurz darauf steckte David die Speicherkarte und das Handy in seine Hosentasche, in der sein eigenes Handy vibrierte. Er ignorierte es und sagte ernst: »Also, noch einmal. Du vergisst

Likealady, löschst alle Aufnahmen, die du von ihr hast, und kommst ihr nie mehr nahe. Ich kenne jetzt deinen Namen und deine Adresse und will dich wirklich nicht besuchen müssen. Klar so weit?«

»Klar«, bestätigte der inzwischen stark schwitzende Typ. Und als er sich zwei Minuten später umdrehte, war David längst verschwunden.

KAPITEL 2

»Wo zur Hölle warst du und warum gehst du nicht an dein Handy?« Catharina stand neben Davids SUV und blickte ihm vorwurfsvoll entgegen. Als er ihr endlich gegenüberstand und sich einige Spinnweben und Tannennadeln von seinem T-Shirt wischte, fragte sie: »Wo ist der Stalker? Hast du ihn verloren?«

David schüttelte den Kopf. »Ich konnte ihn finden. Und sorry wegen deines Anrufs, da war ich gerade beschäftigt.« Er mochte diesen leicht wütenden Gesichtsausdruck bei ihr, wusste aber auch, dass dieser gleich noch finsterer werden würde. Catharina war im Gegensatz zu ihm noch aktive Polizistin und würde sein Handeln nicht gutheißen.

»Ja und, wo ist er dann? Hast du ihn irgendwo festgekettet?«

Er räusperte sich, bevor er diplomatisch erwiderte: »Na ja, sagen wir mal, ich habe eine Art Gefährderansprache gehalten.«

Seine Freundin – und wahrscheinlich auch bald Partnerin – war nicht dumm. Sie sah den noch geöffneten Sicherheitsverschluss seines Schulterholsters, runzelte die Stirn und fragte skeptisch: »Mit der Waffe?«, und als er nichts dazu sagte, fügte sie ungläubig hinzu: »Und dann hast du ihn gehen lassen?«

»Das ist auch so eine Sache, die meinen Job als Privatermittler ausmacht«, antwortete er ausweichend. »Bei mir geht es nicht immer um Recht und Gesetz. Es geht darum, das Ziel zu erreichen. Ich kann dir versichern, dass der Typ meine Mandantin in Zukunft nicht nur ihn Ruhe lässt, sondern auch meidet.« Bevor sie irgendwelche Einwände machen konnte, bat er: »Bitte überlege dir gut, ob du so arbeiten willst. Ein paar Tage hast du noch. Deine Dienststelle ist so unterbesetzt, dass du die Kündigung mit Sicherheit zurückziehen kannst.«

In ihrem Gesicht zuckte ein Muskel, dann zupfte sie ihm ein welkes Blatt aus dem Haar und schüttelte den Kopf. »Nee, nee, mein Guter. Abgesehen davon, dass ich den Glauben an meinen Job verloren habe, denke ich, dass du dringend einen Aufpasser brauchst.« Sie fügte etwas verärgert hinzu: »Wir hätten die Drohne zusammen verfolgen sollen. So etwas macht man nicht ohne Absicherung.«

David salutierte, sagte dabei: »Jawohl, Major«, zog sein Handy heraus und erklärte: »Ich muss Frau Wagner Entwarnung geben, danach können wir zu mir und uns ein Feierabendbierchen gönnen.«

Eigentlich hätte Catharina ihn gerne geküsst, hatte aber das Gefühl, nicht ernst genommen zu werden. Daher drückte sie seine Hand mit dem Handy nach unten und blickte ihm in die Augen.

Sie sah ihm an, dass er genau wusste, was los war, und trotzdem fragte er nur: »Was?«

Catharina presste kurz ihre Lippen aufeinander und erklärte: »Das Telefonat kann noch kurz warten. Ich möchte nicht, dass du mich so übergehst. Wirklich, es ist mir ernst. Ich möchte sehr gerne mit dir arbeiten und auch alles andere, aber dann bitte gleichberechtigt. Also nicht im Sinne dieser Genderdebatte, sondern im Sinne einer echten Partnerschaft. Sowohl bei unseren Aufträgen als auch in unserer Beziehung.«

Bevor er dazu etwas sagen konnte, stellte sie sich kurz auf die Zehenspitzen, gab ihm einen Kuss und forderte: »Und jetzt mach deinen Anruf, unser Feierabendbier wartet.«

Am darauffolgenden Sonntagmorgen war Catharina als Erste auf den Beinen und hatte bereits Kaffee gemacht.

Sie kannte David jetzt seit etwa drei Monaten und in dieser Zeit hatten sie sich fast ausschließlich in Catharinas Haus auf Usedom getroffen. Sie war nicht gerne in Berlin und Davids Wohnung war, nun ja, gewöhnungsbedürftig.

Es ging nicht um die Lage des Hauses, sondern um seinen Einrichtungsstil. Und so saß sie wieder einmal an dem einfachen kleinen Tisch und sah sich um. In diesen Räumen gab es einfach nichts Überflüssiges. Alles, was keinen Zweck hatte, war schlicht nicht vorhanden. David hatte ihr erzählt, dass er nach seiner Trennung allen Ballast abgeworfen hatte und sich gut damit fühlte. Daher bestand diese Wohnung nur aus zwei Zimmern mit einem Tisch und vier Stühlen, einem kleinen Sofa, einem Fernseher, der auf einer alten Holzkiste stand, einer Matratze, die auf Europaletten lag, und einem Kleiderständer, den David bei einer Ladenauflösung umsonst bekommen hatte. Darunter standen noch zwei Plastikkörbe mit etwas Wäsche – und das war's auch schon.

Der Gegensatz zu Catharinas unverhofft geerbtem Haus auf Usedom hätte nicht größer sein können. Dort hatte sie nach ihrer Versetzung aus Berlin sehr viel Zeit und Liebe investiert, um sich ein gemütliches Nest zu bauen. Es war nicht so, dass sie Luxusdinge oder ständig neue Sachen brauchte. Ganz im Gegenteil. Kaum einer ihrer Einrichtungsgegenstände war neu, denn sie liebte es, alte Dinge wiederherzurichten und ihnen so ihren persönlichen Touch zu verleihen.

Als die Badezimmertür aufging, vertrieb Davids Anblick diese Gedanken. Er kam völlig nackt zu ihr an den Tisch und gab ihr ganz selbstverständlich einen Kuss. Catharina erwiderte diesen, zog sich danach aber etwas zurück und fragte ernst: »Wie geht es nach der nächsten Woche weiter?«

Er bat: »Moment«, holte sich Unterwäsche, Shorts und ein Shirt aus dem Schlafzimmer und setzte sich ihr halbwegs bekleidet gegenüber an den Tisch. Dann sagte er ausweichend: »Ich dachte, wir haben das besprochen. Meine Auftragslage ist im Moment zwar etwas dünn, aber das wird schon wieder. Wir sind zusammen bestimmt ein super Team.«

»Das meine ich nicht und das weißt du.« Catharina kannte David inzwischen gut genug. Er ging möglichst den Weg des geringeren Widerstandes. In einigen Lebenslagen war das auch erfrischend, aber nicht, wenn es um eine gemeinsame Zukunft ging.

Sein Schweigen zeigte, dass sie recht hatte, daher erklärte sie in möglichst entspannter Tonlage: »Du weißt, dass ich dich zu nichts zwinge und mich ebenfalls zu nichts zwingen lasse. Aber wir sollten uns darüber klar werden, was wir wollen.« Sie sah in den Raum und zeichnete dabei eine allumfassende Geste in die Luft, bevor sie ehrlich feststellte: »Auch wenn deine minimalistische Lebensweise gewisse Vorzüge hat, kann und will ich nicht so leben. Und wie ich zu Berlin stehe, weißt du.«

Davids fröhlicher Gesichtsausdruck verschwand, und er versetzte: »Und Usedom ist kein Ort für einen erfolgreichen Privatermittler. Diese Stadt hier wirft immer einmal wieder kleinere Aufträge zur Überbrückung ab, aber eben nur, wenn man auch vor Ort ist.«

»Weiß ich doch alles, aber wir drehen uns im Kreis. Und ich finde, dass wir langsam eine Entscheidung treffen sollten.«

David wollte gerade zu einer Antwort ansetzen, als sein Handy ein kurzes Brummen von sich gab. Er nahm es in die Hand, wischte über das Display und verkündete: »Clara ist im

Büro und möchte, dass ich hinkomme. Sie schreibt irgendetwas von einem neuen Auftrag.«

»Es ist Sonntag«, warf Catharina ein, worauf er lächelnd antwortete: »So ist das in der Selbstständigkeit. Darum sagte ich gestern, du solltest es dir mit der Kündigung noch einmal überlegen.«

David kannte auch den nun folgenden Blick und wusste, dass es besser war, jetzt den Mund zu halten.

Catharina deutete mit dem Finger auf ihn und sagte ernst: »Fang noch einmal damit an und wir haben unseren ersten richtigen Streit. Wenn du mich nicht an deiner Seite haben willst, sag es mir offen und ehrlich. Aber schieb nicht immer die Widrigkeiten deines Jobs vor. Außerdem ist es ja nicht so, als hätte man als Polizistin an den Sonntagen frei.«

Er senkte den Blick und gab zu: »Das ist es ganz sicher nicht! Der Gedanke, dass du diesen Schritt nur wegen mir gehst, fühlt sich einfach nicht gut an.«

Sie ging um den Tisch herum, gab ihm erst einen Klaps auf den Kopf und kniete sich dann neben ihn. So nahm sie seine Hand, sah ihm in die Augen und sagte: »Ich bin schon ein großes Mädchen. Und ich sage es jetzt zum letzten Mal: Ich will erstens keine Polizistin mehr sein, zweitens möchte ich sehr gerne mit dir zusammenarbeiten und drittens finden wir für alles andere auch noch eine Lösung.«

Das »Ich liebe dich« verließ ohne sein Zutun seinen Mund. Nun lächelte sie wieder, verschloss seinen Mund mit ihren Lippen und fragte zwischen zwei Küssen etwas atemlos: »Meinst du, wir können deine Assistentin noch ein wenig warten lassen?«

Er löste seine Hand aus ihrer, umfasste ihre Hüften und zog sie beim Aufstehen mit hoch. Dann führte er sie ins Nebenzimmer und legte sie rücklings aufs Bett.

KAPITEL 3

»Ich kann mich nicht erinnern, dass du jemals so lange ins Büro gebraucht hast.« Clara saß wie so oft in ihrem Rollstuhl auf der alten Laderampe des ehemaligen Möbellagers und blickte den beiden entgegen.

David und sie scherzten oft über ihre Behinderung und so rief er schon von Weitem zurück: »Ich habe ja auch keine Reifen unterm Hintern.«

Seine Assistentin ignorierte ihn grinsend, wartete, bis die beiden bei ihr waren, und streckte dann Catharina die Hand entgegen: »Hi, Catharina. Schön, dich wieder hier zu haben. Mein Chef ist eindeutig besser drauf, wenn du in der Nähe bist.« Die Worte kamen wirklich von Herzen.

Die beiden Frauen lachten und David wusste nicht so recht, ob er etwas dazu sagen sollte. Stattdessen packte er den Rollstuhl an den beiden Griffen und schob Clara durch die offene Bürotür. Sie nickte ihm anerkennend zu und sagte an Catharina gewandt: »Ich hab es dir gesagt ... so etwas macht er sonst nie.«

Die kleine Reise endete an dem großen Besprechungstisch, der noch aus früheren Zeiten herumstand. David und Catharina setzten sich und er forderte: »Also, was hast du Schönes für mich?«

Clara wurde ernster. »Sagt dir die Familie Drescher etwas?«

»Irgendwas mit Politik, oder?«

Clara nickte. »Genau. Die alten Dreschers waren beide lange Zeit im Bundestag und ihr Sohn Gerald Drescher ist Abgeordneter und Berater für einen internationalen Konzern. In der Familie steckt richtig viel Geld!«

»Und was wollen die von mir?«

»Keine Ahnung«, gab Clara zu. »Ich weiß nur, dass sie nach jemandem suchen, der ein paar Privatermittlungen anstellt. In der Mail standen keine Details und ich war so frei, für morgen einen Gesprächstermin auszumachen.«

»Und diese berühmten Leute wollen ausgerechnet mich? Ich meine, die könnten sich doch eine der großen Detekteien leisten.«

Clara tätschelte seinen Arm und entgegnete: »Na ja, ich denke, die werden schon auch recherchiert haben. Und es ist ja nicht so, dass du einen schlechten Ruf hast. Im Grunde bist du gut in deinem Job, das lässt sich dank meiner äußerst geschickt gestreuten Nachrichten und Einträge im Netz auch schnell herausfinden.«

Da war es wieder, dieses lausbübische Lächeln, das er an Clara so sehr mochte. David schmunzelte, sagte: »Danke für die Blumen«, und fragte dann: »Wann und wo soll das Gespräch stattfinden?«

Clara sah ihn an. »Ich hoffe, es ist dir nicht zu stressig: Die Dreschers haben ein Anwesen auf Rügen und erwarten dich dort morgen schon um vierzehn Uhr.«

David fand das ganz und gar nicht schlimm, sah zu Catharina und fragte: »Hast du heute Nacht noch Platz in deinem Bett? Von Usedom aus wäre ich morgen deutlich schneller dort. Und außerdem könnten wir dann …« Clara hüstelte.

David unterbrach seine Ausführungen und fragte provokant: »Was ist eigentlich aus deinem Schafzüchter geworden? Du hast lange nichts von ihm erzählt.«

Claras pampige Antwort lautete: »Er züchtet weiterhin Schafe und ich nicht!«

Catharina wusste aus der Zeit, in der David und sie in dieses Schlamassel auf Usedom geraten waren, was es mit dem Schafzüchter auf sich hatte, hielt aber lieber den Mund. Stattdessen musterte sie Davids Assistentin und bat frei heraus: »Darf ich dich was fragen? David und ich haben ein Problem und finden keine Lösung. Aber vielleicht hilft dein Blick von außen.«

Clara lehnte sich in ihrem Rollstuhl zurück und erwiderte, obwohl die eigentliche Frage noch gar nicht gestellt worden war: »Ihr habt immer noch keine Lösung für euer zukünftiges Wohnungsproblem gefunden? David nervt mich schon eine ganze Weile damit.«

Catharinas Mund ging auf und gleich wieder zu. David sah böse über den Tisch und raunte: »Herzlichen Dank für deine Diskretion.«

Clara winkte ab. »Ach, komm schon. Ich verstehe ja, dass man so etwas nicht übers Knie brechen sollte, aber macht doch nicht so einen Berg draus.« Damit sah sie Catharina an und fragte: »Hat er dir noch nichts von meinem Vorschlag erzählt?«

»Nein!«

»Also, eigentlich ist es doch kein Problem? Entweder ihr sucht euch etwas außerhalb von Berlin, von wo aus das Büro halbwegs gut erreichbar ist, oder ihr arrangiert euch mit Davids Bude. Und dein Haus nutzt ihr entweder als Ferienhaus für die Wochenenden oder ihr vermietet es als solches.«

Catharina und David sahen sich kurz an, dann gab er kleinlaut zu: »Bei dir klingt das ganz einfach.«

»Ist es auch«, bestätigte Clara. »Man darf nur nicht so viel darüber nachdenken. Außerdem werdet ihr eh ständig unterwegs sein. Die wenigsten Aufträge kommen doch aus Berlin.«

Catharinas Blick verfinsterte sich ein weiteres Mal an diesem Tag, als sie feststellte: »Da hat mir dein Chef aber vorhin etwas anderes erzählt.«

Clara verstand und relativierte ihre Aussage mit: »Na ja, natürlich bekommen wir in der Stadt schon öfter mal kleinere Aufträge. Aber bei denen, die viel Geld bringen, ist er meistens irgendwo im Land unterwegs.«

Catharina übersah Davids hämisches Grinsen und gab, weiter an Clara gewandt, zu: »Dein Vorschlag klingt vernünftig und das Berliner Umland hat schon schöne Ecken. Ich glaube, damit könnte ich mich eher anfreunden als mit Davids Wohnung.«

»Also dann.« Clara drehte ihren Rollstuhl vom Tisch weg, holte ihren Laptop von ihrem Schreibtisch und kam damit zurück zu David und Catharina. Sie startete das Gerät, öffnete dann eine Immobilienseite und schob den Laptop vor die beiden, wobei sie anordnete: »Ihr sucht euch was Hübsches und ich recherchiere weiter über die Familie Drescher. Bei solchen Leuten sollte man gut vorbereitet in ein Gespräch gehen. Ich habe mir vorhin im Netz eine ältere Talkshow angesehen, bei der die alte Frau Drescher zu Gast war, und die Frau ist nicht ohne. Einer ihrer Gesprächspartner war damals nicht ganz mit dem Thema vertraut und sagte, nachdem sie mit ihm fertig war, kein Wort mehr.«

»Na, da freue ich mich doch umso mehr auf morgen«, stöhnte David und drehte den Laptop etwas mehr zu sich. Bevor er sich auf die Wohnungssuche konzentrierte, fragte er Clara noch: »Hat sich eigentlich Frau Wagner, die Influencerin, noch einmal gemeldet? Gab es noch Probleme mit diesem Stalker?«

Claras Mund verzog sich zu einem breiten Grinsen, als sie sagte: »Ich weiß ja nicht, was du letzte Nacht mit dem Typen gemacht hast, aber es hat offenbar funktioniert. Frau Wagner fand heute Morgen einen Strauß Blumen und ein Begleitschreiben an der Einfahrt zu ihrem Haus. In dem Schreiben standen eine ausgiebige Entschuldigung und das Versprechen, dass das Vorbeibringen der Blumen das letzte Mal sein wird, dass er ihr nahe kommt. Sie lässt dir viele Grüße ausrichten und wird unsere Rechnung schon morgen begleichen.«

David antwortete: »Sehr schön«, dann fiel ihm noch etwas ein. Er zog das konfiszierte Handy des Kerls und die kleine Speicherkarte aus der Hosentasche, reichte beides Clara und bat: »Vielleicht kannst du das bei Gelegenheit mal entsperren. Ich hab das gestern dem Stalker abgenommen und würde gerne sichergehen, dass es keine unliebsamen Überraschungen gibt.«

»Das ist Raub«, mischte sich Catharina empört ein.

David zuckte mit den Schultern. »Wo kein Kläger, da kein Richter. Und der Typ wird mich mit Sicherheit nicht anzeigen.«

Damit widmete er sich endgültig den angebotenen Immobilien und schimpfte schon beim zweiten Eintrag: »Haben die noch alle Tassen im Schrank, wer soll denn das bezahlen? Zwei Zimmer ohne Balkon für achthundert Euro. Vielleicht sollte ich mir … wir uns … wieder ein Wohnmobil kaufen und darin wohnen.«

Clara lachte, winkte ab und erwiderte: »Da deines abgebrannt ist, habe ich mich ein wenig umgesehen. Wenn du ein neues willst, solltest du bei der Bank fragen, ob die dir achtzigtausend leihen, darunter bekommst du nämlich nur Schrott.«

David sah sie fassungslos an, murmelte: »Achtzigtausend«, und beschloss nach einer kurzen Pause: »Ich rede die Tage mal mit Ünal, vielleicht fällt ja irgendwo ein Wohnmobil vom Laster.«

»Wer ist Ünal?«

David drehte sich zu Catharina. »Ünal hat gleich um die Ecke eine Autowerkstatt. Und na ja, sagen wir einfach, er weiß, wo es günstige Fahrzeuge gibt.«

Catharina seufzte: »Wo bin ich hier nur reingeraten«, dann zog sie den Laptop zu sich herüber und scrollte durch die Wohnungsangebote.

Kapitel 4

David verstand nur allzu gut, warum sich Catharina nicht von ihrem Zuhause trennen wollte. Sie waren am Sonntagnachmittag nach Usedom gefahren und wie jedes Mal fühlte er sich in dem Häuschen sofort wohl.

Der Abschied am nächsten Morgen war kurz und er noch im Halbschlaf, als sie sich aus dem Bett schälte, um ihre letzte Frühschichtwoche hinter sich zu bringen. Am Freitag würde dann ihr letzter Arbeitstag bei der Polizei sein und danach hatte seine kleine Firma eine Mitarbeiterin mehr. Noch wusste er nicht so recht, ob er sich freuen sollte. Vor Catharina war er lange allein gewesen und der Gedanke, dass er mit seiner neuen Partnerin auch noch beruflich zusammenarbeiten würde, bereitete ihm ein Gefühl, das er nicht so recht einordnen konnte. Dann dachte er an Claras Worte bezüglich der Wohnung. Vielleicht sollte er wirklich nicht so viel darüber nachdenken und es einfach machen. So wie vor ein paar Jahren, als er selbst bei der Polizei aufgehört und seine Detektei eröffnet hatte. Es musste am Alter liegen, sagte er sich selbst und dachte an seinen Vater, der sich oft selbst verfluchte, weil er mit den Jahren übervorsichtig wurde.

Damit drängte er jeden Zweifel zurück, ging ins Badezimmer und machte sich frisch. Beim Anblick von Catharinas Zahnbürste musste er an sie denken, schmunzelte und beschloss, dass die Freude auf die Zukunft überwiegen sollte.

Zurück im Schlafzimmer zog er die schwarze Jeans, das weiße Marken-T-Shirt und die sauberen Sneaker aus seiner Reisetasche. Nach den Klamotten legte er noch das Brustholster an, steckte die kleine Beretta hinein und zog sich eine dünne Sommerjacke darüber.

Eigentlich trug er bei solchen Gesprächen keine Waffe, hoffte aber darauf, dass er damit Eindruck bei diesen speziellen Klienten machen konnte.

Danach sammelte er noch sein Handy und seine Brieftasche ein und verließ das Haus. Im Wagen setzte er die Sonnenbrille auf und fühlte sich ein wenig wie ein Agent aus einem dieser alten Hollywoodfilme.

Die Adresse, die ihm Clara gegeben hatte, hatte er bereits am Vortag hinterlegt. Er musste das Navi nur noch starten. Anschließend ließ er alle Fenster herunter, steuerte den VW-SUV bis zu der kleinen Landstraße und bog nach links in Richtung Heringsdorf ab.

Trotz einiger Staus und des stockenden Urlaubsverkehrs kam David eine halbe Stunde vor seinem Termin in Sassnitz an. Er umrundete die Stadt und blieb kurz auf einem Parkplatz stehen, von dem aus hinter dem Wald des anschließenden Naturschutzgebietes das Meer zu sehen war. Einen Moment lang fühlte er sich wie im Urlaub, den er allerdings nicht hatte. Er stieg kurz aus, atmete die salzige Meeresluft ein, holte die Jacke von der Rückbank und zog diese über. Danach warf er noch einen Blick auf das Navi, das noch knapp vier Kilometer Fahrt anzeigte.

Nach dem zweiten Schild, das auf das Naturschutzgebiet hinwies, fragte er sich allerdings, wie man hier ein Haus bauen konnte. Eigentlich dürfte kein Mensch eine Genehmigung dafür erhalten.

Zwei Kilometer vor dem angezeigten Ziel forderte ihn das Navi auf, in eine kleine, aber sehr gut asphaltierte Privatstraße abzubiegen, die mitten in den Wald führte. David setzte den Blinker, bog ab und folgte ihr.

Das große Herrenhaus stand am Ende der Straße. Es gab keine Zäune oder Mauern drum herum. Der Wald ging einfach in eine Parkanlage über, die offenbar nur den Vorgarten dieses Anwesens bildete.

Der Asphalt endete und David fuhr den Schotterweg langsam entlang, wobei er murmelte: »Das wäre was für mich und Catharina.« Es war keiner dieser modernen Betonbauten, sondern eher ein alter Landsitz, den es vermutlich schon vor dem Naturschutzgebiet gegeben hatte.

Der etwa zweihundert Meter lange Weg endete direkt vor dem Haus in einer Art Wendeplatte mit Rasenfläche in der Mitte. Auf der linken Seite gab es einen Parkplatz, auf dem zwei Kleinwagen, ein großer Porsche und ein Oberklasse-SUV standen. Rechts begrenzten verschiedene Heckenpflanzen den dahinterliegenden Garten, in dem ein offener Pavillon stand, wo – soweit er es erkennen konnte – drei Personen bei Kaffee und Kuchen saßen.

David parkte sein Auto neben einem der Kleinwagen, stieg aus und drückte erst einmal seinen Rücken durch. Trotz der offensichtlichen Überwachungskameras, die an einigen Bäumen angebracht waren, machte niemand Anstalten, ihn in Empfang zu nehmen. Sollte es hier Sicherheitspersonal geben, war es nicht besonders engagiert.

David wusste nicht so recht, was er machen sollte, und entschied sich dazu, direkt in den Garten zu gehen. Er war bereits auf Höhe des Hauseingangs, als ihn etwas irritierte. Die kurze Lichtreflexion kam aus einem kleinen, inselförmig angelegten Wäldchen in etwa dreißig Metern Entfernung an der Grundstücksgrenze neben der Einfahrt. Er hob seine Hand über die Augen, um sie gegen die Sonne zu schützen, und glaubte erst an eine optische Täuschung. Zwei Schritte weiter war er in einer besseren Position, und tatsächlich: Zwischen den Bäumen kauerte ein Typ mit einem Gewehr, das nun wieder kurz in der Sonne glänzte.

Die Leute im Pavillon waren circa fünfzig Meter entfernt, der Typ nur dreißig. Außerdem blickte dieser in die andere Richtung. David fackelte nicht lange, überquerte die kreisrunde Rasenfläche vor dem Haus und versuchte dabei, hinter den sporadisch herumstehenden Grünpflanzen zu bleiben. Am Rande des Wäldchens ging er in die Hocke und sah den Angreifer nun besser. Der Typ hatte Tarnkleidung an, trug ein passendes tarnfarbenes Käppi auf dem Kopf und seine Waffe zeigte in Richtung des Gartens. Noch hatte er diese nicht im Anschlag, doch so lange wollte David auch nicht warten.

Mit vorsichtigen Schritten, immer darauf bedacht, auf nichts zu treten, was ein Geräusch machen könnte, näherte er sich dem Schützen von hinten. Seine Hand tastete nach der Beretta, doch die lag samt Holster im Wagen, da er es während der Fahrt abgelegt und dort vergessen hatte.

Unprofessionell, ging es ihm durch den Kopf, während er sich dem Attentäter weiter näherte. Dieser zog gerade das schmale Gewehr an seine Schulter und blickte durch das Zielfernrohr. David hatte die Füße des Mannes fast erreicht, war nun aber in einer schlechten Position, um ihn schnell zu entwaffnen. Im Grunde blieb ihm nur eine Möglichkeit, und so warf er sich einfach der Länge nach auf den Angreifer, drückte ihm mit dem Ellenbogen das Gesicht in den Waldboden und griff mit der anderen Hand nach der Waffe. Er bekam sie zu fassen, hörte ein blubberndes Geräusch und warf sie ein Stück zur Seite. Der Schrei des Mannes wurde durch den Waldboden gedämpft, doch David spürte durch die dünne Jacke, dass er auch noch ein Messer am Gürtel trug. Also fasste er eine Hand des Mannes, zog ihm den Arm auf den Rücken und fixierte ihn dort mit eisernem Griff. Danach drehte er den Kerl zur Seite und brauchte einen Augenblick, um die Lage einzuschätzen.

Der Kerl oder, besser gesagt, der Junge wartete nicht so lange und brüllte: »Du verdammtes Arschloch, lass mich sofort los! Ich habe Dreck im Auge.«

David wusste immer noch nicht so recht, was er tun sollte. Erst als der Junge ihm brüllend mitteilte, dass er Patrick Drescher sei, begriff er seinen Fehler.

Nachdem er den vielleicht Fünfzehnjährigen losgelassen hatte, rappelte sich dieser auf, holte sein Gewehr, schrie: »Du bist fertig, Alter!«, und rannte in Richtung des Pavillons davon.

David stand ebenfalls auf, klopfte sich einige Ästchen und Tannennadeln von den Klamotten und atmete erst einmal durch. Dann befand er, dass er sich keinen Fehler vorwerfen konnte, und ging dem Jungen hinterher.

Zehn Meter von den Leuten entfernt, die unter dem Dach des Pavillons Kaffee getrunken hatten, jetzt aber den Jungen bedauerten, entschloss sich David für die Flucht nach vorn. Nach weiteren fünf Metern blieb er stehen, deutete auf Patrick und erklärte laut und selbstbewusst: »Bitte entschuldigen Sie meinen unerfreulichen Einstand, aber für mich sah es so aus, als wollte der Junge auf Sie schießen.«

Bevor einer der drei etwas sagen konnte, machte der Bengel einen Schritt auf ihn zu und sagte mit hochrotem Gesicht und deutlicher Arroganz in der Tonlage: »Einen Scheiß wollte ich.« Dann zeigte er auf eine ziemlich betagte Frau, die einen streng wirkenden Hosenanzug trug und keine Miene verzog. »Meine Großmutter wird Sie verklagen. Und zwar richtig!«

An dem Tisch saßen noch ein etwa genauso alter Mann in einem Rollstuhl, der leise vor sich hin kicherte, und ein weiterer Mann mittleren Alters im Designeranzug.

Die alte Dame schien wirklich über die Option einer Klage nachzudenken, doch dann erhob sie sich und erklärte ihrem Enkel: »Nein, das wird sie vermutlich nicht tun. Und du gehst jetzt ins Haus, wäschst dein Gesicht und ziehst dir etwas anderes an.«

David sah mit einer gewissen Genugtuung, wie der Junge schwer schluckte – wäre es sein Sohn gewesen, hätte er sich allerdings entschuldigen müssen.

Als sich Patrick wütend zum Haus wandte und mit stampfenden Schritten davonging, kam die alte Frau auf David zu. »Sie müssen Herr Bender sein. Sonst hätte man sie aufgehalten. Wir haben das Nummernschild Ihres Wagens im System hinterlegt.«

David ging ihr einen Schritt entgegen, deutete ein Nicken an und reichte ihr die Hand. »Ja, der bin ich. Bitte entschuldigen Sie mein Auftreten.«

Im faltigen Gesicht der Frau zeigte sich weiterhin keine Regung. Sie sah ihm in die Augen und sagte einfach nur: »Wer einen Personenschützer engagiert, bekommt auch einen.« Damit deutete sie zu dem jüngeren Mann am Tisch und erklärte: »Ich bin Marlene Drescher und das ist mein Sohn Gerald Drescher. Der Mann neben meinem Sohn ist mein Ehemann, der sich, wie sie unschwer erkennen können, nicht mehr wirklich an einer Unterhaltung beteiligen kann.«

Diese Abfälligkeit bezüglich ihres eigenen Mannes jagte David einen Schauer über den Rücken.

Den jungen Gerald Drescher schien das alles wenig zu interessieren. Er warf einen Blick auf seine goldglänzende

Armbanduhr, erhob sich und teilte seiner Mutter mit: »Ich muss mich leider entschuldigen. In fünf Minuten erwarte ich ein Videotelefonat mit Peking.« Dass er David keines Blickes würdigte, schien hier niemandem komisch vorzukommen.

Als der mutmaßliche Vater des Jungen gegangen war, bot ihm die Frau einen Stuhl an. Eine Sache wollte David allerdings wissen: »Was hat der Junge eigentlich mit einer Waffe im Unterholz gemacht?«

Marlene Drescher winkte ab und ihre Stimme klang so kalt wie Crushed Ice in einem Caipirinha, als sie sagte: »Er jagt mit seinem Luftgewehr Eichhörnchen. Sie müssten seine Sammlung sehen, er hat ein eigenes Zimmer für all seine Trophäen.«

KAPITEL 5

Da Frau Drescher offenbar nicht vorhatte, ihm Kaffee oder Kuchen anzubieten, lehnte sich David zurück und wartete darauf, dass sie etwas sagte. Er warf einen kurzen Seitenblick zu ihrem Mann, der deutlich weniger verbissen als seine Frau wirkte, aber offensichtlich stark auf Hilfe angewiesen war. Ihr Umgang mit ihm war genauso reserviert wie der mit David. Sie sah ihm eine ganze Weile dabei zu, wie er verzweifelt versuchte, an seine Schnabeltasse zu kommen, dann beugte sie sich endlich vor und schob diese ein wenig näher zu ihm hin. Erst danach hob sie den Blick, verschränkte ihre Finger miteinander und beschloss: »So, und jetzt zu Ihnen«, was sich für David wie eine Drohung anhörte.

Frau Drescher nahm noch einen Schluck aus ihrer feinen Porzellantasse und begann das Gespräch mit der Frage: »Kennen Sie den Fall Elisabeth Schwab?«

David musste zugeben: »Nein, ich glaube nicht. Worum ging es dabei?«

»Elisabeth Schwab war ein vierzehnjähriges Mädchen aus der Gegend hier. Sie wurde vor etwa einem Jahr am Strand unterhalb der Steilküste aufgefunden. Davor war sie für zwei

Tage verschwunden und wurde laut Obduktionsbericht in dieser Zeit mehrfach misshandelt.«

David war nun umso gespannter darauf, was ein altes Verbrechen mit seiner Einladung hierher zu tun haben könnte.

Frau Drescher lehnte sich entspannt zurück und erzählte, als würde es um etwas Banales gehen: »Damals geriet Moritz Unruh sehr schnell ins Visier der Ermittlungen, auch durch eine Aussage meines Sohnes. Es folgte ein Indizienprozess, bei dem der Mann schuldig gesprochen wurde und ›lebenslänglich‹ erhielt.«

Da erst einmal keine weiteren Informationen kamen, fragte David: »Okay, und wofür benötigen Sie dann meine Dienste?«

Ihr Blick wurde stechend, sonst veränderte sich in dem Gesicht der Alten nichts, als sie erwiderte: »Moritz Unruh wird übermorgen aus der Haft entlassen. Ein findiger Anwalt fand im Nachhinein einen Verfahrensfehler, der das Urteil nichtig macht.«

David kniff die Augen zusammen. »Wird man in dem Fall nicht sofort entlassen?«

Die Frau tat das mit dem Satz »Wir haben unsere Möglichkeiten« ab und erklärte: »Wir hätten zwei Anforderungen an jemanden mit Ihren Qualifikationen. Zum einen befürchten wir einen Racheakt des Mannes, der – wie gesagt – auch wegen Geralds Aussage festgenommen wurde. Folglich benötigen wir in nächster Zeit jemanden, der hier die Augen offen hält. Und zweitens möchten wir, dass Moritz Unruh wieder zurück ins Gefängnis geht. Dazu müsste der Fall noch einmal aufgerollt werden. Wir brauchen hieb- und stichfeste Beweise für seine Schuld. Dazu sollten Sie vielleicht auch wissen, dass das tote Mädchen eine Freundin meines Enkels war. Es geht also auch um persönliche Belange.«

Der Junge hat Freunde?, fragte sich David zweifelnd. Dann dachte er über das Gehörte nach und sagte: »Klingt machbar.

Allerdings frage ich mich, warum Sie ausgerechnet mich hergebeten haben. Verstehen Sie mich bitte nicht falsch, aber die großen Detekteien würden für so einen Auftrag Schlange stehen.«

Frau Drescher schlug eine kleine Ledermappe auf und las die Namen einiger seiner früheren Klienten vor, danach hob sie den Blick und fügte kühl hinzu: »All diese Leute waren zufrieden mit Ihrer Arbeit. Außerdem haben wir schlechte Erfahrungen mit größeren Detekteien. Die halten sich zu sehr an Regeln und werden dadurch unflexibel. Ihnen hingegen sagt man eine recht pragmatische Vorgehensweise nach.«

David fragte sich, wie sie an all diese Informationen gekommen war. Mindestens die Hälfte dieser Aufträge waren nie offiziell gemeldet oder von den Medien verbreitet worden.

Sie schien ihm das anzusehen und rang sich ein überlegenes Lächeln ab. »Ich weiß, was Sie sich gerade fragen. Aber wie ich schon erwähnt habe, wir haben unsere Mittel und sind gut vernetzt.«

»Bin ich der einzige Privatermittler im Rennen oder sind Sie noch in der Auswahlphase?«

Das Lächeln verschwand. »Sagen wir es so, Sie sind in der engeren Wahl. Würde Ihnen der Auftrag zusagen?«

David hätte gerne auf sein Bauchgefühl gehört. Schon der erste Eindruck von dieser Familie war übel und dieser Job bedeutete sehr viel Nähe zu ihnen. Doch im Grunde hatte er kaum eine Wahl, er musste Claras Gehalt bezahlen und das Zusammenziehen mit Catharina stand an. Daher antwortete er: »Es klingt nach einem nicht ganz alltäglichen Auftrag, aber ja, ich würde mich über ein Mandat freuen. An welche Konditionen dachten Sie?«

Frau Drescher beugte sich etwas nach vorne, bevor sie forderte: »Bevor wir nicht wissen, welche Gefahr Moritz Unruh für uns darstellt, müssten Sie sich rund um die Uhr hier aufhalten. Soweit wir wissen, zieht er nicht zurück in sein Haus in Sagart, sondern zu seinem Vater nach Sassnitz, und das ist nicht weit von hier. In der Zeit, in der wir keinen Personenschutz benötigen, werden Sie Ihre Ermittlungen gegen ihn durchführen. Uns ist natürlich die Dimension dieses Auftrags bewusst, daher wäre unser Angebot sechstausend pro Woche und es gäbe erst einmal keine Zeitbeschränkung. Und damit bei den Ermittlungen nicht getrödelt wird, gibt es eine Erfolgsprämie von zwanzigtausend Euro, wenn Sie das Problem innerhalb einer Woche lösen.«

David schluckte den positiven Schock herunter und erwiderte, wie er hoffte, ungerührt: »Ihnen scheint viel an der Sache zu liegen.«

Frau Drescher klappte ihre Mappe zu, bestätigte: »Das tut es«, und erhob sich für ihr Alter erstaunlich geschmeidig von ihrem Stuhl. »Sie haben bis heute Abend Zeit, um sich zu entscheiden. Das ist allerdings noch keine Zusage, da ich noch mit zwei weiteren Leuten reden werde.« Damit gab sie ihm eine Visitenkarte, auf der nur eine Telefonnummer stand, und betrachtete das Gespräch offenbar als beendet. Sie zog ihren Mann mit dem Rollstuhl ungefragt vom Tisch weg und schob ihn über den gepflegtesten Rasen, den David je gesehen hatte, davon.

Er selbst stand ein wenig unschlüssig auf und sah sich zum ersten Mal ein wenig genauer um. Der Pavillon befand sich seitlich des Anwesens, doch der Rasen zog sich auf dessen Rückseite noch über bestimmt dreihundert Meter hin. Rechts begrenzte der Wald die Parkanlage, links stand nur eine Baumreihe, hinter der Felder begannen. Alles auf dem Grundstück wirkte gepflegt: Jeder Strauch war geschnitten, jede Blumeninsel in einwandfreiem Zustand und die schmalen Wege frei von Unkraut.

David ging noch einige Meter weiter hinter das Haus. Auf der anderen Seite stand das Haus näher am Waldrand. Aber dazwischen gab es ein kleineres Gebäude, das wie ein Stall aussah.

Wenn man genau hinsah, erkannte man einige technische Sicherungsmaßnahmen, was auch die Abwesenheit von Security-Leuten erklärte. David kannte diesen Trend, denn in die Technik musste man nur einmal investieren, was auf Dauer deutlich billiger war, als Angestellte zu beschäftigen. Und wenn einer der Bewegungsmelder anschlug, beobachtete irgendein Mensch, der weit weg in einer Zentrale saß, das Geschehen.

Das Herrenhaus strahlte weiß in der Sonne. Es gab unzählige Fenster, mehrere abgesetzte Dächer und auch auf der Rückseite eine kurze Treppe. Ansonsten war es von außen relativ schlicht gehalten, dürfte aber unendlich viel Wohnfläche bieten.

Hinter einem der Fenster glaubte David den Bengel zu sehen, was ihn an seinen möglichen Job erinnerte. Diese Ermittlungen wegen des vor einem Jahr getöteten Mädchens erschienen ihm durchaus reizvoll. Aber der Gedanke an die Nähe zu diesen Menschen machte jeden Spaß zunichte.

Da ihm niemand sagte, wie er sich jetzt verhalten sollte, beschloss er, erst einmal zurück nach Sassnitz zu fahren, und ging zurück zu seinem Wagen. Das gesamte Grundstück war menschenleer, was trotz des guten Wetters bedrückend wirkte.

David fuhr langsam den Privatweg entlang und sah sich ein wenig um, doch außer dichtem Wald und einem Bachlauf, der sich an der Straße entlangzog, gab es nicht viel.

An der Landstraße bog er nach links ab und folgte ihr bis in den Ort hinein. Dort orientierte er sich an einigen Wegweisern und stand kurz darauf in einem Parkhaus in der Nähe der Strandpromenade.

Die vielen Touristen standen im krassen Gegensatz zu der Einsamkeit bei den Dreschers. David sah die Straße entlang, fand ein Café mit Außenbereich, in dem noch einige Plätze leer waren, und ging dorthin. Er setzte sich an einen der Tische und bestellte bei der unglaublich schnell erschienenen Bedienung einen Kaffee und ein Wasser. Dann ließ er den Blick über das Meer, den Strand und die Promenade gleiten und dachte für ein paar Augenblicke an nichts.

Als hätte Clara geahnt, dass er jetzt Zeit hatte, klingelte sein Handy. Er hob ab und sagte scherzhaft: »Ja, mein Schatz?«, woraufhin seine immer fröhliche Assistentin sagte: »Hi, Chef. Wo bist du gerade und wie ist es mit den Dreschers gelaufen?«

David ging kurz in sich. So ganz wohl war ihm bei der Sache nicht, trotzdem würde er den Job vermutlich annehmen. Daher erwiderte er: »Sechstausend die Woche und zwanzig-tausend Euro Erfolgsprämie. Allerdings ist noch offen, ob wir zusammenkommen.«

Claras Pfiff war so laut, dass er das Handy vom Ohr neh-men musste. Dann fragte sie erstaunt: »Du überlegst noch?«

»Du kennst diese Leute nicht. Ich müsste vierundzwanzig Stunden am Tag dort sein und die sind … na ja, sagen wir ein-fach: sehr speziell.«

Nach einem Augenblick des Schweigens fragte Clara: »Und worum geht es?«

Er erklärte es ihr und bat im Anschluss: »Kannst du mir bitte alles über dieses tote Mädchen Elisabeth Schwab und den Beschuldigten Moritz Unruh heraussuchen und per Mail schi-cken? Ach ja, und ein paar mehr Hintergrundinformationen über die werte Familie Drescher wären auch nicht verkehrt. Ich weiß gerne, für wen ich arbeite.«

»Also nimmst du den Job an.«

Seine Stimme kippte ins Gönnerhafte. »Du hast dir schon lange eine Erfolgsprämie verdient.«

Clara wurde nun ihrerseits belehrend, als sie sagte: »Dann lass dir nicht wieder eine Klausel andrehen, bei der du die

Sechstausend nur im Erfolgsfall bekommst«, und nach einer kurzen Pause fragte sie: »Wie geht es nun weiter?«

»Ich warte noch ein, zwei Stunden, bevor ich dort anrufe. Die sollen nicht glauben, dass ich ihnen die Tür einrenne. Und danach muss ich sehen, wie es weitergeht. Vielleicht muss ich heute noch einmal hinfahren. So oder so werde ich noch einmal nach Berlin kommen und ein paar Sachen holen.«

Nachdem sie noch kurz über die Details gesprochen hatten, legte er auf. In dem Augenblick kam die Kellnerin vorbei und fragte, ob er noch etwas bräuchte. David schaltete in den Flirtmodus, was ihm bei dem hübschen Gesicht nicht schwerfiel, und bat: »Wäre es in Ordnung, wenn ich hier noch ein wenig sitzen bleibe?«

Die junge Frau sah sich verschwörerisch um und schlug mit einem Lächeln vor: »Können Sie machen. Falls der Chef mault, bringe ich Ihnen einfach noch einen Kaffee.«

Er bedankte sich mit einem Zwinkern, nahm das Handy wieder in die Hand und fand eine Nachricht von Catharina, durch die ihm bewusst wurde, dass der Modus von gerade eben nicht mehr angebracht war.

Kapitel 6

Am nächsten Morgen zeigte sich das Wetter durchwachsen, was die Fahrt nach Rügen deutlich verkürzte. Zwanzig Grad, Windböen und Nieselregen hielten zumindest die Tagestouristen von einer Fahrt an die Ostsee ab.

Am Vortag war nicht mehr viel passiert. David hatte die Nummer auf der Visitenkarte angerufen, kurz mit Frau Drescher gesprochen und den Auftrag erhalten. Anschließend war er nicht nach Usedom, sondern nach Berlin gefahren, da er einige Sachen aus seiner Wohnung brauchte. Den Vertrag samt Verschwiegenheitserklärung würde er heute unterschreiben und dann erst die Details erfahren.

David rang noch mit sich, ob er um einen Vorschuss bitten sollte oder ob das unseriös wirken könnte. Andererseits hatte er bereits durch die zweimalige Fahrt Auslagen gehabt und ein Vorschuss war in der Branche nicht unüblich.

Die Bäume links und rechts des Privatweges schwankten bedrohlich, hatten aber mit Sicherheit schon andere Stürme überstanden.

Das Haus wirkte heute gänzlich anders als beim gestrigen Sonnenschein: grau, uneinnehmbar und auch ein wenig trostlos.

Wie am Vortag parkte David den BMW wieder neben dem Kleinwagen, holte seine Sachen aus dem Kofferraum und ging über den Kies zum Hauseingang. Dort blieb er ein wenig unschlüssig stehen und sah sich um. Er suchte und fand eine Gegensprechanlage. Sein Finger berührte gerade den großen Messingknopf, als er hinter den Scheiben der großen Doppeltür eine Bewegung wahrnahm. Also zog er den Finger zurück und wartete ab. Eine junge Frau öffnete die Tür. Da es sich der Kleidung nach vermutlich um eine Angestellte handelte, gab er sich locker und erklärte: »Hi, ich bin David Bender. Frau Drescher erwartet mich.«

»Sehr wohl«, erwiderte sein Gegenüber, was viel zu steif für ihr Alter klang. Eigentlich fehlte nur noch der abschließende Knicks.

Sie ließ ihn eintreten, bat ihn, ihr zu folgen, und ging ohne jede Erklärung voraus. Sie durchquerten eine Art Halle, von der aus eine Freitreppe nach oben führte. Als seine Begleitung fragte: »Treppe oder Fahrstuhl?«, entschied David sich für die Treppe.

Das Innere des Hauses stand seiner äußeren Erscheinung in nichts nach. Alles wirkte alt, aber gepflegt, teuer und auch ein wenig zu aufgeräumt. Auf der Treppe lag ein dicker Teppich und an den Wänden hingen große Gemälde, von denen einige unheimlich bedrückend wirkten. Die darauf gezeigten Szenen von Folter und Unheil verleiteten David zu der scherzhaften Frage: »Haben Sie auch öfter mal Graf Dracula zu Gast?«

Die junge Frau schüttelte den Kopf und erklärte verkrampft: »Nein, eher nicht.«

»Und was machen Sie hier?«, versuchte es David noch einmal.

»Ich bin Hausdame«, lautete die knappe Antwort.

Bis hinauf zum dritten Stockwerk herrschte Schweigen und sie begegneten keiner Menschenseele. Die letzte Treppe war deutlich schmaler und auch der Teppich fehlte. Sie endete an einer Tür und ein Schild erklärte, warum das so war. Dort stand in großen Buchstaben »Personal«.

David wusste selbst nicht, was er erwartet hatte. Aber im Grunde fand er es gut, ein wenig Abstand von dieser Familie zu haben, und er war kein Mensch, der Luxus brauchte.

Seine Begleitung öffnete die Tür zu einem etwas muffig riechenden Flur. Sie ließ ihn eintreten, schloss die Tür und wandte sich nach links. Sein Zimmer war das letzte in der Reihe und die junge Frau fand erst hier ihre Sprache wieder: »Ich habe Ihnen eine kleine Auswahl an Getränken bereitstellen lassen. Speisen sollten aber nur unten in den Personalräumen eingenommen werden. Roswita, unsere Köchin, besteht auf festen Essenszeiten, die Sie auf dem Schreibtisch finden. Außerdem gibt es ein Haustelefon, über das Sie mich jederzeit erreichen können. Sie müssen nur die 1 wählen.« Sie ließ ihn eintreten und fragte: »Benötigen Sie noch etwas?«

David drehte sich zu ihr um und nickte. »Ja, Ihren Namen.«

»Stieglitz, Sonja Stieglitz. Herzlich willkommen im Hause Drescher. Ich wünsche Ihnen einen schönen Aufenthalt.« Damit drehte sie sich um, ging davon und ließ ihn ein wenig ratlos zurück, da er keine Ahnung hatte, wie es nun weitergehen würde.

David sah der Hausdame ein wenig fassungslos hinterher und murmelte: »Bist du ein Roboter?« Dann stellte er seine beiden Taschen ab und nahm seine Unterkunft in Augenschein. Das Zimmer war einfach, zweckmäßig und ein wenig aus der Zeit gefallen. Beim Anblick des alten Bettgestells fragte er sich, wer im Laufe der letzten hundert Jahre bereits alles darin geschlafen haben mochte. Es gab noch einen kleinen Holzschrank, einen bequem aussehenden Ohrensessel und einen großen Schreibtisch, auf dem einige Akten lagen. Das einzig Moderne waren ein Telefon, die elektrischen Lampen und eine Steckdosenleiste. Es gab noch nicht einmal einen Fernseher.

David geriet angesichts der Abgeschiedenheit fast ein wenig in Panik und zog sein Handy hervor; als das kleine Symbol in der oberen Ecke vollen Empfang anzeigte, beruhigte ihn das ein wenig. Er ging zum Fenster und sah hinaus. Natürlich lag das Zimmer auf der Rückseite des Hauses und bot damit keinen Blick auf die Parkanlage. Unter ihm sah er nur das Nebengebäude, das wie ein Stall wirkte, und den dahinterliegenden Wald.

Der Druck in seiner Blase brachte ihn zu einer anderen Frage: Wo zur Hölle war hier ein Badezimmer? Da es in dem Zimmer keine weitere Tür gab, blieb nur eine Möglichkeit. Er ging wieder hinaus in den Flur und sah sich um.

Zwei Türen weiter wurde er fündig. Er ging hinein und fand sich in einem Raum wieder, der an die Umkleide in seinem Fitnessstudio erinnerte. Drei Waschbecken, ein Holzregal, an dem einige Fächer mit Namen beschriftet waren und verschiedene Hygieneartikel enthielten, und drei Toilettenzellen. Hinter einem Duschvorhang, der einen Durchgang verschloss, gab es einen offenen Duschbereich mit drei Duschköpfen. Da der Boden nass glänzte, wurden diese offenbar auch benutzt.

Nachdem er seine Notdurft verrichtet hatte, kehrte David in sein Zimmer zurück und begann auszupacken. Er verstaute seine Klamotten im Schrank und stellte den Laptop auf den Tisch.

Eigentlich wollte er sich direkt an die Arbeit machen, aber wieder meldeten sich seine Zweifel. Er schrieb Catharina an und keine zehn Sekunden später klingelte sein Handy.

Sie meldete sich gut gelaunt mit: »Hi, mein Schatz, bist du schon bei diesen Leuten?«

Ihre Stimme zu hören tat ihm gut.

»Ja, bin ich. Wie geht es dir?«

»Bei mir ist alles gut, aber du klingst nicht besonders glücklich. Ist etwas passiert?«

Er atmete durch. »Nein, passiert ist nichts, aber ich frage mich, was das hier soll. Diese Leute müssen doch wissen, dass ich nicht gleichzeitig Babysitter für ihre Kinder spielen und parallel dazu ein altes Verbrechen aufklären kann. Abgesehen davon, dass beides Sache der Polizei wäre, bräuchte es zumindest eine große Detektei mit vielen Leuten, um das zu stemmen.«

Es blieb eine Weile still in der Leitung und er fragte: »Bist du noch da?«

»Bin ich.« Jetzt klang auch Catharina nachdenklich. »Willst du von dem Auftrag zurücktreten?«

»Nein, dazu ist die Bezahlung zu gut. Aber ich würde gerne verstehen, warum sie mich dafür wollen.«

»Kontrolle«, schlug Catharina vor. »So, wie du mir diese alte Frau Drescher beschrieben hast, kann ich mir gut vorstellen, dass sie die Kontrolle behalten will. Einerseits hat sie Angst um ihre Familie und andererseits möchte sie nicht, dass zu viele Augen auf diese gerichtet sind. Du bist erst einmal alleine und sie kann dich im Blick behalten. Diese Politiker haben doch immer etwas zu verbergen und eine der großen Detekteien könnte da zum Problem werden.«

»Ja stimmt. Die Frau wirkte tatsächlich ziemlich vorsichtig.« David blickte auf den nahen Wald hinaus und fügte hinzu: »Vielleicht mache ich mir zu viele Gedanken.«

»Machst du. Außerdem komme ich ja bald dazu und kann dir helfen. Das wird schon.« Sie machte eine kurze Pause, bevor sie erklärte: »Ich muss jetzt leider los. Mein Kollege sitzt schon im Streifenwagen und wartet auf mich. Lass uns heute Abend noch einmal telefonieren.«

»So machen wir das«, stimmte er zu, sagte noch: »Ich liebe dich«, und legte dann auf.

Die bereitliegenden Akten sahen aus, als kämen sie direkt aus dem Polizeiarchiv und als er sie aufschlug, sah er zum ersten Mal ein Foto von Elisabeth Schwab. Auf dem ersten Bild war sie eine normale Vierzehnjährige. Er blätterte weiter und sah das krasse Gegenteil. Die Tatortfotos waren gestochen scharf und zeigten das ganze Ausmaß ihres Martyriums. Das zuvor lange blonde Haar und die Augenbrauen abrasiert, auf ihrer Stirn klaffte eine große Platzwunde. Außerdem stimmte irgendetwas mit ihren Augen nicht, was er aber nicht gleich begriff. Erst als er zwischen dem ersten Bild und den Tatortbildern hin und her blätterte, erkannte er, dass ihre Wimpern irgendwie verklumpt wirkten. Wer auch immer ihr Mörder war, musste ein massives psychisches Problem haben.

David überflog kurz den Obduktionsbericht und las von Verbrennungen, verschiedenen Prellungen und Knochenbrüchen, einer möglichen Vergewaltigung, kleinen Verletzungen im Genitalbereich und zwei gebrochenen Fingern. Zum Tod hatte letztlich Ersticken geführt. Er warf einen letzten Blick auf das erste Bild von ihr, atmete tief durch und schlug die Akte zu. Alles, was er jetzt wollte, war etwas frische Luft. Er verließ sein Zimmer, schloss es von außen ab und ging zurück zu der Tür, die zur Treppe führte.

Als er im ersten Stockwerk ankam, war er so in Gedanken versunken, dass er nicht gleich reagierte, als ihn eine Frauenstimme ansprach. Erst auf die zweite Anrede hin blieb er stehen und drehte sich um.

Auf jeder Etage gab es an der Treppe einen halbrunden Vorraum, von dem einige Türen abgingen. Die Frau stand in einer davon und lächelte ihn an. Er machte einen Schritt auf sie zu und erklärte: »Hallo, ich bin David Bender. Mit wem habe ich das Vergnügen?«

Die junge Frau trat aus der Tür, schloss sie hinter sich und erklärte mit einem gewinnenden Lächeln: »Ich bin Alicia. Alicia Drescher. Und Sie müssen dieser Leibwächter sein, von dem mir meine Großmutter erzählt hat.«

Auf den ersten Blick wirkte diese Alicia wie der erste zugängliche Mensch in dieser Familie. David ließ es darauf ankommen, überwand den letzten Meter und gab ihr die Hand. »Der bin ich.«

Ihr Lächeln wurde fast ein wenig verlegen, als sie vorschlug: »Haben Sie Lust auf einen Kaffee? Ich bin gerade auf dem Weg nach unten. Da mein Großvater jetzt schläft, habe ich etwas Zeit.«

David stimmte zu und folgte der Tochter des Hauses nach unten. Vielleicht würde er durch sie einen kleinen Einblick in die hiesigen Verhältnisse bekommen.

KAPITEL 7

Nachdem David dieser Alicia durch einen Speisesaal gefolgt war, kamen sie in eine professionell ausgestattete Küche, die auch in einem Restaurant hätte stehen können. Alicia ging zu einem riesigen Kaffeevollautomaten, drückte auf einen Knopf und fragte über die Schulter: »Was für einen Kaffee möchten Sie? Das Ding kann fast alles, außer einen Espresso mit Schuss.«

Er bat um einen Cappuccino, bekam diesen und ging mit ihr zurück in den Speisesaal. Dort setzten sie sich an den Tisch, an dem fünfzehn Stühle standen und über dem ein Kronleuchter hing.

Da die junge Frau erst einmal nichts sagte, fragte er: »Ich weiß ehrlich gesagt nicht, was ich jetzt machen soll. Ist Ihre Großmutter im Haus?«

Sie sah sich mit einem verstohlenen Blick um und bat: »Also wenn keiner von meiner Familie in der Nähe ist, können wir uns gerne duzen. Oma und Papa sind da ziemlich spießig, aber mir ist das egal.«

David spürte ihre Unsicherheit, ja fast Angst, und reichte ihr noch einmal die Hand über den Tisch. Als sie diese ergriff, flüsterte er verschwörerisch: »Ich bin David, aber offiziell Herr Bender.«

Sie erwiderte genauso leise: »Und ich bin Alicia, offiziell Frau Drescher.«

Beide nahmen einen Schluck aus ihren Tassen, dann stellte er fest: »Da du gerade Alicia bist, gehe ich davon aus, dass niemand hier ist.«

»Niemand außer Frau Stieglitz und meinem Opa«, bestätigte sie, fügte aber wieder leiser hinzu: »Und vor Frau Stieglitz bin ich bitte auch Frau Drescher. Die Frau ist kaum älter als ich, hat aber einen mächtigen Stock im A…«

David lachte. »Alles klar. Verstehe.«

Alicia lehnte sich zurück und erzählte ungefragt: »An den Wochenenden ist hier mehr los, aber unter der Woche haben alle immer irgendetwas zu tun.«

»Und du kümmerst dich um deinen Opa?«

»Nur wenn ich hier bin und Magdalena freihat. Ich habe gerade Ferien und mache das gerne. Großvater hatte vor einem Jahr einen Schlaganfall und ist seitdem ein Pflegefall.«

Er nickte. »Ich habe ihn gestern kennengelernt.« Auf den Nachsatz, dass dessen Frau rabiat mit ihm umgegangen war, verzichtete er. Er musterte Alicia. Von Clara wusste er, dass sie achtzehn Jahre alt war. Auf ihn wirkte sie, als hätte sie ihren Stil noch nicht gefunden. Die Jeans und die Bluse waren eine Mischung aus elegant und flippig, der dezente Goldschmuck passte nicht zu ihren blonden Haaren. Doch ihr Blick war wach und sie hatte ein hübsches Lächeln.

»Stimmt etwas nicht?«, fragte sie unsicher.

Er hob die Hände. »Nein, nein, alles gut. Ich habe mich nur gerade gefragt, was du hier den ganzen Tag machst. Das Haus ist ja ziemlich weit vom Schuss.«

»Stört mich nicht.«

Schwang in dem Satz ein wenig Traurigkeit mit?

Ihre Mimik hellte sich wieder auf, als sie erzählte: »Ich habe zwei Pferde und die umliegenden Wälder sind perfekt zum

Ausreiten. Außerdem muss ich zurzeit viel für das Abi lernen. Langweilig wird mir also nicht.« Dann sah sie ihm in die Augen und fragte: »Kannst du auch reiten? Wenn ich Oma richtig verstanden habe, dürfen wir ab morgen das Anwesen nicht mehr ohne dich verlassen, und ich würde ungern darauf verzichten.«

David strich sich verlegen über das Haar. »Also ja, ich habe schon mal auf einem Pferd gesessen, aber das war in meiner Jugend. Wenn du also sehr viel Geduld mit mir hast, können wir es versuchen. Ich kann aber für nichts garantieren.«

Jetzt strahlte sie regelrecht. »Super. Und du musst keine Angst haben. Karla, meine Stute, ist ganz friedlich und auch nicht besonders groß. Bis du dich wieder daran gewöhnt hast, kann ich sie führen.«

Eigentlich hätte sich David gerne noch ein wenig mit Alicia unterhalten, doch aus der Eingangshalle drang die Stimme ihrer Großmutter herüber. Die junge Frau stieß einen kaum hörbaren Fluch aus, sprang auf, nahm, obwohl David noch nicht ausgetrunken hatte, die beiden Tassen und brachte diese in die Küche.

Als sie zurückkam, bat sie leise: »Bitte spiel mit«, und ging zu der offen stehenden Doppeltür, die zur Eingangshalle führte. David folgte ihr.

Frau Drescher war wieder äußerst elegant gekleidet und auch ihr Enkel Patrick, der sie begleitete, trug heute kein Militäroutfit. Während der Junge David mit einem wütenden Blick bedachte, musterte Frau Drescher ihre Enkelin missbilligend.

David sagte: »Guten Tag, Frau Drescher«, kam aber nicht weiter, da Alicia ihm ins Wort fiel. Sie deutete in seine Richtung und erklärte eilig: »Ich habe Herrn Bender die Räumlichkeiten für die Angestellten gezeigt.«

Der Blick der Alten wechselte zu ihm, wobei sie emotionslos sagte: »Guten Tag, Herr Bender. Hat Ihnen Frau Stieglitz bereits ein Zimmer zugewiesen?«

»Das hat sie«, bestätigte er. Eigentlich war er nicht auf den Mund gefallen, aber die Frau strahlte eine Autorität aus, mit der er noch nicht umgehen konnte. Trotzdem fragte er: »Diese Unterlagen in dem Zimmer, sind das Polizeiakten?«

Die Alte brachte ihn mit einer Handbewegung zum Schweigen. Dann wandte sie sich an ihre beiden Enkelkinder und befahl: »Lasst uns bitte allein.« Während die beiden nach oben gingen, deutete sie zu einer Tür auf der anderen Seite der Halle. »Folgen Sie mir.«

Ein »Bitte« wäre schön gewesen, ging es David durch den Kopf.

Kurz darauf betraten sie ein Arbeitszimmer. Frau Drescher nahm hinter dem Schreibtisch Platz, deutete auf den Stuhl davor und wartete, bis auch David saß. Dann nahm sie einen teuer aussehenden Füller zur Hand und sagte mit ein wenig Freundlichkeit in der Stimme: »Bitte entschuldigen Sie mein barsches Auftreten, aber die beiden müssen den Umgang mit Menschen lernen. Vielen Dank, dass Sie so kurzfristig anreisen konnten.« Damit öffnete sie eine Schublade und zog ein mehrseitiges Papierbündel heraus. Sie schob es ihm über den Tisch zu und erklärte: »Ob das dort oben Polizeiakten sind, kann ich Ihnen erst bestätigen, wenn Sie den Vertrag und die Verschwiegenheitserklärung unterzeichnet haben. Frau Stieglitz hätte Ihnen die Unterlagen eigentlich noch nicht bereitstellen dürfen.«

»Verstehe.« David zog die Papiere zu sich heran und begann, diese durchzulesen. Anschließend bat er um einen Stift und unterzeichnete, wobei ihm die Bitte nach einem Vorschuss in den Sinn kam. Als er darum bat, verzog die Frau keine Miene und fragte: »Würden zweitausend Ihre bisherigen Unkosten decken?«

»Das würden sie«, bestätigte er und erwischte sich dabei, dass er selbst schon so steif sprach wie sein Gegenüber.

Nachdem Frau Drescher gegengezeichnet hatte, lehnte sie sich zurück und begann wieder, mit dem Füller zu spielen. Nach einer kurzen Bedenkzeit sagte sie: »Die Akten wurden dem Anwalt der Familie von Elisabeth Schwab von der Staatsanwaltschaft zur Verfügung gestellt. Wir haben damals die Familie Schwab unterstützt, damit dieser Psychopath Moritz Unruh auch wirklich verurteilt wird.«

»Warum?«, fragte David. »Ich meine, welches Interesse hatten Sie daran, dass der Mann ins Gefängnis geht? Es ist ja nicht unbedingt üblich, dass man jemandem den Anwalt finanziert.«

»Das habe ich auch nicht gesagt«, warf Marlene Drescher ein. »Ich sagte, wir haben die Familie unterstützt, und nicht, wir haben den Anwalt bezahlt.« Sie ließ eine kurze Pause folgen und erklärte: »Aber Sie haben natürlich recht. Wir hatten ein Interesse daran, dass Moritz Unruh zu einer möglichst langen Haftstrafe verurteilt wird. Erstens wollen wir hier sicher leben und keinen Kindermörder in der Nähe wissen. Zweitens hat, wie ich schon sagte, mein Sohn gegen den Mann ausgesagt. Und drittens weiß Moritz Unruh einige Dinge über uns. Er hat hier eine Zeit lang als Gärtner gearbeitet und dabei Informationen aufgeschnappt, die er nicht haben sollte.«

»Welche Art von Informationen?«

»Politischer Natur. Wie Sie vielleicht wissen, waren mein Mann und ich lange in hochrangigen politischen Ämtern tätig und dort wird nicht immer ganz sauber gespielt.« Sie brachte mehr Haltung in ihren Körper und sagte barsch: »Mehr werden Sie dazu nicht erfahren und es hat auch nichts mit dem Fall zu tun.«

David konnte sich ein Schmunzeln nicht verkneifen.

Sie musterte ihn kritisch. »Was amüsiert Sie so?«

Er murmelte eine Entschuldigung, fügte aber hinzu: »Ich musste gerade an diesen Spruch denken, dass der Gärtner immer der Mörder ist.«

Die Alte blieb regungslos. »Ich kann diesem Humor nichts abgewinnen. Immerhin wurde ein junges unschuldiges Mädchen getötet.«

Er zwang sich zu einer ernsten Miene, sagte: »Natürlich«, und beschloss, von nun an jegliche Gefühle für sich zu behalten.

Frau Drescher ging nicht weiter darauf ein und fragte: »Wie wollen Sie vorgehen? Oberste Priorität hat die Sicherheit meiner beiden Enkel und dass dieser Mann dauerhaft aus der Gesellschaft entfernt wird. Die Ferienzeit spielt uns leider nicht gerade in die Hände. Patrick und Alicia können während der Ferien nicht im Internat bleiben und müssen hier wohnen. Da die beiden aber nicht mehr viele Freunde in der Gegend haben, dürfte Ihnen genug Zeit bleiben, um weitere Beweise für Moritz Unruhs Schuld an dem Mord zu finden.«

David dachte kurz darüber nach und antwortete ehrlich, aber so, dass er den Job behielt: »Das sehe ich leider anders. Beides gleichzeitig geht nicht. Allerdings bekomme ich Ende der Woche Verstärkung durch meine neue Partnerin. Das kostet Sie natürlich nicht mehr und auch Frau Adler unterliegt selbstverständlich der Verschwiegenheitserklärung. Aber bis dahin muss ich Prioritäten setzen und die liegen meiner Meinung nach beim Schutz Ihrer Enkel. Sind Sie damit einverstanden?«

Frau Drescher sah ihn etwas zu lange an, bevor sie erwiderte: »Eigentlich wollte ich, dass Sie das hier allein machen. Aber vermutlich haben Sie recht damit, dass meine Einschätzung zum Aufwand nicht realistisch war.« Sie hielt den Blickkontakt aufrecht und fragte: »Habe ich Sie richtig verstanden, dass Sie bis zum Eintreffen Ihrer Mitarbeiterin wegen Unruh gar nichts unternehmen können oder wollen?«

»Nein, haben Sie nicht.« David musste aufpassen, nicht allzu genervt zu klingen. »Natürlich werde ich seine Spur aufnehmen, die Akten studieren und außerdem würde ich gerne mit jedem Mitglied Ihrer Familie reden, das zu der damaligen Tatzeit in der Nähe war. Besonders mit Ihrem Sohn, da er ja offenbar etwas gesehen hat, was zu Herrn Unruh führte.« Er stockte kurz. »Was ist eigentlich mit der Mutter Ihrer beiden Enkel?«

Marlene Drescher winkte ab und sagte abfällig: »Um die brauchen Sie sich nicht weiter zu kümmern. Sie wohnt drüben in Glowe und arbeitet als Bedienung in einem Imbiss am Königsstuhl über den Kreidefelsen. Die Kinder haben kaum Kontakt zu ihr. Und was meinen Sohn angeht, er ist gerade in Hamburg und kommt erst am Donnerstag zurück. So lange wird Ihre Unterhaltung mit ihm noch warten müssen.«

David nickte. »Kein Problem. Ach ja, und wenn Sie nichts dagegen haben, würde ich diesem Moritz Unruh morgen direkt nach seiner Entlassung eine Gefährderansprache halten. Da ich kein Polizist mehr bin, hat das zwar keinerlei rechtliche Konsequenzen, aber er soll ruhig wissen, dass ich ein Auge auf ihn habe.«

Frau Drescher stimmte zu und erhob sich gleichzeitig mit dem Hinweis, dass sie noch einen wichtigen Termin habe. Sie verließen das Arbeitszimmer und David entschied sich für einen kleinen Spaziergang im Garten, um über sein weiteres Vorgehen nachzudenken.

KAPITEL 8

Der Tag war zu windig und zu nass für einen ausgiebigen Spaziergang. David ging einmal um das Haus, sah sich die Stallungen an und holte noch ein paar Kleinigkeiten aus dem Auto.

Zurück in seinem Zimmer setzte er sich an den Schreibtisch und schlug die Mappe auf. Elisabeth Schwab hatte mit ihren Eltern in Sassnitz gewohnt, war zum Zeitpunkt ihres Todes vierzehn Jahre alt gewesen und auf die hiesige Realschule gegangen. Entgegen der Aussage von Frau Drescher tauchte ihr Enkel, Patrick Drescher, nicht in der aufgeführten Freundesliste des Mädchens auf. Jedenfalls war er damals nicht von der Polizei oder Staatsanwaltschaft befragt worden.

Auf den nächsten Seiten ging es um die Auffindesituation und den Zustand von Elisabeth. Manche Polizisten gewöhnten sich an den Anblick der Opfer von Gewaltverbrechen, David gehörte nicht dazu. Ihm ging das nahe und verursachte eine leichte Übelkeit, trotzdem musste er die Details kennen.

Laut den Polizeiberichten war Elisabeth vor knapp einem Jahr als vermisst gemeldet worden. Die Letzte, die sie lebend gesehen hatte, war die Mutter einer Freundin gewesen. Elisabeth hatte den Nachmittag in ihrem Haus verbracht und war gegen achtzehn Uhr mit dem Fahrrad nach Hause gefahren.

David holte einen Block aus seinem Rucksack und notierte: *Zum Zeitpunkt des Verschwindens war noch helllichter Tag (August/Freitag).*

Er las weiter und erfuhr, dass Elisabeth wie vom Erdboden verschluckt gewesen war. Man hatte weder persönliche Dinge noch ihr Fahrrad gefunden. Auch eine groß angelegte Suchaktion am nächsten Tag war erfolglos geblieben. Alle Befragungen und öffentlichen Aufrufe waren ohne Ergebnis geblieben. Bis zum darauffolgenden Montagmorgen …

David notierte: *Suche ohne jeden Hinweis*, und blätterte um. Was nun kam, war harter Stoff. Zuerst sprangen ihm natürlich die Auffindefotos ins Auge. Obwohl er diese schon vor ein paar Stunden gesehen hatte, jagte ihm besonders der Anblick ihres rasierten Kopfes einen Schauer über den Rücken. Die fehlenden Haare ließen sie noch verletzlicher wirken.

David zwang sich zur Konzentration und schrieb *Wo sind die Haare? Fetisch?* zu seinen Notizen.

Dann wurde es interessant, denn dem Bericht lag ein Kartenausschnitt bei. Dieser zeigte das Naturschutzgebiet zwischen Sassnitz und diesem Anwesen. Der Fundort der Leiche war unterhalb der Steilküste und auf halber Strecke zwischen der Stadt und dem Drescher-Haus eingezeichnet. Alle Hinweise deuteten darauf hin, dass jemand das Mädchen durch den Wald bis an die Abbruchkante gebracht und dann einfach hinuntergeworfen hatte. Dann kam ein Abschnitt mit dem Titel *Augenzeuge*, in dem Folgendes dokumentiert war:

Herr Gerald Drescher gab an, dass er am Morgen des 8. August um kurz nach sechs Uhr auf seiner üblichen Joggingrunde durch den Nationalpark Jasmund einen verdächtig wirkenden Mann gesehen hat. Dieser Mann trug einen Militärparka, hielt sich abseits der Wanderwege und stieg in einen grünen Kleinwagen. Herr Drescher war zwar zu weit weg, um das Kennzeichen erkennen zu können, aber seine Art zu gehen erinnerte ihn an einen Gärtner, der eine Zeit lang für die Familie Drescher arbeitete.

Interner Hinweis: Moritz Unruh, 29 Jahre alt, fährt einen grünen Kleinwagen der Marke Ford Fiesta.

Weiterhin gab Herr Drescher an, dass sein früherer Gärtner, Herr Moritz Unruh, die Nähe zu seiner Tochter Alicia gesucht hatte. Neben seiner Unzuverlässigkeit war das ein Grund dafür, dass man sich schließlich von ihm trennte.

David lehnte sich zurück und sagte laut zu sich selbst: »Na, das ist ja der feuchte Traum eines jeden Ermittlers. Ein Opfer und ein auffälliger Mann, der hier überall bekannt ist.« Er blätterte wieder zurück, suchte nach einem Namen und fand als leitenden Ermittler den Polizeioberwachtmeister Johannes Weiglein.

David schüttelte den Kopf und fragte sich wieder laut: »Die haben einen Polizeioberwachtmeister auf das Verschwinden eines Mädchens angesetzt und ihm dann auch noch die Mordermittlungen überlassen?«

David nahm sein Handy, öffnete Facebook und gab den Namen ein. Aus den zehn angezeigten Personen wählte er den Mann mit den kürzesten Haaren und lag damit tatsächlich richtig. Nur dass der Typ jetzt als Beruf *Polizeioberkommissar* angab.

Es war reine Spekulation, aber es würde ihn nicht wundern, wenn dem Mann die Aufklärung des Mordes an Elisabeth einen Karriereschub verschafft hatte. Die Zeugenaussage von Herrn Drescher hatte die Lösung des Falls zu einem Kinderspiel gemacht.

Nachdem David kurz aufgestanden war und ein paar Schritte durch sein Zimmer gemacht hatte, setzte er sich wieder und suchte in den Akten nach dem Verhörprotokoll von Moritz Unruh. Er blätterte jede Seite einzeln um, fing wieder von vorne an und musste schließlich feststellen, dass es keines gab. Entweder war es entfernt, vergessen oder nie angefertigt worden.

Sein Handy meldete Claras Anruf genau in dem Moment, als er sich aufs Bett legte und über die gelesenen Informationen nachdenken wollte. Nach einem kurzen Small Talk fragte sie: »Was willst du zuerst hören? Etwas über Familie Drescher, Moritz Unruh oder über Elisabeth Schwab?«

Er stellte das Handy auf Lautsprecher, nahm den Stift in die Hand und bat: »Genau in dieser Reihenfolge.«

»Okay«, kam es lang gezogen aus dem Handy. »Dann beginne ich mit der Familie Drescher, was schnell gehen wird. Ich kann im Grunde nur wiederholen, was ich dir schon sagte: Die ganze Bande ist wie eine Blackbox. Keiner von ihnen scheint ein Profil in den sozialen Medien zu haben.«

»Nicht einmal die beiden Kinder Patrick und Alicia?«, fragte David verwundert dazwischen.

»Nein, zumindest nicht unter ihrem Namen. Natürlich kann es sein, dass sie sich dort unter einem Pseudonym herumtreiben. Allerdings habe ich auch schon ein paar Profile aus ihrem schulischen Umfeld gecheckt und auch dort nichts von ihnen entdeckt. Es gibt keine Kommentare oder Beiträge, die auf einen der beiden hindeuten.«

»Du weißt, dass die beiden auf ein Internat gehen?«

»Aber klar doch. Das gehörte zu den wenigen Informationen, die ich dank des Internetauftritts des Internats finden konnte. Besonders fleißige Schüler werden dort nämlich gern präsentiert und Alicia gehört dazu.«

»Okay, und die Erwachsenen?«

»Über die gibt es nur eine nichtssagende Homepage, auf der es um ihre politischen Ämter und Profile geht. Ansonsten findet man nur einige Presseberichte und Fotos im Netz. Stimmt es, dass Dieter Drescher im Rollstuhl sitzt?«

»Ja, ich habe ihn bisher nur einmal gesehen und es scheint ihn ganz schön übel erwischt zu haben. Seine Enkelin sagte etwas von einem Schlaganfall, der ihn vor über einem Jahr ereilte.«

»Stimmt«, bestätigte Clara. »Das deckt sich mit meinen Informationen.« Sie ließ eine kurze Pause folgen, in der David das Klackern einer Tastatur hörte, dann wechselte sie das Thema: »Kommen wir zu Moritz Unruh. Der Mann ist Ende zwanzig und scheint schräg zu sein. Es gibt im Internet zwar keine Profile mehr von ihm, aber das Netz vergisst bekanntlich nichts. Er war vor seiner Haft offenbar bei einigen Partnerbörsen angemeldet, von denen einige spezielle Vorlieben bedienen. Nichts Illegales, aber Sexpraktiken, die ich mir nicht einmal vorstellen möchte.«

David lachte zwar, fragte aber: »Geht es dabei auch um Minderjährige?«

»Nein, darauf weist nichts hin. Abgesehen davon hat er auch einige Bilder veröffentlicht, bei denen es um seine Arbeit als Gärtner geht. Und er beteiligte sich an einer Diskussion, in der sich einige Leute auf Rügen über die damals noch vermisste Elisabeth Schwab austauschten. Er suchte dort Leute für eine Suche im Naturschutzgebiet.«

»Er wollte helfen, sie zu finden?« David war irritiert.

»Jepp, und genau das legte der Staatsanwalt gegen ihn aus. Er behauptete, dass Herr Unruh damit von sich ablenken wollte.«

»Alles möglich«, brummte David. » Und was haben wir über das Opfer?«

»Über das Mädchen gibt es nicht viel mehr zu sagen, als dass sie offenbar ein völlig normaler Teenager war. Sie hatte Freunde, hing am Strand rum, spielte Handball im Verein und ritt gerne.«

David schrieb *Elisabeth* + *reiten* auf seinen Zettel. »Und ihre Eltern?«

»Sind nicht gerade arme Schlucker. Sie wohnen in einem Haus, fast schon einer Villa, am Stadtrand von Sassnitz, nicht weit von dort, wo du jetzt bist. Und rate einmal, wer Fotos von deren Garten ins Netz gestellt hat?«

»Echt jetzt? Moritz Unruh war auch dort als Gärtner beschäftigt?«

»Sieht so aus«, bestätigte Clara.

David bat »Moment« und dachte kurz über sein Gespräch mit Marlene Drescher nach. Dann erklärte er laut: »Das passt nicht zusammen. Meine Auftraggeberin hat mir erzählt, dass sie die Familie Schwab nach dem Mord unterstützt haben. Aber jetzt erzählst du mir, dass die Schwabs nicht gerade arm sind.«

»Muss ja keine finanzielle Hilfe gewesen sein«, schlug Clara vor. »Die Schwabs sind auf jeden Fall politisch und wirtschaftlich mit den Dreschers verbandelt. Es gibt einige Pressefotos, die sie zusammen zeigen. Die Bilder entstanden aber allesamt vor dem Mord. In der Zeit danach ist es um die Familie Schwab still geworden.«

David schrieb auch das auf. »Sonst noch etwas?«

»Ja, aber das wirst du mir übel nehmen.«

Er forderte trotzdem: »Raus damit«.

Clara räusperte sich. »Na ja, eine Sache finde ich ein bisschen merkwürdig. Die Dreschers waren schon einige Male in Rechtsstreitigkeiten verwickelt. Und wann immer das passierte, fuhren sie echte Spitzenanwälte auf. Und daher frage ich mich, warum sie jetzt dich für die Sache gebucht haben. Entschuldige, ich meine das nicht abwertend, aber die könnten ganz andere Kaliber auf Herrn Unruh abschießen.«

Die Aussage tat tatsächlich ein bisschen weh, doch David verstand, worauf sie hinauswollte, und wiederholte Catharinas

Annahme, dass es sich dabei vermutlich um Vorsicht gegenüber Fremden und einen gewissen Kontrollzwang handeln könnte. Im selben Moment klingelte das Haustelefon. Er beendete das Gespräch fürs Erste, hob den Hörer von dem altertümlichen Apparat und erfuhr von Frau Stieglitz, dass es in zwanzig Minuten Abendessen geben würde.

KAPITEL 9

Um Überstunden abzubauen, beendete Catharina ihre Spätschicht am Dienstag nach nur drei Stunden. Da sie ihr Chef für die kurze Zeit nicht auf Streife schicken konnte, hatte er die Zeit wieder einmal genutzt, um ihr ins Gewissen zu reden. Ob es ihm dabei wirklich um sie ging oder er nur Angst vor einer noch größeren Unterbesetzung seiner Dienststelle hatte, wusste sie nicht. Letztlich war es auch egal, denn ihre Kündigung stand fest. Jedenfalls auf dem Papier, denn in ihrem Inneren tobte durchaus ein Kampf.

Nun saß sie seit einer Stunde unweit von Zinnowitz in Uniform auf einer Düne und blickte über das Meer. So wie Usedom ihr zur Heimat geworden war, fühlte sie sich auch in dem vertrauten Stoff ihrer Uniform sicher. Und nun stand sie kurz davor, beides aufzugeben. Hatte sie ihren inneren Frieden damit gemacht? Nein! War sie sich bezüglich David sicher? Vielleicht. Wollte sie zurück nach Berlin? Sie atmete die salzige Luft ein und fühlte den inneren Schmerz, der fast jedem Abschied innewohnte.

Sie steckte ihre Hand in den noch warmen Sand und ließ die Körner durch ihre Finger rieseln, was sie daran erinnerte, wie schnell die Zeit verging. Das Leben hier auf der Insel war gut. Gut, aber auch sehr geradlinig. Abgesehen davon, dass sich einer ihrer Kollegen vor Kurzem als Verräter entpuppt hatte und dafür von einem kriminellen Clan hingerichtet worden war, passierte nicht viel. Ihre Aufstiegschancen waren sehr begrenzt, die Inselbewohner ein verschworener Haufen und an einem Leben mit Haus, Garten und Kindern war sie wahrlich nicht interessiert.

An einem Partner allerdings schon. Und wenn, dann an einem wie David. Er war ehrlich und lebte sein Leben selbstbestimmt. In seiner Nähe traute sie wieder ihren eigenen Gefühlen, die sie früher oft Oberflächlichkeiten geopfert hatte. Außerdem war ihre Zuneigung zu ihm so echt wie der Wind in ihren Haaren. Natürlich kannten sie sich erst seit einigen Monaten, aber eine Garantie gab es nur auf die Dinge, die man kaufen konnte. *Wer nicht wagt, der nicht gewinnt* war nur ein blöder Kalenderspruch, und doch lag viel Wahrheit darin.

Ihr Blick ging wieder über das Meer und dieses Mal in die Richtung, in der sie Rügen vermutete. Sie fragte sich, was David wohl gerade tat und wie es ihm ging. Ob er sie im Augenblick genauso vermisste wie sie ihn?

Vom Uferweg, der hinter den Dünen verlief, drangen laute, aggressiv klingende Stimmen zu ihr herüber, die sie aus ihren Gedanken holten. Es klang nach einem handfesten Streit und die weibliche Stimme kam ihr bekannt vor.

Catharina erhob sich, klopfte den Sand von ihrer Hose, konnte aber von hier aus nichts erkennen. Also folgte sie den Stimmen und sah dann, dass sie sich nicht getäuscht hatte. Unten auf dem Weg stand Henrietta und vor ihr ein unbekannter Mann mit erhobenem Arm, was eindeutig eine Drohgeste darstellte.

Den Sand, der in ihre Schuhe lief, ignorierend, rutschte Catharina laufend die wenigen Meter hinunter zum Weg und rief schon von Weitem: »Was ist hier los?« Jetzt war sie nicht mehr die verunsicherte junge Frau mit Zukunftsängsten, sondern wieder die gestandene Polizistin.

Der Mann drehte sich zu ihr, deutete auf die Obdachlose Henrietta und brüllte: »Die hat mein Handy geklaut. Nehmen Sie die sofort fest.«

Catharina überwand die letzten Meter, sah dem etwa Fünfzigjährigen in die Augen und erklärte: »*Die* ist ein ganz normaler Mensch, den *Sie* respektvoll behandeln sollten.«

Der Mann wirkte nur kurz verwirrt und entgegnete: »Auf welcher Seite stehen Sie eigentlich? Die müssen doch klauen, damit sie sich etwas zum Saufen leisten können. Aber nicht mit mir!«

Natürlich hatte Catharina nicht vor, sich auf irgendeine Seite zu stellen, aber sie arbeitete unter anderem deshalb ehrenamtlich bei der Tafel, weil ihr genau solche Vorurteile zuwider waren. Daher sagte sie ruhig, aber bestimmt: »Ich würde vorschlagen, Sie beruhigen sich jetzt. Dann werden wir die Sache bestimmt aufklären.«

»Genau«, stimmte Henrietta hinter Catharinas Rücken zu, was den Typen erneut auf die Palme brachte, da er auf sie zeigte und dabei keifte: »Du hast mir gar nichts zu sagen.«

»Ruhe!« – Catharina wurde selten laut, doch jetzt war es nötig. Sie befahl dem Mann, zwei Schritte zurückzutreten, drehte sich zu der Obdachlosen und fragte: »Hast du das Handy dieses Herrn genommen?«

Henrietta hielt ihrem Blick stand. »Natürlich nicht. Ich bin zwar weit unten, aber so tief sinke ich nicht.«

»Die Tasche. Die soll ihre Tasche ausleeren.«

Catharina atmete kurz durch. »*Die* muss gar nichts. Bis jetzt steht einfach nur Aussage gegen Aussage. Oder haben Sie irgendeinen Beweis, dass die Frau Ihr Handy hat?«

Der Mann deutete zu einem Strandimbiss und erklärte: »Ich habe es dort drüben auf einen der Stehtische gelegt und mir nur kurz meine Pommes geholt. Und als ich zurückkam, war es weg und die da ging eilig davon. Ist das Beweis genug?«

»Eigentlich nicht, aber wir können ja mal höflich fragen, ob die Dame die Tasche freiwillig für uns öffnet«, schlug Catharina vor.

Henrietta tat ihr den Gefallen und verkürzte die Angelegenheit, indem sie ihr Halstuch abnahm, es auf dem Sand neben dem Weg ausbreitete und ihre Tasche darauf entleerte. Catharina vertraute den Menschen, die sie von der Tafel kannte, und wurde nicht enttäuscht. Denn außer einem Haufen wertlosen Krimskrams kam nichts zum Vorschein. Sie zog ihr eigenes Handy heraus und fragte den Mann: »Wie lautet Ihre Nummer?«

Während er diese diktierte, tippte Catharina die Zahlen ein, startete die Verbindung und keine fünf Sekunden später ertönte ein Klingelton. Der Typ blickte ertappt auf seine altmodische Bauchtasche und maulte auch noch: »Hätte ja sein können. Man kennt doch solche Leute.«

»Eine Entschuldigung wäre angebracht.«

»Was?«

Catharina fixierte den Kerl. »Ich möchte, dass Sie sich bei ihr entschuldigen. Sonst muss ich der Frau leider zu einer Anzeige wegen Nötigung raten.«

Die Gesichtszüge des Mannes entgleisten. Seine Atmung wurde schneller, doch obwohl eine uniformierte Polizistin vor ihm stand, schaffte er es nicht, über seinen Schatten zu springen. Stattdessen sagte er nur: »Ich irre mich selten.« Damit drehte er sich um und ging davon.

Catharina beließ es dabei. Sie half Henrietta dabei, ihre Sachen wieder in die Tasche zu verfrachten, und wünschte ihr noch einen schönen Abend.

Als sie ihren Mini vor ihrem kleinen Häuschen parkte, wurde es bereits dunkel. Trotzdem ging sie noch nicht hinein, sondern zündete sich eine Zigarette an. Während sie rauchte, schlenderte sie einmal um das Haus herum, wobei sie mit den Händen über die Pflanzen strich, die sie besonders liebte.

Auf der Rückseite des Hauses blieb sie stehen, ließ ihren Blick über das nahe Achterwasser schweifen und fasste dabei einen Entschluss. Ja, sie wollte ein Leben mit David. Und ja, sie würde sich auf Kompromisse einlassen. Aber dieses Haus würde sie nicht aufgeben. Sie hatte es ohne finanzielle Belastung geerbt und zu einem Kleinod umgebaut. Sie hatte den Garten aufgepäppelt und hier eine Oase für ihre Seele geschaffen. Wenn es sein musste und ihre gemeinsamen Aufträge als Privatermittler nicht genug Profit abwerfen sollten, würde sie sich einen Nebenjob suchen. Aber dieses Haus war und blieb ihre Perle.

Entscheidungen zu treffen, fühlte sich gut an. Sie drückte ihre Kippe auf der Terrasse in den Aschenbecher, ging nach vorne und hinein. Nach einer langen Dusche holte sie sich eine Flasche Becks aus dem Kühlschrank und lümmelte sich auf ihr Sofa.

Wenn es so etwas wie einen Regenbogen zu einem anderen Menschen geben sollte, dann war ihrer zu David ziemlich ausgeprägt. Denn ihr Finger schwebte gerade über seinem Namen, als das Handy in ihrer Hand zu vibrieren begann und seinen Klingelton abspielte.

Kapitel 10

»Heilige Scheiße, ist die echt?«

David war gestern früh ins Bett gegangen, hatte aber vorher noch lange mit Catharina telefoniert. Jetzt saß er bei einer Tasse Kaffee im Esszimmer der Angestellten. Er blickte von seinem Handy auf und wusste mit einem Mal, an wen ihn der Junge erinnerte. An Joffrey, den sadistischen Bengel aus »Game of Thrones«.

Patrick kam ein Stück näher, deutete auf das Brustholster und fragte begeistert: »Kann ich die mal in die Hand nehmen?«

»Ganz sicher nicht!« Wenn David eines hasste, dann eine Unterhaltung am frühen Morgen. Glücklicherweise hatte Roswita, die Köchin, das Gespräch gehört. Sie erschien in der Küchentür und sagte: »Guten Morgen, Herr Drescher. Kann ich Ihnen etwas rüberbringen?«

Der Junge quittierte das mit einem vernichtenden Blick und der Belehrung: »Seit wann mischen Sie sich in ein Gespräch ein?«

Roswita machte eine beschwichtigende Geste und verschwand wieder in der Küche. David sah den Fünfzehnjährigen an und beschloss, ihn auf keinen Fall zu siezen.

Dieser nahm nun wieder die Beretta ins Visier und verkündete: »Wir müssen unbedingt ein paar Schießübungen im Garten machen. Sollte mir nicht schwerfallen, Eichhörnchen sind immerhin bewegliche Ziele und die treffe ich auch.«

David wusste nicht, ob er ihn bemitleiden oder hassen sollte. Er schluckte einen Großteil dessen, was ihm auf der Zunge lag, herunter und brummte: »Bestimmt nicht.« Eigentlich hätte er jetzt etwas wie *Ich sag es meiner Oma* erwartet, doch Patrick blieb friedlich und erklärte von oben herab: »Ich brauche Sie um zehn für einen Ausflug zu einem meiner Freunde. Wir dürfen das Grundstück ja ab heute nicht mehr ohne Sie verlassen.«

»Das wird leider nichts.« David schob seine leere Kaffeetasse von sich und sah dabei zu, wie der Bengel knallrot anlief. Doch bevor sein Kopf platzen konnte, fragte er: »Wo musst du denn hin und wärst du dort sicher?«

Der Junge witterte seine Chance und erklärte schnell: »Auf jeden Fall. Toms Eltern haben Geld und ein unbezwingbares Haus.«

David verzog keine Miene, nickte und beschloss: »Na gut, dann frage ich vorher deine Großmutter. Und wenn sie einverstanden ist, fahre ich dich hin und hole dich wieder ab. Dazwischen habe ich einen anderen Termin.«

Damit gab sich der Bengel zufrieden und sagte nur: »Alles klar«, drehte sich um und verschwand in Richtung des offiziellen Esszimmers. David beschloss, nach einer abschließbaren Box oder einem Tresor für seine Waffe zu fragen.

Frau Drescher telefonierte kurz mit den Eltern von Patricks Freund, dann bekam David noch den Schlüssel für einen der beiden großen Mercedes-SUVs, die auf dem Parkplatz standen. Frau Dreschers einziger Kommentar dazu war: »Der ist sicherer als Ihr Wagen, er hat eine leichte Panzerung.«

David war das nur recht, denn es machte bestimmt Spaß, die Kiste zu fahren. Der VW, den er erst vor Kurzem von Ünal gekauft hatte, war zwar auch nicht schlecht, aber lange nicht so gut motorisiert.

»Dauert es noch lange?«, maulte Patrick auf dem Beifahrersitz, während David sich mit den Schaltern, Hebeln und den digitalen Spielereien des Mercedes vertraut machte. Er ignorierte den Bengel, startete den Motor, legte den Rückwärtsgang ein und drückte sanft auf das Gaspedal. Der Wagen machte einen Satz nach hinten und kam erst auf der nächsten Rasenfläche zum Stehen.

Danach ging er es vorsichtiger an. Jedenfalls bis sie außer Sichtweite des Hauses waren. Gerade als Patrick etwas wie »Sonntagsfahrer« murmelte, trat David ordentlich aufs Gas. Der Wagen zog an und musste vor der eigentlichen Landstraße fast mit einer Vollbremsung gestoppt werden. Auf der öffentlichen Straße fuhr David wieder langsamer, jedenfalls so lange, bis ein kleiner Lkw vor ihnen auftauchte. Bei dem anschließenden Überholvorgang drückten sie die knapp vierhundert PS derart in die Sitze, dass dem Jungen jede Farbe aus dem Gesicht wich.

Zehn Minuten später parkte David den Wagen und befahl dem Jungen, noch sitzen zu bleiben. Er selbst stieg aus, musterte die Umgebung und ging zur Beifahrerseite. Er öffnete die Tür, forderte Patrick auf, auszusteigen, und ging dann neben ihm zum Eingang des modernen Bungalows.

Die Mutter von Patricks Freund verhielt sich eindeutig höflicher als die Dreschers. Sie bedankte sich bei David, dass er den Jungen vorbeigebracht hatte, und sie vereinbarten die Abholzeit. Er selbst rang sich ein »Viel Spaß« in Richtung seines Schützlings ab und ging zurück zum Wagen.

Sein nächstes Ziel war die Adresse von Moritz Unruhs Vater. Da der Mann über keine eigene Unterkunft mehr verfügte, war es mehr als wahrscheinlich, dass er dort nach seiner Entlassung auftauchen würde. Außerdem hatte er diese Adresse auf den Entlassungspapieren angegeben, von denen die Familie Drescher irgendwie Kenntnis erlangt hatte.

Im Grunde war es kriminell, in welchem Umfang diese Leute an Informationen kamen. Aber immerhin erleichterte es ihm die Arbeit.

David wählte den nächsten Adresseintrag im Navi, drehte das Radio lauter und fuhr los. Der große Mercedes glitt auch auf den schlechten Straßen über jede Bodenwelle und David erwischte sich selbst dabei, wie er ein wenig neidisch wurde. Reichtum war schon eine schöne Sache.

Kurz vor seinem Ziel gab es unweit der Regionalschule einen großen Parkplatz. Dort stellte er den Wagen ab, prägte sich den Rest des Weges ein und stieg aus. Von dem schlechten Wetter des Vortages waren nur noch ein paar kleine Pfützen übrig. Am Himmel hingen kaum noch Wolken und die Sonne schien fast ungetrübt vom Himmel. Eigentlich hätte er gerne auf die dünne Jacke verzichtet, was aber wegen der Waffe nicht ging. Es war in der Vergangenheit bereits zweimal passiert, dass jemand seine Waffe gesehen hatte und panisch geworden war. Beide Male hatte die Sache mit einem Polizeieinsatz geendet und elend lange Erklärungen waren nötig gewesen.

Aus irgendeinem Grund dachte David, der Vater des vermeintlichen Mörders von Elisabeth würde in einer schäbigen Sozialwohnung leben, doch das genaue Gegenteil war der Fall. Das Namensschild hing an einem von sechs Häusern, die direkt an das Schulgelände grenzten. Es war schon etwas älter, aber durchaus gepflegt.

Noch während er überlegte, ob er klingeln oder sich erst die nähere Umgebung ansehen sollte, tauchte am Ende der Straße ein Taxi auf. Es hielt direkt neben ihm und als ein Mann ausstieg, erkannte David ihn von einem Foto aus den Polizeiakten.

Moritz Unruh war nur etwa 1,70 groß und damit einen halben Kopf kleiner als er selbst. Der Mann wirkte mager und sein stark gelocktes Haar ungewaschen, doch sein Blick war wach.

Nachdem er eine kleine Reisetasche aus dem Taxi geholt hatte, drehte sich Unruh zu David und fragte ungeniert: »Sind Sie das Empfangskomitee der Presse oder von der Polizei?«

David wartete, bis das Taxi losgefahren war, sah dem Mann in die Augen und erklärte: »Weder noch. Mein Name ist Bender und ich arbeite für die Familie Drescher.«

»Und warum braucht der Herr Bender eine Waffe?«

David zog den Reißverschluss seiner Jacke ein Stück weiter nach oben und erwiderte: »Weil der Herr Bender für die Sicherheit der Familie Drescher verantwortlich ist und Sie das wissen sollten. Wenn Sie also irgendein Problem mit dieser Familie haben, wäre es besser, wenn Sie die Vergangenheit ruhen lassen.«

Der Mann hatte einen verdammt stechenden Blick. Er machte eine ausladende Geste und sagte fast schon amüsiert: »Ja, wer lauert denn hier wem auf? Dieses verlogene Pack ist es doch, das ein Problem hat. Es ist halt blöd, wenn das Bauernopfer wiederaufersteht.« Damit nahm er seine Tasche und sagte: »Und jetzt entschuldigen Sie mich bitte. Ich brauche dringend eine Dusche, in der ich nicht den Arsch zusammenkneifen muss.«

David verzichtete auf eine weitere Drohung und sah zu, wie der Mann durch das unverschlossene Gartentürchen trat. Danach ging Unruh zu dem Haus, wo ihm ein alter Mann im Rollstuhl die Tür öffnete und ihn herzlich in die Arme nahm.

Hinter David kam ein Mann mit einem Hund die Straße entlang und raunte, als er das sah: »Jetzt haben sie diese Drecksau tatsächlich rausgelassen. Eine Schande ist das. Eine Schande.«

David wusste natürlich, dass man den wenigsten Menschen ihre kriminelle Energie ansah, doch bei Moritz Unruh war es besonders schwer, ihn sich als Verbrecher vorzustellen. Der Mann wirkte nicht geläutert, sondern verletzt.

Nach einem Blick auf die Uhr entschied sich David für ein kleines Frühstück in dem Café an der Strandpromenade.

»Na, werden Sie heute wieder eine Stunde für Ihren Kaffee brauchen?«

David drehte sich zu der Bedienung. Natürlich war er nicht ihretwegen hier – trotzdem konnte er sich ein breites Lächeln nicht verkneifen und fragte: »Wie lange darf ich denn sitzen bleiben, wenn ich ein kleines Frühstück bestelle?«

Die Frau wischte sich eine Haarsträhne aus der Stirn, tat, als würde sie nachdenken, und erklärte: »Ich denke, dreißig Minuten wären angemessen.« Dann sah sie ihm in die Augen und fragte: »Wie möchten Sie Ihr Ei?«, wobei sie das Wort Ei besonders betonte.

Es gibt Menschen, zu denen hat man sofort einen Draht, und diese Frau, deren Namensschild sie als Tanja auswies, war so ein Mensch. David und sie hielten die Zweideutigkeit der Frage genau fünf Sekunden lang aus und mussten dann beide lachen.

Er räusperte sich und bat mit möglichst ernster Tonlage: »Das Ei bitte hart gekocht und anstatt Kaffee ...«

»Möchten Sie einen Cappuccino«, vervollständigte sie den Satz. Sie notierte das und fragte: »Wurst, Käse oder beides zum Brötchen? Was möchten Sie essen?«

Fast wäre ihm *Wie wäre es mit einem Abendessen?* herausgerutscht, aber diese Zeiten waren vorbei. Seine Zukunft gehörte Catharina und so antwortete er brav: »Etwas von beidem bitte.« Und zu seiner eigenen Sicherheit fügte er hinzu: »Meine Freundin kommt in ein paar Tagen hierher und bräuchte dann eine Unterkunft. Können Sie mir etwas Ordentliches und Bezahlbares empfehlen?«

Die junge Frau ließ sich nicht irritieren. Sie musterte ihn etwas zu lange, bevor sie schließlich, und wieder zweideutig, antwortete: »Bis in ein paar Tagen werden wir beide schon ein Zimmer für Ihre Freundin gefunden haben. Wenn Sie mir Ihre Telefonnummer geben, werde ich mich ein wenig umhören. Hier vermieten viele privat.«

David spürte ein leichtes Ziehen in der Bauchgegend, blieb aber kühl und gab ihr seine Karte mit den Worten: »Das wäre schön. Aber bitte rufen Sie mich nur an, wenn sich etwas ergeben hat.«

Ihr Grinsen wurde breiter, doch sie erwiderte nur: »Na, dann werde ich mich jetzt mal um Ihr Frühstück kümmern.« Damit drehte sie sich um, wedelte aber noch einmal mit seiner Visitenkarte und ging mit einem ausladenden Hüftschwung davon.

KAPITEL 11

David war froh, dass sich das Café füllte und Tanja genügend zu tun hatte. Früher, vor Catharina, wäre er sicher auf ihre Flirtversuche eingegangen. Heute musste er sich das verkneifen, was ihm glücklicherweise zunehmend leichter fiel. Nach dem späten Frühstück bezahlte er, gab ihr ein gutes Trinkgeld und sie versprach, sich wegen einer Unterkunft zu melden. Danach ging er zu dem Mercedes der Dreschers und fuhr zurück zu Patricks Kumpel.

Wieder öffnete dessen Mutter die Tür, warf einen Blick auf die Uhr und erklärte: »Ich glaube, die beiden haben Sie nicht so früh erwartet. Sie sind noch unten im Keller. Möchten Sie vielleicht hereinkommen?«

»Gerne.« David trat ein, schlüpfte aus den Schuhen und sah sich unschlüssig um. Von außen wirkten diese neumodischen Betonklötze immer wie Festungen, doch jetzt, wo er so ein Haus zum ersten Mal von innen sah, fand er es gar nicht so schlecht.

Die Frau musterte ihn einen Augenblick lang, bevor sie fragte: »Kann ich Ihnen einen Kaffee anbieten?«

David winkte ab: »Danke, ich hatte gerade schon einen«, zog dann seine Jacke aus und begriff seinen Fehler, als die Frau

70

kurz zusammenzuckte. Er machte eine abwehrende Geste und erklärte dabei: »Oh, bitte entschuldigen Sie. Ich habe natürlich eine Berechtigung zum Führen einer Waffe. Frau Drescher möchte nur sichergehen, dass ihren Enkeln nichts passiert.«

Die Frau rang sich ein Lächeln ab, ging in den Wohnbereich und fragte dabei über die Schulter: »Dann bleiben Sie jetzt länger? Ich habe schon gehört, dass man dieses Monster wieder freilassen musste. Die Welt ist ein ekelhafter Ort geworden.«

David folgte ihr, setzte sich auf den angebotenen Stuhl am Esstisch und erwiderte: »Wie lange ich bleibe, hängt davon ab, ob Moritz Unruh in Freiheit bleibt. Meine Auftraggeber sind von seiner Schuld überzeugt und möchten, dass ich weitere Beweise finde.« David beschloss, die Chance zu nutzen, und fragte: »Was wissen Sie über die Sache mit dem Mädchen?«

Die etwa Vierzigjährige ging bereitwillig darauf ein, bat aber um einen Moment Geduld und verschwand kurz in der Küche. Kurz darauf kam sie mit einem halb vollen Glas Wein zurück. Sie setzte sich ihm gegenüber, presste kurz die Lippen zusammen und sagte: »Na ja, im Grunde weiß ich auch nicht mehr als alle anderen.« Ihr Blick ging zu der großen Glasschiebetür, hinter der sich eine Terrasse und der Garten befanden, und schüttelte den Kopf. »Wenn ich daran denke, wie oft dieser Mann hier war. Manchmal war er sogar mit meinem Jungen alleine hier. Schrecklich.«

»Moritz Unruh hat auch bei Ihnen die Gartenpflege gemacht?«

Sie deutete ein Nicken an. »Sie wissen doch, wie das ist. Gute Leute sind schwer zu finden und dann nimmt man eben den, der von Freunden empfohlen wird. Und trotz allem, was passiert ist, muss ich sagen, dass der Mann wirklich gute Arbeit geleistet hat. In welcher Gefahr unsere Kinder dabei schwebten, ahnte ja niemand.«

David redete nicht um den heißen Brei herum und fragte direkt: »Sie denken also auch, dass er Elisabeth Schwab missbraucht und getötet hat?«

Ihre Reaktion kam schnell und nahezu aggressiv. »Ja, auf jeden Fall. Auch wenn es nie den absoluten Beweis gab, fand ich Herrn Unruh rückblickend schon immer ein wenig seltsam. Außerdem hatte er für den Tatzeitraum kein Alibi und Gerald Drescher hat ihn in der Nähe des Ablageortes gesehen.«

Klingt wie einstudiert, kam es David in den Sinn. Andererseits mussten sich die Menschen hier schon deutlich länger mit dem Fall befassen. Bestimmt hatten sie ihre Geschichten schon hundertmal erzählt.

Aus dem Keller drang der Fluch eines der Jungen zu ihnen herauf, was David zu einer weiteren Frage veranlasste: »Und Sie haben in der jetzigen Situation keine Angst um Ihren Sohn?«

Sie atmete einmal durch, trank, obwohl es noch nicht einmal Mittag war, einen ordentlichen Schluck von ihrem Wein und antwortete: »Nein. Erstens können wir nicht alle Kinder in der Gegend einsperren und zweitens habe ich, im Gegensatz zu Herrn Drescher, keine offizielle Aussage abgegeben. An Marlene Dreschers Stelle wäre ich allerdings auch vorsichtig.«

Davids Handy erinnerte ihn an einen Termin, den er sich für heute eingespeichert hatte. Als er den damaligen Ermittler, einen Kommissar Weiglein, am Vorabend angerufen hatte, war dieser nicht gerade begeistert gewesen, doch die Tatsache, dass Unruh wieder auf freiem Fuß war, hatte ihn veranlasst, einem Treffen zuzustimmen.

David schaltete die Handybenachrichtigung ab, erhob sich, deutete zum Kellerabgang und fragte: »Haben Sie etwas dagegen, wenn ich Patrick hole? Ich habe nachher noch einen weiteren Termin und wir müssen langsam los.«

Sie winkte ab. »Aber nein. Und wenn Sie noch weitere Fragen haben, können Sie jederzeit vorbeischauen.« Etwas betrübt fügte sie hinzu: »Ich bin eigentlich fast immer hier.«

David bedankte sich für das Angebot und ging zur Treppe. Mit jeder Stufe wurde der Lärm lauter und als er in den Hobbyraum trat, wusste er auch, woher er die Geräusche kannte. Dass Patrick mit seinem Kumpel ausgerechnet »Call of Duty« zockte, wunderte ihn nicht wirklich. Dieses Spiel passte ausgezeichnet zu einem Eichhörnchenjäger.

Tom bemerkte David als Erster, pausierte das Spiel und fragte an seinen Kumpel gewandt: »Ist das der Typ, den du in eurem Garten entwaffnet hast?«

Patrick drehte sich um.

Jetzt war David gespannt, doch der Junge log tatsächlich, indem er sagte: »Ja, genau. Das ist im Moment mein Babysitter. Allerdings kein sehr guter.«

David atmete den Ärger weg und versuchte, diesen kleinen Scheißer als das zu sehen, was er war: ein armseliger Junge, der irgendwann furchtbar auf die Fresse fallen würde. Und sein angeblicher Kumpel Tom wirkte auch nicht gerade, als hätte er viele Freunde.

Nach einem weiteren Atemzug beschloss er: »Komm, wir gehen. Ich habe gleich noch einen Termin.«

Patrick grinste ihn an und deutete zu dem Fernseher. »Kann nicht. Wir haben unsere Mission noch nicht beendet und so weit sind wir in dem Spiel noch nie gekommen.«

David überlegte einen Augenblick lang, ob er Patrick einfach am Ohr die Treppe hinaufziehen sollte. Doch stattdessen nahm er ihm den Controller aus der Hand und sah zu dem größten Fernseher, den er je gesehen hatte. Dann setzte er das Spiel fort, erledigte mit schnellen Fingern eine komplette gegnerische Einheit und holte damit eine Trophäe. Anschließend wählte er die stärkste Waffe, die sich Patrick erspielt hatte, killte im Handumdrehen sämtliche Gegner und beendete die Mission.

Als das erledigt war, warf er den Controller auf das Sofa und wiederholte: »Komm, wir gehen.«

Am Anfang verlief die Rückfahrt so schweigsam wie die Hinfahrt zuvor, bis David fragte: »Wie kommt ihr eigentlich sonst von dem Anwesen weg? Es liegt ja ganz schön außerhalb und soweit ich gesehen habe, gibt es keine Busverbindung.«

Patrick sah ihn bei dem Wort Busverbindung vom Beifahrersitz aus an, als hätte er nicht mehr alle Tassen im Schrank. Dann erklärte der Junge knapp: »Meistens fährt uns der Fahrer meines Dads. Und wenn der nicht da ist, dann jemand vom Personal.«

»Jeden Tag? Ich meine, ihr müsst doch zur Schule.« Natürlich hatte David nicht vergessen, dass die Kinder auf ein Internat gingen. Er wollte einfach mehr über den Alltag der beiden herausbekommen. Und da Patrick bei direkten Fragen blockte, versuchte er das eben hintenherum.

»Wir gehen doch nicht hier zur Schule«, stieß der Junge genauso abfällig aus. »Alicia und ich sind in einem Internat. Wir verbringen nur die Ferien hier.« Er sah David herablassend von der Seite an.

David dachte kurz darüber nach. »Und die haben keine Ferienbetreuung? Ich meine, es wäre ja in dieser Situation sinnvoll, wenn ihr dortgeblieben wärt.«

Patrick richtete den Blick wieder auf die Straße, wobei er erklärte: »Doch, die gibt es, aber Großmutter sagt, dass wir Dreschers nicht weglaufen, wenn es problematisch wird. Sie sagt, dass wir uns nicht einschüchtern lassen.«

»Und was sagt eure Mutter dazu?« Ein schneller Seitenblick zeigte, dass es in Patricks Gesicht arbeitete. David hatte diese Frage bewusst gestellt, um den Jungen aus der Reserve zu locken, und das war ihm offenbar geglückt. Außerdem hatte er die erste Lüge bereits enthüllt, da Großmutter Drescher behauptet hatte, dass es in dem Internat keine Ferienbetreuung gab.

Erstaunlicherweise reagierte Patrick dieses Mal nicht herablassend oder aggressiv, sondern erwiderte nur: »Das weiß ich nicht. Ich habe schon eine Weile nicht mehr mit ihr gesprochen.«

Wenn David mehr über diese Familie erfahren wollte, musste er Vertrauen aufbauen, also schlug er vor: »Ich kann dich ja mal zu ihr fahren. Deine Großmutter sagte, sie wohnt nicht weit weg.«

Patrick ließ das unkommentiert und schwieg auf der restlichen Strecke. Fünf Minuten später kam das Anwesen in Sicht.

Bis zu dem Treffen mit dem damaligen Ermittler hatte David noch etwas Zeit. Und da ihm überhaupt nicht nach seinem düsteren Dachzimmer war, ging er um das Haus herum in den Park, um sich auf eine der Bänke zu setzen, die überall herumstanden.

Das Gelände war zu allen Seiten offen, daher war der private Bereich, auf dem auch der Pavillon stand, durch eine große Hecke abgegrenzt. David befand sich außerhalb dieses Bereichs, wo sich der Park noch einige hundert Meter bis zu dem angrenzenden Wald erstreckte. Bei seinem ersten Besuch hatte er sich noch gefragt, warum die Dreschers kein Sicherheitspersonal einstellten, doch das Anwesen war viel zu weitläufig. Im Grunde konnte man nur das Haus und dessen unmittelbare Umgebung sichern, für alles andere bräuchte man viel zu viel Personal oder Technik.

Davids eigentliches Ziel war eine Parkbank, die im Schatten stand, doch dann sah er durch eine Lücke in der Hecke, dass im privaten Garten ein Liegestuhl stand. Seine Aufgabe war die Sicherheit dieser Leute, also änderte er die Richtung und zwängte sich zwischen zwei Büschen der Hecke hindurch.

Bevor er den Liegestuhl erreichte, rief er »Alicia«, doch sie konnte ihn nicht hören. Die junge Frau lag nur mit einem Bikini bekleidet in der Sonne und hatte Kopfhörer im Ohr. Er musterte ihren Körper und sah zwei kleine Tattoos – auf dem linken Oberschenkel hatte sie einen Engel, auf dem rechten einen Teufel. Beide Figuren waren wirklich gut gestochen und sahen sich, wenn sie wie jetzt ihre Beine geschlossen hatte, abschätzend an. Dann spürte sie seinen Schatten über sich, öffnete die Augen und stieß einen erschrockenen Schrei aus.

David wartete, bis sie sich die Ohrstöpsel herausgezogen und sich ein wenig beruhigt hatte. Er kauerte sich neben sie und sagte: »Sorry, ich wollte dich nicht erschrecken. Aber jeder andere hätte jetzt leichtes Spiel gehabt.«

Sie sah ihn an und fragte mit schuldbewusster Miene: »Bekomme ich jetzt Ärger?«

KAPITEL 12

Die Situation gefiel David nicht. Die junge Frau lag hier im Garten wie auf dem Präsentierteller und hatte ihn durch ihre Ohrhörer noch nicht einmal kommen hören. Andererseits konnte man von ihr kaum erwarten, dass sie sich nur im Haus aufhielt. David ging wieder einmal die grundlegende Problematik des Auftrags auf: Er hatte keine Zeit, sich permanent um beide Kinder des Hauses gleichzeitig zu kümmern.

Er sah Alicia in die Augen. »Nein, du bekommst keinen Ärger, aber wir müssen ein paar Spielregeln aufstellen. Moritz Unruh ist wieder auf freiem Fuß und du wärst gerade ein leichtes Ziel gewesen.« Damit deutete er auf eine der Überwachungskameras und erklärte: »Die sieht dich nicht«, er wechselte zur nächsten: »Und diese nur, wenn du deutlich näher am Haus bleibst.«

Alicia setzte sich auf. Irgendwie hätte David jetzt erwartet, dass sie das mitgebrachte Handtuch umlegte, doch offenbar machte es ihr nichts aus, in Badekleidung vor ihm zu sitzen. Sie zupfte nur ihr Bikinioberteil zurecht und fragte: »Und was schlägst du vor? Was für Spielregeln sollen das sein?«

Er sah sich um, deutete zu der Terrasse, die zu dem abgetrennten Gartenabschnitt gehörte, und bat: »Erstens solltest du dich dorthin legen, wo dich eine der Kameras im Bild hat. Das ist zwar immer noch keine Garantie, aber es ist wenigstens eine gewisse Abschreckung. Außerdem wärst du schneller in Sicherheit. Allerdings nur, wenn du eine Gefahr auch kommen hörst. Daher verzichtest du bitte auf die Ohrstöpsel. Ich habe dich gerade von Weitem gerufen und du hast es nicht mitbekommen.«

Ihren Mund umspielte ein Schmunzeln. »Du hast ja richtig Angst um mich.«

»Ist mein Job«, erwiderte er knapp und drückte sich in den Stand. »Also, können wir uns darauf einigen?«

Alicia wirkte ein wenig enttäuscht, stand aber ebenfalls auf und fragte: »Kannst du mir mit dem Liegestuhl helfen?« Ihr Blick ging zu der besagten Kamera, wobei sie feststellte: »Und was, wenn ein Spanner am anderen Ende sitzt?«

Nachdem sie in die Nähe der Terrasse gewechselt war, wurde Davids Zeit langsam knapp. Daher ging er nicht darauf ein, ließ sich noch versprechen, dass sie in Zukunft vorsichtiger sein würde, und sagte seinerseits einen baldigen Ausritt zu.

Kriminalmeister Johannes Weiglein empfing ihn in seinem Büro in der Polizeiwache von Sassnitz. David wurde von einem Beamten zu einer Tür gebracht, klopfte an, trat ein, gab dem Mann die Hand und stellte sich vor.

Der noch relativ junge Polizist erwiderte den Händedruck und stellte sich ebenfalls vor. Dann deutete er auf einen kleinen Tisch mit vier Stühlen, der in der Ecke stand, und schlug vor: »Setzen wir uns doch.«

David bedankte sich für das Treffen und eröffnete das Gespräch mit der Frage: »Sie wissen, dass Moritz Unruh wieder auf freiem Fuß ist?«

Weiglein wertete das offenbar als Angriff. Er verzog kurz den Mund, bevor er knapp erwiderte: »Natürlich weiß ich das.

Da haben die Kriminaltechniker damals offenbar geschlampt und sein neuer Anwalt gute Arbeit geleistet. So etwas kommt vor.«

David mochte es überhaupt nicht, wenn jemand sofort anderen den schwarzen Peter zuschob. Andererseits wusste er noch nicht, was der eigentliche Grund für Unruhs Entlassung war, also spielte er mit und fragte: »Wie meinen Sie das?«

»Na ja. Ich weiß zwar nicht, warum Moritz Unruh nach einem Jahr Haft noch einmal einen Anwalt engagiert hat und wie er ihn bezahlen konnte. Doch es hat sich offenbar gelohnt. Der Anwalt ging noch einmal alle Beweise durch, forderte zum Teil Nachuntersuchungen an und fand tatsächlich Unstimmigkeiten bei den DNA-Vergleichen. Zwei der Proben vom Opfer waren verunreinigt und hätten in der Verhandlung nie zugelassen werden dürfen. Daher musste das Gericht sein Urteil aufheben und Unruh gehen lassen. Es war damals ja ein reiner Indizienprozess.«

David dachte kurz nach. Noch konnte er den Mann, der ihm gegenübersaß, nicht einschätzen. Er wusste aus den Akten nur, dass damals nicht besonders viel Aufwand betrieben worden war und man Moritz Unruh ziemlich schnell als Täter identifiziert hatte.

Die einfachste Methode, um das wahre Gesicht eines Menschen ans Licht zu bringen, war Konfrontation. Daher stellte David höflich, aber direkt fest: »Aber wäre es nicht Ihre Aufgabe als leitender Ermittler gewesen, die Beweise gegenzuprüfen und wasserdicht zu machen?«

Da war es, das andere Gesicht des Polizisten. Er setzte sich aufrechter hin, seine Gesichtszüge konnten den Ärger kaum überspielen und seine Stimme wurde barsch, als er erwiderte: »Ich habe mir vor diesem Gespräch natürlich Ihre Akte angesehen. Warum die Familie Drescher ausgerechnet Sie zu ihrem Schutz engagiert hat, erschließt sich mir nicht. Es kann mir aber auch egal sein. Im Grunde finde ich es gut, dass man versucht, Moritz Unruh wieder ins Gefängnis zu bekommen. Und das ist auch der Grund, warum ich diesem Treffen zugestimmt habe. Aber wenn Sie mir mit irgendwelchen Unterstellungen kommen, ist unser Gespräch hier und jetzt beendet. Wie Sie als ehemaliger Polizist sicher wissen dürften, bin ich in keiner Weise verpflichtet, mit Ihnen über irgendwas zu reden.«

David ließ sich seinen Triumph nicht anmerken, hob beschwichtigend die Hände und bat unschuldig: »Sorry. Ich wollte Ihnen nicht zu nahe treten und Sie haben bestimmt gute Arbeit gemacht. Eigentlich wollte ich nur wissen, ob Sie einen Ansatz für mich haben, wo ich nach der langen Zeit noch Beweise für Unruhs Schuld finden könnte.«

Weiglein schien ein wenig versöhnt. Er trommelte kurz mit den Fingern, hob den Blick und erklärte: »Es gibt da etwas, das vielleicht zu wenig Beachtung fand.« Dann sah er kurz zur Tür, wie um sich zu vergewissern, dass niemand mithörte. Er beugte sich leicht nach vorne und erzählte: »Ein Jahr vor Elisabeth Schwabs Verschwinden gab es schon einmal einen Vorfall. Ich war damals noch Streifenpolizist und habe es nur am Rand mitbekommen, da ich zu der Zeit aus gesundheitlichen Gründen länger ausgefallen bin. Das Kind, ein dreizehnjähriger Junge, verschwand fast auf den Tag genau ein Jahr vor Elisabeth. Man fand ihn wenig später von einem Ast erschlagen im Naturschutzgebiet. Damals ging man davon aus, dass sich der Junge dort verirrt hat und dann in den Sturm geriet, der in der Nacht tobte.«

»Und Sie denken das nicht?«, fragte David nach, als Weiglein nicht weiterredete.

Dieser zuckte mit den Achseln, erwiderte aber: »Vielleicht war es so. Aber ein paar Kleinigkeiten passten eigentlich nicht zu dieser These. Man erklärte sich seine kleinen blauen Flecken zwar damit, dass er in einen Hagelschauer geraten ist. Aber für mich ist das unlogisch, denn jeder, der körperlich dazu in der Lage ist, würde irgendwo Schutz suchen. Außerdem ist da eben die zeitliche Nähe zu dem Vorfall mit Elisabeth. Wäre ja möglich, dass Moritz Unruh etwas mit den Sommerferien verbindet. Dass er einen Grund hat, sich in dieser Zeit ein Opfer zu suchen.«

David dachte über das Gehörte nach. »Und warum wird dann nicht offiziell in diese Richtung ermittelt? Sie unterstellen immerhin einen Mord.«

Weiglein lehnte sich zurück, sah David in die Augen und sagte: »Weil es allein meine Version des Vorfalls ist und mir in dieser Sache keiner folgt. Auf der Akte klebt der Hinweis ›abgeschlossen‹ und da man in dieser Gegend vom Tourismus lebt, soll das auch so bleiben. Der Junge machte hier mit seinen Eltern Urlaub und ist längst in Hessen eingeäschert worden. Als früherer Polizist sollten Sie das Spiel doch kennen. Die Polizei ist nicht ganz so unabhängig von politischen Entscheidungen, wie sie es sein sollte.«

David wusste das nur zu gut, denn es war einer der Gründe, warum er sich gegen die Uniform entschieden hatte. Obwohl ihm klar war, dass er keine Chance hatte, fragte er: »Können Sie mir Unterlagen zu dem Fall zeigen?«

»Natürlich nicht«, lautete denn auch die Antwort. »Aber sehen Sie sich im Netz die Berichterstattung an. Recht viel mehr würden Sie in unseren Akten auch nicht finden, da die Sache wie gesagt als Unfall eingestuft wurde.«

In dem Büro stand auch ein kleiner Fernseher, auf dem ein Nachrichtensender ohne Ton lief. Dort wurde gerade Moritz Unruhs Gesicht gezeigt und dann zu einer Kamera vor dem Haus seines Vaters umgeschaltet. Weiglein folgte Davids Blick, griff nach der Fernbedienung und schaltete den Ton laut. Die Sprecherin erklärte gerade:

»… ist ein Justizskandal, der das Verständnis unserer Bürger auf die Probe stellt. Wie wir heute erfahren haben, wurde der bereits verurteilte Mörder Moritz U. wegen eines Verfahrensfehlers auf freien Fuß gesetzt. Nicht nur die unmittelbaren Anwohner, sondern ganz Rügen ist entsetzt und viele Eltern haben jetzt Angst um ihre Kinder. Auch weil eine weitere Überwachung des Mannes aus rechtlichen Gründen nicht möglich ist. Wir vom Ostseekanal bleiben für Sie an der Sache dran und nun folgen die Wetteraussichten für die kommenden Tage.«

Weiglein schaltete den Ton wieder ab und brummte: »Das musste ja so kommen. Jetzt dürfen wir unsere dünne Personaldecke auch noch dafür nutzen, einen Mörder zu beschützen.« Damit erhob er sich und erklärte: »Tut mir leid, aber ich muss mich sofort um diese Sache kümmern. Wir haben bestimmt noch einmal Gelegenheit, miteinander zu reden.«

David gab sich verständnisvoll. Der Typ war ihm zwar immer noch nicht sympathisch, aber seine anfängliche Abneigung gegen den Polizisten hatte sich ein wenig gelegt. Er stand auf, bedankte sich bei ihm und verließ das Präsidium.

Draußen setzte er sich auf eine schattige Mauer, holte sein Handy heraus und wählte Claras Nummer.

Seine Assistentin begrüßte ihn mit den Worten: »Das Geld ist auf dem Konto«, gefolgt von: »Waren nicht sechstausend die Woche vereinbart?«

»Dir auch einen schönen guten Tag«, erwiderte David. »Das war ein Vorschuss. Du kannst dir selbst fünfhundert Euro davon als Bonus überweisen. Aber denk daran, dass es dann auch auf deiner Gehaltsabrechnung auftauchen muss.«

»Warum nicht die Hälfte?«, fragte Clara scherzhaft.

David war gerade nicht nach Scherzen. »Weil ich auch von etwas leben muss. Außerdem braucht dein Rollstuhl kein Benzin.«

Beide liebten die kleinen Kabbeleien, die auch mal ein bisschen unter die Gürtellinie zielen durften. Daher sagte Clara ohne Groll: »Na dann, trotzdem danke, Chef! Also, was verschafft mir die Ehre? Warum rufst du an?«

»Ich brauche Informationen über das Verschwinden eines Jungen hier auf Rügen. Man hat ihn von einem Ast erschlagen aufgefunden und die Sache wurde als Unfall eingestuft. Das soll in den Sommerferien vor zwei Jahren passiert sein. Einer der hiesigen Ermittler meint, die Sache könnte ebenfalls auf Moritz Unruhs Konto gehen. Und da ich ehrlich gesagt keine Ahnung habe, wie ich jetzt noch etwas gegen Unruh finden soll, möchte ich der Spur nachgehen.«

»Ist notiert«, bestätigte Clara, wie immer gut gelaunt, und schlug vor: »Soll ich Catharina anrufen? Vielleicht kommt sie an die Polizeiakten. Sie ist doch noch bis Freitag im Dienst, oder?«

»Keine schlechte Idee«, stimmte er zu. »Richte ihr Grüße von mir aus und dass ich mich heute Abend bei ihr melde.«

»Mach ich«, bestätigte Clara. Danach unterhielten sie sich noch kurz über den Fall und über die nächsten Schritte. Als sie aufgelegt hatten, ging David zu seinem schicken Dienstwagen, fuhr noch ein wenig durch die Gegend und in der einsetzenden Abenddämmerung zurück zum Gutshaus der Dreschers.

KAPITEL 13

Nach einem wirklich guten Abendessen war David noch ein wenig in der Parkanlage herumspaziert. Diese hatte etwa die Größe von drei Fußballfeldern und war hervorragend gepflegt. Mehr als die Hälfte grenzte an einen Buchenwald, der Rest öffnete sich zu großen Feldern. Im Zentrum des Parks stand eine mächtige Eiche und auf einer Seite eine Reihe großer Pappeln als Abgrenzung zu den Feldern. In der Nähe des Gutshauses umspannten im Halbkreis gepflanzte Hecken den Privatgarten; David konnte sich gut vorstellen, dass es auch immer wieder einmal Touristen hierher verschlug. Nicht umsonst gab es an den Grundstücksgrenzen ein engmaschiges Netz aus Hinweisschildern, dass es sich bei dem Park um ein Privatgrundstück handelte. Natürlich hätte man es umzäunen können, doch das stünde dem offenen Charakter der ganzen Anlage entgegen und wäre optisch eine Verschandelung gewesen.

Gegen zwanzig Uhr beendete David seinen Rundgang. Er ging zum vorderen Eingang, gab die PIN für die Sicherheitsanlage ein und entriegelte damit die Tür. Im Inneren musste man das Spiel an einem etwas versteckt angebrachten Tastenfeld mit einer weiteren PIN wiederholen. Die Sache war zwar nervig, hatte aber ihren Zweck, denn sollte jemand dazu gezwungen werden, draußen die PIN einzugeben, aber die Bestätigung unterlassen, würde nach zwei Minuten ein stiller Alarm ausgelöst werden. Im Gegensatz zum Außenbereich war bei der Sicherung des Gutshauses selbst nicht gespart worden.

Im Inneren des Hauses überkam David wie immer das Gefühl, in einem Museum zu sein. Von links hörte er leises Scheppern aus der Küche und von der rechten Seite die Stimme der Großmutter Drescher. Sie befand sich offenbar in ihrem Arbeitszimmer und da sonst niemand zu hören war, führte sie entweder Selbstgespräche oder ein Telefonat.

David verzichtete wieder auf den kleinen, nachträglich eingebauten Fahrstuhl und nahm die große Freitreppe. Soweit er wusste, befanden sich im ersten Stockwerk die Räumlichkeiten der alten Dreschers und eine Etage darüber wohnten die Kinder und deren Vater. Von dort führte die deutlich schmalere Treppe hinauf ins Dachgeschoss, wo alle Angestellten und er selbst untergebracht waren.

Er wollte gerade die obere Tür öffnen, als diese nach innen aufgezogen wurde. Eine junge Frau erschrak fürchterlich bei Davids Anblick und war kurz davor, einen Schrei auszustoßen. Sie machte einen Schritt zurück in den Gang, von dem alle Dachzimmer abgingen, und fragte mit osteuropäischem Akzent: »Wer bist du und was wollen hier?«

David machte eine beschwichtigende Geste und antwortete ruhig: »Alles gut. Mein Name ist David Bender und ich passe momentan auf die Familie auf.« Dann streckte er die Hand aus, machte einen Schritt auf sie zu und riet: »Sie müssen Magdalena sein?«

Die vielleicht Anfang Zwanzigjährige deutete ein unsicheres Nicken an, erwiderte den Händedruck und bestätigte: »Ja. Bin Pflegerin von Herrn Drescher. Du wohnen auch hier?«

Er nickte nach links in den Flur. »Letztes Zimmer auf der linken Seite.«

Sie nickte schüchtern, erklärte aber: »Ich jetzt losmüssen. Herr Drescher waschen. Du hier bitte an Badezimmertür klopfen. Wir sonst nur Frauen und müssen duschen.«

David erinnerte sich natürlich an das einzige Badezimmer in diesem Stockwerk und versprach, nicht einfach hineinzugehen. Danach machte er Platz und sah ihr hinterher, wie sie die Treppe hinunterstieg.

Nach einer ausgiebigen Dusche setzte sich David aufs Bett und entsperrte das Handy. Sieben Nachrichten von Clara stand eine einzige entgegen, die ihn deutlich mehr interessierte. Er startete den Videochat und kurz darauf erschien Catharina im Display. Soweit er es erkennen konnte, saß sie auf ihrem Sofa und trug eines von seinen T-Shirts. Sie begann das Gespräch mit: »Hi, du. Wie geht es dir?«

»Jetzt, wo ich dich sehe, besser«, antwortete er lächelnd.

Sie lächelte zurück, wobei die beiden kleinen Grübchen in Erscheinung traten, die er so mochte. Sie strich sich eine Haarsträhne aus dem Gesicht. »Ist es wirklich so schlimm dort? Clara hat mich angerufen und mir ein bisschen davon erzählt.«

David rieb sich kurz über die Nase. »Na ja, schlimm ist vielleicht übertrieben, aber diese Familie ist schon sehr speziell. Stelle dir einfach einen arroganten Menschen vor und multipliziere diese Vorstellung mit drei, dann hast du ein Bild von der Hausherrin und ihrem Enkelsohn.«

Catharina lachte. »Oh, vielleicht sollte ich doch lieber Polizistin bleiben.«

»Wage es nicht!« Er hob den Zeigefinger vor die Kamera und deutete drohend auf sie. Dann fuhr er fort: »Weil wir gerade beim Thema sind. Meinst du, du könntest mich ab Samstag hier unterstützen?«

»Wie jetzt, du willst mir meinen ersten Tag als Ex-Polizistin klauen?« Sie lachte erneut, deutete ein Nicken an und sagte: »War nur Spaß. Muss ich dann auch bei diesen Leuten wohnen?«

Er schüttelte den Kopf. »Nein, es wäre gut, wenn ich dich außerhalb dieser heiligen Hallen hätte. Ich bin durch die Bewachung der Kinder ziemlich eingespannt und komme kaum dazu, nach Beweisen für Unruhs Schuld zu suchen. Wir suchen dir eine hübsche Unterkunft und ich komme dich dort so oft wie möglich besuchen.«

»Ach so.« Ihr Blick wurde zweideutig. »Wenn dir also danach ist, soll ich dir zu Diensten sein.«

David verstand die Anspielung richtig und erwiderte: »Es geht mir dabei nur um deinen verspannten Rücken, der regelmäßige Massagen braucht. Apropos, was trägst du eigentlich unter meinem Shirt? Ich kann mich irren, aber sehe ich auf Brusthöhe eine leichte Erregung?«

Catharina liebte solche Spiele mit ihm, blieb völlig cool und sagte: »Moment.« Damit hielt sie das Handy ein wenig von sich weg, um mehr von ihrem Körper ins Bild zu bekommen, und schob ihre freie Hand so unter das Shirt, dass er nur erahnen konnte, was sie da tat. Kurz danach zog sie die Hand wieder heraus und verkündete: »Ja, du hast recht. Aber wenn du mich dort küssen würdest, wären sie noch fester.«

In der Folge ging es keinem von beiden mehr um irgendeinen Job. Und aufgrund der Entfernung zwischen Usedom und Berlin war es nicht das erste Mal, dass sie sich online derart hochschaukelten, bis es kein Zurück mehr gab.

Eine halbe Stunde später schloss David das leere Handy an den Strom an, legte sich auf den Rücken und schaltete das Licht aus. Im Augenblick waren seine Aufgaben hier so weit weg, wie sie nur sein konnten. Er freute sich einfach nur auf das Wiedersehen mit Catharina und ja, auch ein paar andere Gedanken spielten dabei bereits wieder eine Rolle.

Als ihn das Haustelefon weckte, wusste David erst nicht, wo er sich befand. Er schreckte hoch, sah sich um, hob nach dem fünften Läuten ab und stammelte: »Ja ... was?«

Alicias Stimme klang panisch, als sie in das Telefon rief: »Du musst runterkommen, schnell! Da unten ... draußen ... da steht jemand zwischen den Bäumen!«

Davids Puls schoss nach oben und die Müdigkeit war wie weggeblasen. Er antwortete knapp: »Bin gleich da. Halt dich vom Fenster fern«, und knallte den Hörer auf den alten Apparat. Dann zog er sich ein Shirt über, sprang in die Jeans und ohne Socken in seine Sneaker. Auf das Holster verzichtete er und steckte sich die Waffe in den Hosenbund.

Keine Minute später war er eine Etage tiefer, wo ihn Alicia bereits in der Tür zum Wohnbereich empfing. Sie rannte einen Flur entlang bis zu ihrem Zimmer, deutete zu einem der beiden Fenster und erklärte etwas atemlos: »Drüben am Waldrand zwischen den beiden Birken.«

David ließ das Licht aus, stellte sich seitlich neben das offene Fenster und blickte vorsichtig hinaus. Dass draußen auf dem Fensterbrett ein Aschenbecher stand, in dem ein Joint glomm, interessierte ihn jetzt nicht. Seine Augen suchten die Dunkelheit ab, sahen die Gestalt aber erst, als sie sich leicht bewegte. Sie war etwa dreißig Meter vom Haus entfernt und ganz in Schwarz gekleidet. In der Hand hielt sie entweder einen Stock oder ein Gewehr.

David hatte den Eindruck, die Gestalt wiederzuerkennen, und fragte leise: »Wo ist dein Bruder?«

»Drüben in seinem Zimmer. Ich habe ihm vor einer Stunde gute Nacht gesagt«, lautete die geflüsterte Antwort.

David löste sich vom Fenster und deutete zum Flur. »Zeig mir sein Zimmer.«

Alicia ging an ihm vorbei und den Flur ein Stück weiter. Vor einer Tür, an der ein Poster mit einem Militärhubschrauber klebte, blieb sie stehen. David wollte schon hineingehen, doch sie schüttelte den Kopf und sagte flüsternd: »Lass mich das machen. Er würde ausflippen, wenn er einen Fremden in seinem Zimmer sieht.«

Es gefiel David zwar nicht, trotzdem deutete er ein Nicken an und sah zu, wie sie die Tür nach innen aufdrückte und durch den entstandenen Spalt verschwand. Keine zehn Sekunden später erschien sie wieder, drückte die Tür zu und raunte: »Liegt im Bett und schläft.«

David ging mit ihr zurück zu ihrem Zimmer, blieb aber davor stehen und erklärte ihr: »Du gehst jetzt in irgendein Zimmer, das die Fenster zur anderen Seite hat, das man abschließen kann und wo sich eines dieser Haustelefone befindet. Dort wartest du auf mich. Ich habe mein Handy dabei; sollte ich mich in einer Viertelstunde noch nicht gemeldet haben, rufst du die Polizei.«

Sie bestätigte das und fragte: »Und du?«

»Ich gehe jetzt da raus und schnappe mir den Stalker.«

KAPITEL 14

Die direkte Umgebung des Gutshauses wurde von einigen Lampen erhellt, doch alles andere lag im Dunkeln. Die Nachtluft war wegen des klaren Himmels kühl und der Neumond spendete kaum Licht. David wandte sich nach rechts, wo in einigem Abstand die Autos standen. Vorsichtig sah er um die Hausecke. Nach etwa dreißig Metern begannen die ersten Bäume, und dort war auch die Stelle, wo er die Person gesehen hatte. Von hier aus konnte er den Bereich zwischen den Bäumen zwar deutlich besser einsehen, doch seine Augen fanden nichts Ungewöhnliches. Er sah nach oben und bemerkte die dünne Rauchfahne des Joints, der brennend im Aschenbecher lag.

Neben dem Parkplatz stand eine große Doppelgarage. David musterte noch einmal die Umgebung und rannte die fünfzehn Meter bis dorthin über offenes Gelände. Er war dem Wald nun deutlich näher gekommen, musste aber überlegen, wie er weiter vorgehen könnte. Auf der Stirnseite des Hauses hätte er keinerlei Schutz, also zog er seine Waffe heraus, lief um die Garage herum und von dort aus in den Wald hinein.

Wie still es hier war, nahm er erst wahr, als er stehen blieb und neben einem Busch in die Hocke ging. Eigentlich hätte man nachtaktive Tiere hören müssen, aber entweder wurden sie von ihm oder dem vermeintlichen Stalker verschreckt. David lauschte angestrengt in die Dunkelheit hinein und hörte irgendwo das Knacken eines Zweiges. Er erhob sich, drehte sich einmal im Halbkreis und ging vorsichtig ein paar Schritte in Richtung der Stelle, wo er die Person vom Fenster aus gesehen hatte.

Da es in dem Buchenwald kaum bodennahen Bewuchs gab, konnte er trotz des wenigen Lichtes ziemlich weit sehen. Der Boden war mit Laub bedeckt und ab und zu lagen abgebrochene Zweige herum.

An der Stelle angekommen, sah er zunächst nach oben zum Fenster von Alicias Zimmer. Da er das Licht dort ausgeschaltet hatte, war nicht viel zu erkennen, aber er konnte sich gut vorstellen, dass das bei Beleuchtung anders war. Offenbar hatte sie vorhin rauchend direkt am offenen Fenster gestanden.

David kontrollierte noch einmal die Umgebung, konnte aber keine Bedrohung feststellen. Also holte er sein Handy heraus und meldete Alicia, dass alles in Ordnung sei. Danach aktivierte er die Taschenlampenfunktion und begann, sich umzusehen.

Das Laub war an der Stelle aufgewühlt, wo der Stalker gestanden hatte, und an einer Stelle zeichnete sich im freigelegten Waldboden mitten in einem Ameisenhaufen ein gut erkennbarer Schuhabdruck ab. David hielt das Handy darüber und machte zwei, drei Aufnahmen. Beim letzten Blitzlicht irritierte ihn eine kleine Lichtreflexion. Er leuchtete das Laub ab und fand ein kleines unbeschädigtes Projektil zwischen den Blättern, wie man es in Luftgewehren verwendet. *Patrick*, war sein erster Gedanke. Dann setzte er seinen eigenen Fuß neben den Abdruck und sein Verdacht erhärtete sich. Wer auch immer hier gestanden hatte, dürfte in etwa Schuhgröße 38 oder 39 haben, was einen großen Mann ausschloss.

David konnte es überhaupt nicht leiden, wenn man ihn zum Narren hielt. Er leuchtete noch einmal die nähere Umgebung ab und ging dann ohne jede Deckung zurück zum Haus.

Alicia erwartete ihn bereits. Sie stand wieder in der Tür zur oberen Wohnung und sah ihm entgegen. David nahm gleich je zwei Stufen auf einmal, drängte an ihr vorbei in die Wohnung der jungen Dreschers und fragte: »Wo ist der Bengel?«

Er hetzte den Flur entlang, an ihrem Zimmer vorbei, bis zu der Tür, hinter der Alicia vorhin nach ihrem Bruder geschaut hatte. Dieses Mal ging er selbst hinein und bemühte sich gar nicht erst, leise zu sein. Er knipste das Deckenlicht an und fand das Bett am anderen Ende des Raumes.

Patrick wirkte zumindest so, als würde er gerade wach werden, und fluchte: »Was zur Hölle?«, als David ihm die Bettdecke wegriss.

David stutzte, trat einen Schritt zurück und fragte: »Wie konntest du dich so schnell umziehen? Wo sind die anderen Klamotten?«

Patrick war inzwischen hellwach, sah erst zu seiner Schwester, die an der Tür stand, und funkelte dann David wütend an, wobei er rief: »Sind Sie jetzt völlig irre geworden? Sie haben hier nichts zu suchen, ich werde das Großmutter erzählen, dann sind Sie Ihren Job los!«

David gab nichts auf diese Drohung, warf ihm die Bettdecke hin und ging zurück zu der ersten Tür, die den Wohnbereich zum Treppenhaus abgrenzte und neben der zahlreiche Straßenschuhe standen. Jedes der drei Familienmitglieder hatte offenbar seine eigene Matte. Bei Alicia standen drei Paar Sneaker und ein Paar Dockers, beim Vater der Kinder ein Paar Laufschuhe, ansonsten nur teure Business-Latschen. Patrick hatte, zumindest hier, die wenigsten Schuhe – ein Paar, das an Springerstiefel erinnerte, und ein Paar Sneaker. David nahm beide in die Hand, doch erstens waren die Sohlen sauber und zweitens passte das Profil nicht zu dem Abdruck, den er zwischen den Bäumen gefunden hatte. Was allerdings stimmte, war die Größe. Beide Paare hatten Größe 39.

Alicia hatte offenbar immer noch nicht begriffen, worum es ging, und fragte: »Was suchst du eigentlich?«

David wusste inzwischen nicht mehr so ganz, ob er sich nicht doch verzettelt hatte. Er griff in seine Hosentasche, zog das kleine Projektil heraus und zeigte es ihr. »Das hier habe ich neben relativ kleinen Schuhabdrücken gefunden. Und da dein Bruder mich erstens nicht leiden kann und zweitens ein Luftgewehr hat, dachte ich, er will mich zum Narren halten.«

Die junge Frau presste kurz die Lippen zusammen, erwiderte aber: »Verstehe ich. Aber Patrick würde mich nie so erschrecken.« Dann machte sie eine kurze Pause und bat mit eindringlicher Tonlage: »Geh bitte zu ihm und entschuldige dich.« Und leiser fügte sie hinzu: »Er ist Omas Liebling und wenn er deinen Überfall auf ihn etwas ausschmückt, kann es tatsächlich sein, dass sie dich auswechselt.«

»Auswechselt?«, erwiderte David emotionslos.

Alicia zuckte mit den Schultern: »Na ja, das hat bei uns quasi Tradition. Ständig wird irgendwer ausgetauscht. Egal, ob es um das Personal oder um unwillige Politiker geht. Großmutters Devise lautet, dass jeder ersetzbar ist, außer ihr selbst und der Familie.«

David kämpfte seine widersprüchlichen Gefühle nieder und besann sich darauf, dass es tatsächlich keine echten Indizien gegen Patrick gab. Außerdem begann er echtes Interesse an dem Fall zu entwickeln. Also presste er ein »Ist gut« heraus und ging zurück zu Patricks Zimmer. Dort klopfte er an die Tür und trat ein.

»Sie schon wieder« war die erste Reaktion des Bengels, gefolgt von: »Was ist? Wollen Sie vielleicht auch noch mein Zimmer durchsuchen?«

David atmete durch. »Nein. Ich wollte mich für den kleinen Überfall entschuldigen. Deine Schwester hat draußen jemanden im Wald gesehen und Angst bekommen. Also habe ich dort nachgesehen und fand ein Projektil, wie du es wahrscheinlich in deinem Luftgewehr verwendest. Daher dachte ich, dass du draußen im Wald herumschleichst, und das hat mich aus Sorge um dich wütend gemacht.« Die kleine Notlüge war ihm spontan eingefallen und er hoffte, dass der Junge sie schluckte.

Patrick saß auf seinem Bett und dachte einen Moment nach. Dann imitierte dieser kleine Arsch die Tonlage seiner Großmutter und erwiderte: »Sie sollten vorsichtiger mit Ihren Anschuldigungen sein. Und jetzt möchte ich schlafen.«

»Was hat er gesagt?« Alicia stand im Türrahmen zu ihrem Zimmer. Das Fenster war inzwischen geschlossen und sie hatte ein indirektes Licht angemacht.

Es war nicht ihre Schuld, dass ihr Bruder so war, wie er war, also schluckte David seine Wut herunter und sagte: »Nicht viel. Aber ich denke, er wird es ihr erzählen.«

Täuschte er sich oder hatte die junge Frau tatsächlich feuchte Augen? Alicia löste sich plötzlich vom Türrahmen, machte einen schnellen Schritt auf ihn zu und schlang ihre Arme um ihn. Dann bat sie schluchzend: »Bitte sag ihr nichts.«

David begriff nicht. Sie drückte ihre Rundungen gegen ihn. Zusammen mit der Körperwärme, die durch ihr dünnes Nachthemd drang, entstand für einen kurzen Moment fast eine erotische Stimmung. Daher beeilte er sich, sie ein wenig wegzuschieben, und fragte: »Was meinst du? Was soll ich wem nicht sagen?«

Sie nahm ihn an der Hand, zog ihn in ihr Zimmer und schloss die Tür. Was auch immer jetzt passieren würde, er durfte sich auf keinen Fall darauf einlassen. Schon dass er mit ihr allein war, konnte ihm das Genick brechen. Doch glücklicherweise ging sie etwas auf Abstand, wischte sich eine Träne aus dem Auge und erklärte leise: »Wenn Großmutter etwas von dem Joint erfährt, wird mein Leben zur Hölle. Sie hasst jede Art von Drogen und bei uns versteht sie diesbezüglich absolut keinen Spaß. Außerdem kommt mein Vater bald zurück und … und …«

Ihre Worte wurden zu einem heftigen Schluchzen, von dem sich David erweichen ließ. Er ließ seine Vorsicht fallen und nahm sie noch einmal in den Arm. Sie drückte sich fest an ihn und ihre Tränen durchnässten sein Shirt an der Schulter. Als sie sich wieder etwas beruhigt hatte, sagte er leise: »Mach dir deswegen keine Sorgen. Räum den Aschenbecher weg und niemand wird etwas erfahren. Ich soll euch zwar beschützen, aber nicht vor euch selbst. Und du bist alt genug, um selbst zu entscheiden.«

Sie ließ ihre Arme um ihn geschlungen, löste sich aber so weit, dass sie ihn ansehen konnte. Dann gab sie ihm einen Kuss auf die Wange und raunte: »Danke.« Danach blinzelte sie die Tränen weg, nickte zum Fenster und gab zu: »Ich habe Angst. Was, wenn der, der da draußen war, wiederkommt?«

Für David war es an der Zeit, die Situation aufzulösen. Er befreite sich sanft aus ihrer Umarmung, ging zum Fenster und sagte dabei: »Ich nehme das natürlich ernst und werde mich morgen bei Tageslicht noch einmal umsehen. Aber du musst hier drinnen keine Angst haben. Das Haus ist gut gesichert und hier oben kann dir nichts passieren. Schalte wenig Licht an und bleib so gut es geht von den Fenstern weg.«

KAPITEL 15

Zurück in seinem Dachzimmer legte David die Waffe griffbereit auf das Nachtschränkchen. Da er davon ausgehen musste, dass der Typ im Unterholz nicht Patrick gewesen war, gab es eine tatsächliche Bedrohung. Er blätterte noch einmal die alten Polizeiberichte durch, fand aber nichts über Moritz Unruhs Schuhgröße. Dann erinnerte er sich an das kurze Treffen vor dem Haus von dessen Vater und daran, dass der Typ tatsächlich ein Stück kleiner als er selbst war.

Eine weitere Möglichkeit wäre auch, dass dieser Schuhabdruck nur ein Ablenkungsmanöver war, was zum Auffinden der kleinen Kugel für Luftgewehre passen würde. Denn dass die Kugel direkt neben dem Schuhabdruck gelegen hatte, war mit etwas Abstand betrachtet ziemlich seltsam. Diese Gewehre verfügten über ein Magazin und da draußen war es zu dunkel, um eine Waffe mit den kleinen Projektilen zu laden, weswegen ein Attentäter das Gewehr sicherlich geladen mitgebracht hätte. Daher war die Kugel wahrscheinlich mit Absicht dort platziert worden und nicht einfach heruntergefallen. Unruh kannte die Familie Drescher und vielleicht wollte er einfach nur eine falsche Spur zu Patrick legen beziehungsweise ein wenig Angst verbreiten. David beschloss, das Thema auf morgen zu verschieben, legte sich ins Bett und löschte das Licht.

Doch kaum dass es dunkel war, kam ihm Alicias Verhalten in den Sinn. Die Art, wie sie ihn umarmt hatte, kam ihm beinahe sexuell motiviert vor. Natürlich hatte sie Angst wegen dem Joint, aber das war bestimmt nicht der Grund für diesen Körperkontakt ... zumindest nicht der einzige.

Nach einigen Überlegungen kam David zu dem Schluss, dass es vielleicht an der Droge selbst lag. Denn eine junge Frau in ihrem Alter würde sich normalerweise wohl kaum einem Mann von Anfang dreißig an den Hals werfen. Mit diesem Gedanken drehte er sich um und glitt kurz darauf in einen leichten Schlaf.

»Herr Bender!« Die Stimme der alten Frau Drescher durchschnitt die Stille im Eingangsbereich des Gutshauses wie ein Peitschenknall.

David blieb stehen, drehte sich zu ihr und reagierte mit einem »Schönen guten Morgen, Frau Drescher«.

Mit der Ansage »Auf ein Wort« deutete sie an sich vorbei in das angrenzende Arbeitszimmer.

David war in gewisser Weise auf den Auftritt vorbereitet, aber die Seniorin konnte einem durchaus Respekt einflößen. Er besann sich darauf, dass sie auch nur mit Wasser kochte. Dann überlegte er mit leichtem Grinsen, dass diese Frau vermutlich schon lange nichts mehr selbst gekocht hatte, und folgte ihr. Er schloss die Tür von innen, stellte sich selbstbewusst hin und wartete gar nicht erst auf ihren Vortrag, sondern sagte von sich aus: »Es geht sicherlich um den bedauerlichen Zwischenfall von heute Nacht. Ich wusste nicht, ob ich Sie zeitnah damit behelligen soll, da keine echte Gefahr bestand.«

David war niemand, der sich einschüchtern ließ, trotzdem brachte sie ihn mit einer einzigen Handbewegung zum Schweigen. Sie setzte sich hinter ihren Schreibtisch, sah ihn an und sagte: »Patrick meinte, er wäre von Ihnen regelrecht im Schlaf überfallen worden. Er sagte, dass Sie äußerst aggressiv aufgetreten sind.« Sie lehnte sich zurück und fügte hinzu: »Ich bin niemand, der sich seine Meinung vorschnell bildet, daher gebe ich Ihnen die Möglichkeit, sich zu erklären.«

Die Tonlage klang, als hätte sie sich bereits entschieden, daher gab sich David offen und erwiderte: »Es stimmt, was Ihr Enkel sagt. Wie Sie sicherlich schon wissen, hat Ihre Enkelin draußen jemanden gesehen, der das Haus beobachtete. Es wirkte, als wäre er bewaffnet. Ich bin daraufhin hinaus und habe nach dieser Person gesucht. Dabei fand ich Anhaltspunkte, die auf Ihren Enkel hinwiesen. Und da ich mich um seine Sicherheit sorgte, wollte ich ihn zur Rede stellen. Und ja, ich war etwas wütend auf ihn und habe mich vermutlich auch so verhalten.«

In dem runzeligen Gesicht zuckte kein Muskel. Marlene Drescher starrte eine Weile auf irgendeine Stelle ihres Schreibtischs und atmete schließlich tief durch. Dann sah sie ihm in die Augen und beschloss: »Ich kann es nicht gutheißen, dass Sie meine Enkel aus dem Schlaf reißen und derart erschrecken. Trotzdem habe ich den Eindruck, dass Sie Ihren Job ernst nehmen, und das ist heutzutage nicht mehr selbstverständlich. Folglich lasse ich Ihnen die Wahl zwischen einer Entschuldigung bei ihm oder der Abreise.«

David war klar, dass ihm der Hinweis darauf, dass er sich bereits entschuldigt hatte, nichts bringen würde. Und da er zurzeit jeden Euro brauchen konnte, stimmte er der Entschuldigung zu.

Frau Drescher wechselte ihre Fassade offensichtlich, wie es ihr beliebte, denn auf einmal wirkte sie, als wäre nichts passiert, und fragte: »Und wie sieht es bei Ihren Nachforschungen aus? Konnten Sie schon etwas gegen Herrn Unruh zutage fördern? Wenn er jetzt schon nachts vor unserem Haus herumlungert, sollten wir dringend etwas unternehmen.«

David nickte: »Mir gefällt die Situation auch nicht, aber wir wissen noch nicht, ob er tatsächlich da draußen war. Möglicherweise war es auch ein Jäger oder einer dieser Naturbeobachter. Doch abgesehen davon habe ich ehrlich gesagt noch nicht viel. Der Mord an dem Mädchen ist ein Jahr her und damit gibt es natürlich keine frischen Spuren mehr.«

»Dann haben Sie also nichts«, fiel ihm Frau Drescher ins Wort.

Er schüttelte den Kopf. »Ganz so ist es auch nicht. Der damalige Ermittler gab mir den Hinweis auf einen Vorfall, der bereits zwei Jahre her ist und sich ebenfalls in der Nähe ereignet hat.«

»Der Bengel, der weggelaufen ist, dann in einen Sturm geriet und von einem Ast erschlagen wurde? Was soll das mit dem Mord an diesem Mädchen zu tun haben?«

David zuckte mit den Schultern. »Vielleicht nichts, vielleicht aber auch alles. Da man damals von einem Unglück ausging, wurde kaum ermittelt. Doch es könnte sein, dass Moritz Unruh schon einmal zugeschlagen hat. Wenn er diesen Jungen ebenfalls auf dem Gewissen hat und ich es ihm nachweisen kann, wäre er für immer aus dem Verkehr gezogen. Ein zweifacher Kindsmörder bekommt in der Regel ›lebenslang‹ mit anschließender Sicherungsverwahrung.«

Nach einem kurzen Schweigen deutete Marlene Drescher ein Nicken an. »Kein schlechter Ansatz.« Damit erhob sie sich und sagte im Befehlston: »Ich habe jetzt keine Zeit für weitere Plaudereien. Entschuldigen Sie sich bei Patrick und dann sehen Sie zu, dass Sie etwas gegen dieses Monster Unruh finden.«

Patrick stand schon draußen in der großen Eingangshalle. Als er David kommen sah, tat er so, als würde er in den Garten wollen, blieb aber stehen und sah ihm erwartungsvoll entgegen.

Während David auf ihn zuging, dachte er darüber nach, wie er sich verhalten sollte. Dann blieb er kurz vor dem Fünfzehnjährigen stehen und sagte ruhig: »Ich denke, meine Entschuldigung von letzter Nacht sollte genügen und du hast bestimmt nur vergessen, sie bei deiner Petzerei zu erwähnen.« Patricks Gesichtszüge entgleisten etwas, doch als er den Mund öffnen wollte, legte David noch nach. »Gib dir keine Mühe, mich anzukacken, ich nehme solche Gespräche wie das von letzter Nacht grundsätzlich mit meinem Handy auf.« Offenbar glaubte der Junge die Lüge, da er ein wenig blasser wurde.

David wollte sich aber keinen weiteren Streit mit ihm leisten, also streckte er Patrick genau in dem Augenblick, als dessen Großmutter aus ihrem Arbeitszimmer kam, die Hand entgegen und sagte laut: »Schön, dass du meine Entschuldigung annimmst.«

Patrick war so perplex, dass er den Händedruck erwiderte, was seine Oma aus einiger Entfernung mit der Aussage bedachte: »Schön, dass ihr das klären konntet.«

Nach dieser Schmierenkomödie verließ David das Haus und ging langsam zu der Stelle, an der er in der Nacht die Spuren gefunden hatte.

Am Waldrand angekommen hielt er kurz inne. Die Sonnenstrahlen fielen durch die Lücken in den Baumkronen der hohen Buchen und tauchten alles in beinahe märchenhaftes Licht. *So friedlich*, ging es ihm durch den Kopf. Doch da war auch der Gedanke an die beiden Jugendlichen, die in dieser Gegend zu Tode gekommen waren, und der Augenblick verlor seine Schönheit.

Die Stelle zwischen den beiden Bäumen war schnell gefunden und sah noch so aus, wie er sie im künstlichen Licht seines Handys gesehen hatte. Da waren der Schuhabdruck, von dem er noch ein paar Fotos machte, und die Blätter, zwischen denen das kleine Projektil gelegen hatte.

Nachdem er sich alles noch einmal genauer angesehen, aber keine weiteren Spuren gefunden hatte, kniete David sich in die Position, in der er auch den nächtlichen Stalker gesehen hatte.

Sein Blick suchte und fand das Fenster von Alicias Zimmer, aber David stellte fest, dass es von hier aus schlecht einsehbar war. Von daher war es fraglich, ob sie überhaupt das Ziel gewesen war. Denn hinter ihm stieg der Waldboden etwas an und von einer leicht erhöhten Position weiter hinten aus könnte man deutlich besser in ihr Zimmer hineinblicken. Also konzentrierte David sich, anders als in der Nacht, auch auf die anderen Fenster.

Die gesamte untere Reihe war erstens durch Gitter geschützt und zweitens versperrten Vorhänge die Sicht. Nur im ersten Stockwerk gab es zwei große Fenster ohne Sichtschutz. Bei Tageslicht war es schwierig, in einem unbeleuchteten Raum etwas auszumachen, doch hinter einer Scheibe erkannte er die Umrisse eines großen Krankenbettes. Was, wenn es dem Beobachter oder Angreifer gar nicht um Alicia ging? Was, wenn der lange Gegenstand, den er bei sich gehabt hatte, ein Gewehr war, mit dem er den alten gehandicapten Herrn Drescher senior attackieren wollte? Die Position hier würde sich auf jeden Fall dazu eignen.

Auch wenn es bisher nur um die Enkel ging, war David doch zum Schutz der gesamten Familie eingestellt und musste diese Schwachstelle beseitigen. Herr Drescher senior durfte auf keinen Fall länger in diesem Zimmer bleiben, und wenn doch, mussten die Fenster auf jeden Fall blickdicht gemacht werden.

Als irgendwo hinter ihm ein Ast knackte, fuhr David herum. Im ersten Moment von einem Sonnenstrahl geblendet, drückte er sich in den Stand und erkannte dann die Ursache. Moritz Unruh stand etwa dreißig Meter hinter ihm zwischen den Bäumen und sah ihn unverhohlen an.

KAPITEL 16

Der Typ blieb ruhig, vielleicht zu ruhig. David ging langsam durch den Wald auf ihn zu und öffnete dabei seine Jacke. Die Situation wirkte zwar ungefährlich, fast schon gewollt, aber man konnte ja nie wissen. Und dass er eine Waffe trug, dürfte Moritz Unruh noch von ihrer ersten Begegnung wissen.

Mit etwa zehn Meter Abstand blieb David stehen und rief: »Was wollen Sie hier? Das ist Privatgelände und Sie sind hier absolut unerwünscht.«

Unruh sah ihm über die Distanz in die Augen, dann schüttelte er den Kopf und rief zurück: »Sie irren sich. Sehen Sie den Stein rechts neben Ihnen? Der markiert die Grenze. Sie stehen auf dem illegal erschlichenen Grund und Boden der Familie Drescher, ich einfach nur auf der Insel Rügen.« Damit hob er das Fernglas, welches er an einem Riemen um den Hals hängen hatte, hoch und erklärte: »Und als freier Mann darf ich meiner Leidenschaft, Wildvögel zu beobachten, so lange nachgehen, wie es mir beliebt.«

»So wie letzte Nacht, als Sie drüben am Waldrand hockten und Alicia Drescher beobachteten?« Je länger David den Mann musterte, umso wahrscheinlicher schien es ihm, dass er es letzte Nacht gewesen war. Die Größe passte, die Statur passte und die

Schuhgröße des kleinen Mannes passte vermutlich auch. Also merkte er sich, wo Unruh gerade stand, um später nach Spuren zu suchen.

Dieser sah ihn unverhohlen an und sagte: »Wenn Sie dafür keine Beweise haben, sollten Sie mit solchen Behauptungen vorsichtig sein. Außerdem habe ich überhaupt kein Interesse an dieser verkommenen Drescher-Göre.« Er ließ eine Pause folgen und fügte hinzu: »Und Sie sollten langsam die Augen aufmachen. Es heißt im Netz, dass Sie ein passabler Ermittler mit ein paar Schwächen sind. Eine dieser Schwächen ist die krampfhafte Loyalität zu Ihren Mandanten. Und genau das könnte Ihnen bei den Dreschers das Genick brechen.« Er deutete an David vorbei auf das Haus. »Alles, was für diese Leute zählt, sind sie selbst. Und wenn es ihnen dienlich ist, werden die Sie genauso benutzen, wie ich benutzt wurde.« Damit hob er die Hand zum Gruß, drehte sich um und sagte über die Schulter: »Denken Sie an meine Worte ... denken Sie immer an meine Worte.« Damit drehte er sich um, ging langsam davon und verschwand kurz darauf hinter Bäumen und Büschen.

David blieb ein wenig ratlos zurück und blickte dem Mann hinterher. Im Grunde konnte er nichts gegen den Typen unternehmen und es gab eigentlich auch keinen Anlass dazu. Außerdem war da etwas, das an seiner Schuld zweifeln ließ. Entweder war Moritz Unruh einer dieser Menschen, die unheimlich gut manipulieren konnten, oder an dem, was er sagte, war etwas dran.

Auch wenn es ihm widerstrebte, gestand sich David ein, dass er bisher zu fokussiert gewesen war. Er sollte das Ganze wie eine Polizeiermittlung betrachten, und da war es das oberste Gebot, nichts auszuschließen und nichts als gegeben anzunehmen. Und er hatte als gegeben angenommen, dass Moritz Unruh schuldig war.

»Wollen wir ausreiten?«

David war so in Gedanken versunken, dass er Alicia gar nicht bemerkt hatte. Sie stand nur wenige Meter hinter ihm und sah ihn bittend an. Dann hob sie die Hand, zeigte mit dem Finger in den Wald hinter ihm und fragte unbekümmert: »Wer war das?«

David sah Unruh in einiger Entfernung noch einmal zwischen den Bäumen auftauchen, drehte sich wieder zu ihr und erklärte schärfer als gewollt: »Das war jemand, der wie du nicht hier sein sollte.«

»Der Mörder?«

David wollte ihn nicht so betiteln und erwiderte: »Moritz Unruh.«

Alicia schien das keine Angst einzujagen, was beachtlich war, wenn man an ihr Verhalten von letzter Nacht dachte. Sie gab nur ein lang gezogenes »Okay« von sich und fragte erneut: »Wie sieht's aus, hättest du Zeit für einen kleinen Ausritt?«

Er dachte darüber nach und bat dann: »Gib mir noch zehn Minuten. Ich komme dann zum Stall.«

Entweder war Unruh vorsichtig gewesen oder er hatte Glück gehabt. Jedenfalls fand David keine einzige Stelle, auf der sich dessen Schuhabdrücke halbwegs deutlich abzeichneten. Er hatte sich ausnahmslos auf welkem Laub oder trockenem Boden bewegt.

Auf dem Weg zu den Stallungen, die in einem Nebengebäude untergebracht waren, dachte er darüber nach, ob er irgendeinen Nutzen aus diesem Ausritt ziehen konnte.

Alicia war offenbar fest davon ausgegangen, dass er mitmachen würde. Jedenfalls waren beide Pferde bereits gesattelt und standen angebunden bereit. David mochte Pferde, hatte aber auch ausreichend Respekt vor ihnen. Also deutete er auf das kleinere Tier und sagte: »Ich hoffe, das ist die Stute für mich?«

»Ist sie«, bestätigte Alicia mit einem Lachen. »Und keine Sorge. Für den Anfang werde ich sie als Handpferd nehmen, das heißt, ich führe sie am Strick und du musst einfach nur im Sattel bleiben.«

David war wenig begeistert, fragte aber: »Weißt du, wo man Elisabeth Schwab vor einem Jahr gefunden hat? Ich würde mir die Stelle gerne ansehen.«

»Klar, kein Problem. Die Stelle kennt hier jeder. Es führt sogar ein ziemlich schöner Weg bis fast dorthin.« Damit löste das Mädchen die Anbindestricke, wartete, bis sich David auf das kleinere Pferd gehievt hatte, und saß selbst auf. Sie nahm die Zügel und den Führstrick von Davids Pferd auf, fragte über die Schulter: »Bereit?«, und als er zustimmte, ging es los.

David fand zwar schnell in den Rhythmus des Tieres, wollte sich aber gar nicht ausmalen, was ihm morgen alles wehtun würde. Trotzdem begann er, die Abwechslung langsam zu genießen.

Ihr Weg führte erst an einem Feld entlang und dann in den Wald hinein. Das Spiel aus Licht und Schatten tauchte den Wald in eine besondere Stimmung. Mal waren sie auf breiten Forstwegen, dann wieder auf schmaleren Pfaden unterwegs. Sie ritten langsam entlang eines Baches und immer Richtung Meer.

Nach etwa fünfzehn Minuten konnte man durch die letzten Bäume den dahinterliegenden Horizont erkennen. Alicia hielt ihr Tier an und sah ihn erwartungsvoll an. Sie wirkte glücklich, als sie fragte: »Und, alles klar bei dir?«

»Ja, es klappt besser, als ich dachte«, bestätigte David. »Vielleicht versuche ich es nachher einmal allein oder ist die Dame unter mir zickig?«

»Karla? Nein«, erwiderte Alicia und fügte mit einem verschmitzten Lächeln hinzu: »Nicht halb so zickig wie ich.« Dann nickte sie zu einem schmalen Pfad und mahnte ihn zur Vorsicht, als sie mit einem Zwinkern erklärte: »Wir kommen der Abbruchkante der Steilküste gleich nahe, du solltest konzentriert bleiben.«

Er ging auf ihr Spiel ein und sagte provokativ: »Wüsste nicht, was mich ablenken könnte.«

Sie reagierte mit »Du bist ein Stoffel«, trieb ihr Pferd mit sanftem Schenkeldruck an und der Wallach setzte sich in Bewegung.

Ein Stück weiter erkannte David, was sie gemeint hatte. Der Wald lichtete sich, sie kamen in offenes Gelände und der schmale Weg führte an manchen Stellen im Abstand von nur fünf Metern an der Felskante entlang. Hinter dieser fiel der Hang zwanzig bis dreißig Meter steil ab und David konnte den atemberaubenden Blick über die Ostsee kaum genießen. Irgendwann wurde es ihm zu heikel und er rief: »Sollten wir nicht lieber laufen und die Pferde führen?«

Ihr Blick über die Schulter trug nicht gerade zu einem Gefühl der Sicherheit bei und anstatt anzuhalten, beschleunigte sie das Tempo. David kam gar nicht zum Protestieren, da er damit beschäftigt war, im Sattel zu bleiben. Doch eines wusste er: Sollte er das hier überleben, würde er ein ernstes Wort mit Alicia reden und ihr solche Aktionen austreiben.

Als hätte sie seine Gedanken gelesen, hielt sie nur dreißig Meter weiter an und glitt gekonnt aus dem Sattel. David tat es ihr gleich, wartete, bis sie die Pferde an einem Baum angebunden hatte, und baute sich dann wütend vor ihr auf. »Bist du irre? Was sollte das eben?«

Sie sah zu ihm hoch, lächelte und erwiderte ruhig: »Ich habe doch nur die Nerven meines Bodyguards getestet. Und ich muss sagen, dass ich nicht weiß, wie nervenstark er sich in einer Gefahrensituation verhalten würde.«

Falls das ein Scherz sein sollte, fand ihn David nicht besonders gelungen. Er packte sie an den schmalen Schultern und drohte: »Tu das nie wieder. Ist das klar?«

»Sonst?«, provozierte sie ihn weiter.

»Sonst war es das letzte Mal, dass ich deinen Babysitter spiele. Dann kannst du die restlichen Ferien in deinem Zimmer verbringen.«

Ihr Gesichtsausdruck veränderte sich ins Weinerliche und sie presste tatsächlich ein »Tut mir leid« heraus. »Ich wollte uns nicht in Gefahr bringen.«

Alicias zweideutiger Blick irritierte ihn wieder einmal und als sie fragte: »Nimmst du die Entschuldigung an?«, nickte er trotz der noch vorhandenen Wut.

Ihre Mimik entspannte sich und sie sagte unbekümmert: »Ich mag dich, David.« Damit drehte sie sich zu der Küste, wobei sie mit dem Finger auf eine Stelle zeigte, an der die Reste eines vor langer Zeit umgefallenen Baumes lagen. »Dort drüben hat dieser Irre Elisabeth runtergeworfen. Man fand sie direkt unterhalb dieser Stelle am Strand.«

David ging an ihr vorbei bis an die Abbruchkante, schreckte aber sofort wieder zurück. Man brauchte kein Genie zu sein, um zu erkennen, dass man so einen Sturz kaum überleben konnte. Erst ging es fast senkrecht in die Tiefe, dann kamen einige kleinere Felsgebilde, an denen jeder Körper zerschellen würde, und schließlich der Kiesstrand.

Ohne den Gedanken an die grausame Tat wäre dieser Ort das Paradies gewesen, doch im Moment überwogen bei ihm eher düstere Gedanken.

»Heftig, oder?« Alicia war ihm gefolgt und so stand er jetzt zwischen ihr und dem Abgrund. Auch wenn sie mit ihrer Statur keine Chance gegen ihn gehabt hätte, widerstrebte ihm die Situation. Da er sich aber keine Blöße geben wollte, kniete er sich hin und sah noch einmal nach unten. Alicia schien weit weniger Angst zu haben. Sie setzte sich neben ihm auf den sandigen Boden, schob ihre Füße über die Kante und seufzte: »Dabei könnte es hier so schön sein.«

KAPITEL 17

Es war keine echte Höhenangst, aber David mochte keine Abgründe. Er setzte sich unweit der Abbruchkante der Steilküste auf den morschen Stamm des umgefallenen Baumes und blickte über die ruhige Ostsee. Er nutzte Alicias Schweigsamkeit und dachte darüber nach, was sich hier vor einem Jahr abgespielt haben könnte. Alicias Vater, Gerald Drescher, gab an, dass er auf seiner morgendlichen Joggingrunde gegen sechs Uhr Moritz Unruh in dieser Gegend gesehen hatte. Der Mann hatte einen grünen Parka getragen und war ihm verdächtig vorgekommen. Weiterhin gab er an, dass dieser Mann anschließend in einen ebenfalls grünen Kleinwagen gestiegen war, der auf einem Forstweg parkte.

Als David diese Informationen bekommen hatte, war eine Unstimmigkeit in seinem Kopf aufgeblitzt, die er aber nicht richtig greifen konnte. Nun fiel sein Blick auf die Sonne und mit einem Mal erhielt sein Zweifel Konturen. Im Juli ging die Sonne bereits gegen vier Uhr dreißig auf, und wäre er selbst der Täter, hätte er sicher nicht bis sechs Uhr gewartet, um sein Opfer dort hinunterzuwerfen. Selbst ein Irrer würde die Dunkelheit der Nacht oder wenigstens die Morgendämmerung dazu nutzen.

Hinzu kam das gut einsehbare Gelände. Jeder Fischer auf dem Wasser oder ein Hundehalter, der unten am Strand entlanglief, hätte ihn sehen können. Am Ufer entlang waren es bis Sassnitz nur eineinhalb Kilometer, was keine Distanz für Hundehalter oder Sportler darstellte.

»Du wirkst so nachdenklich.« Alicia sah über die Schulter zu ihm rüber. »Gefällt es dir hier nicht?«

David sah sie an und antwortete ehrlich: »Es wäre ein traumhafter Ort, wenn ich die Tatortfotos nicht gesehen hätte. Macht es dir nichts aus, dass hier das Mädchen starb?«

Alicia schob sich von der Kante weg und stand auf. »Doch, du hast recht. So wirklich genießen kann man das hier nicht.«

Er wollte sie zwar nicht überstrapazieren, fragte aber trotzdem: »Weißt du auch, wo man vor zwei Jahren den Jungen gefunden hat?«

»Meinst du diesen Touristenjungen, der weggelaufen und in einen Sturm geraten ist?«

»Ja, genau.«

Ihre Augen verengten sich. »Denkst du, es war vielleicht kein Unfall?«

»Keine Ahnung«, gab David sich gelassen. »Aber wenn ich Moritz Unruh wieder ins Gefängnis bringen soll, muss ich jede Möglichkeit in Betracht ziehen. Soweit ich weiß, wohnt er schon immer in dieser Gegend und wer weiß, was er sonst noch verbrochen hat.«

Alicia wirkte erschrocken. »Du meinst, es könnte ihm egal sein, ob er ein Mädchen oder einen Jungen quält?«

Er hob die Hände. »Wie gesagt, ich glaube gar nichts. Aber man muss sich in solchen Fällen einen gewissen Weitblick bewahren. Also, weißt du, wo das passiert ist?«

Das Mädchen nickte. »Ja, schon. Das war gar nicht so weit weg von hier. Man hat dort ein Kreuz für ihn aufgestellt.

Der Junge hatte von der Gegend und dem Wetter hier keine Ahnung und ist anstatt ins Landesinnere zum Meer gelaufen. Dort ist der Wind bei Sturm natürlich am schlimmsten und es brechen immer wieder Zweige ab oder ganze Bäume fallen um.«

Schweigend gingen sie zu den Pferden. Dort ermahnte David Alicia noch einmal, langsam und vorsichtig zu reiten.

Sie hielt sich an die Abmachung und so erreichte David das Ziel relativ entspannt. Nun war es ihm auch möglich, diese fantastische Landschaft auf sich wirken zu lassen. Rechter Hand erstreckte sich die See bis zum Horizont und die eigentlich großen Segel der Boote wirkten klein. Unter ihnen tauchte immer wieder der Kiesstrand auf und die kleinen Wellen, die sich darauf brachen, luden zum Baden ein. Abgerundet wurde das alles durch den ursprünglichen Wald, an dem sie entlangritten und aufgrund dessen die Gegend zu einem großen Landschaftsschutzgebiet erklärt worden war. An einer unscheinbaren Stelle saßen sie ab und Alicia deutete von dem Pfad, der sich unweit der Steilküste entlangzog, auf einen anderen, der in den Wald hineinführte. »Es ist dort drüben. Etwa fünfzig Meter in den Wald hinein. Die Bäume hängen dort zu tief, aber wenn du magst, warte ich hier mit den Pferden.«

Er stimmte ihrem Vorschlag zu und folgte dem ausgetretenen Weg. Auf den ersten Metern traf er auf dichtes Gestrüpp, doch schon ein Stück weiter wurde es besser und der Buchenwald zeigte sich lichtdurchflutet. Auf einer kleinen Anhöhe endete der Pfad. Dort hatte man aus Steinen einen Kreis gelegt, in dessen Mitte ein kleines Holzkreuz stand. An diesem Kreuz hing das verblasste Foto eines Jungen und darunter lagen verwelkte Blumen.

David überkam das gleiche Gefühl wie vorhin an der Abbruchkante. Denn auch hier wurde die Schönheit der Natur durch den Tod eines Kindes getrübt.

Eigentlich war er nicht so empfindlich und natürlich hatte er als Polizist auch an frischen Tatorten mit Leichen ermittelt. Aber vielleicht war es genau das, was ihn hier so mitnahm. Wenn man vor einem Opfer stand, konnte man erkennen, was passiert war. Im Moment kannte er alles nur aus Akten und Erzählungen und es blieb viel zu viel Raum für Fantasie.

David machte mit seinem Handy ein paar Fotos von dem Platz und der Umgebung, dann ging er zurück zu Alicia.

»Fündig geworden?«

Da sie wieder aufgesessen war, blickte er zu ihr hoch. »Ja, ich habe die Stelle gefunden, weiß aber nicht, ob es mir was bringt.«

»Was soll es dir denn bringen?«

David zuckte mit den Schultern, stieg auf sein Pferd und fragte statt einer Antwort: »Und was jetzt?«

Alicia sah an ihm vorbei, blinzelte angestrengt gegen die Sonne und fragte ungläubig: »Verfolgt uns dieses Arschloch?«

David drehte sich alarmiert im Sattel um, doch er sah den Mann, der gerade hinter einigen Bäumen verschwand, nur kurz. Er ließ sich noch einmal vom Pferd gleiten und lief zurück in den Wald.

Einen Augenblick lang glaubte er, der Typ wäre verschwunden, doch dann sah er ihn, wie er quer durch den Wald zum Gedenkplatz ging. Entweder war es Moritz Unruh egal, ob er gesehen wurde, oder er hatte sie tatsächlich nicht bemerkt. David entschied sich gegen seinen ersten Impuls, dem Mann etwas zuzurufen, und ging in die Hocke.

Als Unruh an dem Kreuz ankam, blieb er stehen, beugte den Kopf nach vorne und wirkte, als würde er beten.

Nach einer Weile hob er den Kopf wieder und sah sich um. Dann holte er etwas aus seinem Rucksack, das David für eine Landkarte hielt, und breitete sie auf dem Boden aus. Unruh sah sich erneut um, und als er sich wieder der Karte widmete, beschloss David, ihn dieses Mal nicht zu konfrontieren. Stattdessen drehte er sich um und ging zurück zu Alicia.

»Er ist es. Oder?«

David saß erneut auf, antwortete: »Ja«, und beschloss: »Lass uns zurückreiten.«

Nach etwa zwanzig Minuten sahen sie das Gutshaus aus einiger Entfernung zwischen den Bäumen. Alicia bog auf einen schmalen Trampelpfad ab, an dessen Ende sich der Wald öffnete und den Blick auf einen kleinen Weiher frei gab. Dort hielt sie an und fragte: »Haben wir noch etwas Zeit?«

David sah auf seine Uhr, die kurz vor Mittag anzeigte. Dann nickte er. »Ich muss heute Nachmittag noch einige Dinge erledigen, aber etwas Zeit bleibt noch. Was hast du vor?«

Ihre Antwort lautete zunächst nur: »Prima.« Damit ließ sie sich von ihrem Tier gleiten, band beide Pferde an einem dünnen Baum fest und nickte zu dem klaren Wasser, wobei sie verkündete: »Ich habe Ferien, es ist heiß und der Weiher gehört bereits zu unserem Anwesen.«

David verstand erst, was sie damit meinte, als sie sich ungezwungen das Shirt über den Kopf zog, die Reitstiefel abstreifte und sich auch der Hose entledigte. Er rief noch: »Nicht dein Ernst?«, doch da lief Alicia bereits zum Wasser und, ohne anzuhalten, hinein.

Als es ihr bis zur Hüfte ging, tauchte sie unter, war eine Weile verschwunden und kam an einer anderen Stelle wieder zum Vorschein. Dort stellte sie sich ungeniert und nur mit ihrem Slip bekleidet hin, winkte und rief: »Na, keine Lust? Es ist auch wirklich nicht kalt.«

David rief wenig überzeugt: »Viel Spaß«, und drehte sich in Richtung Wald. Dann konzentrierte er sich auf die Umgebung. Er glaubte zwar nicht, dass Unruh ihnen tatsächlich gefolgt war, aber man konnte nie wissen.

Bei einem kurzen Blick zurück sah er, wie Alicia das Bad genoss und einmal quer durch den Weiher schwamm.

Nach einer Weile plätscherte es hinter ihm und da sie vermutlich gerade aus dem Wasser kam, vermied er es, sich gerade jetzt noch einmal umzudrehen. Sie ignorierte seine Diskretion, kam um ihn herum, stellte sich halb nackt und mit vom Wasser glitzernder Haut vor ihn und fragte unschuldig: »Verkneifst du dir eigentlich jeden Spaß?« Dann sah sie an sich herunter und fügte mit einem Zwinkern hinzu: »Ich kenne nicht viele Männer, die dazu Nein sagen würden.«

Bevor er ihr eine Standpauke halten konnte, machte sie einen Schritt nach vorne, sodass nun nur noch wenige Zentimeter Abstand zwischen ihnen blieben. Sie hob den Kopf, sah ihm in die Augen und flüsterte: »Keiner würde es erfahren und ich finde dich wirklich ganz und gar nicht unattraktiv.«

David wagte es nicht, an dem jungen Frauenkörper herunterzublicken. Er hielt ihrem Blick stand und erwiderte grob: »Danke für das Angebot, aber es ist jetzt wirklich besser, wenn du dich wieder anziehst.«

Sie quittierte diese Aussage mit einem wissenden Lächeln, fasste ihm mit der rechten Hand an den Oberschenkel und drückte ihre spitzgefeilten Fingernägel durch den Stoff seiner Hose.

David spürte den Schmerz und rief: »Spinnst du?«, nahm ihre Hand und drehte ihr Handgelenk etwas nach innen. Alicia musste in die Knie gehen und schrie ein wenig auf. Daraufhin sah sie ihn mit wildem Blick an, rückte näher an ihn heran und sagte leise: »Ich mag Schmerzen.« Dann versuchte sie, sich mit der anderen Hand aus seinem Griff zu befreien.

David kochte vor Wut und war drauf und dran, einen weiteren Polizeigriff anzuwenden. Schließlich besann er sich, stieß sie etwas weg und befahl: »Zieh dich jetzt gefälligst an und dann komm mit. Wir reiten zum Haus!«

Sie machte einen Schritt zurück und sah jetzt gar nicht mehr so aufreizend aus. Offenbar schwante ihr inzwischen selbst, dass diese Aktion Mist gewesen war. Trotzdem ging sie zu ihren Klamotten und zog sich, bevor sie sich danach bückte, auch noch den nassen Slip aus.

KAPITEL 18

Auf dem Rückweg zum Herrenhaus ignorierte David Alicia komplett. Seine Aufmerksamkeit galt der Umgebung, in der möglicherweise Moritz Unruh herumschlich, und der Frage, ob er den Job quittieren sollte. Das, was eben an diesem Weiher passiert war, war für Alicia vermutlich nur ein Spiel mit dem Feuer, das ihren jugendlichen Hormonen geschuldet war. Aber ihn konnte so etwas in ernsthafte Schwierigkeiten bringen. Zu einem Entschluss kam er auf dem kurzen Ritt zwar nicht, aber zu der Entscheidung, die Sache mit Catharina und Clara zu besprechen. Als Frauen konnten sie das vielleicht besser einschätzen.

Auf dem Parkplatz vor dem Haus stand eine weitere Limousine, ein BMW 3M, dessen Wert David auf etwa hunderttausend Euro schätzte. Alicia nahm den Wagen ebenfalls wahr und kommentierte es wenig begeistert mit: »Vater ist da.«

Kurz vor dem Stall saßen sie ab. David drückte ihr die Zügel seines Pferdes in die Hand und wollte sich gerade abwenden, als sie bat: »Warte kurz.«

»Was?«

Alicia blickte erst in die Ferne und dann zu ihm. Sie hatte eine Träne im Augenwinkel und sagte leise: »Es tut mir leid. Ich

wollte dich nicht in eine schwierige Situation bringen. Es ist …
na ja … hier passiert nicht viel und weg von hier können wir
auch nicht. Manchmal ist man … bin ich … einfach einsam.«
Ihr Blick suchte erneut einen Punkt in der Ferne. »Und da ich
dich wirklich mag, ist es vorhin ein wenig mit mir durchgegan-
gen, wenn du weißt, was ich meine.«

David sog die warme Luft ein. Er wusste ihre Entschuldigung
zu schätzen, trotzdem blieb die Wut. Daher erwiderte er ein
wenig gröber als gewollt: »Lass so etwas in Zukunft bleiben,
sonst gebe ich den Job hier ab.« Damit drehte er sich um und
ging um das Haus zum Vordereingang.

Gerald Drescher musste während ihrer Abwesenheit von seiner Geschäftsreise zurückgekommen sein und hatte offenbar
auch nicht vor, sich mit seiner Familie zu befassen. Er begegnete David in der Empfangshalle des Hauses und trug typische
Golfklamotten. In seinem Blick lag Argwohn, als er David kurz
und knapp mitteilte, dass er selbst keinen Schutz benötige.
Keine Frage nach seinen Kindern, kein Interesse daran, ob es
irgendwelche Probleme gegeben hatte, und noch nicht einmal
eine Nachfrage, wie es um die Sicherheit seiner Familie stand.
In diesem Augenblick verstand David Alicia sogar ein wenig.
Wenn der Typ sich immer so verhielt, dürften seine Kinder
nicht viel Nähe erfahren haben. Und wenn er an Frau Drescher,
die Großmutter, dachte, empfand er fast schon Mitleid für
Patrick und Alicia.

Auch wenn Gerald Drescher es eilig hatte, konnte er ihn
nicht einfach ziehen lassen, und so stellte er sich ihm fast in den
Weg und fragte: »Hätten Sie kurz Zeit für mich? Wie Sie sicherlich wissen, soll ich Beweise für Herrn Unruhs Schuld finden.
Daher bräuchte ich Ihre Schilderung, was sich vor einem Jahr
ereignet hat, als Sie ihn frühmorgens im Wald sahen.«

Der Mittvierziger blieb zwar stehen, hob aber nur eine Augenbraue, sah auf die goldene Armbanduhr und erwiderte barsch: »Das muss warten. Der hiesige Bürgermeister erwartet mich zu einer Partie Golf.«

Damit ging der Mann einfach weiter und David fühlte sich schlichtweg übergangen. Doch dann blieb Herr Drescher noch einmal stehen und erklärte: »Ich bin gegen zwanzig Uhr zurück, dann finden wir bestimmt ein paar Minuten für Ihre Fragen.« Das war offenbar ein großes Zugeständnis, denn in Dreschers Stimme schwang ein gönnerhafter Unterton mit.

David sah dem Mann kurz hinterher und wollte eigentlich hinauf in sein Zimmer, begegnete aber zu allem Überfluss auch noch Patrick. In der einen Hand trug er das Luftgewehr und in der anderen ein Fernglas. Der Junge stand seinem Vater in nichts nach. Zum einen grüßte er nicht, zum anderen sagte er in gewohnt überheblicher Tonlage: »Sie brauchen mir jetzt gar nicht erst erzählen, was ich darf und was nicht. Ich werde jetzt ein paar Eichhörnchen jagen.«

David sparte sich trotz der Begegnungen mit Unruh jedes Wort über die Sicherheitslage und sagte schlicht: »Dann schieß wenigstens einen Hasen, den kann man essen und die Qualen sind nicht ganz so sinnlos.«

Der Junge war kurz irritiert, zuckte dann mit den Schultern und entgegnete: »Hab ich versucht, aber die sind zu schnell und das Luftgewehr ist zu schwach.«

Nun zuckte David seinerseits mit den Schultern. »Na, dann wird es gegen Herrn Unruh auch nichts ausrichten können. Den habe ich heute nämlich schon zweimal im Wald herumschleichen sehen.« Damit ließ er Patrick mit der Information zurück, dass da draußen ein mutmaßlicher Mörder herumlief. Sollte sich der Junge doch seine eigenen Gedanken darüber machen.

Kurz darauf war David endlich in seinem Dachzimmer, das sich in der Mittagshitze ordentlich aufgeheizt hatte. Angesichts des penetranten Pferdegeruchs an Kleidern und Händen suchte er einige Sachen zusammen und ging rüber in das Gemeinschaftsbadezimmer. Seine Waffe nahm er vorsorglich mit und hängte das Holster an einen Haken, den er auch von der Dusche aus im Auge hatte.

Eine Viertelstunde später setzte David sich in der Annahme, dass man ihn schon rufen würde, wenn jemand irgendwo hinwollte, an den kleinen Schreibtisch und schlug noch einmal die Ermittlungsakte von Elisabeth Schwab auf. Da er die Auffindestelle jetzt mit eigenen Augen gesehen hatte, konnte er die Fotos viel besser einordnen.

Nach einer Weile runzelte er die Stirn, blätterte noch einmal vor und zurück und sagte dann laut in den Raum: »Das gibt es doch gar nicht!« Was ihn so verwunderte, war ein Vermerk neben einem der Strandfotos, das Elisabeths Leiche zeigte. Denn dort stand handschriftlich geschrieben: »Fundort nicht Tatort.«

Das mochte schön und gut sein und außerdem nicht selten. Aber in der ganzen Akte fand sich kein weiteres Wort zu dem Thema. Natürlich waren Unruhs damalige Wohnung und auch das Haus seines Vaters durchsucht worden, aber es wirkte fast, als hätte man sich damit abgefunden, dass man den Tatort nicht kannte.

Und da das Aussageprotokoll fehlte, wusste David nicht, was Unruh damals dazu gesagt hatte.

David lehnte sich zurück und dachte über den Ausritt nach. Nicht an die schwierige Situation mit Alicia, sondern an den kleinen Ausflug zum Fundort dieses Jungen. Dann nahm er sein Handy und öffnete die Fotos, die er kurz vor dem Auftauchen von Unruh gemacht hatte.

Er sah sie durch, beschloss, davon auszugehen, dass der Tod des Jungen kein Unfall gewesen war, und kam zur Überzeugung, dass auch diese Stelle kein geeigneter Tatort war. Das Gelände rund um das Holzkreuz war einfach zu offen, um dort ungestört etwas Illegalem nachzugehen, erst recht, wenn man davon ausging, dass den Jungen kein Hagel erwischt hatte, sondern dass er gefoltert wurde und die vielen kleinen Prellungen eine andere Ursache hatten.

Bemerkenswert war zudem: Die Stelle befand sich ebenfalls nicht weit von der Steilküste entfernt. Den Sturm hatte es mit Sicherheit gegeben, doch vielleicht hatte er nicht den Jungen überrascht, sondern seinen Mörder, der ihn dort hatte hinunterwerfen wollen.

David zwang sich zurück zu den Fakten. Das alles war Spekulation, die er aber im Hinterkopf behalten wollte.

Zu seinem Job gehörte es, sämtliche Schwachstellen ausfindig zu machen. Da war zum einen der gut einsehbare Raum, in dem der alte Herr Drescher die meiste Zeit des Tages sein Dasein fristete. Und für den er noch eine Verlegung oder wenigstens einen Sichtschutz veranlassen musste.

Doch noch etwas war bisher außen vor geblieben, denn er kannte noch nicht die ganze Familie Drescher. Hier oben war es inzwischen sowieso viel zu heiß zum Denken. Also legte David sein Holster an, zog die dünne Jacke über und verließ sein Zimmer.

Sein Klopfen an der Tür zu den Räumlichkeiten der Kinder und ihres Vaters blieb unbeantwortet. David versuchte es erneut, hatte aber eine Ahnung, wo er Alicia und Patrick finden könnte. Doch bevor er das Haus verließ, versuchte er sein Glück beim Hausdrachen, wie er die alte Marlene Drescher in Gedanken nannte.

Sie war tatsächlich in ihrem Büro im Erdgeschoss und nahm seine Bitte bezüglich ihres Mannes zur Kenntnis. Allerdings hielt sie dessen Verlegung in ein Zimmer, das von außen nicht so gut einsehbar war, für zu aufwendig. Sie versprach aber, sich wenigstens um blickdichte Vorhänge zu kümmern.

Alicia fand er wie erhofft in dem halbwegs geschützten Privatgarten. Sie hatte sich tatsächlich an seine Ansage gehalten und lag unweit der Terrasse. Dieses Mal allerdings mit geöffnetem Bikinioberteil.

Als sie ihn kommen sah, drückte sie ihren Oberkörper ein Stück nach oben. David ließ sich nicht davon provozieren. Stattdessen nahm er einfach das Badetuch, das neben der Sonnenliege lag, und breitete es über ihr aus. Erst danach fragte er, ob sie für den Nachmittag Pläne habe.

Sie schüttelte den Kopf. »Nein, nichts. Ich will einfach nur etwas chillen und später im Keller in den Pool springen. Wenn du willst, kannst du dort gerne auf mich aufpassen.«

David ignorierte den Satz, fragte aber verwundert: »Es gibt einen Pool im Haus?«

Alicia setzte sich auf, tat ihm aber den Gefallen und hielt sich das Badetuch vor ihre Brüste. »Ja, einen kleinen.« Damit nickte sie in eine Richtung, die wohl das Büro ihrer Oma andeuten sollte, und fügte hinzu: »Haben die natürlich nicht zum Spaß oder gar für uns einbauen lassen. Der ist eigentlich für die Wassertherapie meines Opas, aber für eine Erfrischung und ein paar Meter Schwimmen reicht er aus.«

David setzte die Begutachtung des kompletten Hauses auf seine geistige To-do-Liste und erklärte: »Alles klar. Dann viel Spaß, und bleib bitte in der Nähe des Hauses. Ich habe noch etwas zu erledigen, aber falls Unruh hier irgendwo auftaucht, kannst du mich jederzeit anrufen.«

Sie stimmte zu, und als er fragte, wo sich ihr Bruder befand, deutete sie in Richtung der Vorderseite des Anwesens. »Der ist in dem Wäldchen links von den Parkplätzen. Ich habe zwar keine Ahnung, warum diese bescheuerten Eichhörnchen ihn nicht meiden, aber offenbar sieht er dort immer noch welche, auf die er schießen kann.«

David ließ das unkommentiert, verabschiedete sich und ging in die angezeigte Richtung.

Nachdem er sich auch bei dem Bengel abgemeldet hatte, stieg er in sein Auto, übertrug eine Adresse in das Navi und fuhr los.

Kapitel 19

Die Fahrt nach Glowe dauerte nicht wie angekündigt zwanzig Minuten, sondern fast doppelt so lange. Nach dem Küstenort begannen weitläufige Sandstrände, die offenbar das Ziel sämtlicher Urlauber auf der Insel waren. David konnte es den Leuten nicht verübeln. Die größte Mittagshitze war vorüber und die Temperaturen waren trotzdem absolut badetauglich.

Er passierte den Ortseingang und fühlte sich fast ein wenig wie im Urlaub. Der Umstand förderte eine gar nicht so alte Erinnerung zutage, denn so hatte es auf Usedom auch begonnen. Dann hatte er Catharina kennengelernt und eine dramatische Zeit hatte begonnen. Trotzdem wollte er nichts davon missen und erwischte sich jetzt sogar dabei, wie er bei dem Gedanken an sie dümmlich vor sich hin lächelte.

Vor ihm stockte der Verkehr und forderte wieder seine ganze Aufmerksamkeit. Dann ging es nur im Schritttempo weiter, was David dazu nutzte, sich umzusehen. Von dem ehemaligen Fischerdorf war nicht mehr viel übrig. Die meisten Ferienhäuser und Hotels wirkten wie aus einem Urlaubskatalog und vor allem der Strandpromenade fehlte jede Urtümlichkeit. Die modernen Bauten waren vor allem eines, nämlich funktionell und für möglichst viele Menschen ausgelegt. Aus Davids

Urlaubsgefühl wurde schnell Abneigung. Er sehnte sich nach seinem alten Wohnmobil. Abgesehen davon, dass es ihm bei seinen Aufträgen gute Dienste geleistet hatte, hatte es ihn auch an Orte gebracht, die nicht von Touristen überflutet wurden. Doch leider war das Gefährt auf Usedom in Flammen aufgegangen.

Er musste erneut scharf abbremsen, dann lotste ihn das Navi in eine andere Ecke des Ortes, abseits der Küste. Hier waren die Häuser alt und kein Restaurant pries seine Speisen auf großen Schildern an.

Er parkte seinen SUV hinter einem alten VW Golf, der eindeutig schon bessere Zeiten gesehen hatte. Das Einfamilienhaus stand etwas zurückgesetzt und an der Gartentür gab es drei Briefkästen.

Nachdem er ausgestiegen war, ging er dorthin und wollte sich gerade die Namen ansehen, als eine düster dreinblickende Frau aus der Haustür kam und rief: »Verschwinden Sie. Das ist Privateigentum!«

Das Auftreten der Frau passte nicht zu ihrer Erscheinung. Obwohl sie die fleckige Kleidung einer Kellnerin trug, strahlte sie einen gewissen Stolz aus. Ihr Alter schätzte er trotz der Sorgenfalten auf ihrer Stirn auf etwa Ende dreißig.

Inzwischen war sie bis auf ein paar Meter herangekommen. Dort blieb sie stehen und rief lauter als nötig: »Ich sagte, Sie sollen verschwinden! Wenn sich Gerald oder Marlene ein Bild von meiner Wohnsituation machen wollen, sollen sie gefälligst selbst herkommen.«

David verstand und erwiderte: »Dann sind Sie Frau Drescher?«

Ihr Gesichtsausdruck wurde noch wütender. »Nein, ich bin Frau Klausen, meine Kinder heißen Drescher.«

David begriff, hob entschuldigend die Hände und sagte: »Wegen denen bin ich hier.«

Im Blick der Frau veränderte sich etwas. Ihre Wut war nicht verflogen, doch sie neigte ihren Kopf etwas zur Seite und fragte: »Sind Sie Polizist? Ist den Kindern etwas passiert?«

Es war die Waffe, die bei seiner Geste kurz sichtbar geworden war. David deutete auf die Stelle, an der sich das Holster befand, schüttelte aber den Kopf und erklärte: »Nein, nein. Ihren Kindern geht es gut und damit es auch so bleibt, hat man mich engagiert. Mein Name ist David Bender und auf meiner Visitenkarte steht ›Privatermittlungen und Personenschutz‹.«

»Dann verschwinden Sie jetzt!« Ihre Wut war zurückgekehrt und sie machte Anstalten, sich abzuwenden.

Es widersprach zwar jeder Loyalität seinen Klienten gegenüber, doch er sagte: »Ich mag die Dreschers auch nicht, aber darum geht es hier nicht. Es geht wirklich nur um die Sicherheit Ihrer Kinder und hat nichts mit Ihnen oder mit Ihren Lebensumständen zu tun.« Er nickte zum Haus.

Die Frau hielt in der Drehung inne und sah zurück. Dann legte sich ihre Stirn in Falten, bevor sie misstrauisch fragte: »Kein neuer Sorgerechtsstreit? Keine erneute Überprüfung meiner Wohnsituation?«

David hob erneut die Hände. »Nichts dergleichen. Versprochen. Die Familie Drescher sorgt sich um die Sicherheit von Patrick und Alicia, weil man Herrn Unruh vorzeitig aus der Haft entlassen hat. Meine Aufgabe ist es, die beiden zu beschützen und neue Beweise gegen Herrn Unruh zu finden, damit man ihn wieder wegsperren kann.« Er sah kurz auf den Boden, hob den Blick wieder und bat: »Und damit ich diese Arbeit machen kann, möchte ich das gesamte Umfeld Ihrer Kinder kennen. Daher hoffte ich, wir könnten uns ein wenig unterhalten.«

Es kostete sie sichtlich Überwindung, doch nach einem tiefen Atemzug deutete sie ein Winken an und sagte: »Kommen Sie. Die Nachbargärten haben hier Ohren.«

»Kaffee?«

»Gerne.«

Das ehemalige Einfamilienhaus war in drei kleine Wohnungen unterteilt, die von Frau Klausen befand sich im ersten Stockwerk. Sie bestand aus zwei kleinen Zimmern, einem winzigen Bad und einer improvisiert wirkenden Küchenecke. Der Gegensatz zum Anwesen der Dreschers hätte nicht größer sein können.

Trotz oder gerade wegen der beengten Verhältnisse fühlte sich David auf Anhieb wohl. Nicht zuletzt, weil die Frau ein Händchen für Einrichtung hatte, was ihn ein wenig an Catharina erinnerte. Auch sie hatte in ihrem Haus auf Usedom nur gebrauchte, aufbereitete Möbel stehen, die zusammen zwar keine perfekte Einheit bildeten, aber miteinander harmonierten.

»Nicht gerade ein Palast, oder?«, sagte Frau Klausen, während sie die alte Kaffeemaschine befüllte.

Was David auffiel, war, dass in diesem Satz keinerlei Entschuldigung oder Missgunst mitschwang. Diese Frau stand zu dem, was sie hatte oder auch nicht hatte, und das nötigte ihm Respekt ab. Daher antwortete er auch ehrlich: »Schön haben Sie es hier.«

Sie winkte ab und setzte sich mit an den kleinen quadratischen Esstisch. »Ach, kommen Sie. Gegen das Drescher-Anwesen ist das hier doch nur eine Besenkammer.«

»Und in so einer haben die mich auch untergebracht«, versuchte David, das Eis zu brechen, was ihm auch gelang. Frau Klausen entspannte sich ein wenig, zeigte sogar ein schmales Lächeln und sagte: »Doch nicht etwa oben unter dem Dach?«

»Genau da«, bestätigte er. »Dort oben sind jetzt fünfunddreißig Grad und die Pflegekraft von Dieter Drescher hat Angst, dass sie mit mir zusammen duschen muss.«

Das nun folgende Lachen zeigte eine ganz andere Seite der Frau, die vermutlich einige Päckchen zu tragen hatte. Wie schon bei ihrer Wohnung hätte der Kontrast zu den Dreschers nicht größer sein können, die er noch nie hatte herzlich lachen hören, und David fragte sich, wie diese Frau mit dem Vater der Kinder zusammenpasste. Die beiden als Paar schienen unvorstellbar.

Natürlich kannte er Gerald Drescher noch nicht richtig und würde sich heute Abend zum ersten Mal mit ihm unterhalten. Trotzdem genügte der erste Eindruck, um zu wissen, dass diese Frau ihn eigentlich nur bereichern konnte. Umgekehrt musste sie sich wie ein Vogel im goldenen Käfig gefühlt haben. Aber vielleicht war es auch ganz anders, mahnte sich David, um nicht in Spekulationen abzugleiten.

»Darf ich fragen, wie ihr Verhältnis zu dieser Familie ist?«, begann er die Unterhaltung.

Ihr Blick blieb vorsichtig. »Woher weiß ich, dass das, was Sie mir sagten, der Wahrheit entspricht?«, erwiderte sie. »Vielleicht wissen Sie es, vielleicht auch nicht, aber die Dreschers haben alles dafür getan, mich aus dem Leben der Kinder zu stoßen. Und ich würde mich nicht wundern, wenn Sie nun den Auftrag haben, weitere Fakten gegen mich zu sammeln. Familienrichter sind ja ganz heiß darauf, Sprüche wie ›Ich hasse den Vater meiner Kinder‹ oder ›Der Kontakt zu ihren Großeltern schadet der Entwicklung meiner Kinder‹ zu hören.«

David hatte eine Ahnung, wovon diese Frau redete, und schlug vor: »Okay. Ich verstehe ihre Angst und vielleicht sollten wir dieses Thema tatsächlich ausklammern. Nur eine Frage: Sehen Sie die beiden noch?«

»Sehr selten.« Ihr unterdrückter Schmerz war nicht zu leugnen. »Warum wollen Sie das wissen?«

David holte etwas aus. »Na, wie gesagt, man hat mich bezüglich dieser Sache des mutmaßlichen Mörders Moritz Unruh eingestellt. Sie kennen den Fall um das getötete Mädchen?«

»Natürlich. Jeder auf der Insel kennt ihn.«

»Und Sie wissen auch, dass Ihr Ex-Mann ein wichtiger Zeuge war?«

Sie nickte. »Auch das.«

»Und genau deswegen ist man jetzt alarmiert. Die Dreschers befürchten, dass sich Unruh an den Kindern für die Aussage ihres Vaters rächen könnte. Daher möchte ich alle Gefahrenquellen kennen. Sollten Sie sich also mit den Kindern treffen oder würden diese hierherkommen, muss ich Bescheid wissen.«

»Ein einziges Treffen!«

»Was?« David verstand nicht.

»Man billigt mir in den großen Sommerferien ein einziges Treffen mit den beiden zu. Dieses Treffen und noch ein weiteres in der Weihnachtszeit ist der einzige Kontakt, den ich mit den beiden habe.«

»Scheiße«, murmelte David ehrlich betroffen.

»Ja. Scheiße!«, bestätigte sie und fügte nun offener hinzu: »Marlene Drescher war von Anfang an gegen unsere Beziehung. Ich war der Dame nicht fein genug für ihren gebildeten Sohn. Gerald kann ich noch nicht einmal viel vorwerfen. Er hielt dem Druck seiner Mutter lange genug stand, damit wir zwei Kinder zusammen bekommen konnten. Danach drehte diese alte Hexe erst richtig auf. Sie zog Alicia und Patrick mehr und mehr auf ihre Seite und drängte mich schon, während ich noch dort wohnte, aus ihrem Leben. Und damit mir auch ja jeder Rückhalt fehlte, schickte sie meinen Mann permanent rund um die Welt. Ein Geschäftstreffen war wichtiger als das andere und natürlich viel wichtiger als seine Familie.« Sie hielt inne, sah David beinahe erschrocken an und erklärte: »Das war mehr, als ich eigentlich erzählen wollte.«

»Manchmal muss es einfach raus«, erwiderte David und versprach: »Keine Sorge, es geht mir wirklich nicht um diese Dinge. Aber ich kann die Umstände jetzt besser einordnen.«

»Wie geht es ihnen? Wie geht es den Kindern?«

David entschloss sich für eine diplomatische Antwort, indem er sagte: »Mehr Umgang mit Ihnen würde den beiden sicher guttun. Aber alles in allem geht es ihnen gut. Sie sind etwas gereizt, weil sie sich im Augenblick nicht so frei bewegen können, aber ich versuche, das etwas auszugleichen. Heute Vormittag war ich zum Beispiel mit Alicia ausreiten.«

»Sie reitet wieder?«

»Ja, warum wundert Sie das?«

Frau Klausen suchte kurz nach den richtigen Worten. »Es war früher ihre große Leidenschaft. Es verging kein Tag, ohne dass sie in den Stall ging. Doch etwa ein halbes Jahr, nachdem ich dort rausgeschmissen wurde, hörte sie damit auf.«

In diesem Augenblick begann die einfache Kaffeemaschine zu piepsen.

KAPITEL 20

David blieb noch fast eine Stunde bei der Mutter der Kinder. Dabei füllte er zwei Seiten seines Notizbuches und kam zu der Erkenntnis, dass der zuständige Familienrichter ein Arschloch gewesen sein musste. Nichts täte diesen beiden Kindern besser als mehr Umgang mit dieser selbstsicheren und herzlichen Frau, davon war er überzeugt.

Bis zu dem Gespräch mit dem Vater der Kinder blieben ihm noch gut drei Stunden. Und da sich niemand von den Dreschers mit einem Anliegen bei ihm gemeldet hatte, beschloss er, noch einen Zwischenstopp in Sassnitz einzulegen.

Bevor er sich eine Stunde an der Strandpromenade gönnen wollte, war Davids erstes Ziel ein Supermarkt. Er folgte der Anweisung des Navis und damit der Bundesstraße 96 in den Ort hinein. Als er die Shell-Tankstelle und kurz darauf den großen Parkplatz passierte, erinnerte er sich an das Treffen mit Moritz Unruh vor dem Haus seines Vaters. Zunächst war ihm nicht wohl dabei gewesen, dass der Mann jetzt so nahe an einer Schule lebte. Doch während der Ferien waren seine Befürchtungen unbegründet. Auf Höhe des Hauses, dessen Garten bis fast an die Bundesstraße reichte, nahm er kurz das Gas weg, sah dort drüben aber nichts Interessantes.

Kurz darauf musste er nach links abbiegen und fand den Parkplatz des Discounters ohne Probleme. Er stellte den Wagen ab und hatte den Türöffner bereits in der Hand, als ihm ein Kleinwagen ins Auge sprang. Es war derselbe Fahrzeugtyp in der gleichen Lackierung, wie er auch immer vor dem Haus der Dreschers stand. Er parkte unter einem Baum am Rand des Parkplatzes und da die beiden vorderen Scheiben heruntergelassen waren, sah er auch, wer hinter dem Lenkrad saß.

Es war ja nicht so, dass er der jungen Pflegerin keine Freizeit gönnte, aber dass diese Magdalena ausgerechnet hier stand und offenbar auf irgendetwas wartete, kam ihm seltsam vor.

Erst als sich zwei Männer schüchtern dem Wagen näherten, kurz mit ihr sprachen und wieder ihrer Wege gingen, kam ihm ein Verdacht. So wie er die Dreschers einschätzte, bezahlten sie der Frau höchstens Mindestlohn und es hätte ihn nicht verwundert, wenn die Dame einem riskanten Nebenjob nachgehen würde, um ihr Gehalt aufzubessern. Was ihn dagegen wunderte, war der Umstand, dass sie die Männer wegschickte, anstatt mit ihnen an einen einsameren Ort zu fahren. Aber vielleicht waren ihre Dienstleistungen den Typen auch einfach zu teuer.

Wie auch immer, es ging ihn nichts an. Und da er die junge Frau nicht durch eine Begegnung in Verlegenheit bringen wollte, verschob er seine Einkäufe in einen anderen Laden.

»Morgen schon? Perfekt!«, freute sich David, redete noch etwas mit Catharina und legte dann auf. Der anfänglichen Freude, dass Catharina schon einen Tag früher kommen konnte, stand das Problem einer Unterkunft gegenüber. Die Sache war irgendwie in den Hintergrund getreten und jetzt musste es schnell gehen.

David stieg aus dem Wagen, den er unweit von Sassnitz' Strandpromenade geparkt hatte.

Natürlich hätte er die Dreschers fragen können, ob sie bei ihm im Dachzimmer schlafen könnte, aber ihm war es deutlich lieber, wenn Catharina irgendwo anders ein Zimmer bezog. Nicht weil er sie nicht bei sich haben wollte, sondern weil sie sich so freier an den Ermittlungen beteiligen könnte. So wie er diese Leute inzwischen kannte, würde man sie ebenfalls zur Kindergärtnerin degradieren und die Suche nach Beweisen gegen Moritz Unruh käme weiterhin nicht voran.

Sein erster Weg führte ihn zur örtlichen Touristeninformation, wo man für sein Ansinnen nur ein müdes Lächeln übrig hatte. Seit dieses Virus durch die Welt waberte, war die deutsche Ostsee zu Urlaubszwecken beliebter denn je und zumindest die offiziell gemeldeten Fremdenzimmer waren schon lange ausgebucht.

Er verließ das kleine Gebäude und wurde sich jetzt erst so richtig der Umgebung bewusst. Direkt vor ihm gab es einen kleinen Hafen, von dem aus die Ausflugsschiffe ihre Touren starteten. Das Glitzern des Wassers wirkte wie tausend Diamanten, die in der Sonne funkelten. Links von ihm führte die Hafenmole ein Stück auf das Meer hinaus. Er vergaß für einen Moment lang seine Sorgen, wandte sich in diese Richtung und ging ein Stück entlang der mächtigen Felsbrocken, an denen sich die kleinen Wellen brachen. Der Ausblick erzeugte ein Gefühl des Friedens. Vor ihm das weite Meer, links die beginnende Steilküste und rechter Hand endete die Küstenlinie der Insel irgendwo am Horizont.

David sog die salzige Meeresluft in seine Lungen, holte das Handy heraus und machte zwei Fotos. Dann tippte er: *Ich freue mich auf dich*, und schickte den Text zusammen mit den Bildern an Catharina. Danach wandte er sich wieder in Richtung Stadt und der kurze Friede fiel in sich zusammen. Nach der Enttäuschung in der Touristeninfo ging er entmutigt zu dem Café, fand aber auch dort keine Hilfe. Auf seine Frage hin, ob Tanja heute arbeite, verfinsterte sich die Miene des Besitzers merklich. Und als er dann auch noch sagte: »Mir fehlt ein Geldbeutel mit den Tageseinnahmen«, war David klar, was passiert war. Diese Tanja wollte nicht mit ihm flirten, sie wollte ihn ausnehmen. Folglich war es sicherlich auch gelogen, dass sie sich um ein Gästezimmer kümmern würde.

Draußen auf der Straße wünschte er sich einmal mehr sein altes Wohnmobil zurück. Das Ding hätte man einfach irgendwo abstellen können und das Problem wäre gelöst. Das einzig Positive war, dass er durch diesen Auftrag vielleicht genügend Geld für eine Neuanschaffung verdienen würde. Doch kurz darauf wurde ihm bewusst, dass sich sein Leben geändert hatte. Catharina und er würden im Großraum Berlin zusammenziehen, daher war ein neues Wohnmobil auf der Liste möglicher Anschaffungen weit nach hinten gerutscht. Für einen kurzen Augenblick wünschte er sich sein Singleleben zurück, aber wirklich nur ganz kurz.

David blieb im Schatten eines Baumes stehen und beschloss, das Urlaubsgefühl auf morgen zu verschieben. Er ging zurück zum Wagen und fuhr langsam hinaus in das Landschaftsschutzgebiet.

Nach dem Gespräch mit deren Mutter hatte David einen anderen Blick auf Patrick und Alicia. Eigentlich wollte er danach handeln, doch Patrick war nun einmal, wie er war – ein verzogener Bengel, der ihn mit den Worten »Hat man Sie zum Herumfahren eingestellt?« begrüßte. Ungeachtet dessen, dass ihn David ignorierte, fügte er noch hinzu: »Uns hätte hier draußen sonst was passieren können. Da war vorhin ein Mann im Wald und beobachtete das Haus.«

David sah auf ihn herunter, lächelte ihn an und erwiderte: »Hatte er denn auch so eine gefährliche Waffe wie dein Luftgewehr?« Damit schloss er den Wagen ab und ließ den Jungen stehen.

Patrick wollte es offenbar nicht dabei belassen. Er ging ihm hinterher und rief: »Was soll das? Es geht hier darum, dass Sie auf mich aufpassen. So können Sie nicht mit mir umgehen!«

David blieb stehen, drehte sich zu ihm um und erklärte ruhig: »In erster Linie geht es darum, dass hier kein Kind mehr in Gefahr ist. Folglich muss ich alles tun, damit Moritz Unruh wieder in Haft kommt. Keine Sorge, ich werde auch auf dich aufpassen. Das habe ich zumindest deiner Mutter versprochen, als wir vor zwei Stunden zusammen einen Kaffee getrunken haben.«

Natürlich wollte David dem Jungen eins reinwürgen, doch damit, dass sich Patricks Augen mit Tränen füllten, hatte er nicht gerechnet. Noch bevor er sich entschuldigen konnte, raunte der Junge: »Sie sind ein Arsch«, und rannte in Richtung Garten davon.

David stieß einen leisen Fluch aus und ging ihm hinterher. Doch anstatt auf Patrick traf er im Garten auf Alicia. Dieses Mal saß sie auf einem Gartenstuhl und las ein Buch. Und da ihr Bruder gerade durch die Terrassentür verschwand, fragte sie: »Was ist denn jetzt wieder? Der ist so eine Mimose.«

David blieb neben ihr stehen und sah dem Jungen hinterher. »Ich habe eure Mutter erwähnt.«

»Autsch«, war ihre einzige Reaktion. Die beiden trugen ihr Bündel offenbar auf unterschiedliche Art und Weise.

David besann sich auf sein Problem und fragte: »Sag mal, kennst du hier jemanden, der privat Zimmer vermietet? Meine Partnerin kommt schon einen Tag früher und braucht eine Unterkunft. Die von der Touristeninfo sagen, es ist alles voll.«

Alicia wurde hellhörig, legte ihr Buch beiseite und sah ihn mit einer Mischung aus Neugierde und Missachtung an. »Deine Partnerin?« Sie stockte und fragte dann offen: »Deine Partnerin im Job oder deine Partnerin im Leben?«

David war grundsätzlich für klare Verhältnisse. »Beides. Catharina wird mich bei der Sache hier unterstützen. Ehrlich gesagt komme ich bezüglich Moritz Unruh nicht weiter. Und da ihr verständlicherweise nicht nur im und um das Haus herumhängen wollt, habe ich so mehr Zeit für euren Schutz.«

»So wie heute? Wo warst du den ganzen Nachmittag?«, provozierte sie in fast derselben Tonlage wie zuvor ihr Bruder.

David verdrehte innerlich die Augen, konnte sich aber nicht noch einen weiteren Streit leisten. Daher antwortete er: »Bei eurer Mutter.«

Das leichte Zucken um ihren Mund war kaum wahrnehmbar, aber es war da. Und als sie feststellte: »Na, dann musstest du dir sicher viel Gejammer anhören. Sie hat es ja so schwer und alles ist so ungerecht, bla, bla, bla«, schwang eine ganze Menge Wut mit.

»Eure familiären Probleme gehen mich ehrlich gesagt nichts an«, erwiderte David und versuchte dabei, neutral zu klingen.

Alicia tat ihm den Gefallen und ritt nicht weiter darauf herum. Stattdessen bot sie an: »Ich hätte eine Idee: Meine Großmutter hat ungern fremde Leute im Haus, daher hat mein Vater für seine Geschäftskunden drüben in Sassnitz ein Apartment gekauft. Die kleine Wohnung steht die meiste Zeit über leer.«

»Klingt prima. Danke«, gab sich David wieder kumpelhaft. Dann warf er einen Blick auf die Uhr und beschloss: »Ich bin oben in meinem Zimmer und habe nachher noch ein Gespräch mit deinem Dad. Dann kann ich ihn ja direkt fragen.«

»Alles klar«, sagte sie und legte ein Lesezeichen in ihr Buch. Dann stand sie auf und fragte scheinbar beiläufig: »Hast du mich heute Mittag an dem Weiher wegen deiner Partnerin ignoriert?«

KAPITEL 21

Alicias Frage nach der Situation am Weiher verunsicherte David für einen Moment und er fragte sich, ob er als Single auf ihr eindeutiges Angebot eingegangen wäre. Doch er musste nicht lange darüber nachdenken. Das wäre ihm gar nicht in den Sinn gekommen. Erstens war sie seine Mandantin und zweitens erst achtzehn. Außerdem hatte er schnellem Sex noch nie etwas abgewinnen können. Diese Erfahrung hatte er nur einmal gemacht und er erinnerte sich nicht gerne daran.

Die drei Treppen bis rauf ins Dachgeschoss machten ihm etwas zu schaffen. In den letzten Tagen hatte der Sport hintenanstehen müssen und das zeigte sich schnell an seiner mangelnden Kondition.

Oben im Personalflur schlug ihm stickige Luft entgegen. David blieb kurz stehen, schloss die Tür zur Treppe und rang etwas um Atem. Im ersten Moment dachte er, das leise Geräusch käme aus dem Gemeinschaftsbadezimmer. Er klopfte dort an, steckte den Kopf hinein, aber es war niemand hier. Dann legte er das Ohr an die nächste Tür und hörte es deutlicher. Von der Stimmlage her konnte es Magdalena, Herrn Dreschers Pflegekraft, sein. Die Geräusche bestanden nur aus leisem Gemurmel, unterdrücktem Schluchzen und Schniefen.

Sein gekrümmter Finger schwebte schon vor der Tür, aber dann besann er sich. Er erinnerte sich an die Situation auf dem Supermarktparkplatz. So leid ihm die junge Frau auch tat, was sollte er machen? Wenn sie sich wirklich prostituierte, war das ihre Sache. Er konnte ja schlecht zu seiner Auftraggeberin gehen und für Magdalena um mehr Gehalt bitten. Die Welt war nun mal, wie sie war, und das würde er nicht ändern können. David sah nur eine Möglichkeit und die bestand in Catharina. Wenn er die beiden zusammenbringen könnte, würde sich ihr Magdalena vielleicht öffnen. Das würde zwar nicht unbedingt etwas an ihrer Lage ändern, aber manchmal tat es gut, wenn jemand einem zuhörte.

Wie die alte Frau Drescher hatte auch ihr Sohn sein eigenes Büro in dem Anwesen. Es befand sich in einem Flügel des Erdgeschosses, in dem David bisher noch nicht gewesen war. Auch hier hatten die schweren dunklen Holzmöbel jeden Zeitgeist überlebt und verstrahlten eine gewichtige Atmosphäre.

David hatte durch seinen Job schon bei einigen wohlhabenden Leuten gesessen und ließ sich von so etwas nicht mehr beeindrucken. Abgesehen von einem russischen Mafiaboss, dessen Tochter er gerade noch rechtzeitig hatte retten können, benutzten die meisten dieser Leute eine solche Kulisse als eine Art Rüstung. Dieser Mann war eine Ausnahme gewesen, der hatte keine Rüstung gebraucht, um seine Autorität zu unterstreichen. David schob den Gedanken beiseite und konzentrierte sich.

Gerald Drescher saß hinter seinem schweren Schreibtisch und tat wieder, als wäre er furchtbar beschäftigt, bevor er auch nur den Blick hob.

Noch so eine Rüstung, dachte David und ließ sich etwas mehr Zeit, um selbst Platz zu nehmen. Er sah den Mann einen Augenblick zu lange an und sagte dann: »Vielen Dank für Ihre

Zeit, Herr Drescher. Es tut mir leid, aber um die Gesamtsituation besser einschätzen zu können, muss ich wissen, was Sie wissen. In den Akten steht, dass Sie Moritz Unruh vor einem Jahr im Wald gesehen haben. Und kurz danach wurde die Leiche der vierzehnjährigen Elisabeth Schwab gefunden.« David ließ eine kurze Pause folgen und fügte dann hinzu: »Im Grunde stützte sich die Anklage gegen diesen Mann hauptsächlich auf diese Aussage.«

»Korrekt«, bestätigte Gerald Drescher.

Wie David von seinem früheren Job als Polizist wusste, gibt es zwei Typen von Menschen. Es gibt die, die von sich aus zu reden beginnen, und es gibt die, aus denen man jedes Wort herauskitzeln muss. Drescher gehörte zu der zweiten Spezies.

David sah den Mann nicht als Angeklagten, wurde aber das Gefühl nicht los, dass in dieser Familie einiges unter der Oberfläche brodelte. Im Grunde ging es ihn nichts an, aber wenn Moritz Unruh auch davon wusste, könnte er das gegen seine Mandanten einsetzen.

Da David schlicht schwieg, fragte Drescher schließlich doch: »Worauf wollen Sie hinaus?«

David entschuldigte sich für seine Denkpause, verschränkte seine Finger ineinander und begann vorsichtig mit den Worten: »Nun ja, wie soll ich sagen. Ihre Mutter geht davon aus, dass sich Moritz Unruh für Ihre damalige Aussage rächen könnte. Das ist auch aus meiner Sicht einleuchtend. Allerdings muss das nicht zwingend mit Gewalt gegen Ihre Kinder geschehen.«

Drescher zog kurz eine Augenbraue nach oben. »Ich verstehe nicht?«

David lehnte sich zurück und erklärte: »Ich betrachte die Dinge gerne mit etwas Abstand. Und mit etwas Abstand sehe ich in Moritz Unruh einen Mann, der nicht länger als Kindsmörder verurteilt ist. Ob er es wirklich war, wissen wir nicht sicher. Wenn wir nun also ausklammern, dass er möglicherweise gewisse Neigungen hat, bleibt eine Sache übrig: der Umstand, dass ihn Ihre Aussage ins Gefängnis brachte. Was ich damit sagen will, ist, dass er sich an Ihrer Familie auf jede erdenkliche Art rächen könnte.«

Dieses Mal war es Drescher, der etwas länger nachdenken musste. Doch anstatt wieder seine arrogante Seite herauszukehren, deutete er ein Nicken an. »Verstehe, Ihr Ansatz ist gut und richtig. Allerdings weiß ich nicht, wie ich Ihnen beim Schutz meiner Familie helfen könnte.«

»Darf ich etwas ausholen?«

Drescher nickte erneut.

»Soweit ich weiß, war Moritz Unruh bei einer regionalen Gärtnerei angestellt und kam auch auf Ihrem Anwesen zu Einsatz. Wann war das und welchen Eindruck hatten Sie von ihm?«

Drescher zuckte mit den Schultern. »Seit wann er sich bei uns um die Gärten kümmerte, weiß ich nicht mehr, und wirklich aufgefallen ist er mir eigentlich nie. Gut, manchmal bekam ich mit, wie er meine Tochter im Garten ein wenig zu lange anstarrte. Wäre er ihr zu nahe gekommen oder hätte Fotos gemacht, wäre ich eingeschritten. Aber so hätte ich sämtliche Angestellten der Gärtnerei rausschmeißen müssen, da hielt sich keiner mit Blicken zurück.«

»Hm«, brummte David, doch bevor er etwas sagen konnte, fügte Gerald Drescher hinzu: »Hätte ich damals natürlich gewusst, was für ein Monster in unserem Garten arbeitet, hätte ich ihn mit Patricks Luftgewehr erschossen.«

David hob die Hand, brachte den Mann damit tatsächlich zum Schweigen und belehrte ihn: »Dieses Thema wollten wir ausblenden. Wie gesagt, mir geht es um andere Schwachstellen. Also muss ich Sie konkret danach fragen, ob er etwas über Ihre Familie wissen könnte, womit er Ihnen schaden kann.«

Drescher schüttelte den Kopf und sagte: »Auf politischer oder geschäftlicher Ebene fällt mir nichts ein. Diesbezüglich findet alles im Haus statt und dazu haben die Gärtner keinen Zutritt. Im Grunde bleiben nur die Kinder als Angriffsfläche.«

»Körperlich oder in Bezug auf die Differenzen mit deren Mutter?«, rutschte es David heraus.

»Mit der Mutter ist alles geklärt«, lautete die knappe Antwort. »Außerdem sehe ich nicht, wo uns Unruh da angreifen könnte.«

»Auch wieder wahr«, bestätigte David, konnte seine Verzweiflung aber offenbar nicht ganz verbergen, da Gerald Drescher seinen Gesichtsausdruck richtig deutete. Er sah ihn lange an und riet: »Kann es sein, dass Sie bisher noch nichts gegen den Typen vorweisen können? Alicia erzählte mir vorhin, dass er bereits zweimal in ihrer Nähe war und Sie nichts unternommen haben.« Da war er wieder, der Tonfall des Geschäftsmanns, der es gewohnt war, seinen Untergebenen die Meinung direkt ins Gesicht zu sagen.

David blieb nichts anderes übrig, als zuzugeben: »Leider stimmt das. Die Tat ist bereits ein Jahr her und alle Spuren sind kalt. Und was Moritz Unruh selbst angeht, ist er ein freier Mann, dem es wie jedem anderen zusteht, im Wald herumzulaufen. Er hat niemanden bedroht oder sich sonst in irgendeiner ungehörigen Weise verhalten. Natürlich habe ich ihn angesprochen, aber mehr kann ich erst einmal nicht tun.«

»Haben Sie wenigstens eine Strategie, wie Sie diesbezüglich weitermachen wollen? Oder hätte ein einfacher Personenschützer genügt? Immerhin bezahlen wir Sie auch dafür, dass der Mann wieder zurück ins Gefängnis geschickt wird.«

Dieser Angriff auf Davids Daseinsberechtigung musste früher oder später kommen. Und nicht nur deshalb war er sehr froh, dass Catharina mit in sein Geschäft einstieg, denn so konnte er erwidern: »Ich werde ab morgen meine Partnerin hinzuziehen. Während ich bei Ihren Kindern bleibe, wird sie sich an Moritz Unruh hängen und versuchen, ihm etwas Handfesteres nachzuweisen als verunreinigte DNA-Spuren und Ihre damalige Aussage. Wie Sie vermutlich wissen, sind genau diese Spuren der Grund, warum Unruh wieder auf freiem Fuß ist. Da wurde ordentlich geschlampt.«

Drescher nickte und zeigte sich wieder etwas offener. »Also gut. Die Kinder sind zwar nicht mehr lange hier, aber vielleicht ist es kein Schaden, wenn Sie auch danach zu zweit ermitteln. Die Konditionen kennen Sie und sie werden sich auch nicht ändern, wenn Sie noch jemanden hinzuziehen.«

»Ist mir klar«, erwiderte David, bat aber trotzdem: »Ihre Tochter erzählte mir von einer selten genutzten Geschäftswohnung hier in der Nähe. Wäre es möglich, dass meine Partnerin dort unterkommt? Es gibt in der ganzen Gegend kein freies Zimmer und es wäre sinnvoll, wenn wir unabhängig voneinander agieren könnten. Unruh soll nicht wissen, dass sie zu mir gehört. Er kennt mich als Ihren Personenschützer und wäre ihr gegenüber vorgewarnt.«

»Verstehe … und ja, das lässt sich einrichten. Die besagte Wohnung wird in den nächsten Tagen tatsächlich nicht benötigt.«

David nickte halbwegs zufrieden. Das Gespräch hatte ihn zwar nicht wirklich weitergebracht, aber wenigstens das war geklärt. Er gab dem Mann die Hand, doch als er sagte: »Wir sehen uns hier im Haus bestimmt bald wieder«, erklärte der: »Wohl kaum. Ich starte morgen früh zu einer Geschäftsreise nach Frankreich und komme erst kurz vor Ferienende wieder zurück. Mit etwas Glück haben Sie bis dahin Ihre Arbeit gemacht und wir benötigen Sie nicht mehr.«

Der Wunsch beruht auf Gegenseitigkeit, dachte David und verließ das Büro.

KAPITEL 22

Auf dem Weg nach oben erinnerte sich David an den Sichtschutz für Dieter Drescher. Eigentlich hatte er nach dem Gespräch mit Gerald Drescher nicht das Bedürfnis, jetzt auch noch seiner Mutter zu begegnen, aber es half nichts. Also klopfte er an die Tür im ersten Stock, die genauso wie die eine Etage höher zum Wohnbereich führte.

Anstatt der Großmutter öffnete Alicia die Tür und sah ihn fragend an. Als er ihr erklärte, worum es ging, ließ sie ihn eintreten. Allerdings wirkte sie jetzt deutlich reservierter als vorher an diesem Tag und erklärte ihm steif, dass ihre Großmutter bei einem Geschäftsessen in Sassnitz sei.

Für David unerwartet befand sich auch Magdalena in der Wohnung der alten Dreschers. Sie war gerade dabei, eine Bettpfanne unter Dieter Drescher herauszuziehen, und bedachte David nur mit einem scheuen Blick. Und als Alicia sagte, sie solle den Raum verlassen, huschte die Pflegekraft blitzartig hinaus.

Bisher hatte David den alten Mann erst einmal, bei seiner Ankunft draußen im Pavillon, gesehen. Dort hatte er auch schon verletzlich gewirkt, aber lange nicht so wie jetzt und hier in diesem großen Krankenbett. Unter der Decke zeichnete sich seine magere Statur ab und sein Gesicht wirkte eingefallen. David kannte den ehemals stattlichen Mann von alten Fotos und bei seinem jetzigen Anblick wurde ihm das Herz schwer. Die grauen Bartstoppeln ließen ihn noch älter wirken, doch anders als sein Mund waren die Augen noch sehr lebhaft. Er wirkte wie in sich eingeschlossen.

David grüßte: »Guten Abend, Herr Drescher«, worauf Alicia zu ihrem Opa ging und ihm erklärte: »Das ist unser Aufpasser. Ich habe dir ja erklärt, warum er hier ist. Und Herr Bender will jetzt kontrollieren, ob bei dir hier auch alles sicher ist.« In ihrer Stimmlage hörte David eine Distanz, die nicht dazu passte, dass die junge Frau ihrem Opa über die Wange strich.

Kurz darauf hatte David die neuen blickdichten Vorhänge kontrolliert und noch einen Blick nach draußen geworfen. Die Stelle, an der letzte Nacht jemand am nahen Waldrand gestanden hatte, war tatsächlich genau unter diesen Fenstern.

»Kann ich machen weiter?«, fragte Magdalena regelrecht unterwürfig, als David und Alicia den Raum verließen und draußen im Flur an ihr vorbeikamen.

Alicia würdigte sie keines Blickes und raunte: »Ja, aber mach schnell und vergiss nicht wieder, ihm die Schlaftabletten zu geben.«

Damit huschte die junge Pflegerin zurück in das Krankenzimmer und als Alicia kühl erklärte: »Ich mag es nicht, aber meine Oma hat schon recht. Man muss diesen Leuten klare Ansagen machen«, zeigte sie eine Seite, die David zuvor nicht an ihr wahrgenommen hatte.

Zurück im Treppenhaus blieb Alicia stehen und sah ihn an. »Habt ihr über die Wohnung gesprochen, mein Vater und du?«

»Ja, alles geklärt. Meine Partnerin kann sie nutzen. Allerdings weiß ich noch nicht, wo die Wohnung ist und wer den Schlüssel hat.«

Alicia zeigte ihm ein süßes Lächeln und erklärte: »Wir können das morgen Vormittag zusammen machen. Ich lasse mir den Schlüssel geben und lotse dich hin«, doch als sie fragte: »Wann kommt denn deine Partnerin?«, wurde ihre Stimmlage ein klein wenig aggressiver.

»Am späten Nachmittag«, antwortete David. Dann wünschte er ihr eine ruhige Nacht und ging nach oben.

Nach dem allabendlichen Telefonat mit Catharina fiel er in einen traumlosen Schlaf, der ihn dem Wiedersehen mit ihr ein ganzes Stück näher brachte.

»Sie wollten doch frische Spuren. Jetzt gibt es welche!«

Mehr als ein »Was?« brachte David noch nicht heraus. Er blinzelte gegen die Sonne, die gerade über den Bäumen aufging und genau auf sein Bett schien. Sein Handy zeigte sechs Uhr morgens und trotzdem klang Frau Dreschers Stimme so wach aus dem Zimmertelefon, wie er es erst nach zwei Tassen starken Kaffees sein würde. Dann erklärte sie emotionslos: »Seit gestern Abend wird drüben in Sassnitz ein Kind vermisst. Also kommen Sie endlich herunter und machen Sie Ihren Job.«

David hörte sich selbst »Ist gut« nuscheln und legte auf. Dann rieb er sich die Augen, entsperrte sein Handy und suchte nach lokalen Nachrichten und Meldungen.

Offenbar hatte der Verfasser des Artikels noch nicht viele Informationen. Die reißerische Schlagzeile lautete:

Böse Erinnerungen werden wach! Hat er es wieder getan?

Und gleich darunter stand:

Kaum ist der wegen des Mordes an einer Vierzehnjährigen tatverdächtige Moritz U. auf freiem Fuß, wird bei Sassnitz wieder ein Kind vermisst. Wie wir heute Morgen erfahren haben, nimmt

143

die vierzehnjährige Annkathrin J. an einer Ferienfreizeit teil. Die Jugendgruppe ist in dem Naturerlebniscamp Birkengrund untergebracht, wo sie in Zelten schlafen. Das Mädchen, mit dem sich Annkathrin ein Zelt teilt, ist heute Morgen gegen fünf Uhr aufgewacht und hat, da sie ihre Freundin nirgends finden konnte, Alarm geschlagen.

Zur Stunde koordiniert die hiesige Polizei eine Suchaktion. Sobald wir weitere Informationen haben, werden Sie diese erfahren. Passen Sie auf sich auf …

Scheiße, war Davids erster Gedanke, und der zweite: *So blöd ist Unruh nicht.* Dann musste er sich selbst korrigieren. Es war wahrlich keine Seltenheit, dass Straftäter mit diesen Neigungen jede Chance ergriffen, eine neue Tat zu begehen. Manche schreckten nicht einmal in ihrem Hafturlaub oder bei einem Freigang davor zurück.

Er rollte sich aus dem Bett, nahm seine Waschtasche und ging rüber zu dem Gemeinschaftsbadezimmer. Da er um diese Zeit noch niemanden erwartete, trat er ein und sorgte damit für einen spitzen Schrei. Magdalena stand neben einem Waschbecken, griff hastig nach einem Handtuch und hielt es vor sich.

David trat, sich mehrmals entschuldigend, den Rückzug an und schloss die Tür. Auch wenn Frau Drescher zur Eile rief, würde er auf keinen Fall auf seine Morgentoilette verzichten. Also ging er zurück in sein Zimmer, ließ aber die Tür offen stehen.

Während er darauf wartete, dass das Bad frei wurde, kam ihm ein Gedanke. Eigentlich passte Magdalenas Reaktion nicht zu einer Frau, die sich prostituierte. Oder er hatte sich auf dem Supermarktparkplatz geirrt? Vielleicht war es dort um etwas ganz anderes gegangen. Immerhin war es ja auch möglich, dass sie etwas ganz anderes als ihren Körper verkaufen wollte.

Kurze Zeit später kam die junge Frau aus dem Bad und er konnte hinein. Als sie sich im Flur begegneten, rutschte ihr ein Träger der leichten, ärmellosen Bluse herunter. Ein Reflex lenkte Davids Blick zu ihrem Brustansatz und obwohl das Licht in dem Flur schlecht war, sah er dort den Rand eines großen blauen Fleckes.

Magdalena bemerkte seinen Blick, schob den Träger wieder nach oben und erklärte alarmiert: »Das nicht schlimm. Habe mich an Krankenbett gestoßen.«

Die Lüge war ihr ins Gesicht geschrieben. David hielt den Blickkontakt aufrecht und sagte sanft: »Bitte sagen Sie mir, wenn ich Ihnen irgendwie helfen kann. Es muss hier auch keiner erfahren.«

Sie lächelte gezwungen. »Nix helfen, alles okay.« Damit drehte sie sich um und verschwand in ihrem Zimmer.

Marlene Drescher empfing ihn im Esszimmer mit dem Satz: »Dreißig Minuten sind für einen herbeigerufenen Personenschützer völlig inakzeptabel!«

Halb sieben war so gar nicht Davids Zeit, doch er verkniff sich einen frechen Kommentar und erwiderte: »Ich wollte mir erst ein Bild der Lage machen und habe ein wenig recherchiert. Und da es nicht um Alicia oder Patrick geht, sah ich keinen Grund zur Panik. Außerdem bin ich an erster Stelle Privatermittler und nicht Personenschützer. Das eine schließt das andere zwar nicht aus, aber als reiner Bodyguard bin ich überqualifiziert.«

Marlene Drescher zog zwar eine Augenbraue nach oben, beließ es aber dabei und rief durch die offen stehende Tür: »Frau Schmidt, Herr Bender braucht einen Kaffee. Und machen Sie ihn ruhig etwas stärker«, dann trank sie von ihrem und erzählte: »Ich habe gerade mit dem Dienststellenleiter der hiesigen Polizei telefoniert. Bis jetzt gibt es noch keine Anhaltspunkte, wo dieses verschwundene Mädchen sein könnte. Und von einem Verbrechen wollen sie noch nicht ausgehen. Die Betreuerin der Jugendgruppe hat wohl den Verdacht geäußert, dass das Mädchen einen Jungen aus der Gegend kennengelernt haben könnte.«

Davids Hirn lief noch nicht auf Hochtouren, trotzdem entgegnete er: »Wenn der Nachrichtenartikel stimmt, ist das Mädchen gerade mal vierzehn. Schleicht man sich in diesem Alter schon heimlich zu einem Jungen?«

Frau Drescher sagte kalt: »Das werden Sie sicher herausfinden. Ich habe Kriminalmeister Johannes Weiglein angewiesen, Sie auf dem Laufenden zu halten. Er hat Ihre Handynummer und wird sich bei Ihnen melden.«

Noch während David sich wieder einmal fragte, wie viel Macht diese Frau hatte, stand diese auf und verließ wortlos den Raum.

KAPITEL 23

»Hallo, Chef, ich dachte schon, du bist untergetaucht. Was verschafft mir die Ehre eines Anrufs zu so früher Stunde? Und warum bist du überhaupt schon wach?« Wenn jemand Davids Stimmung heben konnte, dann seine Assistentin Clara.

»Wegen eines verschwundenen Mädchens«, erwiderte David und rührte dabei in seinem tiefschwarzen Kaffee, der den Spritzer Milch irgendwie absorbiert hatte. Er goss noch etwas Milch nach und hörte gleichzeitig Clara alarmiert fragen: »Sag jetzt nicht, dass deine Mandantin verschwunden ist.«

»Alicia? Nein. Seit heute Morgen wird hier in der Nähe eine Vierzehnjährige aus einer Jugendgruppe vermisst. Im Moment habe ich noch kaum Informationen dazu, werde aber in Kürze von der Polizei informiert.«

»Wie das?«

»Sagen wir einfach, meine Auftraggeberin hat einen ziemlich guten Draht zum hiesigen Polizeichef.«

»Okay«, sagte Clara gedehnt. »Und was brauchst du dann von mir? Oder wolltest du nur mal wieder meine glockenreine Stimme hören?«

David musste lächeln. »Um diese Zeit klingst du so, wie ich mich fühle, also alles andere als glockenrein. Aber Spaß beiseite, ich bräuchte wirklich ein paar Informationen.«

»Worum geht es?«

David schlug sein Notizheft auf, fotografierte die Seite, drückte auf »Senden« und erklärte: »Nicht um dieses verschwundene Mädchen. Ich habe dir gerade einen Namen geschickt. Kannst du im Netz mal nach der Frau suchen?«

Nach ein paar Sekunden schimpfte Clara: »Du und deine Sauklaue. Lese ich das richtig: Magdalena Wójcik?«

»Ja genau, jedenfalls steht das so auf dem Namensschild ihres Kulturbeutels in dem Gemeinschaftsbad. Sie ist Drescher seniors Pflegekraft und ich habe den Verdacht, dass sie noch Nebeneinkünfte hat. Es muss nichts bedeuten, aber ich will es überprüfen.«

»Geht klar, Chef. Noch was?«

»Ja. Hast du unseren Kandidaten Moritz Unruh noch im Blick?«

»Im Netz meinst du? Ja, habe ich. Auf seinen Profilen ist nichts los, aber es gab erst gestern Abend einen Post bei Facebook, in dem er markiert wurde.«

David wurde hellhörig. »Worum ging es da?«

»Offenbar hat er einen alten Freund, der ihn auch während der Haft nicht fallen gelassen hat. Dieser Freund, ein gewisser Sascha Degner, seine Frau und seine beiden Kinder sind mit Moritz Unruh auf einem Boot zu sehen. Auf einem der drei Bilder kann man im Hintergrund die Insel Hiddensee erkennen und als Text steht dabei: ›Eine Nacht auf dem Meer, was kann es Schöneres geben.‹«

»Unruh war heute Nacht auf diesem Boot?«, fragte David irritiert.

»Moment, ich muss kurz meinen Laptop starten.«

David hörte erst nichts, dann eine Tastatur und dann bestätigte Clara: »Sieht so aus. Es gibt neue Fotos auf dem Profil von diesem Sascha Degner, die seine Familie und Unruh beim Frühstück zeigen. Und auch der Hintergrund hat sich nicht verändert. Die ankern offenbar immer noch vor Hiddensee.«

»Das ist eine gute Nachricht für das verschwundene Mädchen. Frau Drescher hat nämlich in Erfahrung gebracht, dass man noch nicht von einem Verbrechen ausgeht. Und wenn Unruh die ganze Nacht auf diesem Boot war, kann er dem Mädchen nichts getan haben.«

Anstatt einer Reaktion darauf hörte David ein wenig ermutigendes »Oh, oh« aus dem Handy. Es folgte ein Rascheln, dann sagte Clara mit gedämpfter Stimme: »Nein, Moritz Unruh vielleicht nicht, aber jemand anders. Hier steht: Es ist wieder passiert. Wie schon ein Jahr zuvor wurde im Nationalpark Jasmund auf Rügen die Leiche eines Mädchens gefunden.«

»Scheiße«, stieß David aus und dachte kurz nach. »Okay, bleib da dran. Ich mache mich jetzt auf den Weg und versuche, Informationen aus erster Hand zu bekommen.«

»Alles klar, Chef«, bestätigte Clara nun nicht mehr fröhlich, fügte aber hinzu: »Aber eins noch …«

»Was?«

»Du solltest vielleicht im Hinterkopf behalten, dass diese Fotos von Moritz Unruh zwar gestern und heute veröffentlicht wurden, aber nicht in dieser Zeit entstanden sein müssen.«

»Guter Hinweis«, lobte David und wollte schon auflegen, als Clara fragte: »Dass Catharina früher kommt, weißt du?«

»Ja, warum?«

»Kann sie bei dir beziehungsweise bei deinen Auftraggebern schlafen? Laut Internet ist die Insel so gut wie ausgebucht.«

»Hab ich geklärt, sie kann in einer Wohnung der Dreschers unterkommen.«

»Na, dann kann ich mir ja die Suche sparen«, meinte Clara erfreut und legte dann auf.

Die Fundstelle zu finden, war kein Problem. David fuhr erst auf die Landstraße und folgte dann einfach einem gerade vorbeikommenden Einsatzwagen.

Natürlich war das Gebiet um den Fundort weiträumig abgesperrt und natürlich wollte man ihn nicht durchlassen. Also fuhr David an den Rand der Landstraße, wählte die Handynummer von Kriminalmeister Weiglein, der ihn ja schon von dem Besuch in dessen Büro kannte, und redete kurz mit dem Mann. Es war nicht nötig, Frau Drescher zu erwähnen, denn Weiglein willigte sofort ein, ihm Zugang zu verschaffen. Und nachdem David das Handy an einen Streifenpolizisten an der Absperrung weitergereicht hatte, durfte er kurz darauf passieren.

Nach etwa hundert Metern winkte ihn ein weiterer Beamter auf einen Forstweg, der sich nach weiteren zweihundert Metern zu einer Lichtung öffnete. Am Rand lagen einige große Stapel Baumstämme, vor denen er seinen Wagen so abstellte, dass Einsatzfahrzeuge noch daran vorbeikommen würden. Auf den letzten Metern vor der Lichtung standen zwischen den Holzstapeln zwei graue VW-Busse, ein dunkler BMW und zwei Streifenwagen. Dass man auf einen Krankenwagen verzichtet hatte, sprach Bände.

Noch war die Morgenluft angenehm kühl. Doch immer wenn sich die Sonnenstrahlen einen Weg durch die Baumkronen bahnten, konnte man die bevorstehende Hitze erahnen.

Auf der anderen Seite der Lichtung standen mehrere Männer und Frauen in den dünnen Schutzanzügen der Spurensicherung. David ahnte zwar, was sich dort befand, konnte aber noch nichts sehen.

Kriminalmeister Weiglein lehnte in einiger Entfernung an einem Baum und rauchte eine Zigarette. Er wirkte selbst auf diese Entfernung blass und erschöpft. Als er David sah, löste er sich vom Baum und kam über die Lichtung auf ihn zu. Sein erster Satz war: »Wenn es nach mir ginge, wären Sie nicht hier, aber Frau Drescher bestand darauf.«

David gab sich verständnisvoll. »Kann ich mir denken. Aber keine Sorge: Ich werde Ihnen weder in Ihre Ermittlungen hineinreden noch etwas nach außen tragen. Meine Zeit bei der Kripo ist noch nicht lange her und ich habe vollstes Verständnis dafür, dass Ihnen meine Anwesenheit nicht passt. Andererseits, wie heißt es so schön: Vier Augen sehen mehr als zwei.« Damit deutete er zu der Stelle, wo die Spurensicherung zugange war, und fragte: »Liegt dort das vermisste Mädchen aus den Nachrichten? Die von der Jugendgruppe auf dem Zeltplatz?«

Als Antwort deutete Weiglein zu einer jungen Frau im Pfadfinderoutfit. Sie saß etwas abseits auf einem Baumstamm, hatte ihr Gesicht in die Hände gelegt und schluchzte so laut, dass es David bis hier rüber hören konnte.

Dann atmete der Kriminalmeister durch. »Ja, sie ist es. Ihre Betreuerin hat sie identifiziert. Wir warten gerade auf den Seelsorger.«

»Scheiße!« Das Wort verließ David, ohne dass er darüber nachdenken musste. Kinder als Opfer waren seine Achillesferse, trotzdem bat er: »Kann ich das Opfer sehen?«

Weiglein zuckte mit den Schultern. »Warum nicht. Nur Fotos muss ich verbieten.«

Kurz bevor sie die Stelle erreichten – David konnte schon einen Haarschopf sehen –, hielt ihn Weiglein noch einmal zurück, sah ihm in die Augen und forderte: »Ich verlasse mich auf Ihr Wort als ehemaliger Polizist, dass Sie keine internen Informationen an irgendjemanden weitergeben. Ganz egal, ob Ihnen meine Arbeitsweise passt oder nicht. Und ganz egal, ob

Sie anderer Meinung sind als ich. Haben wir uns verstanden? Sie sind nur hier, weil … na, ich glaube, Sie wissen selbst, warum.«

David konnte den Mann verstehen. Wenn seine Auftraggeberin hier in der Lokalpolitik so viel Macht hatte, wie es schien, dürfte der Polizist gehörig unter Druck stehen. Oberster Dienstherr der Polizei war schließlich das Staatsministerium des Innern, und damit saßen dort Politiker, die wiederum von anderen Politikern abhängig waren. Wenn dort also jemand wie Frau Drescher der Meinung war, dass man ein paar Umstrukturierungsmaßnahmen vornehmen sollte, könnte sich jemand wie Kriminalmeister Weiglein ganz schnell im öden Hinterland wiederfinden.

Daher erwiderte David den Blickkontakt, streckte seine Hand aus und sagte: »Sie haben mein Wort. Ich bin nur ein Zaungast und rede auch nur, wenn Sie mich fragen.«

Weiglein erwiderte den Händedruck. »Nun denn, ich hoffe, Sie haben noch nicht gefrühstückt.«

KAPITEL 24

Annkathrin, hallte der Name aus der Schlagzeile in Davids Kopf wider.

Das Team der Spurensicherung kannte ihn nicht. Und weil die Leute nicht wussten, dass er eigentlich gar nicht hier sein sollte, traten sie zur Seite. Die Augen der Vierzehnjährigen blickten starr in den Himmel. Sie war nicht nackt, zumindest nicht ganz. Das Schlafanzugoberteil mit dem Porträt irgendeines Rappers hatte ihr Mörder ihr gelassen, doch sowohl ihre Hose als auch ihr Slip lagen neben ihr.

Der erste Unterschied, der David zu den Fotos von der Leiche vor einem Jahr auffiel, war, dass man ihr nicht das Kopfhaar und die Augenbrauen abrasiert hatte. Dennoch glichen die vielen kleinen Verletzungen rund um den Genitalbereich denen des anderen weiblichen Opfers. Bei dem Jungen vor zwei Jahren waren es lauter kleine Blutergüsse gewesen, doch bei den beiden Mädchen wirkten die Wunden auf den ersten Blick wie kleine Schnitte mit einer Rasierklinge. David brauchte keinen Gerichtsmediziner, um aufgrund der starken Blutungen zu erkennen, dass man ihr diese Wunden noch vor dem Tod beigebracht hatte.

Schreie, ging es ihm durch den Kopf. Die Kleine musste fürchterlich geschrien haben, was ein enormes Risiko für den Täter war. Und so fand er den zweiten Unterschied zu Elisabeth vor einem Jahr. Denn damals war der Tatort nicht der Fundort gewesen und das war hier anders. Den Blutspuren auf dem Boden nach zu urteilen dürfte das Mädchen hier gefoltert und umgebracht worden sein.

David drehte sich zu einer jungen Frau im Anzug der Spurensicherung und fragte: »Habt ihr etwas gefunden, das man als Knebel verwenden könnte? Einen Streifen Stoff oder ein Klebeband?«

»Nein, bisher nicht. Sie sehen hier alles so, wie wir es vorgefunden haben.«

»Danke!« David warf einen letzten Blick auf das Mädchen, ging zu Weiglein zurück und sah ihn an: »Wollen Sie hören, was ich denke?«

Der deutete ein widerwilliges Nicken an und David erklärte: »Ich glaube, der Täter stand unter Stress. Ich will damit nicht ausschließen, dass es der gleiche wie vor einem Jahr ist, aber das hier war anders. Er hat sich mit diesem Mädchen keine Zeit genommen. Sie wurde verschleppt, gefoltert und kurz darauf umgebracht.« David hielt inne und fragte: »Apropos. Haben Sie schon Erkenntnisse darüber, wie sie überhaupt zu Tode kam? Ich konnte keine offensichtliche Todesursache erkennen.«

Weiglein atmete durch. »Das liegt vermutlich an der Sonne. Als wir hier eintrafen, hatte sie Schaum vor dem Mund und der ist inzwischen verschwunden. Es ist noch Spekulation, aber ich tippe auf eine Vergiftung.«

»Das würde passen«, murmelte David mehr zu sich selbst und sagte lauter: »Ich habe mich nämlich schon gewundert, denn das Mädchen hätte mit Sicherheit die ganze Gegend zusammengeschrien. Natürlich ist hier nachts nichts los, aber kein Täter geht so ein Risiko ein.«

Weiglein schien langsam ein wenig aufzutauen, denn er kommentierte das mit den Worten: »Sie denken immer noch wie ein Polizist. Ich werde Ihre Gedanken mit einbeziehen. Aber jetzt sollten Sie langsam verschwinden. Ich will mich nicht für Ihre Anwesenheit verantworten müssen.«

David respektierte das, wünschte viel Glück und ging zurück zum Wagen.

Alicia war die Erste, der er über den Weg lief. Sie schien heute keine Lust auf ein Sonnenbad zu haben, sondern saß lesend auf dem ledernen Zweisitzer, der in der Eingangshalle des Herrenhauses stand. Als sie ihn hereinkommen sah, legte sie ihr Buch weg und rief quer durch den Raum: »Sie hätten das verhindern können, wenn Sie sich etwas mehr Mühe gegeben hätten!« Offenbar war ihre Großmutter auch in der Nähe, sonst hätte sie ihn nicht gesiezt.

David ging zu ihr hinüber. »Was genau meinen Sie?«

Sie sah wütend zu ihm hoch. »Dieses Mädchen, das man gefunden hat. Es könnte noch leben, wenn Sie dieses Monster wieder ins Gefängnis gebracht hätten!«

Er setzte sich neben sie, sah sie an und erwiderte leiser: »Die Aussage ist ganz schön naiv für dein Alter.«

»Was?«, giftete sie.

So kannte er sie nicht. Es war zwar nicht das erste Mal, dass er sie wütend erlebte, aber das hier war irgendwie anders. Daher fragte er: »Hast du Angst?«

Nun nahm sie tatsächlich seine Hand, schluckte und gab dann zu: »Ja, hab ich. Ich muss dauernd an dieses Mädchen denken. Was sie wohl durchgemacht hat. Im Radio sagten sie gerade, dass sie auch gefoltert wurde. Das ist doch … ich meine … wer tut so etwas?«

David fluchte innerlich über die Indiskretion der Polizei. Denn wer sonst sollte den Medien von Folter erzählt haben? Dann drückte er Alicias Hand und wollte ihr gerade etwas Tröstliches sagen, als Magdalena die Treppe herunterkam. Sie sah sich um, erblickte Alicia und bat: »Kann ich reden kurz mit Ihnen?«

»Worum geht es?«

Irgendetwas stand zwischen den beiden, auch wenn David keine Ahnung hatte, was das sein könnte. Alicia schien alles für ihren Großvater zu tun und sollte eigentlich über die Unterstützung froh sein.

Magdalenas Blick wechselte kurz zu David, bevor sie zögerlich sagte: »Es gehen um Herrn Drescher.«

»Ja und?«, erwiderte Alicia. »Sie können vor Herrn Bender frei reden.«

»Herr Drescher sein heute sehr unruhig und er Krampf gehabt. Soll ich geben ihm eine Tablette?«

Alicia dachte kurz darüber nach. »Nein, solange es nicht schlimmer wird, bekommt er keine Tablette. Die sind nicht gut für ihn, machen die Nieren kaputt.« Dann lächelte sie ein falsches Lächeln und bestimmte: »Du kannst jetzt Pause machen. Ich sehe gleich nach meinem Großvater und gebe ihm auch sein Essen. Es genügt, wenn du in einer halben Stunde wiederkommst.«

»Sehr wohl. Danke.«

David wartete noch auf einen Knicks, aber der blieb aus. Dann sah er Magdalena hinterher, wie sie die Treppe hinaufging, und fragte vorsichtig: »Hast du heute noch Zeit wegen der Wohnung für meine Partnerin? Ich weiß, der Tag ist schwierig, aber es wäre wirklich wichtig.«

Alicia lächelte. »Aber klar, hab's nicht vergessen. Gib mir eine halbe Stunde, dann können wir los.«

»Und, wie geht es ihm?«

Alicia hatte nicht nur ihren Opa verpflegt, sondern sich auch umgezogen. Das schwarze Kleid hätte man als Trauergewand für das Mädchen sehen können, aber dazu war es eindeutig zu kurz.

Die junge Frau gab sich gelassen, winkte ab und erklärte: »Alles gut. Diese dumme Pute hat meinem Grandpa offenbar von dem Mädchen erzählt und das hat ihn ziemlich aufgewühlt. Er war, was so etwas angeht, schon früher ziemlich sensibel, konnte sich nicht mal Krimis anschauen.« Sie ließ den kleinen Schlüsselbund kurz zwischen den Fingern klimpern und ging zur Tür. »Komm, ich zeig dir die Wohnung.«

Bei der Wohnung handelte es sich natürlich nicht um eine einfache Unterkunft in einem Mehrfamilienhaus. Der Neubau befand sich in bester Lage mitten in Sassnitz und bestand aus einigen Apartments, die größtenteils an Urlauber vermietet wurden. Das der Dreschers stand ausschließlich ihren Freunden und Geschäftskunden zur Verfügung, wobei David vermutete, dass Freunde und Geschäftskunden dieselben Personen waren. Jedenfalls hatte er nicht den Eindruck, dass jemand aus dieser Familie etwas ohne einen gewissen Mehrwert tat. Und so dürften hier nur Leute untergebracht werden, von denen man sich auch etwas versprach.

Doch eines konnte man den Dreschers nicht absprechen, und das war guter Geschmack. Im Gegensatz zu dem Herrenhaus hatten hier alle Einrichtungsgegenstände ein modernes Design und wirkten äußerst hochwertig.

»Gefällt es dir?« – Alicia war im Flur stehen geblieben, deutete auf eine Tür zu ihrer Rechten und erklärte mit einem Zwinkern: »Da geht's zum Schlafzimmer. Ist doch wichtig, wenn man eine Partnerin hat. Oder?«

David überging ihre Aussage und lobte stattdessen: »Dein Vater hat wirklich einen guten Geschmack. Ich kann es fast nicht glauben, dass er Catharina hier wohnen lässt.«

»Vielleicht rede ich es ihm ja wieder aus.«

David spürte, wie er ein wenig zusammenzuckte.

Alicia kam ihm wieder einmal zu nahe und fügte noch hinzu: »Na ja, so abweisend, wie du dich mir gegenüber verhältst, wäre es doch kein Wunder.« Doch dann gab sie ihm ein Küsschen auf die Wange, trat lachend zurück und sagte: »War nur ein Scherz. Bei dem Thema wirkst du wirklich nicht wie ein Personenschützer, sondern eher wie ein verängstigtes Reh.« Damit warf sie ihm den Schlüssel zu, drehte sich zur Tür und forderte: »Also. Fährst du mich jetzt bitte? Ich hab ein Date.«

Kapitel 25

»Zu wem fahre ich dich?«

»Geht dich nichts an!«

»Es geht mich natürlich etwas an. Ich bin dein Aufpasser, schon vergessen?«

»Moritz Unruh oder wer auch immer hatte doch gerade erst seinen Spaß. Ich denke nicht, dass ich in Gefahr bin.«

»Das war kein Spaß, das war Folter, vermutlich Vergewaltigung und Mord.«

Alicia wurde etwas ruhiger. »Ja, sorry, du hast recht. Ich hätte das nicht sagen sollen.«

»Also, zu wem fahre ich dich?«

»Zu einem alten Klassenfreund aus den Tagen, bevor mich meine Großmutter in ein Internat gesteckt hat. Er heißt Peter Heegener, ist so alt wie ich und wohnt bei seinen Eltern in Binz. Zufrieden?«

David sah kurz zum Beifahrersitz. Alicia wirkte nicht gerade so, als würde sie sich auf den Ausflug freuen. Aber das konnte auch an ihrer schlechten Laune liegen. »Was hast du und dieser Peter vor?«

»Du klingst wie meine Oma.«

»Sehe aber besser aus.«

Alicia musste lachen. »Also gut, du hast gewonnen. Wir wollen einfach ein wenig quatschen und vielleicht runter zum Strand. Und keine Sorge, da sind im Moment so viele Leute, da gehe ich mit Sicherheit nicht verloren.«

»Okay«, gab sich David versöhnlich. »Aber bitte bleib immer in der Nähe deines Freundes. Wann soll ich dich wieder abholen?«

»Ich rufe dich eine halbe Stunde vorher an.«

»Wann ungefähr? Meine Partnerin kommt nachher, da wäre es gut, wenn ich es ungefähr wüsste.«

»Damit ihr im Schlafzimmer nicht gestört werdet?«

»Alicia!«

Sie winkte ab. »Ist ja schon gut. Peter hat mich zum Abendessen eingeladen. Ich denke also, nicht vor neunzehn Uhr.«

»Geht doch«, brummte David, bog von der Landstraße in den Ort und stoppte bald vor einem Anwesen, das nicht gerade von Armut zeugte. Wenn er die Straße hinuntersah, konnte er das Meer sehen.

»Will Papi noch mit und Peter kontrollieren?« Alicia sah ihn herausfordernd an.

»Will er nicht«, erwiderte David und war froh, dass er Alicia eine Weile nicht sehen würde. Und da Patrick von der Mutter seines Kumpels abgeholt wurde und später auch wieder zum Drescher-Anwesen gebracht werden würde, hatte David Zeit für andere Dinge. Er sah noch zu, wie Alicia zu dem blickdichten Tor ging, dort von einem ansehnlichen jungen Mann in Empfang genommen wurde und dann hinter der Mauer verschwand. Danach wendete er den Wagen und fuhr zurück nach Sassnitz.

Auf halber Strecke meldete sich sein Handy mit dem für Catharina eingestellten Klingelton. Da er sein Handy nicht mit der Technik des Dienstwagens gekoppelt hatte, musste er rechts ranfahren und hob ab.

Bis zu Catharinas Ankunft blieben David noch gut zwei Stunden. Zwei Stunden Vorfreude, aber auch zwei Stunden, die er nutzen wollte. Also rief er zuerst in seinem Berliner Büro an. Clara hob nach dem vierten Freizeichen ab und wusste offenbar schon Bescheid, da sie sagte: »Na, deine einsamen Stunden sind bald gezählt. Catharina wird so gegen fünfzehn Uhr bei dir sein.«

»Kann es sein, dass du uns kontrollierst?«

»Aber nein«, kam es fröhlich aus dem Handy. »Ich habe nur vor einer Viertelstunde mit ihr telefoniert. Schließlich müssen wir ja alle auf dem Laufenden bleiben, jetzt wo wir ab heute ein Team sind.«

Er ging nicht weiter darauf ein und fragte: »Wie sieht es aus? Konntest du bezüglich Unruhs Bootsausflug und Magdalena Wójcik etwas in Erfahrung bringen?«

Clara antwortete nicht, sondern bemerkte: »Ich habe auf deinem Handytracker gesehen, dass du am Auffindeort des Mädchens warst. Hast du neue Erkenntnisse? In der Presse kursieren die wildesten Theorien.«

David erzählte ihr kurz von der überraschenden Zusammenarbeit mit Kriminalmeister Weiglein und was er selbst am Fundort gesehen hatte.

Am Ende seiner Ausführungen sagte Clara nur: »Es gibt so viele Monster da draußen, dass einem schlecht werden könnte.« Dann atmete sie hörbar durch und begann ihren Bericht: »Also gut, was habe ich alles für dich? Da ist zum einen der Bootsausflug, beziehungsweise die Bilder auf Facebook davon. Es ist noch nicht wasserdicht, aber alles deutet darauf hin, dass Moritz Unruh tatsächlich seit gestern Nachmittag auf diesem Boot war. Erstens habe ich die Fotos mit den Posts anderer Leute aus der Region verglichen, die im selben Zeitraum Bilder ins Netz gestellt haben. Das Wetter stimmt, die Lichtverhältnisse stimmen und auf dem Bild eines Hobbyanglers ist im Hintergrund sogar das Boot von Unruhs Freund zu sehen. Ich weiß, das ist noch kein lupenreines Alibi, aber vielleicht solltest du die Informationen an die Polizei weitergeben.«

»Mach ich. Gute Arbeit, Clara«, sagte David. »Und wie sieht es bezüglich der Pflegerin aus?«

»Die habe ich tatsächlich auch im Netz gefunden. Allerdings deutet nichts auf irgendwelche dubiosen Nebenerwerbe hin. Ist alles auf Rumänisch, aber wenn die Übersetzung stimmt, hat sie zu Hause ein kleines Kind, das bei den Großeltern lebt. Ansonsten sehen die Fotos auf den sozialen Plattformen eher nach Armut aus.«

David nahm die Informationen zur Kenntnis. »Gibt es sonst noch etwas? Neue Aufträge zum Beispiel.«

»Nö«, lautete die schlichte Antwort. »Nur mein Schafzüchter hat wieder einen Wolf in der Nähe, will sich aber selbst um das Problem kümmern.«

»Ihr seid noch in Kontakt?«

Clara klang ziemlich selbstbewusst, als sie antwortete: »Wie ich schon sagte, er liebt seine Schafe mehr als mich. Also wird er sich mit diesen flauschigen Tierchen anstatt mit mir vergnügen müssen.«

»Zu viel Information«, erwiderte David lachend. Dann quatschten sie noch kurz und beendeten das Gespräch.

David entschied sich gegen einen Anruf und beschloss, Kriminalmeister Weiglein spontan einen Besuch abzustatten. Dass er selbst neue Informationen für ihn hatte, machte es sicher leichter, auch welche von ihm zu bekommen. Mordfälle hatten bei der Spurensicherung oberste Priorität und inzwischen wurden sicherlich schon einige Beweisstücke vom Tatort ausgewertet.

Weiglein waren der Einsatz in den frühen Morgenstunden und das belastende Geschehen anzusehen. Und so deutete er ein wenig kraftlos auf den Tisch und sagte: »Setzen Sie sich, Herr Bender.«

David nahm Platz und fragte: »Gibt es schon eine Ermittlungsgruppe? In Anbetracht eines Kindsmords wirkt es hier ziemlich ruhig.«

»Wir sind nicht Berlin«, lautete die Antwort. »Aber abgesehen davon, dass ich höchstens drei Leute für eine Mordkommission bekommen würde, ist das vielleicht gar nicht nötig.«

»Sie haben den Täter?«, schlussfolgerte David.

»Noch nicht, aber genügend Hinweise.«

»Soll ich raten?«

»Müssen Sie nicht. Außer Sie stehen nicht mehr zu Ihrem Wort, über alles Stillschweigen zu bewahren.«

»Das steht«, erwiderte David.

Weiglein ließ sich ihm gegenüber nieder, legte die Hände auf den Tisch und erklärte: »Wir haben Haare gefunden, Sperma und Hautschuppen. Natürlich steht die DNA-Analyse noch aus, da wir aber alles über Unruh wissen, haben wir genügend Daten. Und erste Schnelltests bestätigen ihn als Täter.«

»Das ist seltsam«, begann David. »Denn ich habe Informationen, dass sich Moritz Unruh höchstwahrscheinlich seit gestern Nachmittag auf einem Boot befindet, das vor Hiddensee ankert. Außerdem sind noch vier weitere Personen bei ihm, was, wenn es der Wahrheit entspricht, ein ziemlich starkes Alibi sein dürfte.«

»Unmöglich«, war Weigleins erste Reaktion.

»Und doch ist es so.«

Der Kriminalmeister sprang auf, griff zum Telefon und fragte gleichzeitig: »Wissen Sie, wie das Boot heißt? Wir suchen schon seit Stunden nach Unruh.«

Kapitel 26

»Eine Woche ist zu lange.«

Catharina erwiderte Davids Umarmung ebenso leidenschaftlich, musste schlucken und raunte: »Da hast du recht. Und ich bin verdammt froh, dass es vorbei ist.«

Nachdem sich die beiden wieder voneinander gelöst hatten, sah sie sich den modernen Bau an und fragte misstrauisch: »Ist es das oder die Baracke da drüben?«

David war das Nachbarhaus noch gar nicht aufgefallen. Er folgte ihrem Blick und musste lachen. Das zweistöckige Gebäude, das ein kleines Schild als Pension anpries, wirkte wie ein Plattenbau in klein. Das Einzige, was man in den letzten fünfzig Jahren renoviert hatte, war offenbar das Dach, allerdings nur auf einer Seite. Dann zuckte er mit den Schultern und sagte ernst: »Mehr gibt unser Budget leider nicht her. An solche Unterkünfte wirst du dich gewöhnen müssen.«

Während ihr die Gesichtszüge entgleisten, zog er einen kleinen Schlüsselbund aus der Hosentasche, klimperte damit, nahm ihre Tasche und ging tatsächlich ein paar Schritte auf die Pension zu.

»Nicht dein Ernst«, hörte er Catharina hinter sich sagen. Er blieb stehen, drehte sich zu ihr um und neckte sie mit den Worten: »Wohl verwöhnt, kleine Prinzessin?«

Dieses Mal wechselte ihr Gesichtsausdruck ins Wütende, daher beeilte er sich zu grinsen, machte eine Geste zu dem Apartmenthaus und sagte: »Also gut, Mylady, wenn ich bitten dürfte.«

»Also, das ist ja …« Catharina drehte sich im Wohnzimmer einmal um sich selbst, ging zu einer der Türen im Flur und öffnete auch diese, worauf sie »… also, wirklich« sagte. Dann drehte sie sich zu David und forderte: »Lass uns reich werden!«

Der winkte ab und tat, als würde ihm das Apartment nicht besonders gefallen: »Ach, komm schon. Das ist doch gar nicht dein Style. Ich finde dein Häuschen deutlich gemütlicher.«

Sie schüttelte den Kopf: »Nein … also doch … aber hast du diese Dusche gesehen?«

David lachte. »Ja, hab ich, aber erzähl mal. Wie waren deine letzten Tage als Polizistin? Ich war damals einfach nur froh, dass ich es hinter mir hatte. Allerdings stand ich auch auf der Abschussliste einiger meiner Kollegen.«

Catharina wurde ernster und suchte nach den richtigen Worten. Schließlich deutete sie ein Kopfschütteln an. »Nein, kann ich nicht sagen. Es war eine gute Zeit auf Usedom und mir wird dort einiges fehlen.« Dann lachte sie doch wieder und fügte hinzu: »Selbst mein Chef, der jeden, der nicht auf der Insel geboren wurde, für einen Ausländer hält.«

»Muss ich mir Sorgen machen, dass du zurückkehren willst?«

Sie lachte wieder, stupste ihm auf die Nase und erwiderte frech: »Nein, du musst dir einfach nur Mühe geben, dass ich bleibe.« Damit öffnete sie ihre Hose, streifte diese zusammen mit ihrem Slip nach unten und verkündete: »Und jetzt Schluss mit dem Thema, ich habe die letzten Tage genug darüber nach-gedacht. Jetzt bin ich hier und nur das zählt!«

Draußen in der Welt konnte seine Freundin ziemlich steif und moralisch sein. Doch dass sie sich jetzt einfach ihrer Klamotten entledigte und ins Bad ging, war eine Seite an ihr, die er sehr liebte. Keine zehn Sekunden später hörte er Wasser plätschern, gefolgt von ihrem Ruf: »Was ist, kommst du?«

Die gemeinsame Dusche sorgte nicht nur für äußere Abkühlung. Eine Woche ohne Catharina war zu lang gewesen.

Sie trockneten sich gegenseitig ab und sie ignorierte Davids Einwand, dass er eigentlich im Dienst war. Sie zog ihn mit ins Schlafzimmer und ließ sich auf die schwarze Seidenbettwäsche fallen. Ihr Anblick war unbeschreiblich.

Es dauerte zwar ein bisschen, bis er wieder bei Kräften war, aber das machte ihr Liebesspiel nur noch intimer.

Nachdem sie danach eine Weile einfach nur nebeneinan-dergelegen hatten, stemmte sie sich auf ihren Ellenbogen, sah ihn an und sagte mit einem Grinsen: »So, und jetzt kannst du mich auf den aktuellen Stand bringen.«

David nahm eines der kleinen Kissen, haute ihr damit auf den Kopf und scherzte: »Ach so. Jetzt wo deine Bedürfnisse erfüllt sind, darf ich dich unterrichten. Also wirklich, ich fühle mich benutzt.«

Sie blickte an ihm herunter und erwiderte boshaft: »Na, der sieht ja nicht gerade so aus, als würde er einer weiteren Runde standhalten.«

Sie duschten noch einmal, dieses Mal aber nacheinander. David fand in der voll ausgestatteten Küche sogar Kaffee, machte zwei Tassen und stellte diese auf den Tisch. Catharina kam in ein Duschhandtuch gewickelt dazu, setzte sich und bat: »Also, was gibt es Neues? Vom Fund der Leiche weiß ich schon. Und auch, dass Clara möglicherweise darauf gestoßen ist, dass Moritz Unruh ein Alibi hat.«

David nahm einen Schluck Kaffee, betitelte diesen mit »Ausgezeichnet«, verschränkte die Finger ineinander und sagte: »Und jetzt wird's spannend.«

»Was genau?«

»So wie es aussieht, war Moritz Unruh heute Nacht gleichzeitig im Nationalpark Jasmund und auf einem Boot in der Nähe von Hiddensee.«

Catharina wirkte ebenso konsterniert wie Kriminalmeister Weiglein.

David presste kurz die Lippen aufeinander und erklärte: »Man hat auf, in und bei der Leiche Hautschuppen, Haare und Sperma gefunden. Erste Schnelltests deuten darauf hin, dass sie von Moritz Unruh stammen.«

»Dann war er doch nicht auf dem Boot?«, schlussfolgerte Catharina.

David öffnete seine Hände. »Wissen wir noch nicht abschließend. Die Fotos, die Clara im Netz gefunden hat, deuten darauf hin, dass er dort war. Ob tatsächlich und wie lange, erfahren wir hoffentlich in Kürze. Sie schicken gerade ein Schnellboot raus, um Moritz Unruh festzunehmen.«

»Und wenn er wirklich auf dem Boot war …«, dachte Catharina laut, und David vervollständigte: »… dann ist der Mörder auf freiem Fuß. Außerdem muss der Täter Zugriff auf Unruh oder zumindest seinen Privatbereich haben, da er seine DNA als falsche Spuren auslegt. Was wiederum für unseren Job bedeutet, dass wir keine Ahnung haben, vor wem wir die Familie Drescher beschützen sollen.«

»Aber benötigen die denn dann überhaupt Schutz?«, warf Catharina ein. »Wenn ich es richtig verstanden habe, hatte die Familie Angst vor einer Racheaktion durch Unruh. Immerhin

167

kam der auch durch die Aussage von … wie heißt der doch gleich?«

»Gerald Drescher.«

»Genau, durch die Aussage von Gerald Drescher in den Knast. Also, ich sehe zumindest für Alicia keine Bedrohung durch einen anderen Täter, da sie deutlich älter als die beiden anderen Opfer ist. Und da es offenbar einen anderen Triebtäter gibt, bin ich bezüglich Unruh inzwischen etwas entspannter. Ich glaube nicht, dass er seine Freiheit für eine Rachaktion riskiert. Das wäre dann doch etwas naheliegend und würde umgehend zu ihm als Täter führen.«

»Es gab *zwei* andere Fälle«, korrigierte David und verwies auf den angeblich in einen Sturm geratenen Jungen. Dann sah er zum Fenster hinaus und bestätigte: »Möglicherweise hast du recht. Aber wenigstens müssen wir uns um diese schöne Unterkunft keine Sorgen machen, da wir uns auch nach der Abreise der Kinder weiter zusammen um die Aufklärung des Mordes kümmern sollen.«

Catharina beugte sich nach vorne und tätschelte seine Hand. »Warten wir erst einmal ab, was passiert«, dann grinste sie ihn an. »Aber du hast schon recht. Für unsere gemeinsame Wohnung brauchen wir unbedingt auch so eine Bettwäsche. Das fühlte sich wirklich gut an.«

»Ich oder die Seide?«

»Ihr beide«, erwiderte sie lachend, stand auf und verschwand noch einmal im Bad.

Als Davids Handy klingelte, dachte er zuerst, dass Alicia abgeholt werden wollte, doch das Display zeigte eine andere Nummer. Er hob ab, meldete sich mit »Bender, Privatdetektei« und hörte dann Kommissar Weigleins Stimme lapidar sagen: »Er war es nicht!«

»Moritz Unruh?«

»Genau. Ich habe ihn gerade am Hafen in Empfang genommen und sein Alibi für die letzten siebenundzwanzig Stunden ist absolut wasserdicht.«

David dachte kurz nach. »Haben Sie ihn nach möglichen Sexualkontakten in der letzten Zeit gefragt? Irgendwo muss seine DNA an der Leiche ja herkommen.«

»Natürlich. Und er hat zugegeben, dass er nach seiner Entlassung zweimal im Haus der kleinen Freuden war.«

»Klingt nach einem Bordell.«

»Ist es auch. Die haben sechs fest angestellte Frauen. Alle ordnungsgemäß angemeldet und sie zahlen sogar ihre Steuern. Unruh war zweimal bei einer gewissen Dorothea, die dort schon fast zehn Jahre arbeitet. Ich habe gerade eine Streife hingeschickt, um die Dame herzuholen.«

»Können Sie mich weiterhin informieren?«, bat David.

»Kann ich«, erwiderte Weiglein leicht genervt. »Ich wollte nur, dass Sie im Bilde sind. Frau Drescher weiß auch schon Bescheid.«

»Und damit sind wir vermutlich raus«, sagte David, nachdem er aufgelegt hatte, laut in den Raum.

»Wer ist raus?« Catharina war gerade in frischen Klamotten ins Zimmer getreten. Er sah sie an und erzählte, was er gerade erfahren hatte.

»Und jetzt?«, fragte sie, ein wenig enttäuscht, dass ihr erster gemeinsamer Auftrag so schnell enden könnte.

David warf einen Blick auf die Uhr, zuckte mit den Schultern und erklärte: »Ich werde jetzt Alicia von ihrem Bekannten abholen und dann raus zu den Dreschers fahren. Für dich habe ich im Moment leider nichts zu tun. Wie wäre es, wenn du dir ein bisschen Sassnitz ansiehst und irgendwo etwas isst? Ich melde mich dann später bei dir.«

»Wie romantisch«, stellte Catharina gespielt enttäuscht fest. Und bevor David sie ermahnen konnte, sagte sie: »Keine Sorge, ich weiß schon, dass wir nicht zum Spaß hier sind. Und klar, so machen wir das. Außerdem wollte mir Clara noch einige Wohnungsanzeigen schicken, die ich mir ansehen kann. Im Berliner Umland scheint man tatsächlich noch gute Chancen auf etwas Bezahlbares zu haben.«

Die beiden verabschiedeten sich mit einem langen Kuss und auch David gefiel es überhaupt nicht, dass er sich schon wieder von ihr trennen musste.

Kapitel 27

»… bestätigt wurde, hat man Moritz U. erneut festgenommen. War das ein Mord mit Ansage? Hat die Polizei versagt? Viele Bürger fragen sich, wie sicher ihre Kinder hier noch sind, und Wut macht sich breit …«

David schaltete das Autoradio ab und Alicia, die aufmerksam zugehört hatte, kommentierte die Meldung mit: »Krass, oder? Ich meine, erst lassen die einen Mörder wieder laufen und ein paar Tage später geht er auf das nächste Mädchen los.«

Natürlich wusste Alicia noch nicht, was David wusste, aber das musste vorerst auch so bleiben. Immerhin hatte er Weiglein sein Wort gegeben, Stillschweigen zu bewahren, und solange man nichts offiziell bestätigte, würde er sich daran halten.

»Ist deine Partnerin nicht gekommen oder warum hast du so schlechte Laune?« Alicia sah ihn beinahe hoffnungsvoll vom Beifahrersitz aus an und die Art, wie sie »Partnerin« sagte, machte ihn ein bisschen wütend. Doch er riss sich zusammen und fragte, statt zu antworten: »Wie war es bei deinem Bekannten?«

»Alles cool«, erwiderte sie. »Wir hatten Spaß und ein bisschen schlechten Sex. Aber sein Gras ist gut, deshalb war ich eigentlich dort.«

»Er dealt?«

»Nein, nicht wirklich. Aber er hat immer was da und gibt auch mal was ab.«

David fragte sich, was Alicia mit dieser Offenheit bezweckte, daher sah er kurz zu ihr rüber. »Wieso bist du dir eigentlich so sicher, dass ich solche Sachen nicht deiner Großmutter oder deinem Vater erzähle?«

Sie verzog ihren Mund zu einem breiten Grinsen, legte ihre Hand auf seinen Oberschenkel und konterte: »Warum bist du dir eigentlich so sicher, dass ich nicht laut ›Missbrauch‹ rufe? Ich meine, wir waren jetzt schon so oft allein, da wäre es doch möglich, dass du mich …«

Weiter kam sie nicht, da David den Wagen in eine Haltebucht lenkte und eine Vollbremsung machte. Dann drehte er sich zu ihr, deutete mit dem Finger auf sie und sagte gefährlich leise: »Hör mir mal zu, verwöhntes Mädchen. Ich weiß, dass du aus einer Welt kommst, in der man sich nimmt, was man braucht. Und vielleicht liegst du in einsamen Nächten wach und denkst dir so einen Scheiß aus, aber das ist kein Spaß. Lass dich von mir aus von irgendwem vögeln und knall dir den Kopf mit Gras zu, aber mit meinem Leben spielst du nicht. Ist das klar?«

Alicia wich ein wenig zurück, war aber offenbar zu bekifft, um ernst zu bleiben. Erst kicherte sie ein wenig, hob dann aber die Hände und sagte: »Ist ja gut, mein großer Beschützer. Kein Grund, gleich aus der Haut zu fahren. Ich mag dich und wollte dich nur ein wenig ärgern.«

»Das hast du geschafft. Und noch einmal: Hör auf, so einen Mist zu sagen oder auch nur zu denken. Man spielt nicht mit dem Leben anderer Menschen. Ist das klar?«

Ihr Grinsen blieb, aber sie streckte ihm die Hand entgegen und bat: »Nimmst du meine Entschuldigung an?« Und als er nach kurzem Zögern ihre Hand ergriff, sagte sie: »Es tut mir leid. Aber …«

»Ein Aber macht jede Entschuldigung zunichte!«

Sie sah ihm in die Augen. »Das weiß ich. Wollte auch nur sagen, dass ich kein verwöhntes Mädchen bin. Man hat mir oft mehr genommen als gegeben, und daran ändern auch die Pferde nichts.«

David atmete durch, brummte: »Alles klar«, legte den Gang ein und reihte sich wieder in den Verkehr ein.

Die Sonne stand bereits tief, als er den Wagen vor dem Anwesen abstellte. Alicia, die nach dem Aussteigen auf ihn wartete, teilte er mit: »Geh schon rein, ich rauche noch eine«, dann sah er ihr hinterher. Wie Catharina schon festgestellt hatte, dürfte das sein letzter Arbeitstag bei den Dreschers gewesen sein. Nicht dass er sonderlich traurig darüber wäre, diese Familie los zu sein, aber es fühlte sich irgendwie unvollständig an. Im Grunde hatte er nichts erreicht, abgesehen davon, dass keinem von ihnen etwas passiert war. Wenigstens diesen Teil des Auftrags hatte er erfüllt.

Die alte Frau Drescher würde ihn angesichts der neuen Umstände spätestens morgen früh in ihr Büro bitten und das Arbeitsverhältnis beenden. Denn auch wenn da draußen ein Mörder herumlief, dürfte die Familie die mögliche Gefahr durch Unruh jetzt als ziemlich gering einschätzen. Außerdem waren die Ferien bald vorbei und Alicia und Patrick damit sowieso aus der Schusslinie.

Und vielleicht schaffte es Kriminalmeister Weiglein dieses Mal, den richtigen Täter zu finden. David sah Moritz Unruh als weiteres Opfer. Er war verunglimpft und ein Jahr ins Gefängnis gesperrt und jetzt wieder vor den Augen der Öffentlichkeit festgenommen worden. So etwas wurde man nicht los. Und bei dem Hass, der in dieser Gesellschaft herrschte, konnte er so unschuldig wie Buddha sein, irgendjemand würde einen Grund finden, um ihn nachts in eine dunkle Ecke zu ziehen.

Aber das ging ihn nichts an. David drückte seine Kippe in eine alte Blechdose, die vermutlich die Angestellten des Hauses deponiert hatten, und ging hinein.

In der Empfangshalle kam ihm Patrick mit seinem Luftgewehr entgegen. David gab sich friedlich und wünschte dem Jungen sogar viel Glück bei der Jagd. Der Junge bedankte sich irritiert und ging hinaus.

»Herr Bender!« Die Anrede zerschnitt die Stille des Hauses. Marlene Drescher stand in der offenen Tür ihres Büros und sah zu ihm herüber.

Er durchquerte die Halle und blieb zwei Meter vor der Frau stehen. Entgegen seiner Erwartung lag ein mildes Lächeln auf ihren Lippen. Sie deutete in ihr Büro und sagte: »Auf ein Wort.«

Er folgte der Anweisung, wartete, bis sie ihm einen Stuhl angeboten hatte, und setzte sich. Auf seine Entlassung wartete er allerdings nicht und ergriff das Wort, indem er sagte: »Ich kann mir denken, warum Sie mich sprechen wollen, und werde das Dachzimmer gleich räumen. Aus meiner Sicht haben Sie von Moritz Unruh nichts zu befürchten. Vielleicht zahlen Sie ihm eine kleine Entschädigung wegen der Aussage Ihres Sohnes, die ihm unter anderem das ganze Schlamassel eingebrockt hat, aber da will ich Ihnen natürlich nicht reinreden. Auf jeden Fall hat der Mann das Mädchen gestern nicht ermordet und auch Ihre Enkel sollten nichts zu befürchten haben. Alicia kann man nicht mehr wie ein kleines Kind in eine Falle locken und eine Aktion gegen Patrick würde sofort zu Unruh führen. So dumm ist er nicht.«

»Werfen Sie sich gerade selbst raus?«

Davids Stirn legte sich in Falten. »Ich habe nur die logische Konsequenz aus den neuesten Entwicklungen gezogen. Oder wissen Sie noch gar nicht, dass Moritz Unruh so gut wie entlastet ist?«

»Doch, das weiß ich«, bestätigte Marlene Drescher. »Aber in der Politik ist nichts wichtiger als Weitblick. Also fasse ich jetzt kurz zusammen, was passiert ist und was passieren wird. Mein Sohn hat vor einem Jahr mit seiner Aussage dafür gesorgt, dass ein vermeintlicher Mörder ins Gefängnis kam. Und ich habe zu wenig hinterfragt, ob Moritz Unruh wirklich der Mörder ist. Also nutzte ich meinen Einfluss, um, sagen wir mal, das Verfahren etwas zu beschleunigen. Daraufhin wurde ein Urteil gesprochen, das vor Kurzem wieder aufgehoben werden musste. Nach diesem weiteren Mord wird, ob schuldig oder nicht, Moritz Unruh wieder im Fokus der Öffentlichkeit stehen. Diese wird erst einmal nicht an seine Unschuld glauben und ihn in die Enge treiben. Und was tut jemand, der in die Enge getrieben wird?«

»Er wird alles tun, um da wieder rauszukommen«, spekulierte David.

Sie richtete ihren knorrigen Finger auf ihn. »Genau. In einem ersten Reflex werden alle gegen ihn sein. Doch wenn erste Zweifel aufkommen, wird es auch Leute geben, die in die andere Richtung denken und recherchieren. Sie werden sich mit Unruh unterhalten, sich seine Version der Geschichte anhören, und wo landen sie dann?«

David verstand und antwortete: »Sie landen bei Ihnen und Ihrem Sohn. Und sie werden sich fragen, warum damals nicht sauber ermittelt wurde. Und sie werden Ihnen die Schuld dafür geben, dass Unruh als braver Bürger in solche Bedrängnis geraten ist.«

»Genau so ist es. Und meine Familie lebt von ihrem guten Ruf. Wir gelten als ehrlich und verlässlich. Es haben schon andere Kleinigkeiten zum Sturz von Dynastien geführt, aber noch können wir gegenlenken!«

»Sie geben alles zu und entschuldigen sich?«, schlug David vor.

»Papperlapapp«, winkte sie ab. »Keiner in einem hohen Amt gibt etwas zu, wenn er es nicht unbedingt muss. Das sollten Sie eigentlich aus den Nachrichten kennen. Bei Skandalen fallen dann so Sätze wie ›Das entzog sich meiner Kontrolle‹ oder ›Da haben viele Leute Fehler gemacht‹. Das gilt für die Wirtschaft genauso wie für die Politik. Nein, nein … was wir tun werden, ist, Kriminalmeister Weiglein und Moritz Unruh die Unterstützung zukommen zu lassen, die sie verdienen. Und wenn wir der Öffentlichkeit auch noch den echten Mörder präsentieren können, ist das sicher kein Schaden für den nächsten Wahlerfolg. So ziehen wir sogar noch etwas Positives aus der Sache.«

KAPITEL 28

»War es das für uns?« – Catharina sah David erwartungsvoll an.

Der stand vor der Tür des Apartments und hatte seine kleine Reisetasche in der Hand.

»Müssen wir gleich zurück nach Berlin?« Dass er nichts sagte, machte sie unsicher.

David trat ein, drückte die Tür hinter sich ins Schloss, ließ seine Tasche fallen und nahm sie in den Arm. Nach einem langen und gierigen Kuss drückte er sie wieder etwas weg und verkündete: »Die schwarze Seide gehört noch eine ganze Weile uns.«

»Sie haben deinen Auftrag nicht beendet?«

»Doch«, erwiderte er. »Aber dafür haben wir gleich zwei neue Aufgaben.«

Catharina schüttelte den Kopf. »Verstehe ich nicht.«

Er grinste sie an. »Hast du zufällig etwas Wein gekauft?«

Zehn Minuten später saßen sie auf dem ledernen Designersofa, stießen an und nach einem Lob bezüglich des edlen Tropfens erklärte David: »Also, die Sache ist die, dass die gute alte Frau Drescher Angst um den Ruf ihrer Familie hat. Jeder war vor einem Jahr davon überzeugt, dass Moritz Unruh die vierzehnjährige Elisabeth Schwab misshandelt und umgebracht hat. Und da Frau Drescher auch in der Lokalpolitik tätig ist, sprang sie etwas voreilig auf den Zug auf, um auf Rügen für Ruhe zu sorgen. Und jetzt, da Unruh wieder entlastet ist, könnte ihr dieses vorschnelle Handeln auf die Füße fallen.« David stockte und Catharina fragte nach einigen Sekunden: »Was ist los? Was hast du?«

David sah sie an, murmelte: »Ach du Scheiße«, und konkretisierte dann: »Was, wenn Gerald Drescher Moritz Unruh damals im Morgengrauen gar nicht im Wald gesehen hat? Wenn ich mich richtig erinnere, machte er die Aussage erst, nachdem man die Leiche von Elisabeth Schwab gefunden hatte. Zu diesem Zeitpunkt gab es auch schon einen Anfangsverdacht gegen Unruh, weil er Gärtner auf dem Anwesen der Schwabs war und Elisabeth Schwab kannte. Unruh kam der Familie Schwab schon immer etwas seltsam vor, daher fiel schnell sein Name. Was also, wenn Gerald Drescher von seiner Mutter zu dieser Aussage motiviert wurde, um den vermeintlichen Mörder schneller ins Gefängnis zu bringen? Marlene Drescher sagte vorhin selbst zu mir, dass einem schnelle Erfolge die Wiederwahl sichern.«

Catharina dachte kurz darüber nach und gab zu bedenken: »Können und sollten wir dann weiter für diese Familie arbeiten? Immerhin ist eine Falschaussage eine Straftat, ganz abgesehen von der moralischen Seite.«

David wog das ab. »Na ja. Erstens ist das nur Spekulation und zweitens stehen wir bei unserem Folgeauftrag auf der richtigen Seite. Jetzt geht es nämlich nicht mehr um den Schutz der Dreschers, sondern um den Schutz von Moritz Unruh.«

»Was?«

»Ja, so habe ich auch reagiert, aber es ergibt Sinn. Frau Drescher hat Angst vor einer allzu genauen Aufarbeitung des damaligen Falles. Im Moment ist Unruh noch das Monster, aber irgendwann wird … wie sie es ausdrückte … jemand in die andere Richtung blicken. Findige Reporter werden sich Unruhs Geschichte anhören wollen und der wird sie aus Hass auf die Dreschers bereitwillig erzählen.«

»Und wie will sie das verhindern?« Catharina verstand immer noch nicht.

David trank noch einen Schluck, legte seine Hand auf ihren nackten Fuß und sagte: »Du kennst doch sicher auch den Spruch: Umarme deinen Feind. Es wird sich zwar niemand offiziell entschuldigen oder gar einen Fehler zugeben, aber man ... oder besser gesagt ... wir werden Gutes tun. Ab jetzt werden wir von den Dreschers dafür bezahlt, dass wir Moritz Unruh beschützen und im besten Fall auch noch den tatsächlichen Kindsmörder finden. Man wird Unruh zwar bald offiziell entlasten, aber das wird vielen Leuten nicht genügen. Man kennt das ja. Die Leute glauben, was sie glauben wollen, und im Internet wird man trotz allem schnell Beweise gegen ihn erfinden und ihn zur Jagd freigeben.«

»Okay. Und was haben die Dreschers davon?«

»Die machen das Gleiche, was im Internet stattfindet, nur andersherum. Die werden durchblicken lassen, dass sie sich sogar mit eigenen Mitteln um Menschen wie Moritz Unruh kümmern. Dass sie einen Unschuldigen schützen und dass ihnen die Sicherheit der Bürger so wichtig ist, dass sie sogar die unterfinanzierte Polizei unterstützen, um dieses Monster zu finden.«

»Das ist fett«, kapierte Catharina endlich. »Sie bringen also erst jemanden unschuldig in den Knast und nutzen ihn dann dazu, um selbst gut dazustehen.« Sie schüttelte den Kopf, trank ihr Glas leer und beschloss: »Ich glaube, ich habe für heute genug gehört – und dass Politik stinkt, weiß ich schon lange.« Damit nahm sie seine Hand und schob diese von ihrem Fuß aus unter die bequeme weite Stoffhose.

David zögerte. »Ich habe dir noch gar nicht erzählt, wie es jetzt weitergeht.«

Sie nahm ihm das Glas aus der Hand, stellte es auf den flachen Tisch und schob sich auf seinen Schoß. Dann gab sie ihm einen Kuss und flüsterte: »Musst du auch nicht. Wir haben uns eine ganze Woche nicht gesehen und das heute Nachmittag konnte meinen Appetit bei Weitem nicht stillen. Schluss mit Politik und Verbr…« Weiter kam sie nicht, da ihr David ohne Vorwarnung das Shirt über den Kopf zog und sie dann zwischen ihren Brüsten küsste.

David war kein Freund der frühen Stunde, doch der energische Ton der Türglocke ließ ihm irgendwann keine andere Wahl. Er rieb sich die Augen, blinzelte zu dem stylishen mattschwarzen Wecker und fragte sich, wer da um sieben Uhr morgens schon so einen Terror veranstaltete. Von Catharina ragte nur ein verführerisches Bein unter der Bettwäsche hervor, aber auch sie fragte nun verwirrt, was los war.

»Bleib liegen, ich schau nach«, antwortete er, zog sich seine Boxershorts und ein T-Shirt über und schloss die Schlafzimmertür hinter sich. Aus dem Klingelton war inzwischen ein lautes Hämmern geworden. Er ging zur Wohnungstür, öffnete sie und sah sich einem ziemlich wütend dreinblickenden Kriminalmeister Weiglein gegenüber. Anstatt einer Begrüßung lautete dessen erste Frage: »Wem haben Sie es erzählt? Ich habe mich auf Sie verlassen und jetzt steht es in der Zeitung!«

David war noch nicht wach genug für so einen Tonfall. Er machte eine beruhigende Geste und bat den Polizisten herein.

Weiglein gab ein Schnauben von sich, folgte aber der Einladung. Und als die Tür wieder zu war, fragte er erneut: »Also? Was soll das?«

»Kaffee?«, fragte David über die Schulter, während er gähnend in die relativ kleine Küche ging.

»Nein, eine Antwort wäre toll.«

David schaltete den Vollautomaten ein, drehte sich zu dem Beamten und bat: »Wenn Sie mir sagen würden, worum es eigentlich geht, könnte ich auch antworten.«

Als Reaktion darauf holte Weiglein eine zusammengerollte Zeitung aus seiner dünnen Jacke und warf diese neben die Kaffeemaschine. Die Schlagzeile lautete:

Er tat es wieder. Die Spurenlage ist eindeutig. Moritz U. hat wieder gemordet!

»Sie lesen die ›Bild‹?«, kommentierte David gelassen.

»Nein, aber sehr viele Leute da draußen lesen diesen Mist.«

David sah dem Mann in die Augen. »Und jetzt denken Sie, ich habe dort angerufen und denen gesagt, dass die ersten Schnelltests auf Moritz Unruh hinweisen?«

»Wer sonst?«

»Weiß ich nicht. Aber wir waren das ganz sicher nicht. Schon gar nicht, weil wir gestern den Auftrag von Frau Drescher bekommen haben, Moritz Unruh zu beschützen. Warum sollten wir uns das Leben selbst schwer machen?«

Weiglein sah sich irritiert um. »Wer ist wir?« Im selben Moment ging gegenüber der Küche die Schlafzimmertür auf und Catharina kam heraus. Sie war offenbar deutlich wacher als David und beantwortete Weigleins Frage mit: »Wir sind wir. Guten Morgen ... wer auch immer Sie sind.« Damit wandte sie sich nach links und verschwand im Badezimmer.

Weiglein blickte David irritiert an und fragte deutlich ruhiger: »Wer ist sie?«

»Catharina Adler. Sie war bis gestern Polizistin drüben auf Usedom und arbeitet seit heute mit mir zusammen«, gab David gelassen Auskunft.

»Und warum hat sie ... kommt sie ... sind Sie ...«

181

»Weil wir auch privat ein Paar sind«, half ihm David auf die Sprünge. Dann stellte er die erste Tasse unter die Maschine, drückte auf »Milchkaffee« und sagte danach: »Und um Ihre Frage zu beantworten. Von mir weiß genau eine Person, dass man die Spuren auf der Leiche des Mädchens gefunden hat: Catharina. Und da die Verschwiegenheitserklärung, die ich für Frau Drescher unterschreiben musste, für mein gesamtes Team gilt, hat auch Catharina sicher nichts weitergegeben.«

Weiglein beruhigte sich langsam. »Dann bleiben nur meine Leute übrig.«

»Na ja«, widersprach David. »Oder der Täter war es selbst. Denn er wusste ja auch von den falschen Spuren, schließlich hat er die ausgelegt.«

Kapitel 29

»Kriminalmeister Weiglein, das ist meine Partnerin Catharina Adler.« Die beiden gaben sich die Hand, dann bekam jeder eine Kaffeetasse. David hatte seine eigene bereits zur Hälfte ausgetrunken. Dadurch kam sein Hirn langsam in Fahrt und er fragte: »Hat Ihr Gespräch mit der Prostituierten etwas ergeben?«

Bevor Weiglein darauf antwortete, stellte er klar: »Das hier wird nicht so weitergehen, Herr Bender. Auch wenn es Frau Drescher gerne hätte, kann ich Sie nicht ständig in laufende Ermittlungen einweihen. Da Sie beide ehemalige Polizisten sind, dürfte Ihnen das klar sein.«

»Ist es«, bestätigte David. »Und ich muss zugeben, dass ich früher nicht so großzügig gewesen wäre. Ganz egal, ob eine Frau Drescher bei meinem Chef Druck gemacht hätte. Aber natürlich bin ich dankbar für unsere bisherige Zusammenarbeit. Und ich möchte Ihnen nicht vorenthalten, dass wir weiterhin dafür bezahlt werden, damit dieser Mörder gefasst wird. Frau Drescher hat uns nun damit beauftragt, den Mörder zu fassen, und außerdem sollen wir für Moritz Unruhs Sicherheit sorgen. Eigentlich dachten wir, dass unsere Dienste mit der Entlastung von Unruh nicht mehr gebraucht würden, aber das sieht Frau Drescher anders. Mir ist schon klar, dass es Ihnen nicht passt, wenn wir weiter unsere Nase in diese Dinge stecken, aber verboten ist es bis zu gewissen Grenzen nicht.«

Entgegen seiner Erwartung wirkte Weiglein eher entspannt. »Solange Sie diese Grenzen einhalten, soll es mir recht sein. Aber wie gesagt, werde ich als Quelle langsam versiegen.«

»Und die Prostituierte?«, fragte Catharina.

Weiglein fasste sich kurz an die Nase, sah von einem zum anderen und atmete tief durch. »Also gut, ein letztes Mal. Dorothea, so nennt sich die Frau, wenn sie ihre Dienste anbietet, hat erstens ein Alibi für die Nacht, in der das Mädchen umgebracht wurde, und zweitens ist sie selbst Mutter von zwei Kindern. Eine aktive Beteiligung an diesem Verbrechen kann ich mir nicht vorstellen. Sie hat sich nicht in Widersprüche verwickelt und macht auch sonst einen grundehrlichen Eindruck.«

Wieder war es Catharina, die das Wort ergriff. »Und ihr Zimmer in diesem Bordell, wer hat dort Zugang? Immerhin könnten die Haare und alles andere von Unruh ja von jemand anderem entwendet worden sein, nachdem Unruh dort seinen Spaß hatte.«

»So weit habe ich natürlich auch gedacht und schon haben wir das nächste Problem. Denn die haben dort sogenannte Themenräume, die je nach Vorliebe der Kunden von allen Damen genutzt werden. Und natürlich weiß heute keiner mehr, wer sich vor einer Woche wann in welchem Raum vergnügt hat. Geschweige denn, wie das vor einem Jahr war. Aber vielleicht stammt das gefundene Sperma tatsächlich aus dem Bordell, denn wenn ich eins und eins zusammenzähle, ähnelt der damalige Mord dem von vorgestern Nacht schon sehr. Und vielleicht ist die gemeinschaftliche Nutzung dieser Themenräume auch der Grund, warum die DNA damals verunreinigt war und Unruh überhaupt aus der Haft entlassen wurde.«

David räusperte sich. »Hautschuppen und Haare von Unruh könnte man sich sicher auch anderswo besorgen. Aber ich wüsste nicht, wo sein Sperma sonst herkommen sollte als aus diesem Bordell. Die benutzen mit Sicherheit Kondome, einfacher geht's nicht. Es sei denn, er verheimlicht etwas, aber dann würde er sich ja ins eigene Knie schießen. Kein Mensch belastet sich selbst. Schon gar nicht, wenn er unschuldig ist.«

»Auch das ist mir klar. Darum sind meine Kollegen gerade dabei, dort jeden Stein umzudrehen. Sollte der Gesuchte jedoch einer der Freier gewesen sein, wird es schwer. Kein Bordell der Welt kann es sich leisten, die Daten seiner Kunden weiterzugeben, falls diese überhaupt bekannt sind.« Weiglein nahm den letzten Schluck Kaffee, stellte die Tasse ab und verkündete: »So, das war es jetzt aber. Mehr werden Sie von mir vorerst nicht erfahren.«

David nickte. »Verstehen wir. Sollten wir etwas in Erfahrung bringen, werden wir Sie trotzdem darüber informieren. Wissen Sie, wo wir Moritz Unruh finden können?«

»Ich nehme an, er ist im Haus seines Vaters. Wir haben ihn, nachdem sein Alibi bestätigt wurde, gehen lassen.«

Nachdem Weiglein zur Tür hinaus war, bekam Catharina erst einmal einen Guten-Morgen-Kuss, woraufhin sie David allerdings umgehend zum Zähneputzen schickte. Währenddessen beschäftigte sie sich mit ihrem Handy und schnell schwante ihr Böses, denn die Welle gegen Moritz Unruh baute sich bereits mit atemberaubender Geschwindigkeit auf.

Als David zurückkam, meinte sie nur: »Wenn sich dieser Weiglein nicht bald vor eine Kamera stellt und Moritz Unruh öffentlich entlastet, können sie ihn gleich wieder in eine Zelle stecken. Denn da draußen ist er nicht mehr sicher.«

»So schlimm?«

»Schlimmer. Und natürlich sind es wieder die anonymen Scheißerchen, die dazu aufrufen, ihn am nächsten Baum aufzuknüpfen.«

»Ich dachte, anonyme Posts könnte man inzwischen zurückverfolgen«, erwiderte David etwas naiv.

Sie sah ihn von der Seite an. »Wo lebst du denn? Bis unsere Behörden so weit sind, gibt es tausend neue Schlupflöcher, in denen sich diese Feiglinge verkriechen können. Es reicht ja schon, wenn ein Server ein Land weiter steht. Dann macht sich keiner mehr die Mühe eines Datenaustauschs. Zumal man mit den echten bösen Buben genug zu tun hat.«

David ging nicht weiter darauf ein. »Wir haben noch ein weiteres Problem. Unruh weiß noch gar nicht, dass wir auf ihn aufpassen sollen. Ich kann für ihn nur hoffen, dass er die Hilfe auch annimmt.«

»Ich auch. Und wie gehen wir jetzt vor?«

David dachte kurz darüber nach. »Ich würde vorschlagen, dass du dich im Umfeld des Bordells umsiehst. Denn einen anderen Ansatz sehe ich im Moment nicht. Und ich versuche währenddessen, Unruh zu finden, um ihm meine Hilfe aufzuzwingen.«

»Ich sehe noch einen Ansatz«, überraschte ihn Catharina, deutete auf ihr Handy und erklärte: »Ich kann mir gut vorstellen, dass der eigentliche Täter alle Neuigkeiten bezüglich seiner Tat verfolgt. Vielleicht sollten wir deine Clara darauf ansetzen, die Aktivitäten in den sozialen Netzwerken im Blick zu behalten. Möglicherweise entdeckt sie etwas, das auf einen Insider hinweist.«

»Auch gut«, bestätigte David, fügte aber ohne Zorn hinzu: »Es ist jetzt unsere Clara, und ich mag es nicht, wenn du so sprichst, als wären wir noch kein Team.«

Sie streichelte ihm über die Wange, entschuldigte sich und gab ihm noch ein Küsschen hinterher.

Als David sich dem Haus von Unruhs Vater näherte, war die befürchtete Welle trotz der frühen Morgenstunden bereits losgebrochen. Irgendjemand hatte die erneute Entlassung des Mannes mitbekommen und nun hatte sich ein regelrechter Mob gebildet, zudem erkannte er auch zwei Pressefahrzeuge.

David parkte etwas abseits und näherte sich als normaler Fußgänger, der sich die Sache interessiert ansah. Er wollte als Unruhs potenzieller Personenschützer so lange wie möglich unerkannt bleiben. Auf der anderen Straßenseite blieb er stehen und konnte kaum glauben, was er hörte. Denn die Leute hatten ein bekanntes Lied umgedichtet und sangen gerade »… sperrt den Mörder ein … sperrt den Mörder ein …« anstatt »where's your mama gone«.

So oder so war hier kein Durchkommen, da zwei Streifenwagen den Gartenzaun gegen die Leute abschirmten. Und auch auf der Rückseite des Hauses sah es nicht besser aus.

David sah sich um, fand aber nur eine Möglichkeit. Er holte einen der kleinen, von Clara erstellten Ausweise in der Größe einer Bankkarte aus dem Geldbeutel. Dann wandte er sich zu einem Nachbarhaus und klingelte. Kurz darauf kam eine alte Dame aus dem Garten, sah über den Vorgartenzaun zu ihm herüber und rief gegen den Lärm: »Gehören Sie zu denen da oder sind Sie von der Presse?«

David schüttelte den Kopf und hielt das Kärtchen in die Höhe. Die alte Dame runzelte ihre faltige Stirn und kam zum Gartentürchen. David nutzte die Situation, hielt ihr den Ausweis kurz hin, sagte: »Mein Name ist Clemens Mayer und ich komme von der Gemeinde. Uns wurde Gasgeruch in der Gegend gemeldet und ich müsste das kurz überprüfen. Es genügt völlig, wenn Sie mich in Ihren Garten lassen, es dauert auch nur zwei Minuten, dann bin ich wieder weg. Dürfte ich das wohl kurz erledigen?« Dann deutete er zu der Menschenansammlung und fragte: »Was ist denn bei Ihnen los?«

Die Alte winkte ab. »Ich habe es vor einem Jahr gesagt und ich sage es heute wieder. Die Unruhs sind keine Verbrecher.

Ich kenne den Bengel, seit er auf der Welt ist, und es gab nie Probleme mit ihm. Ganz im Gegenteil, der Moritz ist fleißig und zuverlässig.«

»Ach«, gab sich David überrascht. »Ist das der, von dem sie in den Nachrichten gesprochen haben? Ich wusste gar nicht, dass der aus Sassnitz ist.«

Die Frau winkte noch einmal ab und erwiderte: »Die spinnen doch alle.« Damit öffnete sie ihm das Gartentürchen und sagte: »Kommen Sie rein. Mit Gas ist man lieber vorsichtig. Ich selbst habe ja noch eine Kohleheizung.«

David schlüpfte durch die Lücke und erklärte dabei: »Ich laufe nur einmal durch Ihren Garten und schließe das Türchen danach wieder. Gehen Sie lieber ins Haus, nicht dass morgen ein Bild von Ihnen in der Zeitung ist.«

Die alte Frau sah erst ihn erschrocken an, dann zu den beiden Pressefahrzeugen. Sie winkte ein drittes Mal ab, murmelte: »Die Welt ist verrückt geworden«, und ging dann eilig zu ihrer Haustür.

Dass Moritz Unruh Gärtner war, zeigte sich am Garten seines Vaters. Doch das Jahr im Gefängnis hatte Spuren hinterlassen, das Gras war zu hoch und einige Büsche waren aus der Form geraten. David kam diese Deckung gelegen. Er schwang sich zwischen zwei Sträuchern über den flachen Zaun, der die beiden Grundstücke voneinander trennte, ging ohne Eile von Busch zu Busch und klopfte schließlich energisch an die alte Holztür.

KAPITEL 30

Beim zweiten Mal hämmerte David noch energischer gegen die Tür. Auch weil sich einer der Beamten vor dem Gartenzaun inzwischen zu ihm umgedreht hatte und etwas rief.

»Verschwinden Sie!«, hörte er endlich eine Stimme aus dem Inneren des Hauses.

David brachte seinen Mund nahe an den Türspalt und rief zurück: »Herr Unruh, bitte. Ich habe ein Angebot für Sie. Es geht nicht mehr um Ihre Schuld, es geht um Ihre Sicherheit.«

»Sie sollen verschwinden!« Die Stimme musste zu Moritz Unruhs Vater gehören, denn mit seinem Sohn hatte David schon gesprochen und er hatte anders geklungen. Daher erwiderte er: »Ich gehe hier nicht weg, bevor ich mit Ihrem Sohn gesprochen habe.«

Die Tür wurde so abrupt aufgerissen, dass er fast auf einen alten Mann im Rollstuhl gefallen wäre. Dieser sah ihn wütend an und fragte barsch: »Wer sind Sie?«

Hinter dem Mann tauchte Moritz Unruh auf und erklärte: »Das ist der Typ, der mir vor ein paar Tagen eine unfreundliche Warnung von den Dreschers überbracht hat.«

»Der bin ich«, ging David in die Offensive. »Und jetzt bin ich der Typ, der Ihnen ein Friedensangebot einschließlich einer Entschuldigung der Familie Drescher überbringt.« Dann blickte David zu der kleinen Menschengruppe auf der Straße und fügte hinzu: »Und ich glaube, Sie sollten sich anhören, was ich zu sagen habe.«

»Soll ich ihn rausschmeißen?«, schnaubte der Mann im Rollstuhl, doch sein Sohn bestimmte: »Ist schon gut, lass ihn rein. Wir müssen ihm ja nicht gleich einen Kaffee anbieten.«

Die Einrichtung war alt, aber behindertengerecht. David konnte einen Blick in die Küche werfen, deren Arbeitsflächen alle auf Sitzhöhe abgesenkt waren. Er ließ sich zu einem Ecktisch führen, setzte sich und wartete, bis Vater und Sohn so weit waren. Dann suchte er kurz nach den richtigen Worten und begann mit: »Der Familie Drescher und insbesondere Frau Marlene Drescher ist jetzt bewusst geworden, dass sie einen Fehler gemacht hat. Man hätte Sie vor einem Jahr niemals so vorschnell verurteilen dürfen.«

»Nur schade, dass denen das jetzt einfällt, wo sich alle Beweise gegen mich in Luft aufgelöst haben. Säße ich noch in Haft, würde kein Hahn nach mir krähen.«

Demut war nicht Davids Sache, daher sah er dem Mann in die Augen und sagte: »Möglich, aber das ist nicht auf meinem Mist gewachsen. Wie ich Ihnen bei unserem ersten Treffen schon sagte, bin ich Privatermittler und Personenschützer. Ich arbeite für die Leute, die mich beauftragen. Was damals und heute die Hintergründe waren und sind, geht mich im Grunde nichts an und ich bin auch nicht dafür verantwortlich.«

»Sie sagten, Sie hätten ein Angebot für mich«, unterbrach ihn Moritz Unruh genervt.

David atmete durch: »Ja, sicher. Sorry, ich wollte nicht abschweifen. Also, es geht darum, dass die Familie Drescher etwas wiedergutmachen will. Daher hat man mich gebeten, auf Sie aufzupassen, bis sich die Wogen geglättet haben. Noch besser wäre es natürlich, wenn wir den wahren Mörder der beiden Mädchen zeitnah finden, denn dann wären Sie aus dem Schussfeld der Öffentlichkeit. Die Kosten für meine Dienste würden die Dreschers übernehmen, Sie müssten dem nur zustimmen. Und wenn Sie das tun, wären Sie übrigens mein Mandant und alles, was Sie mir erzählen, bliebe auch bei mir. Die Dreschers würden nichts davon erfahren.«

Der junge Unruh strich sich mit der Hand über das bereits lichte Haar und sah David mit seinen braunen Augen an. Mit einem Mal konnte David sich vorstellen, warum man in diesem Mann einen Täter sah. Die schnellen Bewegungen und das nervöse Zucken in seinem Gesicht ließen ihn irgendwie verdächtig wirken.

Nach einem Augenblick der Stille fragte David: »Und, was halten Sie von dem Vorschlag?«

Die Augen des Vaters verengten sich ein wenig. »Warum? Was steckt dahinter? Ich meine, hier in der Gegend weiß jeder, dass diese Leute nichts ohne Gegenleistung tun.«

David ahnte, dass er jetzt nicht mit Ausflüchten zu kommen brauchte, also sagte er ehrlich: »Da haben Sie recht, Herr Unruh, also reden wir Klartext: Was mich betrifft, ist es in erster Linie ein Job, der meinen Lebensunterhalt sichert. Allerdings möchte ich als ehemaliger Polizist denjenigen, der für die Morde an den beiden Mädchen verantwortlich ist, ins Gefängnis bringen. Und was die Dreschers betrifft, haben die ein nachvollziehbares Interesse daran, dass ihre Fehlentscheidungen vom letzten Jahr keine Schatten werfen. Ich weiß, dass diese Leute keine Gutmenschen sind, aber den Gefängnisaufenthalt Ihres Sohnes kann niemand rückgängig machen. Und dass man jetzt die Kosten für den Schutz von Ihnen und Ihrem Sohn übernimmt, halte ich für eine faire Geste. Es würde übrigens auch noch eine kleine finanzielle Leistung fließen, aber das möchte Frau Drescher persönlich mit Ihrem Sohn klären.«

»Die wollen sich freikaufen?«, keifte der alte Mann.

David zuckte mit den Schultern. »Was soll ich dazu sagen? Die Dreschers wird so oder so niemand belangen. Ihr Sohn wurde von einem Gericht verurteilt und soweit ich weiß, liegt dem Urteil keine Falschaussage zugrunde. Diese Familie hat vielleicht etwas voreilig mit dem Finger auf Ihren Sohn gezeigt, aber das war es auch schon.«

»Was sagst du dazu?«, fragte der Alte seinen Sohn.

Der verbog seine Finger, bis sie knackten, lehnte sich zurück und fixierte David. »Ich sage, dass sich die Dreschers ihr Geld sonst wohin stecken und sich um ihren eigenen Mist kümmern sollen. Nichts gegen Sie, Herr Bender, aber ich will mit diesen Leuten nichts mehr zu tun haben. Doch bei einer Sache stimme ich Ihnen zu: Dieses Schwein, das für die Morde verantwortlich ist, sollte ins Gefängnis.«

»Also keinen Personenschutz?«

»Nein, wir bekommen das allein hin. Außerdem versprach man mir, dass es heute Vormittag eine Pressekonferenz geben wird, bei der ich eindeutig und namentlich entlastet werde.«

David war nicht böse über diese Entwicklung, denn der Schutz dieser beiden Männer hätte ihn voll gefordert. So konnte er sich mit Catharina um die Morde kümmern, daher legte er seine Karte auf den Tisch und sagte: »Alles klar. Sollten Sie dennoch Hilfe brauchen, können Sie mich jederzeit anrufen.«

»Sie bleiben in der Gegend?«, wunderte sich Moritz Unruh.

»Ja. Die Dreschers bezahlen mich auch für die Aufklärung der Morde. Offenbar trauen sie der hiesigen Polizei nicht viel zu und haben Angst um den Tourismus. Immerhin ist Hochsaison und die Sache schadet ihnen wirtschaftlich vermutlich schon jetzt.« David spürte das frühe Aufstehen, rieb sich über die Augen und bat: »Dürfte ich Ihnen noch ein paar Fragen stellen? Auch wenn Sie als Tatverdächtiger entlastet sind, haben Sie ja eine gewisse Nähe zu der Sache. Immerhin wollte Ihnen der Täter alles in die Schuhe schieben.«

Als Moritz Unruh zustimmte, klopfte ihm sein Vater auf die Schulter, drehte seinen Rollstuhl weg und beschloss: »Dann mache ich wohl doch besser Kaffee.« Damit ließ er die beiden allein.

David klappte sein Notizheft auf und begann mit der Frage: »Waren Sie vor einem Jahr wirklich so früh draußen im Naturschutzgebiet, wie Gerald Drescher behauptet hat?«

»Ja, war ich. Und ich war sogar in der Nähe des Fundorts, habe die Leiche aber nicht gesehen. Dort draußen an der Kreideküste brüten ein paar Uferschwalben-Kolonien und mich interessiert so etwas. Also war ich oft schon frühmorgens in diesen Wäldern unterwegs, denn wenn erst die Touristen kommen, sieht man nicht mehr viel von den Vögeln.«

David machte sich eine kurze Notiz und fragte dann: »Und wie kamen die beiden Haare von Elisabeth Schwab in Ihren Kofferraum?«

»Habe ich doch alles schon erzählt.«

David entschloss sich zu einer Notlüge und erwiderte: »Wie Sie wissen, bin ich kein Polizist mehr, daher kann ich auch keine Akten einsehen. Das mit den Haaren stand in einem Zeitungsartikel.«

Moritz Unruh nickte in die Richtung, wo sich ein Stück hinter dem Haus die Schule befand. »Elisabeth kannte mich von zu Hause. Ich habe ja jahrelang den Garten der Familie in Schuss gehalten. Und in dem Frühjahr vor ihrer Ermordung verpasste sie mal den Schulbus. Es war übles Wetter und ich kam zufällig vorbei. Also bot ich ihr an, sie heimzufahren. Und wie immer im Winter hatte ich diese Schonbezüge über die Autositze gezogen. Das billige Kunstleder ist sonst zu kalt. Diese habe ich dann irgendwann, als es wärmer wurde, in den Kofferraum geworfen. Ich kann es mir nicht anders erklären, aber an dem Bezug müssen noch ihre Haare gewesen sein, die so in den Kofferraum gelangten.«

David notierte sich auch das und fragte sich dabei, wie er diese Aussage als Polizist gewertet hätte. Dann konzentrierte er sich wieder auf seine Fragen.

»Und was haben Sie in der letzten Woche im Wald gemacht, als wir uns zweimal begegneten? Immerhin waren Sie einmal unweit des Anwesens der Dreschers.«

Die Antwort überraschte David. »Ich wollte sehen, wie es dem Alten geht. Und dass er jetzt wie eine Kartoffel im Bett liegt, hat mir gefallen.«

»Sie reden von Dieter Drescher?«, fragte David verwirrt.

»Genau so ist es!«, bestätigte Unruh, verstummte aber, als sein Vater in der Tür erschien. Der Mann balancierte in einer Hand zwei volle Kaffeetassen und navigierte mit der anderen Hand seinen Rollstuhl mühelos mit dem kleinen Joystick bis zum Tisch.

KAPITEL 31

»Was haben Sie für ein Problem mit dem alten Herrn Drescher?«
Davids Müdigkeit war angesichts der harschen Worte von
Moritz Unruh verflogen.

Der sah ihn an. »Ich sage es geradeheraus: Als der Mann
noch fit war, war er ein Arschloch. Nichts und niemand hatte
etwas zu melden. Er sorgte dafür, dass seine Enkel ihre Mutter
nicht mehr sahen, und verschaffte sich so fast alleinigen Zugriff
auf die beiden. Sie kennen Patrick und Alicia?«

»Klar, ich habe ja in den letzten paar Tagen dort gewohnt.«

Unruh zuckte mit den Schultern. »Dann wissen Sie ja auch,
wie die jetzt drauf sind. Patrick war früher ein echt netter Junge.
Und jetzt? Und Alicia hätte das Zeug zu vielem gehabt, sucht
aber, seit sie vierzehn ist, nur noch nach Anerkennung und
Aufmerksamkeit. Kurz vor der Sache mit dem toten Mädchen
hat sie mich einmal angemacht. Ich schnitt gerade die Hecken
und sie lag im Garten. Und da zeigte sie mir mehr, als man
von einem siebzehnjährigen Mädchen sehen sollte. Vielleicht
hat das ja ihr Vater oder die Großmutter mitbekommen und sie
hielten mich deshalb für den Täter. Oder sie wollten mich einfach aus dem Weg schaffen, da hätten sie mir aber auch einfach
kündigen können.«

David kannte Alicias Art, sagte aber nichts dazu. Stattdessen fragte er: »Und Sie meinen, dass der Großvater dafür verantwortlich ist?«

»Ja, klar. Der Vater der Kinder ist ja ständig unterwegs und die Alte hat weggesehen. Einmal, es war vor ungefähr drei Jahren, sah ich bei Alicia sogar Druckstellen an den Oberarmen. Ich möchte gar nicht darüber nachdenken, woher die kamen.«

»Aber seit dem Schlaganfall kümmert sich Alicia offenbar aufopferungsvoll um ihren Opa«, warf David ein.

»Wie kommen Sie auf Schlaganfall?«, widersprach Unruh. »Der Mann ist die Treppe runtergestürzt und erlitt ein Schädel-Hirn-Trauma.«

»Oh.« David sah seinen Block durch und fand die Notiz: *Dieter Drescher / Schlaganfall.*

»Und warum Alicia sich um ihn kümmert, kann ich nicht sagen. Vielleicht muss sie das tun oder es gefällt ihr einfach, jetzt in der Nahrungskette über ihm zu stehen.«

David beschloss, der Sache später nachzugehen, sagte lang gezogen »Okay« und dann: »Kommen wir zu den Spuren an den beiden Opfern. Ich weiß, dass Sie Kriminalmeister Weiglein dazu schon ausführlich befragt hat, aber wie gesagt, ich erfahre nichts von der Polizei. Haben Sie dazu eine Idee, außer dass Ihr DNA-Material möglicherweise in dem Bordell entwendet wurde?«

»Sie wissen davon?«

David nickte. »Ich habe meine Quellen.« Dann beobachtete er, dass sich das Verhalten des Mannes unmerklich änderte. Da war ein kurzes Zucken im Augenwinkel, seine Hände wirkten noch nervöser und er begann wieder, mit den Fingern zu knacken. Trotzdem antwortete er: »Nein. Ich denke, das Bordell ist die einzige Möglichkeit.«

»Sicher?«

Die Finger knackten ein weiteres Mal. »Ja. Ich meine, Hautschuppen und Haare könnte man sonst wo herhaben, aber mein Sperma?«

»Selbstbefriedigung?«, fragte David frei heraus.

»Ja, sicher. Aber das Taschentuch landet im Klo«, antwortete Unruh ebenso ungeniert.

»Und mit Alicia hatten Sie nichts? Ich meine, die ist ja nicht unattraktiv. Und wenn Sie sagen, dass sie Ihnen schon Offerten gemacht hat …«

Unruh hob die Hände. »Gott bewahre. Außerdem war das für die Göre nur ein Spiel. Die hätte mich sicher nie rangelassen.«

David dachte kurz nach, schloss sein Notizbuch und sagte: »Gut, das war es erst einmal. Vielen Dank für Ihre offenen Antworten. Und bitte melden Sie sich, wenn Sie mich brauchen oder Ihnen noch etwas Nützliches einfällt. Ich werde so oder so bezahlt, also können Sie meine Dienste auch in Anspruch nehmen.«

Unruh brachte ihn bis zur Tür und öffnete diese. Drüben im anderen Garten stand die alte Frau und als sie David sah, hob sie drohend den Finger. Er winkte trotzdem zurück, verabschiedete sich bei Unruh und verließ das Grundstück ungeachtet der Menschen, die es noch immer belagerten. Zurück im Auto hörte er im Radio gerade noch den Rest der Pressekonferenz, in der Moritz Unruh ausdrücklich entlastet wurde. Danach sah er noch kurz zu, wie sich immer mehr Menschen aus dem Mob lösten und diskutierend davongingen. Er startete den Wagen und fuhr, ohne nachzudenken, in Richtung Naturschutzgebiet. Auf der Hälfte der Privatstraße zu den Dreschers stellte er den SUV in einem Waldweg ab, schrieb Catharina noch eine kurze Nachricht, nahm das Fernglas aus dem Handschuhfach und stieg aus.

David hatte dafür plädiert, dass Unruh erst einmal nichts von Catharina wissen sollte. So könnte sie ihn, wenn nötig, unauffälliger beobachten oder verfolgen. Doch einfach herumsitzen wollte sie auch nicht, daher bestand sie darauf, sich wenigstens bei diesem Bordell umzusehen.

Anders als sie es von Berlin kannte, stand das Haus der zweifelhaften Freuden nicht in einem heruntergekommenen Stadtteil, sondern mitten in der Stadt. Und wären der Streifenwagen und der Kleinbus der Spurensicherung nicht gewesen, hätte man es leicht übersehen können. Zu Catharinas Ärger hatte Kommissar Weiglein seine Leute tatsächlich schon auf die Sache angesetzt und nahm ihr damit die Chance, sich selbst ein Bild vom Inneren des Ladens zu machen. Ihren Plan, sich für einen Job hinter der Theke zu interessieren, konnte sie so vergessen. Doch so leicht wollte sie nicht aufgeben, also ging sie zu einer Frau, die ein Stück weiter stand und eine Zigarette rauchte, und fragte: »Hast du vielleicht eine Kippe für mich?«

Die leicht bekleidete Dame musterte Catharina zwar mit abfälligem Blick, zog aber eine Schachtel aus ihrem Täschchen und reichte sie ihr.

Catharina sagte: »Super. Danke.« Sie zog eine Zigarette heraus, zündete sie an und nickte zu dem Bordell, wobei sie fragte: »Was ist da los? Ich wollte mich dadrin gerade vorstellen.«

Die Blondine strich sich eine Haarsträhne aus dem Gesicht, winkte ab und erklärte: »Die suchen nach den DNA-Spuren von irgendeinem Verbrecher.« Dann brach sie in falsches Lachen aus und fügte immer noch kichernd hinzu: »Also ich schaue ja wirklich gerne Krimi-Serien und da ist auch vieles unlogisch. Aber das da ist geradezu lächerlich.«

»Warum?«, erkundigte sich Catharina scheinbar beiläufig.

»Na, warum wohl, Schätzchen? Das ist, als würde man in einem Schlachthof nach der DNA eines bestimmten Tieres suchen, das irgendwann mal da war. Dagegen ist die Stecknadel im Heuhaufen groß wie ein Leuchtturm.«

Catharina musste einsehen, dass die Frau recht hatte. Weder sie noch Kommissar Weiglein würden hier vermutlich irgendetwas finden, was der Aufklärung diente. Sie nahm noch einen Zug und verabschiedete sich mit den Worten: »Es ist wohl besser, wenn ich mich ein anderes Mal vorstelle.« Damit ging Catharina zurück in Richtung ihrer Unterkunft und gönnte sich unterwegs noch einen Kaffee auf einer Terrasse mit Meerblick.

Zwanzig Minuten später meldete sich ihr Handy mit einer Nachricht von David, der offenbar beschlossen hatte, raus zu den Dreschers zu fahren. Ihre Freude darüber, dass er überhaupt an sie dachte, wich schnell der Frage, warum er sie nicht mitnahm. Sie wollte ganz sicher keinen Streit, aber darüber würden sie reden müssen.

Zehn Minuten später waren Davids untere Hosenbeine voller Spinnweben und sein Shirt nassgeschwitzt. Dicke Quellwolken sagten ein Gewitter voraus, doch noch war es heiß und schwül. Unweit der Stelle, an der er Unruh vor ein paar Tagen gesehen hatte, kauerte sich David hinter einen jungen Laubbaum und sah zum Anwesen der Dreschers hinüber. Die dicken Vorhänge waren zwar noch da, aber zur Seite gezogen und beide Fenster standen offen. Er setzte das Fernglas an und sah Dieter Drescher so deutlich in seinem Bett liegen, als wäre er selbst nur zwei Meter davon entfernt.

Unruh hatte ihn böse als Kartoffel betitelt und je länger David den Mann beobachtete, umso passender fand er den Ausdruck. Was musste es für ein Scheißleben sein, wenn man nur noch dalag und an die Decke starrte? Der alte Drescher konnte seine Arme und Hände noch ein wenig bewegen, sonst ging nichts mehr. Seine Tage bestanden im Grunde darin, auf den Tod zu warten. Oder wahlweise auf den Brei, das Getränk oder auf eine neue Windel. Er konnte zwar noch hören, aber nichts sagen. Seine einzigen Kommunikationswege bestanden aus Zwinkern oder kleinen Gesten mit der Hand.

Lange passierte nichts, doch das Warten zahlte sich aus. David kannte grob die Zeiten, zu denen der Mann versorgt wurde, und so kam nach einer Weile tatsächlich Magdalena in den Raum.

Sie ging zum Kopfende des Bettes, sagte etwas, sah ihren Patienten eine Weile an und holte dann einen Trinkbecher mit Halm von einem Wagen. Danach setzte sie sich neben den Mann, steckte ihm den Halm in den Mund und wartete. Während Drescher trank, schob er seinen Arm bis neben ihren Oberschenkel.

»Du Sau«, murmelte David und sah, wie die Hand des Alten langsam weiterwanderte und zwischen Magdalenas Schenkeln verschwand. Doch anstatt sich zu wehren, blieb sie einfach nur sitzen. Dass es ihr nicht gefiel, sah man an ihrer sich versteifenden Körperhaltung und dem Gesichtsausdruck. Und doch hielt sie still und ließ ihn gewähren.

Weitere Minuten später erschien von den beiden unbemerkt Alicia im Türrahmen. Sie blieb stehen, sah kurz zu und bekam diesen wütenden Blick, den David schon kannte. Dann ging sie mit energischen Schritten zum Bett und gab erst Magdalena und dann ihrem Großvater eine Ohrfeige.

Die Pflegerin beeilte sich, aus dem Zimmer zu kommen, was der Großvater nicht konnte. Alicia schloss die Tür von innen, zog ihr Handy aus der hinteren Jeanstasche, tippte und wischte etwas darauf herum und hielt es dem alten Mann dann für ziemlich lange Zeit vors Gesicht. Der sah starr auf das, was David von draußen leider nicht sehen konnte.

Nach weiteren zehn Minuten endete die Aktion und der Alte blieb allein im Zimmer zurück. Und wenn sich David nicht täuschte, lief ihm eine Träne aus dem Augenwinkel.

David hörte ein leises »Blob« und dachte gleichzeitig, ihn hätte etwas in den Arm gebissen. Er zuckte zusammen, ließ dabei sogar das Fernglas fallen und spürte gleich darauf den nächsten Biss. Er ließ sich zur Seite fallen, rollte herum und sah Patrick zwanzig Meter weiter im Laub liegen.

Wütend stemmte er sich in den Stand, doch der Hosenscheißer war schneller. Er sprang auf und rannte mit seinem Luftgewehr in der Hand rüber zum Haus. David folgte ihm einige Schritte, blieb dann aber stehen und rief: »Beim nächsten Mal schieße ich zurück, mein Freund.« Offenbar bestand diese ganze Familie aus Psychopathen.

»Er hat was?« Catharina konnte es nicht glauben.

»Auf mich geschossen«, bestätigte David eine Stunde später im Apartment und zeigte ihr seinen Arm, der zwei kleine blaue Stellen aufwies.

»Und diese Pflegerin hat sich von dem Alten betatschen lassen?«

»Genau so ist es.« Selbst für David klang das, was er Catharina gerade erzählt hatte, inzwischen verrückt. Aber es war nun einmal passiert.

»Und was wirst du jetzt tun?«

Er zuckte mit den Schultern. »Je weniger wir mit denen zu tun haben, umso besser. Noch werden wir gut bezahlt, können hier wohnen und im Grunde geht uns deren eigenartiges Familienleben nichts an. Wir konzentrieren uns einfach weiter auf die Suche nach dem Mörder und die sollen machen, was sie wollen. Apropos, wie war dein Besuch im Bordell? Konntest du dort Praktiken lernen, die auch mir nützen?«

Catharina zielte genau und traf einen der blauen Flecken, was David aufschreien ließ.

Sie wartete sein kurzes Lachen ab und erklärte dann ernst: »Das war nicht für diese Frage, sondern für deine Nachricht.«

»Welche Nachricht?«

»Die, in der du mir mitgeteilt hast, dass du noch zu den Dreschers rausfährst.«

»Was war falsch daran?«

Er verstand offenbar wirklich nicht, daher unterdrückte sie ihren Zorn, wählte aber klare Worte und sagte: »Mir ist klar, dass du bisher niemandem Rechenschaft über dein Handeln ablegen musstest, aber du wolltest unsere Zusammenarbeit. Und da ich meinen Job nicht gekündigt habe, um nur neben dir herzulaufen, müssen wir uns in Zukunft abstimmen. Eigentlich hätte ich erwartet, dass wir erst über deinen Ausflug reden und wir solche Aktionen, wenn es sinnvoll ist, gemeinsam unternehmen.«

So wie David jetzt dreinschaute, tat er ihr schon fast ein wenig leid. Trotzdem war sie froh, es ausgesprochen zu haben. Und als er etwas erwidern wollte, hob sie die Hand und sagte versöhnlich: »Bitte denk drüber nach und jetzt belassen wir es dabei.« Damit gab sie ihm einen schnellen Kuss, kam zurück zu seiner eigentlichen Frage und erzählte: »In beziehungsweise bei dem Bordell war nichts zu holen. Weigleins Leute nehmen es bereits auseinander und so konnte ich nur mit einer der Damen sprechen. Die meinte aber auch, dass dieses Haus derart viele menschliche Hinterlassenschaften enthält, dass man keine einzelne mehr sequenzieren kann. Wenn wir da weiterkommen wollen, müssten wir endlos vielen Spuren nachgehen.«

»Also eine Sackgasse«, fasste David das Gehörte zusammen.

Catharina nickte. »Ja, würde ich sagen. Wir müssten dort alle Frauen und sämtliche Freier überprüfen. Und selbst dann könnten wir jetzt nichts mehr nachweisen.«

David dachte einen Moment lang nach. Da ihm aber im Augenblick nichts weiter einfiel, fragte er: »Lust auf einen Ausflug? Ich möchte dir die beiden Tatorte zeigen. Vielleicht habe ich etwas übersehen.«

»Klar, lass uns das machen«, stimmte Catharina zu und freute sich insgeheim, dass ihre vorangegangenen Worte offenbar Früchte trugen.

KAPITEL 32

»Ist das der Zeltplatz, von dem das Mädchen verschwand?« Catharina zeigte auf ein Hinweisschild kurz nach dem Ortsausgang von Sassnitz.

»Ja, das müsste er sein. Ich war selbst noch nicht dort«, erwiderte David, setzte den Blinker und folgte einer schmalen Straße bis zu dem Platz.

Dort parkte er den Wagen am Rand der Einfahrt und sie stiegen aus. Es war keiner dieser modernen Campingplätze, sondern eher primitiv und sichtbar auf Jugendgruppen ausgelegt. Es gab eine Baracke mit einem Dach davor, wo man sich auf Bierbänken zusammensetzen konnte, außerdem eine große Wiese, ein paar kleine Hütten, die schon bessere Jahre gesehen hatten, sowie ein Haupthaus, in dem vermutlich die Besitzer wohnten. Bis auf drei sehr kleine Zelte, vermutlich von Fahrradtouristen oder Wanderern, war der Platz leer.

»Was wollen Sie hier? Sind Sie von der Polizei?« Sie hatten die Frau nicht bemerkt, die jetzt wenige Meter hinter ihnen stand.

David setzte sein charmantestes Lächeln auf. »Wir sind zwar nicht von der Polizei, arbeiten aber mit ihr zusammen. Mein Name ist David Bender und das ist Catharina Adler. Wir sind

Privatermittler und ebenfalls mit der Aufklärung des Mordes an Annkathrin Jeschke beauftragt.«

»Geben Sie uns auch die Schuld an dem Verschwinden des Mädchens?« Die Frau war etwa Mitte dreißig, wirkte, als hätte sie ihr Leben lang auf dem Feld gearbeitet, und hatte tiefe Augenringe und schwielige Hände. Gemeinsam mit ihrer tiefgebräunten Haut ließ sie das eher wie eine Bäuerin als wie eine Campingplatzbesitzerin wirken.

Catharina machte einen Schritt auf sie zu. »Nein, warum sollten wir? Und wer tut das?«

»Die Polizei, die Eltern des Mädchens und die Betreuer der Freizeitgruppe. Sie alle sagen, dass es einen Zaun geben müsste.« Die Frau machte eine hilflose Geste, deutete auf ein ausgeblichenes Schild und sagte dabei: »Aber wie man dort lesen kann, ist das hier ein Naturcamp und keine Festung.« Dann zuckte sie mit den Schultern. »Ich schätze, die brauchen einfach jemanden, den sie beschuldigen können, damit sie sich selbst besser fühlen.«

David ging nicht weiter darauf ein. »Waren Sie an dem Tag, bevor das Mädchen verschwand, hier? Haben Sie irgendetwas Ungewöhnliches gesehen? Es war die Rede davon, dass sich Annkathrin vielleicht mit einem Jungen treffen wollte, den sie am Tag zuvor kennengelernt hatte.«

Zu seinem Erstaunen zeigte sich die Frau kooperativ und nickte. »Ja, die Information kam von mir. Ich hab sie dort drüben am Waldrand mit jemandem reden sehen, der mit einem Pferd unterwegs war. Aber ich fand das eigentlich nicht besonders merkwürdig. Ich meine, welches Mädchen steht nicht auf Pferde? Und geritten wird hier viel.«

»Wie sah dieser Jemand aus? Wie alt war er, haben Sie das Geschlecht erkennen können?«

»Keine Ahnung. Die waren viel zu weit entfernt. Er oder sie war vielleicht einen halben Kopf größer als das Mädchen und von den Bewegungen her vermutlich noch nicht so alt, ansonsten habe ich nicht viel erkannt.«

»War derjenige alleine?«, hakte Catharina nach.

»Ich denke schon. Aber wie gesagt, mehr weiß ich nicht. Die beiden standen auch nur wenige Minuten zusammen. Dann ist der Reiter weggeritten und das Mädchen über das Feld hierhergelaufen. Ich habe Annkathrin dann abends am Lagerfeuer noch einmal gesehen und da wirkte alles ganz normal.«

»Alles klar«, sagte David. »Ist ja nicht mehr viel los hier?«

»Nein, seit die Sache in der Presse war, kommt kaum noch jemand her und alle Buchungen von Jugendgruppen wurden storniert.«

»Verständlich, aber blöd für Ihr Geschäft«, gab sich Catharina verständnisvoll. Dann gab sie der Frau eine von Davids Visitenkarten mit der Bitte: »Es wäre toll, wenn Sie uns anrufen, falls Ihnen noch etwas einfällt oder auffällt. Je schneller wir den Entführer finden, umso schneller haben Sie wieder Gäste.«

Nun wirkte die Frau bedrückt, als sie versprach: »Das mache ich.«

Zurück im Wagen fragte Catharina: »Reitet dieser Drescher-Bengel eigentlich auch?«

David fühlte Unbehagen bei dem Gedanken an den Ausritt mit Alicia, antwortete aber: »Nicht dass ich wüsste. So wie ich Patrick einschätze, besteht sein Lebensinhalt aus Videospielen und seinem geliebten Luftgewehr. Aber das lässt sich bestimmt in Erfahrung bringen.«

Zehn Minuten später hielten sie kurz vor der Lichtung, die noch immer mit Flatterband abgesperrt war. Sie waren gerade ausgestiegen, als in der Ferne ein lang gezogenes Grollen zu hören war. Außerdem war der Himmel über ihnen bedrohlich dunkel geworden und dicke Quellwolken schoben sich ineinander.

David sah nach oben, deutete aber zu der Lichtung. »Ein paar Minuten dürften wir noch haben, es war da drüben.« Damit hob er das Flatterband hoch, ließ Catharina durch und folgte ihr. »Dort drüben am Rand, wo das Gras niedergetreten ist, lag sie.«

Beide blieben stehen, sahen sich um und nahmen die nähere Umgebung in sich auf. Dann drehte sich Catharina einmal um die eigene Achse und fragte sich laut: »Wie kam Annkathrin hierher? Zu Fuß würde es, selbst wenn sie freiwillig mitgelaufen ist, ewig dauern.«

»Was meinst du? Ich ging bisher irgendwie automatisch von einem Auto aus.«

Catharina sah ihren Freund an. »Damit wäre man mitten in der Nacht aber nicht besonders nahe an den Campingplatz herangekommen. Der liegt ja wie eine Insel inmitten von Feldern. Da würde in der Nacht jedes Fahrzeug sofort auffallen wegen der Scheinwerfer und auf einem Campingplatz ist ja immer irgendwer wach. Es kann natürlich sein, dass der Täter ein Stück entfernt geparkt hat, aber selbst dann würde ein Wagen nachts im Wald extrem auffallen. Also, was gibt es noch für Möglichkeiten?«

David verstand, worauf sie hinauswollte. »Zu Fuß, mit dem Fahrrad oder …«

»Genau«, bestätigte sie, als er nicht gleich weitersprach. »Oder mit einem Pferd. So ein Tier hätte kein Problem damit, eine zweite Person zu tragen – und vielleicht hat Annkathrin sich zu einem nächtlichen Ausritt überreden lassen. Das wäre für ein junges Mädchen Abenteuer pur und mit vierzehn beginnt bei uns Mädchen die Zeit des eigenen Kopfes, wenn du weißt, was ich meine.«

David erinnerte sich noch gut an seine Schulzeit und wie kindlich er als Vierzehnjähriger im Vergleich zu den gleichaltrigen Mädchen gewesen war. Er hatte zwar nicht mehr an den Weihnachtsmann geglaubt, aber das andere Geschlecht war schon deutlich weiter. Daher sagte er: »Ich weiß, was du meinst. Also gut, dann lass uns nach Hufspuren suchen, bevor der Regen einsetzt.«

»Oder nach Pferdeäpfeln«, fügte sie hinzu und deutete zum Waldrand. »Aber nicht direkt hier, das sollte die Spurensicherung erledigt haben. Vielleicht sehen wir uns dort drüben um. Dort ist das Unterholz nicht so dicht.«

Sie begannen trotzdem bei der Fundstelle des Mädchens und zogen schnell immer größer werdende Kreise. Allerdings kamen sie nicht sehr weit, denn was mit einzelnen großen Tropfen begann, wurde schnell zu einem heftigen Starkregen.

Erst fluchten, dann lachten sie und rannten zurück zum Auto. Bis sie dort ankamen, waren sie beide völlig durchnässt. David schlug seine Tür zu, sah aber besorgt durch die Windschutzscheibe nach oben. Mit dem Regen kamen nicht nur Blitz und Donner, sondern auch ein Sturm, der ihm Respekt einflößte. Der Wagen stand unter hohen Bäumen, deren Wipfel sich bei jeder einzelnen Böe bedenklich neigten. Daher fackelte er nicht lange, startete den Motor und fuhr durch das Flatterband auf die Lichtung. Hier war zwar der Regen stärker und trommelte lautstark auf das Dach, aber es konnte einem wenigstens nichts auf den Kopf fallen.

Catharina sah ein wenig fassungslos nach draußen und fragte: »Was zur Hölle?«, doch David antwortete nur: »Du lebst doch am Meer oder gibt es auf Usedom keine Unwetter?«

»Doch sicher, aber dort stehe ich nicht im Wald.« Sie nickte zu den nahen Bäumen und fügte hinzu: »Das kann einem schon Angst machen.«

David nahm das Holster ab und zog sich das klatschnasse Shirt über den Kopf. Seine Partnerin sah ihm dabei zu und fragte: »Und was wird das jetzt?«

»Es ist nass und kalt, solltest du auch machen.«

Sie nahm die Unterlippe kurz zwischen die Zähne, begann zu grinsen und antwortete: »Nur wenn du mit mir auf den Rücksitz kommst.«

Das bedurfte keiner Antwort. Beide rissen die Türen gleichzeitig auf und schlugen kurz darauf die hinteren Türen wieder zu. Dann zog sich Catharina ihr Oberteil über den Kopf, drehte sich mit dem Rücken zu David und sagte gespielt schüchtern: »Der BH ist leider auch nass geworden.«

Er hatte den Verschluss bereits geöffnet, als sein Blick durch die Scheibe fiel. Und auch wenn durch den Regen kaum etwas zu erkennen war, hielt er inne. Er schloss den BH wieder und sagte: »Sorry, aber das geht nicht. Also nicht hier.«

Catharina drehte sich alarmiert zu ihm. »Was ist los? Ist da draußen jemand?«

Er schüttelte den Kopf. »Nein, aber … es ist … es liegt an dem Ort. Du hast sie nicht gesehen, aber ich bekomme das Bild des Mädchens nicht aus dem Kopf. Und dass wir uns jetzt und hier vergnügen, fühlt sich einfach falsch an.«

Sie schaffte ein Lächeln. »Du hast recht, daran habe ich nicht gedacht.« Ihr Blick folgte seinem. »Aber auf Spuren brauchen wir jetzt auch nicht mehr zu hoffen. Der Regen ist zu heftig.«

»Da hast du recht. Lass uns noch ein wenig warten, bis der Wind etwas abflaut, und dann zurückfahren.« David suchte einen Weg aus seiner düsteren Stimmung und fügte mit einem Zwinkern hinzu: »Ich erinnere mich da an diese schwarze Seide auf dem Bett und wie sexy du darin ausgesehen hast.«

»Böser Bube«, neckte sie ihn, zog sich ihr nasses Oberteil wieder über und beide stiegen wieder vorne ein. Zehn Minuten später fuhren sie los.

Nachdem David ein paar größere abgebrochene Äste umkurvt hatte, verbesserten sich die Bodenverhältnisse und sie erreichten kurz darauf die Landstraße. Auch hier lagen zahlreiche Äste und auch Laub herum, aber wenigstens nichts, was den Weg blockierte.

Auch an Sassnitz war der Sturm nicht vorübergegangen. David steuerte seinen SUV in die Zielstraße und dachte zuerst, das Apartmenthaus hätte etwas abbekommen. Allerdings stammte das flackernde Blaulicht nicht von der Feuerwehr, sondern von einem BMW mit Leuchte auf dem Dach und einem Streifenwagen.

Er stellte den Wagen daneben ab, stieg aus und sah Kriminalmeister Weiglein mit ernster Miene auf sich zukommen. David nickte zum Haus und rief schon von Weitem: »Was ist passiert? Warum sind Sie hier?«

Dessen knappe Antwort lautete: »Wegen Ihnen«, dann nickte er den beiden wartenden Streifenbeamten zu, von denen einer seine Handschellen aus der Gürteltasche zog.

Kapitel 33

David kannte das Gefühl von Handschellen um die Handgelenke nur von seiner Polizeiausbildung und den für seinen Geschmack etwas zu harten Vorlieben seiner ehemaligen Partnerin. Und zum ersten Mal konnte er nachvollziehen, warum manche Verhaftete zunächst wie apathisch wirkten, denn es ging ihm jetzt selbst so. Weiglein erklärte ihm zwar seine Rechte, doch davon bekam er kaum etwas mit. Erst als Catharina einschritt und wütend fragte: »Weswegen wird er festgenommen?«, holte ihn das in die Realität zurück.

Er schaffte es, »Also?« zu fragen, und sah Weiglein dabei in die Augen. Der hielt seinem Blick stand und erklärte sachlich: »Es geht um Alicia Drescher. Sie konnte glaubhaft darlegen, von Ihnen missbraucht worden zu sein, hat Anzeige erstattet und wird gerade gerichtsmedizinisch untersucht.«

David und Catharina reagierten gleichzeitig mit einem ungläubigen »Was?«. Dann sagte David: »Nicht Ihr Ernst, oder?«

Doch anstatt einer Antwort fragte Weiglein: »Wo waren Sie in der Nacht von Donnerstag auf Freitag zwischen zwei und sechs Uhr morgens? Alicia Drescher sagte außerdem aus, dass sie in dieser Nacht Schritte im Haus gehört hat, und zwar aus dem Dachgeschoss.«

David verstand nicht gleich, worauf diese Frage abzielte. Dann begriff er, funkelte den Mann an und sagte: »Sind Sie jetzt völlig …«

»David!«, ging Catharina energisch dazwischen, damit nicht auch noch Beamtenbeleidigung dazukam, und brachte ihn tatsächlich zum Schweigen.

»Also?«, hakte Weiglein nach.

David schüttelte den Kopf. »Es geht Ihnen nicht nur um diesen Humbug, den Alicia Drescher erzählt, Sie wollen mir auch noch den Mord an dem Mädchen anhängen?«

»Ich will Ihnen gar nichts anhängen. Ich will wissen, wo Sie in dieser Nacht waren.«

»Warte auf einen Anwalt«, riet Catharina von der Seite.

David schüttelte den Kopf. »Ich brauche keinen Anwalt, weil nichts von dem hier zutrifft. Ich habe weder Alicia angefasst noch ein Mädchen getötet. Und in der betreffenden Nacht lag ich im Haus der Dreschers und habe geschlafen.«

»Zeugen?«

In diesem Moment hasste David diese Frage, die er selbst während seiner Dienstzeit oft gestellt hatte. »Nein. Nur mein Kopfkissen. Ich habe gegen zweiundzwanzig Uhr noch mit Catharina telefoniert und dann geschlafen.«

»Das ist dünn«, erwiderte Weiglein, sah seine Kollegen an und bestimmte: »Bringt ihn ins Präsidium. Ich komme dann nach.«

Catharina musste hilflos zusehen, wie man ihren Lebensgefährten und Partner abführte. Sie drehte sich zu Weiglein und sagte: »Das ist nicht Ihr Ernst, oder? David hat mir während seiner Zeit bei den Dreschers mehrfach am Telefon erzählt, dass sich diese Alicia ständig an ihn ranmacht. Und jetzt behauptet sie, er habe sie sexuell missbraucht. Das ist doch ein schlechter Witz!«

Was in dem Mann wirklich vorging, verbarg er, erwiderte aber: »Frau Adler, richtig?«

Sie nickte.

»Also gut, Frau Adler. Wenn ich es richtig verstanden habe, waren Sie bis gestern selbst Polizistin. Daher dürften Sie wissen, dass ich angesichts dieser Vorwürfe gar keine andere Wahl habe, als Herrn Bender vorläufig festzunehmen. Ich selbst – und ich betone, dass das nur meine private Einschätzung ist – glaube auch nicht so recht an diese Vorwürfe. Trotzdem müssen wir den Sachverhalt aufklären und einige Untersuchungen und Nachforschungen abwarten.« Nun rieb sich Weiglein ein wenig unsicher über das Gesicht und verkündete mit Unbehagen in der Stimme: »Dazu gehört übrigens auch die von Ihnen genutzte Ferienwohnung da oben. Ich kann Sie im Moment leider weder an Ihr Gepäck noch dort wohnen lassen. Und auch wenn die Spurensicherung damit fertig ist, kann ich mir nicht vorstellen, dass Sie die Familie Drescher angesichts der Vorwürfe wieder hineinlässt.«

»Toll« war im Moment alles, was Catharina dazu einfiel.

Sie sah zu Davids Wagen und fluchte. Natürlich hatte David den Autoschlüssel und war längst mit den Streifenpolizisten davongefahren. Weiglein folgte ihrem Blick und begriff: »Auch den müssen wir erst untersuchen.«

Catharina war kein Mensch, der schnell den Mut verlor, doch im Augenblick erschien ihr alles wie eine böse Verschwörung. Es war erst ihr zweiter Tag als Privatermittlerin und Partnerin in Davids Detektei und jetzt das. Sie war das erste Mal seit Langem absolut ratlos. Da ihr alter Mini vor ein paar Tagen einen Schwächeanfall in Form eines Getriebeschadens erlitten hatte, war sie mit dem Zug angereist und hatte jetzt nicht einmal ein Fahrzeug.

Kriminalmeister Weiglein wurde die Situation offenbar langsam unangenehm. Daher drückte er ihr schlicht eine Visitenkarte in die Hand und erklärte knapp: »Ich muss jetzt los. Bitte melden Sie sich, wenn Ihnen etwas einfällt. Vielleicht klärt sich die Sache schnell auf und alles ist wieder in Ordnung.«

Catharina riss sich zusammen und erwiderte bissig: »Selbst dann läuft da draußen noch ein Mörder herum. Aber Sie verschwenden Ihre Zeit ja lieber auf haltlose Anklagen.« Damit wandte sie sich ab und ging ziellos davon.

Auf einer Bank unter einem Baum konnte Catharina auch der Blick über die glitzernde Ostsee nicht aufheitern. Ganz im Gegenteil. Um sie herum liefen so viele fröhliche Touristen herum, dass ihr davon schlecht wurde. Sie lehnte sich zurück, schloss kurz die Augen und versuchte, einen klaren Kopf zu bekommen, doch es wollte nicht funktionieren. In Gedanken sah sie David vor sich, aber was, wenn dieses Bild nicht der Realität entsprach? Wenn es nur ihre Wunschvorstellung von einem Mann war, der noch viele Facetten haben konnte, die sie nicht kannte? Die gemeinsame Zeit auf Usedom war intensiv gewesen, doch es war auch keine normale Zeit gewesen. Da war einerseits die Gefahr gewesen und andererseits hatten sie sich gerade erst kennengelernt. Hatte sich die berühmte rosarote Brille schneller vor ihre Augen gelegt, als sie es wahrhaben wollte? Nachdem die Gefahr gebannt gewesen war, hatten sie sich oft nur für wenige Stunden gesehen. Was David in der Zwischenzeit getrieben hatte, wusste sie nicht. Natürlich war er kein Mörder, da war Catharina sich sicher, aber was Alicia anging … er wäre nicht der erste Mann, der seinen Schwächen nachgab.

Ihr Blick fiel auf ihre eigenen Hände, die sie so gerne auf seine Brust legte, um seinen Puls zu spüren, und mit einem Mal hätte sie sich mit ihnen am liebsten selbst geohrfeigt. Wie konnte sie so etwas denken, so an sich und ihm zweifeln? Hätte es in den letzten Wochen auch nur eine zweifelhafte Situation gegeben, würde sie jetzt nicht hier sitzen. David hatte sie nie zu der Kündigung gedrängt und sie nie mit Worten um den Finger gewickelt. Sie war einzig und allein hier, weil sie wieder auf sich selbst hörte und ihm vertraute. Wie konnte sie dieser Vorfall so ins Wanken bringen und wo sollte das hinführen, wenn sie zukünftig auch noch zusammenarbeiten wollten? Nein! David war in eine Falle gelaufen und sie würde dafür sorgen, dass dies auch dieser dusslige Kommissar begriff.

Und so begann sie mit einer Bestandsaufnahme der Dinge, die sie bei sich hatte. Denn die waren alles, was ihr im Moment zur Verfügung stand.

Da sie Handtaschen und Beutel hasste, trug sie ihre Sachen im Sommer in einer kleinen Bauchtasche herum. Darin befanden sich ihr Handy, dessen Akku noch neunundvierzig Prozent Ladung anzeigte, ein winziger Geldbeutel mit den nötigsten Karten und zwanzig Euro Bargeld. Eine Waffe trug sie nicht, da sie die erforderliche Berechtigung als Privatperson noch nicht beantragt hatte. Das war es auch schon.

Die Bestandsaufnahme ihrer Situation war deutlich komplizierter als die der Dinge, die sie bei sich trug. Sie hatte keinen Wagen, keine Unterkunft, keine Idee, wie sie David helfen könnte, und darüber hinaus auch keinen Plan, wie es jetzt weitergehen könnte. Was den Mörder betraf, war der auf der Prioritätenliste deutlich nach hinten gerutscht. Außerdem hatte sich der Ermittlungsauftrag der Dreschers mit Sicherheit erledigt. Der Gedanke führte sie zu Davids Assistentin.

Clara war nicht auf den Kopf gefallen, hatte eine äußerst positive Ausstrahlung und war ihr in den wenigen Wochen, die sie sich jetzt kannten, fast schon zur Freundin geworden. Sie zog das Handy heraus, wählte den Eintrag *David Büro* und drückte auf das grüne Telefonhörer-Symbol.

»Er ist was?« war Claras erschrockene Reaktion, nachdem Catharina erzählt hatte, was passiert war.

»Verhaftet wegen angeblicher Vergewaltigung von Alicia Drescher und der Tötung des Mädchens«, wiederholte Catharina und es klang zunehmend lächerlicher.

»Unmöglich.« Clara klang zum ersten Mal, seit Catharina sie kannte, verzweifelt.

»Das weiß ich auch, aber was machen wir jetzt? Ich kann im Moment keinen klaren Gedanken fassen.«

»Wir … du … ich weiß es gerade auch nicht. Gib mir ein paar Sekunden«, bat Davids junge Mitarbeiterin.

Catharina hörte das leise Quietschen der Rollstuhlreifen, dann einige tiefe Atemzüge, bevor Clara sagte: »Gut, hör zu. Als Erstes lösen wir dein Übernachtungsproblem und dann konzentrieren wir uns auf diese Vorwürfe. Ich habe vielleicht etwas im Internet gefunden, was uns weiterhilft, aber das ist noch nicht gesichert.«

»Was ist es?« Durch das Gefühl, nicht mehr allein zu sein, fasste Catharina wieder etwas Mut.

»Na, wie wir schon vermutet haben, ist die Hexenjagd in den sozialen Medien im vollen Gange. Dass man Moritz Unruh inzwischen öffentlich entlastet hat, ist den Leuten egal. Er ist im Moment der Einzige, der im Zusammenhang mit den Mädchenmorden beschuldigt wurde, und damit die Zielscheibe dieser Schreihälse.«

»Und wie könnte uns das weiterhelfen?« Catharina verstand es nicht. »Er war es doch mit ziemlicher Sicherheit nicht.«

»Eben. Und dass das tatsächlich so ist, weiß nur der echte Täter. Daher bin ich bei einem gewissen User im Netz stutzig geworden. Er oder sie nennt sich bei Twitter *Morgenstern2002* und setzt sich seit gestern für Moritz Unruh ein. Er oder sie vertritt die These, dass der Täter jemand vom Festland ist und nicht auf Rügen wohnt.«

»Das ist ganz schön vage und außerdem hilft es uns nicht dabei, David zu entlasten«, wandte Catharina ein.

»Vielleicht nicht. Aber es ist eine Spur und ich habe den Eindruck, dass alles mit allem zusammenhängt. Und dass Alicia jetzt David so belastet, ist doch sicher auch kein Zufall.«

»Das … nein …« Catharina brachte den Gedanken nicht zusammen, sagte aber: »Du hältst es für möglich, dass die Dreschers etwas mit diesen Morden zu tun haben? Sorry, aber das erschließt sich mir nicht.«

Clara ließ das Gesagte so stehen und schlug vor: »Lass uns erst einmal dein Übernachtungsproblem lösen und dann sehen wir weiter. Du gehst jetzt irgendwo einen Kaffee trinken und ich versuche, im Netz etwas für dich zu finden.«

»Super. Danke!« Catharina war wirklich erleichtert über diese Hilfe, doch dann fiel ihr noch etwas ein und sie bat: »Kannst du auch gleich nach einem Mietwagen schauen? Die haben sogar Davids Wagen beschlagnahmt. Den bekomme ich erst wieder, wenn sie ihn kriminaltechnisch untersucht haben.«

»Wird gemacht. Und Catharina …« – Claras Stimme klang nun wieder fester.

»Ja.«

»Wir bekommen David da raus. Mach dir keine Sorgen und glaube an ihn.«

KAPITEL 34

David kam sich immer noch vor, als wäre er im falschen Film. Auf der Polizeiwache wurde ihm alles abgenommen, nur auf die erkennungsdienstliche Behandlung wurde verzichtet, da er früher selbst Polizist gewesen war und alle Daten samt Fotos vorlagen. Danach brachte man ihn in eine Arrestzelle.

Früher war er derjenige gewesen, der die schwere Tür von außen schloss. Jetzt überkam ihn das hilflose Gefühl der Einsamkeit, das schon so viele erlebt hatten. Er setzte sich auf die harte Pritsche, legte sein Gesicht in die Hände und versuchte, das Geschehen einzuordnen.

Wie hatte er nur so blöd sein können, nicht auf seine Erfahrung zu hören? Dass in Alicia etwas brodelte, war unverkennbar. Was er allerdings nicht verstand, waren diese Anschuldigungen. Es ergab einfach keinen Sinn. Oder hatte er sie durch seine Zurückhaltung so sehr gekränkt, dass sie ihm durch diese Aktion einfach nur Probleme machen wollte? Das einzig Gute war, dass nie etwas passiert war und sie keinen einzigen Beweis für ihre haltlose Anschuldigung haben konnte. Im Nachhinein dürfte sich alles schnell aufklären lassen. Hoffte er zumindest.

Gegen siebzehn Uhr öffnete Weiglein in Begleitung eines älteren Kollegen die Tür. Er stellte den Mann als seinen Vorgesetzten, Herrn Kriminalrat Breuer, vor. Danach bat er David mitzukommen, verzichtete aber auf Handschellen. Sie folgten einem Flur bis zu einer Tür mit der Aufschrift »Vernehmung«.

In dem kargen Raum deutete Weigleins Chef auf einen Stuhl und sagte: »Als früherer Kollege wissen Sie ja, wie das hier läuft.« Damit deutete er auf das Mikrofon, sprach hinein, worum es ging und wer anwesend war, und fragte dann: »Sind Sie mit dieser Vernehmung einverstanden oder möchten Sie einen Rechtsbeistand hinzuziehen?«

Dass auf dem Tisch ein Fotoapparat lag, irritierte David zwar, trotzdem stimmte er der Anhörung laut und deutlich zu.

Weiglein, der bis jetzt geschwiegen hatte, atmete durch und beschloss dann: »Gut, beginnen wir mit der Beweisaufnahme. Wie Sie, Herr David Bender, wissen, wird Ihnen der sexuelle Missbrauch an Frau Alicia Drescher vorgeworfen. Der Vorfall soll sich am späten Vormittag des letzten Donnerstags an einem kleinen Badeweiher unweit des Drescher-Anwesens ereignet haben. Hierzu gibt es einige Fotos, die zum einen zeigen, wie Sie die fast nackte Frau Drescher zu sich heranziehen, und dann noch, wie Frau Drescher, dieses Mal völlig nackt, einen Fluchtversuch unternimmt.«

»Was?«, fragte David fassungslos dazwischen. »Wer soll diese angeblichen Bilder gemacht haben?«

»Die stammen von einer Wildkamera, die den Weiher beobachtet«, entgegnete Weiglein emotionslos und bat: »Ich weiß, das ist nicht der übliche Weg, aber könnten Sie kurz Ihre Jeans öffnen und ein Stück herunterziehen?«

»Wozu?«

»Bitte tun Sie es einfach, dann haben wir es hinter uns«, schaltete sich nun Weigleins Chef ein.

David zuckte mit den Schultern, stand auf und zog die Hose ein Stück nach unten. Die beiden Kommissare wechselten einen wissenden Blick. Dann nahm Weiglein die Kamera und machte ein paar Fotos von den kaum sichtbaren Kratzspuren.

David hatte die Sache schon wieder vergessen, erinnerte sich jetzt aber wieder daran, wie ihm Alicia ziemlich grob ihre spitzen Nägel durch seine dünne Hose in den Oberschenkel gebohrt hatte. Er riss die Hose wieder nach oben und fluchte: »Also das ist doch … diese Göre. Was denkt die sich eigentlich?«

Seine Gegenüber blieben ruhig, bis Breuer erklärte: »Das sieht nicht gut für Sie aus. Alicia Drescher sagte aus, dass sie versucht hat, sich zu wehren, und hat uns genau diese Wunden beschrieben. Und ich frage mich jetzt schon, wie sie von Körperstellen wissen kann, die normalerweise von einer Hose bedeckt werden.« Er beugte sich nach vorne, sah David in die Augen und fügte hinzu: »Wie Ihnen sicher bekannt ist, wirkt sich eine gute Zusammenarbeit mit uns positiv auf die Rechtsprechung aus. Daher sollten Sie sich selbst einen Gefallen tun und uns schildern, was passiert ist. Vielleicht erzählen Sie uns einfach, wie es zu dem sexuellen Übergriff kam.«

David beugte sich nach vorne, legte seine Unterarme auf den Tisch und sagte laut und deutlich in das Mikrofon: »Es gab weder einen sexuellen noch irgendeinen anderen Übergriff meinerseits. Ich wurde unter anderem als Personenschützer für Frau Alicia Drescher angestellt. Die junge Frau machte mich während dieser Zeit mehrfach an, wobei sie gleichzeitig drohte, genau solche Lügen wie diese hier in die Welt zu setzen. Und diese angeblichen Fotos können mich nicht belasten, denn der einzige Übergriff erfolgte von Alicia selbst. Sie zog sich aus und ging dort baden. Als ich mich weigerte, dabei mitzumachen, kam sie fast nackt zu mir und forderte mich eindeutig zum Sex auf. Als ich auch das ablehnte, legte sie ihre Hand auf meinen Oberschenkel und drückte dabei ihre Fingernägel durch den

Stoff meiner Hose.« David bekam seine Wut gerade so unter Kontrolle und fragte: »Außerdem ist das zwei Tage her, warum kommt sie erst jetzt zu Ihnen?«

»Weil …«, begann Weiglein, warf einen Blick in die Mappe, die vor ihm lag, und erklärte: »… sie sich erst nach Ihrem Auszug aus dem Anwesen sicher fühlte. Hinzu kommt ein weiterer Übergriff Ihrerseits, als Sie die junge Frau von einem Freund abholten, um sie heimzufahren. Dass Sie während dieser Fahrt Ihre Hand auf ihren Oberschenkel legten und unter ihren kurzen Rock schoben, gab schließlich den Ausschlag für die Anzeige.«

David wusste nicht, was er noch dazu sagen sollte. Diese gestörte junge Frau war gerade dabei, ihm ungeheuerliche Dinge anzulasten, und wer konnte wissen, was sie sich sonst noch ausgedacht hatte. Die Wut übermannte ihn und er brüllte fast: »Was noch? Habe ich die beiden Mädchen vielleicht auch noch umgebracht? Leute, das ist alles so was von lächerlich. Zuerst lasten die Dreschers den Mord an Elisabeth Schwab ihrem Gärtner Moritz Unruh an, was sich ziemlich eindeutig als falsch herausstellte. Und jetzt das.« Er machte eine hilflose Geste und sagte etwas leiser: »Ich weiß zwar nicht, was sich Alicia von dieser Lüge verspricht, aber es ist und bleibt Bullshit. Ich habe sie weder angefasst noch habe ich in der Nacht, als der letzte Mord geschah, das Haus der Dreschers verlassen.«

Im selben Moment klopfte es an der Tür und eine junge Beamtin steckte den Kopf herein. Ihre Augen suchten und fanden Weigleins Chef, dann winkte sie ihn zu sich. Der Mann folgte ihr hinaus und kam kurz darauf mit einer dünnen Mappe in der Hand zurück. Er setzte sich wortlos hin, schlug die Mappe auf und begann zu lesen. Danach sah er David an und schlug vor: »Sie sollten sich einen Anwalt nehmen. Ich darf nicht ins Detail gehen, aber laut der gerichtsmedizinischen Untersuchung kann eine Vergewaltigung nicht ausgeschlossen werden. Außerdem fand man DNA-fähiges Material, das gerade ausgewertet wird.« Mit diesen Worten drehte er sich zu Weiglein und befahl: »Bringen Sie Herrn Bender wieder in seine Zelle. Wir geben ihm bis morgen früh Bedenkzeit.« Dann wedelte er mit der Mappe und fügte hinzu: »Angesichts dessen dürfte der Untersuchungsrichter nichts dagegen haben, dass wir ihn hierbehalten.« Mit diesen Worten stand der Kriminalrat auf und verließ den Raum.

David und Weiglein schwiegen einen Moment und als ihn Weiglein abführen wollte, packte ihn David am Arm. Der Mann zuckte zwar zusammen, blieb aber ruhig und fragte: »Was soll das?«

»Hören Sie …«, begann David, »… ich weiß, dass das alles gegen mich spricht, aber ich habe nichts getan! Mir ist auch klar, dass Sie hier nichts für mich tun können und vielleicht auch gar nicht wollen. Aber bitte lassen Sie meine Partnerin ihre Arbeit machen. Catharina Adler wird die Sache sicher aufklären; das kann sie aber nur, wenn Sie ihr keine Knüppel zwischen die Beine werfen.«

Weiglein hielt den Blickkontakt aufrecht, antwortete aber ausweichend: »Ich habe wirklich andere Sorgen, als auf Ihre Partnerin aufzupassen.«

»Dann glauben Sie mir?«

»Ich glaube den Fakten. Und jetzt kommen Sie bitte mit und machen Sie mir keinen Ärger.«

Kurz darauf schloss sich die Tür erneut und David war kurz davor loszuheulen.

Kapitel 35

Die Zeit verging und langsam wurde Catharina noch nervöser, als sie es wegen David ohnehin schon war. Vor ihr lag eine lange Nacht und ihr fehlte einfach alles. Damals in Berlin war es kein Problem gewesen, die Nächte durchzumachen. Entweder man nahm Drogen, die einen durch die Nacht brachten, oder sie suchte sich irgendeinen Kerl, der sie mit nach Hause nahm. Aber diese Zeiten waren Gott sei Dank vorbei. Man konnte sich nicht lange auf diesem Drahtseil halten, ohne irgendwann abzustürzen. Und im Rückblick war es alles andere als geil gewesen.

Inzwischen war es kurz nach achtzehn Uhr und sie hatte weder ein Auto noch einen Schlafplatz für die Nacht. Und als wären das nicht schon genug Probleme, müsste sie eigentlich noch einiges für David organisieren. Sie wusste ja nicht einmal, wie im Moment der Stand der Dinge war.

Nachdem die junge Kellnerin beim dritten Winken endlich reagiert hatte, zahlte Catharina ihre Cola und das kleine überteuerte Baguette. Doch bevor sie den Tisch verließ, zog sie ihr Handy heraus, tippte Weigleins Nummer von dessen Visitenkarte ab und wollte gerade die Verbindung aufbauen, als *David Büro* im Display erschien und das Gerät zu brummen anfing.

Clara klang ein wenig aufgeregt, wirkte aber positiv. Ohne große Umschweife erklärte sie: »Also hör zu. Es ist ein wenig unorthodox, aber ich habe etwas für dich gefunden.«

»Ist das Zimmer in Sassnitz?«, fragte Catharina ungeduldig dazwischen.

»Zuhören!«, mahnte Clara. »Es ist alles in einem. Fahrzeug und Unterkunft.«

»Was?«

»Zimmer und Wohnungen kannst du im Moment vergessen. Die sind erstens völlig überteuert und zweitens ausgebucht. Also hab ich nach Alternativen gesucht und jemanden gefunden, der in Sassnitz wohnt und seinen zum Camper umgebauten VW-Bus privat vermietet. Der Mieter für die nächste Woche ist vor ein paar Stunden abgesprungen, daher ist das Gefährt frei. Du müsstest es aber sofort abholen, ich konnte es nur bis neunzehn Uhr blocken.«

»Was?«, fragte Catharina erneut und merkte selbst, wie blöd sich das anhörte.

Clara fand das offenbar auch, da sie halb ernst, halb scherzhaft sagte: »Du holen großes Auto zum Fahren und Schlafen. Ist gutes Lösung für dich.«

Catharina musste trotz der Umstände lachen, brauchte einen Moment, um sich an den Gedanken zu gewöhnen, und stimmte schließlich zu. Nachdem ihr Clara die Adresse durchgegeben hatte, sagt sie allerdings: »Mit dem Camper haben wir aber nur das halbe Problem gelöst, denn die Campingplätze sind ebenfalls bis auf den letzten Platz belegt.«

»Nicht alle«, erwiderte Catharina. »Auf dem Platz, von dem das Mädchen verschwunden ist, ist kaum etwas los. Ich werde dorthin fahren!«

Eigentlich hatte sie Protest erwartet, aber Clara erwiderte: »Wow, ja, coole Idee. Dann bist du auch nah am Geschehen und kannst vielleicht doch noch etwas über den Mord herausfinden.

Aber weißt du was, lass uns später weiterreden. Hol dir jetzt erst den Wagen und dann sehen wir weiter.«

Die beiden verabschiedeten sich, Catharina suchte die angegebene Adresse bei Google und lief los.

Früher hätte sie den Typen, der den VW-Bus vermietete, wahrscheinlich angeflirtet. Der Mann, eine Mischung aus Hipster und Outlaw, trennte sich offenbar nur schwer von seinem Wagen, doch als sie zu einer kleinen Notlüge griff und sich als Polizistin ausgab, zeigte er sich deutlich bereitwilliger, das Gefährt aus der Hand zu geben. Er erklärte ihr alles, was man darüber wissen musste, und sie versprach, gut darauf aufzupassen. Dann überwies sie ihm per PayPal die Kaution plus Mietkosten und fand sich kurz darauf in ihrem rollenden Schlafzimmer wieder.

Die Abmessungen des Wagens standen in großem Kontrast zu Catharinas Mini, aber nach ein paar Kilometern hatte sie sich daran gewöhnt.

Nach einem kurzen Halt an einem Supermarkt ließ sie sich von ihrem Handy zu dem Campingplatz ein Stück außerhalb von Sassnitz navigieren.

Auf der schmalen Zufahrt überkam sie wieder das Gefühl der Einsamkeit. Bevor sie David bei der unschönen Sache drüben auf Usedom kennengelernt hatte, war das Alleinsein kein Problem gewesen. Sie hatte dort alleine in ihrem geerbten Häuschen gelebt und ihr Singledasein nach den wilden Zeiten in Berlin genossen. Doch inzwischen war die Zweisamkeit wieder zu einer schönen Gewohnheit geworden. Nicht auszudenken, wenn man David länger wegsperren sollte. Sie konnte sich nicht vorstellen, dass an den Vorwürfen etwas dran war, aber ihr Vertrauen in das Rechtssystem war nicht so fest, wie es sein sollte.

Sie stellte den Camper an derselben Stelle ab wie David seinen Wagen einige Stunden zuvor und wieder dauerte es nicht lang, bis die Besitzerin erschien. Sie neigte den Kopf etwas zur Seite und fragte argwöhnisch: »Waren Sie kürzlich nicht mit einem Mann hier? Sie sind doch diese Privatermittlerin und ermitteln wegen des Mordes.«

»Die bin ich«, antwortete Catharina, während sie der Frau entgegenging. Sie streckte ihr die Hand entgegen und sagte: »Ich bin Catharina Adler.«

»Käthe Wissing.«

Catharina deutete auf den VW-Bus und fragte: »Es gab leider ein Problem mit meiner Unterkunft, hätten Sie einen Platz für mich und den Wagen?«

Frau Wissing machte lächelnd eine ausladende Geste zu der leeren Rasenfläche. »Mehr als genug. Ich verlange zwanzig die Nacht. Außer Sie benötigen Strom, dann kommen noch einmal zwei Euro obendrauf.«

Catharina erwiderte das Lächeln. »Ich habe zwar keine Ahnung, aber der Besitzer des Campers sagte etwas von einem Stromanschluss.«

»Kein Problem, dann müssten Sie allerdings in der Nähe meines Hauses stehen. Dort sind einige Steckdosen. Suchen Sie sich einfach ein schönes Plätzchen und wir reden nachher noch einmal.«

Zwanzig Minuten später stand der VW-Bus zwischen einer großen Eiche und dem Wohnhaus. Catharina suchte und fand das Stromkabel, schloss es an und freute sich, dass der kleine Kühlschrank ein leises Brummen von sich gab. Dann holte sie noch die beiden Klappstühle heraus, setzte sich neben den Wagen und rauchte erst einmal eine Zigarette.

Von den drei winzigen Zelten war nur noch eines übrig geblieben und das Gefühl der Einsamkeit verstärkte sich wieder. Dieses Mal allerdings weniger wegen David, sondern weil hier einfach niemand war. In Deutschland war eigentlich immer irgendwer in der Nähe und jetzt und hier sah sie keine Menschenseele und hörte nur den Wind und einige Vögel. Noch wusste sie nicht, ob sie sich auf die Nacht freuen oder Angst vor ihr haben sollte.

Nach einer kurzen Textnachricht an Clara rief sie Kriminalmeister Weiglein an, der ihr aber nur das Nötigste erzählte und sie auf morgen vertröstete. Wenn sie ihn richtig verstanden hatte, erhärteten sich die Vorwürfe gegen David und er musste in Untersuchungshaft bleiben. Auch weil es offenbar irgendwelche Aufnahmen einer Wildkamera gab, die David schwer belasteten. Diese neue Erkenntnis schockte Catharina aber nur kurz, denn nichts war leichter manipulierbar als Fotos oder Videos.

Dreh- und Angelpunkt dieses ganzen Schlamassels waren diese Dreschers. Also suchte Catharina deren Adresse auf der digitalen Landkarte und stellte fest, dass es von hier aus gar nicht so weit bis zu dem Anwesen war. Mit dem Auto musste man einen ziemlichen Umweg fahren, aber die Luftlinie betrug gerade einmal dreieinhalb Kilometer.

»Na, alles gut?« Catharina zuckte zusammen und hob den Blick. Frau Wissing hielt respektvollen Abstand, hielt zwei Bierflaschen in der Hand und fragte, wobei sie die Flaschen etwas anhob: »Lust auf einen Schluck?«

Catharina bot ihr den zweiten Klappstuhl an und nahm eine Flasche entgegen. Nachdem beide schweigend den Bügelverschluss geöffnet und einen Schluck getrunken hatten, fragte sie die Campingplatzbesitzerin: »Betreiben Sie den Platz alleine?«

Frau Wissings Gesichtsausdruck verdunkelte sich für einen Augenblick, dann erklärte sie ohne Schmerz in der Stimme: »Ja. Mein Mann Jacob starb vor eineinhalb Jahren bei einem

Arbeitsunfall. Seitdem bin ich alleine hier, was man unschwer an dem Renovierungsbedarf erkennen kann. Bis jetzt konnte ich mich durch die Jugendgruppen über Wasser halten, aber die sind zumindest für den Rest dieser Saison wohl auch keine Lösung mehr.«

»Und warum kommen keine anderen Touristen her? Ich meine, die anderen Plätze sind komplett belegt und hier ist kein Mensch.«

Es folgte eine weitere Geste über den Platz. »Kein Strand, kein Pool, keine Animation, keine Kinderbetreuung, kaum Stromanschlüsse und schon gar keine Wasseranschlüsse. Ich habe weder einen Brötchenservice noch einen Supermarkt. Die Leute wollen heute beim Campen mehr Luxus, als sie in einem Hotel erwarten würden. Ich habe hier nur Natur zu bieten und damit können nicht einmal mehr Kinder etwas anfangen.«

Catharina verzog verwundert das Gesicht. »Diese anderen Dinge gibt es heutzutage auf einem Campingplatz?«

»Ja, nur nicht auf diesem«, stellte die Frau lachend fest. Dann stießen sie die Flaschen aneinander, tranken und blickten danach eine Weile schweigend über das weite Feld. Auf der anderen Seite traten gerade einige Rehe aus dem Wald, sahen sich scheu um und begannen zu fressen.

Kapitel 36

Die beiden Frauen beließen es bei dem einen Bier und etwas Small Talk, dann verabschiedete sich die Campingplatzbesitzerin.

Von dem Tag war nur noch etwas Restlicht übrig und immer mehr Sterne tauchten am Himmel auf. Catharina war müde und aufgekratzt zugleich. Sie lehnte sich in ihrem Klappstuhl zurück und dachte über ihre Optionen nach. Wie zur Hölle sollte sie Davids Unschuld beweisen? Wie entkräftete man die Aussage einer Achtzehnjährigen, die im goldenen Käfig saß und das alles offenbar als Spiel betrachtete? Und das alles, während da draußen ein Mörder herumlief, der es auf junge Mädchen abgesehen hatte.

Wieder schob sie die Gedanken an die Morde von sich weg und versuchte, sich auf Davids Probleme zu konzentrieren, als ihr Handyton die Stille durchbrach. Catharina wünschte sich ein weiteres Bier, nahm das Handy trotzdem in die Hand und hob ab.

»Catharina, es sieht übel aus.« Clara klang so, wie sie sich selbst fühlte, was völlig untypisch für die junge Frau war.

Catharina erwiderte müde: »Was kann noch schlimmer sein?«

»Alles«, antwortete Clara. »Ich habe einen Anwalt organisiert und konnte kurz mit David telefonieren. Sitzt du?«

»Ja!« Catharina zog sich der Magen zusammen.

»Okay. Da ich natürlich weiterhin davon ausgehe, dass David nichts Unanständiges getan hat, frage ich mich langsam, wer oder was diese Alicia ist.«

»Sag es einfach«, forderte Catharina. »Du redest um den heißen Brei herum.«

»Na gut. Also erstens gibt es Fotos von einer Wildkamera, die David und die nackte Alicia in zweifelhaften Szenen zeigen. David hat mir haarklein erzählt, was an diesem Weiher passiert ist, und das lässt nur einen Schluss zu: dass Alicia von der Kamera wusste und alles passend inszeniert hat.«

Catharina schloss die Augen. »Mir hat er auch von dem Vorfall erzählt. Und wenn da wirklich eine Kamera war, kann ich mir vorstellen, wie das auf Bildern aussehen kann. Noch was?«

»Oh ja. Denn diese Fotos sind nicht das Schlimmste. Alicia Drescher hat sich untersuchen lassen und weist tatsächlich Spuren einer möglichen Vergewaltigung auf. Wir kennen noch keine Details, aber man fand auch mögliche DNA-Spuren.«

In Catharinas Kopf blitzte ein Gedanke auf. »Was, wenn …« Weiter kam sie nicht, denn Clara vervollständigte den Satz: »… ihm genauso übel mitgespielt wird wie Moritz Unruh?«

»Es würde bedeuten, dass Alicia Drescher etwas mit den Morden an den beiden Mädchen zu tun haben könnte«, dachte Catharina laut, aber wieder redete Clara dazwischen: »Nicht unbedingt. Sie könnte sich diese Masche ja auch einfach abgeschaut haben. Immerhin ist inzwischen bekannt, warum man Unruh fälschlicherweise beschuldigt hat.«

»Aber was will sie eigentlich?« Catharina konnte ihre Verzweiflung nicht unterdrücken.

»Keine Ahnung, Catharina. Ich habe wirklich keine Ahnung. Aber wir dürfen jetzt nicht den Kopf in den Sand stecken. David braucht uns und wir werden die Sache aufklären. Und Catharina ...«

»Ja?«

»Lass niemals einen Zweifel zu. Unser David tut so etwas nicht!«

Wieder brachte Catharina nur ein »Ja« heraus und beschloss: »Wir sprechen uns morgen wieder. Ich werde morgen früh wahrscheinlich erst zu den Dreschers fahren und mich danach noch einmal mit diesem Kommissar unterhalten. Danach rufe ich dich an und habe dann hoffentlich gute Neuigkeiten.« Sie legte auf und begann, hemmungslos zu weinen.

Im Laufe der nächsten halben Stunde wurde aus Catharinas Verzweiflung langsam Wut. Sie kannte diese Dreschers nur aus Davids Erzählungen, hatte dadurch aber ein ziemlich klares Bild von ihnen. Für die Mitglieder dieser Familie waren alle anderen unten, da sie selbst stets ganz oben standen. Und damit das auch so blieb, kannten sie keine Skrupel.

Der Plan spukte ihr schon seit ein paar Minuten durch den Kopf. Dreimal verwarf sie ihn wieder, dann holte sie erneut ihr Handy heraus, öffnete die digitale Landkarte und fand einen Forstweg, der fast direkt zu dem Anwesen führte. Wie sie bei einem kurzen Rundgang gesehen hatte, lagen in einem kleinen, nach vorne offenen Schuppen neben diversen Spiel- und Sportgeräten auch Leihfahrräder für die Jugendgruppen, die hier Urlaub machten.

Es war inzwischen dunkel, aber das schreckte sie nicht. Zum Zubehör des Campers gehörten auch eine starke Taschenlampe und ein Regenponcho, der sie vor der nächtlichen Kälte schützen würde. Sie holte beides heraus, packte nur das Handy, ihr

Taschenmesser und die Taschenlampe in ihre Bauchtasche, verschloss den Wagen und ging los.

In dem Schuppen gab es kaum Licht, trotzdem fand sie ein halbwegs passendes Fahrrad. Sie schob es bis zur Rückseite des Campingplatzes, wo ein hölzerner Wegweiser im Mondlicht drei Wanderwege anzeigte. Nach einem kurzen Blick auf die digitale Landkarte wählte sie den rechten Weg und fuhr los. Dieser führte sie erst entlang eines Feldes, auf dem der Mais mannshoch stand, und dann in den Wald hinein.

Die Luft wurde empfindlich kalt und feucht, aber der Poncho hielt das meiste davon ab. Außerdem wurde ihr durch die Anstrengung schnell warm und ihre ganze Aufmerksamkeit galt sowieso den Wurzeln und Mulden.

Was als schmaler Pfad begonnen hatte, endete schnell an dem Forstweg, den sie auf der Karte gesehen hatte. Hier bog sie nach links ab und konnte nun auch etwas schneller fahren.

Das Gewitter, in das sie vor ein paar Stunden mit David geraten war, hatte auch hier seine Spuren hinterlassen. Einmal wäre ihr fast ein abgebrochener Ast zum Verhängnis geworden, danach war sie vorsichtiger, kam aber trotzdem gut voran.

Nach etwa einer Viertelstunde hatte sie das Gefühl, dass sie weit genug gefahren war. Sie hielt an, kontrollierte ihren Standort auf dem Handy und stellte dabei fest, dass sie sich tatsächlich unweit des Anwesens der Dreschers befand. Alles, was sie noch davon trennte, war ein Stück dunkler Wald ohne erkennbare Wege.

Catharina stieg ab und sah sich um. Ein paar Meter weiter befand sich ein Stapel abgesägter Baumstämme. Sie schob das Rad dorthin und stellte es an der Rückseite ab. Eigentlich dürfte um diese Zeit niemand im Wald sein, aber man wusste ja nie. Bei dem Gedanken hielt sie kurz inne, da ihr ein weiterer kam: Bei all ihrer Sorge um David und dem Zorn auf diese Alicia hatte sie völlig vergessen, dass hier vielleicht gerade der Mörder der Mädchen nach einem weiteren Opfer suchte.

Catharina atmete den Schauer, der ihr über den Rücken lief, weg, sah sich aber trotzdem um und hatte plötzlich den Eindruck, dass die nächtlichen Schatten zum Leben erwachten. Tatsächlich war es aber nur der Wind, der einige Zweige bewegte.

»Närrin«, flüsterte sie leise zu sich selbst.

Um zu dem Anwesen der Dreschers zu gelangen, musste sie genau im rechten Winkel in den Wald hineinlaufen, doch dieses Unterfangen war schwieriger als gedacht. Denn dort, wo die Baumkronen besonders dicht waren, gab es kaum Licht und sie stolperte mehr als einmal über eine niedrige Pflanze oder herumliegende Äste.

Es war inzwischen kurz vor zweiundzwanzig Uhr und somit fraglich, ob dieser Ausflug überhaupt noch irgendwelche Erkenntnisse bringen würde. Eigentlich wusste sie auch gar nicht so recht, was sie sich erwartete, aber vielleicht wollte sie diese Menschen beziehungsweise ihr Haus einfach nur einmal sehen.

Nachdem sie zum dritten oder vierten Mal gestolpert war, fiel das Gelände leicht ab und zwischen den Bäumen kamen die Lichter eines Gebäudes zum Vorschein.

Catharinas Puls beschleunigte sich auf den letzten Metern, dann ging sie zwischen den Bäumen auf die Knie und sah sich um.

Soweit sie es von hier erkennen konnte, befand sie sich an der hinteren Stirnseite des Gebäudes. Linker Hand sah sie den Stall, den David beschrieben hatte, und bei den flachen Bauten rechts von ihr dürfte es sich um Garagen handeln. Zwischen ihr und dem Haupthaus gab es einen etwa zwanzig Meter breiten Streifen Rasen ohne nennenswerten Bewuchs.

Im ersten und zweiten Stockwerk brannten in je einem Zimmer die Lampen. Im Erdgeschoss schimmerte nur durch ein Fenster etwas indirektes Licht. Die beiden Fenster im ersten Stock waren mit blickdichten Vorhängen versehen, die das Innere verbargen. Oben gab es das zwar nicht, aber aufgrund ihres Blickwinkels sah sie nur die Deckenlampe. Ihre aktuelle Position brachte sie also nicht weiter!

Erst überlegte Catharina, ob sie zur Hauswand laufen sollte, doch dann fiel ihr Blick auf kleine Bewegungsmelder, die sie vermutlich sofort verraten würden. Also blieb sie im Schutz der Bäume und ging ein Stück um das Grundstück herum.

Sie entschied sich für die Richtung, in der sich der Stall befand, ging langsam und zuckte jedes Mal zusammen, wenn sie auf einen dünnen Ast trat, der unter ihren Schuhen brach.

Aus dem Stall drangen leise Geräusche. Ein kurzes Wiehern und das Scharren von Hufen. Catharina war als Jugendliche oft geritten und für einen Moment dachte sie an diese schöne Zeit zurück – an das Gefühl von Freiheit, das sie damals im Sattel empfunden hatte. Dann konzentrierte sie sich wieder, ging hinten an dem Stall vorbei und erkundete erneut die Lage. Auf den ersten Blick stand das große Herrenhaus direkt in der Natur, auf den zweiten wirkte es wie eine Festung, an die man nicht unbemerkt herankam. Jeder der gepflegten Büsche und Sträucher war einfach zu weit weg, um als Deckung zu dienen. Und auch hinter den Fenstern war kaum etwas zu erkennen.

Ein wenig frustriert schlich sie ein Stück zurück, verharrte aber hinter dem Stall und dachte nach. Zwischen den Bäumen und dem Holzbau gab es nur wenige Meter Freifläche und hier deutete nichts auf irgendwelche Sicherheitseinrichtungen hin. Außerdem gab es auf der Rückseite des Stallgebäudes ein völlig verstaubtes Fenster, das ein wenig offen stand.

Catharina tat es, um nicht das Gefühl zu haben, dass der Ausflug sinnlos gewesen war. Geduckt lief sie bis an die

Rückwand des Stalles, drückte das Fenster ein Stück auf und sah hinein. Das wenige Licht ließ sie die Bewegungen der Pferde nur erahnen. Dann erinnerte sie sich daran, was ihr David erzählt hatte. Die Pferde gehörten dieser Alicia, folglich dürfte der Stall ganz allein ihr Reich sein. *Das ist Grund genug, sich diesen genauer anzusehen,* dachte Catharina, öffnete das Fenster ganz und stemmte sich durch den Rahmen.

Nachdem sie ihr Gesicht und ihre Haare halbwegs von den alten Spinnweben befreit hatte, begann sie, sich langsam zwischen den Trennwänden und Gerätschaften hindurchzutasten. Im vorderen Bereich standen die Pferde, hier hinten lagen nur Strohballen neben einer Schubkarre und einigen Rechen. Auf den ersten Blick wirkte alles normal, doch bei dem nächsten ihrer vorsichtigen Schritte klang der Boden unter ihrem Schuh plötzlich anders und gab leicht nach.

Kapitel 37

Catharina tippte noch zweimal mit der Schuhspitze auf. Da war etwas! Entweder lag einfach nur ein Brett am Boden, der Holzboden war kaputt oder es gab eine Luke. Bevor sie die Sache untersuchte, ging sie noch einmal nach vorne und sah durch das trübe Fenster des Stalltors. Draußen war alles ruhig und dunkel. Auch im Herrenhaus hatte sich nichts verändert.

Sie holte die Taschenlampe heraus, drehte sich um und ging zurück. Dann legte sie ihre Hand vor das Glas und schaltete die Lampe ein. Sie spreizte zwei Finger leicht auseinander, sodass ein schmaler Lichtstreifen entstand, in dessen Schein sie den Boden untersuchte. Auf den ersten Blick war nichts außer einer Stroh- und Dreckschicht erkennbar. Erst als sie die Fläche mit ihrem Schuh freigeräumt hatte, sah sie einen kleinen, in das Holz eingelassenen Stahlring. Die Sache mit dem Licht war heikel, da man den Schimmer draußen sehen könnte. Daher löschte sie es wieder. Obwohl sie ihren Puls bis in den Hals schlagen spürte, tastete sie im Dunkeln nach dem Ring, pulte ihn aus der Mulde im Holz und zog etwas. Es folgte ein knarrendes Geräusch. Für Catharina klang es in der Stille so laut, dass man es drüben im Haupthaus hören musste.

Sie hielt inne, vergaß zu atmen und wusste nicht, was sie jetzt machen sollte. Ließ sie los, wiederholte sich das Geräusch vermutlich. Und zog sie weiter, könnte es noch schlimmer werden.

Schnell, ging es ihr durch den Kopf und sie riss das Brett nach oben. Tatsächlich ertönte jetzt nur noch ein kurzes und nicht mehr so lautes Knarren, dann kniete sie über einem schwarzen Loch im Boden.

Sie wagte wieder, normal zu atmen, gleichzeitig meldete sich ihr Gedächtnis, in dem sich allerhand üble Filme befanden. In der Angst, dass gleich eine Hand nach ihr greifen würde, wich sie zurück und ließ das Brett los. Dieses klappte lautstark nach hinten auf den Boden, wo nur etwas Heu den Aufschlag dämpfte.

Schweiß trat auf Catharinas Stirn. Nach einigen Sekunden der absoluten Stille beschloss sie, dass das Loch im Boden warten musste, ging wieder nach vorne zum Fenster und kontrollierte die Gegend.

Sekunden wurden zu Minuten, ohne dass sich draußen etwas rührte. Und auch wenn es hier drinnen ziemlich dunkel war, war sie ziemlich sicher, dass bisher nichts aus dem Loch gekrabbelt war.

Irgendwann atmete sie tief durch, hielt die Hand erneut vor die Taschenlampe und ging langsam wieder tiefer in den Stall hinein. Kurz vor dem schemenhaften Loch ließ sie sich auf die Knie sinken und schob sich langsam näher an den Rand. Dann gab sie etwas Licht frei und sah hinunter.

Es gab tausend Möglichkeiten, was sie hätte finden können, doch nichts davon war da. Unter ihr lag ein etwa drei mal drei Meter großer quadratischer Raum, dessen Höhe sie auf vielleicht vier Meter schätzte. Das Loch, also die Öffnung nach oben, war genau in der Mitte und es gab keine Treppe oder Leiter nach unten. *Ein Verlies*, war Catharinas erster Gedanke, und er machte ihre Gänsehaut nicht besser. Dann schimpfte sie sich eine Närrin, denn das da war vermutlich nichts weiter als ein alter Vorratskeller für Viehfutter. Und so wie der Boden über der Luke aussah, war er schon sehr lange nicht mehr geöffnet worden.

Catharina schob sich noch etwas näher an den Rand, legte sich auf den Bauch und leuchtete noch einmal hinunter. So wie es von hier oben aussah, bestand der Boden des Kellers nur aus festgestampftem Lehm. Im Großen und Ganzen war er glatt, doch das schräg einfallende Licht zeigte einen kaum erkennbaren kreisrunden Schatten. Fast so, als wäre jemand fortwährend im Kreis gelaufen und hätte einen kleinen Trampelpfad in den Boden getreten.

Die Wände waren mit breiten Holzbrettern verkleidet. Das Holz wirkte alt, aber sehr robust. Auf der linken Seite war es mit unzähligen Kratzern übersät, die aber nicht so aussahen, als hätte sie jemand bewusst hineingeritzt. Möglicherweise waren sie beim Befüllen des Kellers entstanden. Ansonsten war von hier oben nichts weiter zu erkennen. Im Grunde war es letztlich einfach nur ein Loch im Boden, das sie keinen Schritt weiterbrachte.

Fast ein wenig enttäuscht stand Catharina auf, löschte das Licht und tastete nach dem Brett. Da sie keine andere Wahl hatte, als das Loch wieder zu schließen, musste sie die dabei entstehenden Geräusche in Kauf nehmen. Also klappte sie den Deckel erst hoch, danach auf der anderen Seite wieder herunter und ließ ihn dann mit Schwung in seine Aussparung gleiten. Dieses Mal war das knarrende Geräusch nur kurz und sie selbst etwas ruhiger.

Danach verdeckte sie wieder die Lampe, schaltete sie ein und leuchtete nach dem kleinen Stahlring. Da dieser immer noch nach oben stand, drückte sie ihn zurück in seine Fassung und wollte sich schon abwenden, als sie einige Kratzer auf der

Luke entdeckte. Sie wischte mit der freien Hand noch etwas Staub herunter, und tatsächlich: Es sah so aus, als hätte man ein Möbelstück über das Holz gezogen. Sie ließ den dünnen Lichtstrahl der Richtung folgen, in der die Schrammen verliefen. Diese setzten sich auf dem eigentlichen Stallboden fort und endeten an einer großen alten Truhe, deren Deckel mit einem wuchtigen und relativ neu aussehenden Vorhängeschloss gesichert war. Die Truhe selbst war aus massivem Holz und mit geschnitzten Pferdemotiven verziert.

Catharina war inzwischen etwas unvorsichtig geworden und zuckte heftig zusammen, als über ihr ein lautes Poltern erklang. Ihr Finger reagierte automatisch und drückte auf den Schalter der Taschenlampe. In dieser endgültigen Dunkelheit kam ihr der eigene Atem wahnsinnig laut vor, also hielt sie ihn an. Selbst die Pferde, die bisher fortwährend leise Geräusche gemacht hatten, schienen wie erstarrt.

Dem ersten lauten Poltern folgten jetzt leisere dumpfe Geräusche, die vom Dach zu kommen schienen. Sie begannen auf der Vorderseite, wanderten über sie hinweg bis zur Rückseite und verstummten dort. Catharina sog so leise wie möglich etwas Luft ein und wollte gerade ausatmen, als unwillkürlich ein leiser Schrei ihre Kehle verließ.

Die beiden Augen tauchten unvermittelt in dem von ihr geöffneten Fenster auf. Das Tier verharrte einen Moment lang auf dem Fensterbrett, überlegte es sich dann anders und verschwand in der Dunkelheit.

Außer von der Stirn lief Catharina inzwischen auch etwas Schweiß über den Rücken und sie wurde sich zum ersten Mal bewusst, was sie hier eigentlich tat. Denn auch wenn das hier nur ein Stall war, so war es doch eindeutig Einbruch. Trotz oder eher wegen ihrer Anspannung belustigte sie der Gedanke sogar ein wenig. Es war ihr erster Tag als Ex-Polizistin und schon beging sie eine Straftat. »Herzlichen Glückwunsch, Schätzchen.

Du hast eine super Zukunft vor dir«, murmelte sie leise, und dann musste sie über diesen Wahnsinn sogar kichern.

Diese Reaktion löste den Schrecken etwas und sie konnte sich wieder besser konzentrieren. Also atmete sie durch, dachte nach und beschloss, sich wenigstens noch diese Truhe anzusehen. Schließlich hatte sie noch nichts gefunden, was einen Hinweis auf Alicias Verhalten lieferte.

Das Schloss hielt sowohl ihrer Haarnadel als auch einem starken Ruck stand, hatte aber so viel Spiel, dass sich der Deckel ein klein wenig anheben ließ. Catharina nutzte dies, indem sie die Taschenlampe seitlich an den Spalt presste und versuchte hineinzusehen. Als das nicht viel brachte, weil alle Dinge offenbar weit unten lagen, hob sie die Truhe an der Seite an. Mit ein bisschen Glück würde sich auf einer Seite ein kleiner Berg bilden und so ein Teil des Inhalts in ihr Blickfeld rücken.

Die Truhe war schwer, aber nicht unbezwingbar. Sie hob sie so hoch, dass sie fast auf der Seitenwand stand, und hörte dabei im Inneren einiges klappern. Dann wiederholte sie das Spiel mit der Lampe und sah unter anderem ein ziemlich modernes Handy, etwas, was der Ring einer Handschelle sein könnte, und eine längliche Puppe, in der Nadeln steckten. Da all das zwischen einigen bunten Kinderbildern lag, war nichts davon richtig erkennbar. Auf jeden Fall war es eine eigenartige Mischung.

Catharina wollte es nicht übertreiben. Damit alles wieder halbwegs normal aussah, hob sie die Truhe noch einmal von der anderen Seite an und bedeckte den Boden über dem Brett, unter dem sich dieser Horrorkeller befand, wieder mit Stroh und Dreck. Danach tätschelte sie noch einem der beiden Pferde den Kopf und verließ den Stall durch das Fenster.

Der Rückweg klappte ohne größere Probleme. Vor ihrer neuen Unterkunft auf dem Campingplatz stand eine weitere Flasche

Bier. Offenbar war die Besitzerin noch einmal hier gewesen, hatte sie aber nicht vorgefunden.

Catharina war dankbar für die kleine Einschlafhilfe. Sie setzte sich noch einen Moment in den Klappstuhl, öffnete die Flasche und zündete sich, nachdem sie gut ein Viertel der Flasche in einem Zug geleert hatte, eine Zigarette an.

Für heute war es eindeutig genug! Sie sah eine Weile zu den Sternen, schloss die Augen und dachte an David, der in einer kargen Zelle saß. Dann trank sie das restliche Bier und kletterte in ihre beengte, aber trockene Behausung. Dort zog sie das Nötigste aus, baute die Sitzbank zum Bett um und schlief fast augenblicklich ein.

KAPITEL 38

Trotz oder vielleicht auch wegen der Dusche auf dem Campingplatz fühlte sich Catharina nicht besonders wohl in ihrer Haut. Im Grunde war sie einigermaßen anspruchslos, verstand aber jetzt, warum kaum normale Touristen bei Frau Wissing haltmachten. Für Jugendgruppen waren die Sanitäranlagen vermutlich zweitrangig, für komfortverliebte Erwachsene eher nicht.

Außerdem verstand sie nun jene Leute, die lieber einen Wohnwagen durch die Gegend zogen, denn die konnten einfach in ihr Auto steigen und etwas erledigen. Sie musste erst Ordnung in dem kleinen Bus schaffen und alles befestigen, was herumfliegen könnte, sobald sich das Fahrzeug in Bewegung setzte.

Der nächtliche Ausflug zu den Dreschers steckte ihr noch in den Knochen und hatte mehr Fragen aufgeworfen als beantwortet. Doch gerade deswegen, und auch weil sie keinen anderen Weg für David sah, machte sie sich auf den Weg zu ihnen. Vielleicht konnte sie von Frau zu Frau etwas bei dieser Marlene Drescher erreichen, um die Vorwürfe gegen David aus der Welt zu räumen oder wenigstens etwas zu entschärfen.

Da Catharina das Herrenhaus nur von hinten und bei Nacht gesehen hatte, staunte sie nicht schlecht, als sie nun darauf zufuhr. Allein der Vorplatz zeugte von Geld und einer gewissen Unnahbarkeit der Menschen, die hier lebten. Denn alles wirkte kühl und unpersönlich, als wolle man ein Bollwerk zwischen sich und der Welt schaffen. Die seitlichen Hecken waren etwas zu hoch und der gesamte Eingangsbereich völlig frei von schönen Dingen. Alles war zwar hochwertig, aber auch zweckmäßig und kalt.

Und diese Atmosphäre erfüllte auch bei Catharina ihren Zweck, denn sie zweifelte mit einem Mal daran, ob es eine gute Idee gewesen war, ohne Termin herzukommen. Sie stellte den VW-Bus neben den anderen Autos ab, atmete ein und machte sich beim Ausatmen Mut, indem sie laut »Für David« sagte. Danach stieg sie aus, brachte Haltung in ihren Körper und ging entschlossen zum Haus.

Anstelle eines altertümlichen Klingelknopfs befand sich neben der Tür ein modernes Paneel mit einem Touchscreen, auf dem man sowohl einen Zugangscode eingeben als auch einfach nur klingeln konnte. Sie drückte auf die Schaltfläche und es erschien »Bitte warten« auf dem Display.

Zwei Minuten später öffnete ihr eine jüngere Frau die Tür. Catharina konnte sich nicht entscheiden, was unangenehmer war – der kühle, abschätzige Blick oder die völlig neutrale Tonlage, mit der die Frau fragte: »Wer sind Sie und was wünschen Sie? Frau Drescher hat heute keine Termine und Herr Drescher junior ist abwesend.«

Catharina wollte schon einen Rückzieher machen, doch dann wurde sie sich darüber bewusst, dass sie es hier nur mit einer Angestellten zu tun hatte. Daher machte sie sich innerlich größer und erwiderte: »Das ist gut.«

Die Verwirrung war gelungen. »Was ist gut?«

»Dass Frau Drescher keine Termine hat, denn dann hat sie bestimmt kurz Zeit für mich. Bitte melden Sie ihr, dass Frau Adler, die Partnerin von Herrn Bender, hier ist und sie zu sprechen wünscht.«

»Da kann ich nichts versprechen«, lautete die steife Antwort, doch zu Catharinas Überraschung öffnete die Frau die Tür ein Stück weiter, deutete ins Innere und bat: »Wenn Sie kurz warten möchten.«

Aus welchem Jahrhundert kommt die Frau?, ging es Catharina durch den Kopf. Sie folgte der Einladung und trat ein. Auch im Inneren des Hauses herrschte die unnahbare Atmosphäre. Sie befand sich nun in einer kleinen Halle, von der einige Türen abgingen, und ihr gegenüber führte eine breite Treppe nach oben. Die wenigen Einrichtungsgegenstände wirkten alt und hochwertig, was wiederum zu der Frau passte, die nun zu einer der schweren Holztüren auf der rechten Seite ging. Dort klopfte sie an, wartete kurz ab und öffnete dann die Tür.

Catharina verstand zwar nicht, was gesprochen wurde, bekam aber tatsächlich eine Audienz. Jedenfalls fühlte es sich so an, als sie dem Wink folgte und die kleine Halle durchschritt. Die Empfangsdame oder was immer die jüngere Frau hier war, wies sie mit einer Geste in den angrenzenden Raum.

Catharina kannte Marlene Drescher von einigen Pressefotos, musste aber feststellen, dass diese ihre Präsenz nicht annähernd transportierten. Der dunkle Hosenanzug passte perfekt, die ergrauten Haare folgten ihrer Besitzerin und nicht der Schwerkraft und ihr Blick war absolut wach. Frau Drescher kam um ihren schweren Schreibtisch herum, nahm sich die Zeit, die sie brauchte, um sich ein Bild ihres Gegenübers zu machen, und gab ihr anschließend ihre faltige Hand, begleitet von den Worten: »Sie stehen auch jetzt noch zu Herrn Bender?« Catharina kam nicht zu einer Antwort, denn Frau Drescher fügte sofort hinzu: »Ich mag loyale Menschen, aber wenn Sie hier sind, um mich von seiner Unschuld bezüglich meiner Enkelin zu überzeugen, können Sie gleich wieder gehen. Ich habe Sie nur empfangen, weil ich mir Neuigkeiten zu diesen abscheulichen Morden erhoffe.«

Catharina war berufsbedingt schon so ziemlich allen Arten von Menschen begegnet und wusste, dass sie bei dieser Spezies hier direkt sein musste, um weiterzukommen. Sie dachte kurz nach und erwiderte dann: »Was die Morde betrifft, bin ich leider noch nicht zu weiteren Ermittlungen gekommen. Und mit der besagten Loyalität ist es so eine Sache. Für mich als ehemalige Polizistin gilt aber nach wie vor die Unschuldsvermutung. Ich habe gestern mit Kommissar Weiglein telefoniert, der mir etwas von Aufnahmen einer Wildkamera erzählt hat, auf denen David, ich meine, Herr Bender, mit Ihrer Enkelin zu sehen ist.« Catharina ließ eine Pause folgen und setzte einen traurigen Gesichtsausdruck auf, bevor sie etwas zu leise sagte: »Bitte verstehen Sie mich nicht falsch, aber es wäre für mich persönlich wirklich wichtig, wenn ich diese Aufnahmen sehen könnte. Es ist sicher nicht so, dass ich David zutraue, was ihm vorgeworfen wird, aber wer kann schon in andere Köpfe blicken. Und ich, wir ...«

»Sie sind ein Paar?«

Catharina deutete ein Nicken an.

»Und Sie wollen wissen, woran Sie bei ihm sind.«

»Ja.« Fast hätte Catharina noch eine Träne vergossen, aber das war gar nicht nötig.

Frau Drescher schien tatsächlich auch eine weiche Seite zu haben und erklärte: »Ich höre selbst zum ersten Mal von diesen Aufnahmen. Die kann eigentlich nur meine Enkelin der Polizei vorgelegt haben. Sie ist viel in der Natur unterwegs und versteht sich auch ganz gut mit unserem Förster, der für diese Kameras verantwortlich ist.«

Catharina hob den Blick. »Dann haben Sie gar keine Kopien? Die Polizei wird mir die Bilder sicher nicht zeigen und ich muss wirklich wissen, ob ich David noch trauen kann.«

»Verstehe ich, meine Gute, verstehe ich. Und wir Frauen müssen bei solchen Dingen zusammenhalten. Ich kann Ihnen nichts versprechen, werde aber gleich einmal bei unserem Förster nachfragen.«

Catharina hauchte »Danke schön« und fragte: »Soll ich mich weiter um die Morde kümmern oder ist unser Vertrag mit der Sache gegen David erloschen?«

Frau Drescher zeigte zwar nur den Anflug eines Lächelns, aber tatsächlich eine weitere menschliche Regung. »Ich halte es da wie Sie. Solange dieser Vorwurf meiner Enkelin nur ein Vorwurf ist, ändert sich nichts. Aber sollte sich der Verdacht gegen Herrn Bender erhärten, sind auch Sie als seine Geschäftspartnerin für mich untragbar.«

Da war sie wieder, diese Härte und Verschlossenheit dieser Frau. Aber Catharina war fürs Erste zufrieden. Sie verabschiedete sich und verließ erst das Haus und dann das Anwesen.

KAPITEL 39

Nach einem späten Frühstück in Sassnitz saß Catharina nun in einem typischen Polizeibüro, dessen Einrichtung etwas in die Jahre gekommen war.

Kriminalmeister Weiglein runzelte die Stirn und fragte jetzt bereits zum zweiten Mal: »Haben Sie mir zugehört?«

»Äh, sorry«, entschuldigte sie sich. »Meine Nacht war nicht besonders erholsam.«

Weiglein gab sich verständnisvoll und erklärte ein weiteres Mal: »Da die Ermittlungen gegen Ihren Partner noch nicht abgeschlossen sind, liegt es in meinem Ermessen, ob ich Sie zu ihm lasse. Allerdings sehe ich bezüglich des erhobenen Vorwurfs keine Gefahr einer Beeinflussung oder Absprache.«

»Ich kann zu ihm?« Catharina war jetzt wieder voll bei der Sache.

Er nickte. »Können Sie.« Dann lehnte er sich zurück und erkundigte sich scheinbar beiläufig: »Darf ich fragen, ob Sie selbst schon neue Erkenntnisse haben?«

Catharina durchschaute den Plauderton, dachte darüber nach, wie viel sie dem Polizisten erzählen konnte, und antwortete: »Ja, vielleicht. Unsere Mitarbeiterin in Berlin hat die Internetdiskussionen bezüglich der Mädchenmorde im Blick.

Wir vermuten, dass der Täter ebenfalls an den Chats interessiert ist und vielleicht sogar kommentiert.«

»Warum sollte er dort seinen Senf dazugeben?«, fragte Weiglein ehrlich interessiert dazwischen.

»Weil er so das Interesse und die Aufmerksamkeit der Leute in die von ihm gewünschte Richtung lenken kann. Falls man ihm zu nahe kommt, könnte er falsche Spuren legen und von sich ablenken. Wie Sie wissen dürften, jagt nicht mehr nur die Polizei Verbrecher, sondern auch zig selbst ernannte Möchtegernermittler im Netz.«

»Oh ja«, bestätigte Weiglein. »Trotz unserer öffentlichen Stellungnahme, dass Moritz Unruh eindeutig unschuldig ist, geht die Hetze gegen ihn weiter.«

Catharina nickte. »Genau das meine ich. Und da unsere Mitarbeiterin in Berlin wirklich gut in solchen Dingen ist, hat sie tatsächlich eine Auffälligkeit gefunden. Eine Userin oder ein User mit dem Namen *Morgenstern2002* hat sich erst gegen die Schuld von Unruh geäußert und stellt seit gestern die These ins Netz, dass der Mörder der Mädchen ein Tourist ist, der jedes Jahr zur gleichen Zeit auf die Insel kommt. Er oder sie beschreibt sogar einen Mann, der etwa 1,85 groß, schlank, dunkelblond und ziemlich gut aussehend sein soll. Angeblich wurde so ein Mann von mehreren Leuten gesehen und beschrieben. Er soll mehrfach in der Nähe von Kindern gesehen worden sein.«

»So ein Quatsch«, rief Weiglein dazwischen. »Wir haben sowohl vor einem Jahr als auch in den letzten Tagen Dutzende Leute befragt und nichts deutet auf solche Beobachtungen hin.« Dann stockte er, klickte kurz mit der Maus herum und drehte den Monitor zu Catharina.

Sie sah einige Fotos von David. David war 1,85 groß, schlank, dunkelblond und gut aussehend.

Bevor einer der beiden etwas sagen konnte, drang eine aggressive Frauenstimme durch die geschlossene Bürotür.

Weiglein runzelte erst die Stirn, stand dann auf und durchquerte den Raum. Noch bevor er die Tür erreichte, ging diese auf und eine junge Beamtin bat: »Johannes, kannst du bitte mal rauskommen? Frau Drescher ist mit ihrer Enkelin hier und will ohne Termin zum Staatsanwalt.«

Catharina sah dem Mann an, wie wenig Lust er auf diese Begegnung hatte. Trotzdem trat er auf den Flur und sagte übertrieben freundlich: »Guten Tag, Frau Drescher, was können wir für Sie tun?«

Gleich darauf erschien Marlene Drescher in der Tür, betrat ungefragt den Raum und zog ihre Enkelin hinter sich her. Catharina ging jedenfalls davon aus, dass es sich bei der jungen Frau um Alicia handelte. Die Achtzehnjährige stand halb hinter ihrer Großmutter und funkelte sie wütend an.

Frau Drescher schien ein wenig überrascht, dass Catharina ebenfalls anwesend war, ignorierte sie aber. Sie drehte sich zu Weiglein und sagte schroff: »Ich, wir, müssen den Staatsanwalt sprechen. Und zwar sofort!«

Catharina wusste zwar nicht, warum eine Zivilistin hier im Präsidium so viel Macht hatte, doch Weiglein deutete tatsächlich ein Nicken an, erklärte aber: »Es ist Sonntag und da hat auch ein Staatsanwalt frei. Aber vielleicht erzählen Sie mir, was Sie auf dem Herzen haben«. Er machte eine Geste zu Catharina. »Das ist Frau Adler, die Kollegin von Herrn Bender. Wir reden gerade über die Mädchenmorde.«

Marlene Drescher zögerte kurz, bevor sie erwiderte: »Darum geht es hier jetzt nicht. Aber von mir aus kann Frau Adler hierbleiben, denn es betrifft auch sie.«

Catharina wurde heiß und kalt zugleich. Gab es neue Beweise für Davids angeblichen sexuellen Übergriff? Hatte Frau Drescher die Fotos von dieser Wildkamera bereits sichten können und David hatte es tatsächlich getan?

Weiglein tat, was sie selbst an seiner Stelle getan hätte. Er schüttelte den Kopf und bestimmte: »Ich denke, es ist besser, wenn Frau Adler erst einmal draußen wartet.«

Catharina brannte vor Neugierde, wehrte sich aber nicht. Sie stand auf, verließ den Raum und setzte sich in dem kargen Flur auf einen der Plastikstühle.

Die nächsten zehn Minuten waren die Hölle. Durch die Tür drangen nur unverständliche Laute und so, wie diese Alicia sie angesehen hatte, ahnte Catharina nichts Gutes. Den finalen Schweißausbruch bekam sie allerdings, als sich die Tür wieder öffnete. Frau Drescher drehte sich auf der Schwelle noch einmal um und sagte aggressiv in den Raum: »Und wagen Sie es nicht, noch einmal meine Enkelin ohne meine Zustimmung einer medizinischen Untersuchung zu unterziehen.« Dann wandte sich die alte Frau ab, befahl: »Komm, wir gehen, Alicia«, und ging, ohne Catharina eines Blickes zu würdigen, davon. Ihre Enkelin ließ sich etwas mehr Zeit und murmelte im Vorbeigehen: »Tut mir leid.«

Was zur Hölle tut ihr leid?, fragte sich Catharina und bekam gleich den nächsten Schweißausbruch. Sie erhob sich mit wackligen Beinen und ging zurück in Weigleins Büro. Entgegen ihrer Erwartung saß der hinter seinem Schreibtisch und sah ihr mit einem Lächeln entgegen.

Sie nahm wieder vor dem Schreibtisch Platz, ihren Mut zusammen und fragte: »Also, was ist jetzt wieder? Hat diese Göre David vielleicht auch noch bei der Ermordung des Mädchens gesehen oder sonst noch Anschuldigungen gegen ihn?«

Weiglein sah ihr einen Augenblick zu lange in die Augen. »Ganz im Gegenteil. Sie war hier, um sich zu entschuldigen.«

»Was?«

»Ja, sie war hier, um sich zu entschuldigen. Die alte Frau Drescher hat sich die Aufnahmen der Wildkamera angesehen, und da gab es noch ein paar mehr Fotos als nur die, die das Mädchen hier vorgelegt hat. Sie überführen ihre Enkelin der Lüge und sie hat sie gerade eben gezwungen, die Sache hier bei mir klarzustellen. Es gab dort keine Vergewaltigung und Herr Bender, Ihr Partner, hat sich an diesem Weiher absolut vorbildlich verhalten.« Weiglein atmete tief durch und fügte dann hinzu: »Und da sie Herrn Bender in der Mordnacht auch nicht aus dem Haus gehen sah, ist auch diese Sache vom Tisch. Ich werde gleich mit dem Staatsanwalt sprechen und dann kann Herr Bender sicherlich gehen.«

Catharina brauchte eine Weile, um das eben Gehörte sacken zu lassen. Natürlich war sie mehr als froh über diese Entwicklung, fragte aber: »Und was sollte dieser letzte Auftritt gerade eben? Die Sache mit der medizinischen Untersuchung?«

Der Polizist winkte ab. »So sind die Dreschers. Deren Motto ist, wer als Erster und am lautesten schreit, bekommt recht. Es ging dabei um meine Anmerkung, dass sich Alicia mit dieser falschen Beschuldigung strafbar gemacht hat. Und dass Ihr Partner, also Herr Bender, sie deswegen anzeigen könnte. Da drohte mir jetzt Frau Drescher im Gegenzug wegen dieser Untersuchung ihrer Enkelin. Das ist natürlich Humbug, da Alicia volljährig ist, aber sie versuchen es halt.«

»Was für eine reizende Familie«, stellte Catharina fest, schaffte aber auch endlich ein Lächeln. »Bis wann kann ich mit David rechnen – und denken Sie bitte auch daran, seinen Wagen freizugeben?«

»Na klar.« Weiglein sah auf die Uhr und rechnete laut: »Jetzt ist es halb zehn und wenn ich den Staatsanwalt erreiche, dürfte bis spätestens Mittag alles erledigt sein.«

Sie nickte. »Alles klar. Ich bleibe in der Nähe. Sagen Sie David bitte, er soll mich auf meinem Handy anrufen, wenn ich ihn abholen kann.«

»Mach ich.« Dann stockte er. »Sagen Sie mal: Wir sprachen vorhin über dieses Online-Posting, wo es um die Beschreibung ging, die Herrn Bender ähnelt. Was hat es damit auf sich?«

Catharina zuckte mit den Schultern. »Wissen wir noch nicht. Aber es ist schon sehr auffällig, dass sich jemand erst gegen den Strom für Unruh einsetzt und dann einen möglichen Alternativtäter ins Spiel bringt, der David ähnelt. Aber warten wir erst einmal ab, was Clara – das ist unsere Mitarbeiterin in Berlin – noch herausfindet. Vielleicht kann sie denjenigen, der sich *Morgenstern2002* nennt, ein bisschen reizen. Denn wir haben da so einen Verdacht, den ich jetzt noch nicht äußern möchte.«

Weiglein dachte kurz nach und beschloss: »Alles klar, sagen Sie mir bitte Bescheid, falls sich daraus etwas ergibt.«

Catharina versprach es, verabschiedete sich und verließ das Büro.

KAPITEL 40

David lief seit etwa einer Stunde in der kleinen Zelle auf und ab. Zuvor hatte er mit dem Anwalt telefoniert, den Clara organisiert hatte, und dann hatte man ihm ein Treffen mit Catharina versprochen. Doch die Zeit verging und nichts passierte.

Im Moment war er noch im Präsidium untergebracht, aber das würde vermutlich nicht mehr lange so bleiben. Wenn Clara und Catharina die Sache mit Alicia nicht bald aufklären konnten, würde man ihn sicher in die nächstgelegene Haftanstalt überführen. Und sollte man dort spitzkriegen, dass er ein Ex-Bulle war, könnte es übel werden. Irgendwie hatte er sich den Auftrag auf dieser schönen Insel anders vorgestellt.

Nach einigen weiteren Schritten auf und ab setzte er sich auf die Pritsche und starrte die Wandschmierereien an. Eigentlich wäre jetzt genügend Zeit, um über alles nachzudenken, aber kein Gedanke wollte länger als einen flüchtigen Moment bleiben.

Von irgendwoher drang gedämpft ein metallisch klingendes Krachen durch die Stahltür. Danach folgten dumpfe Schritte, die vor seiner Tür endeten. Ein Schlüssel wurde ins Schloss gesteckt, gedreht und kurz darauf stand Kriminalmeister

Weiglein im Türrahmen. Entgegen Davids Erwartung wedelte er aber nicht mit Handschellen, die Pflicht waren, wenn man einen Gefangenen zu einem Besucher brachte. Was im Grunde nur bedeuten konnte, dass es kein Treffen mit Catharina geben würde.

David sah ihn an und fragte mit unterdrückter Enttäuschung in der Stimme: »Was ist passiert?«

»Viel«, lautete die wenig aussagekräftige Antwort. Doch dann machte der Polizist eine Handbewegung in Richtung Flur und erklärte dabei: »Wenn es Ihnen bei uns nicht mehr gefällt, können Sie jetzt gehen.«

»Was?« David brauchte einen Moment, um die Information zu verarbeiten, und fragte dann erst: »Konnte meine Partnerin Beweise finden, die mich entlasten?«

»Nein.« Der Typ machte es wirklich spannend. »Alicia Drescher hat zugegeben, dass sie Mist gebaut hat und es nie einen sexuellen Übergriff gegeben hat.« Weiglein wiegte den Kopf etwas hin und her, bevor er hinzufügte: »Na ja, wenn sie mich fragen, kam der Antrieb, dieses Geständnis zu machen, nicht wirklich von ihr, aber Großmütter sind manchmal mächtiger, als man denkt.«

David freute sich natürlich über diese Wendung, trotzdem ging ihm dieses Herumgeeiere auf die Nerven, daher bat er einigermaßen höflich: »Können Sie mir bitte von vorne bis hinten erzählen, was passiert ist? Mir ist nach fast vierundzwanzig Stunden Ihrer Gastfreundschaft nicht danach, ein Puzzle zu lösen.«

Weiglein deutete ein verständnisvolles Nicken an. »Ja, sicher. Wenn Sie mich noch kurz in mein Büro begleiten, erzähle ich Ihnen alles. Außerdem ist es Ihre Entscheidung, ob Sie dieses Drescher-Mädchen wegen Falschaussage anzeigen möchten.«

Kurz darauf hatte David seine persönlichen Sachen wieder und saß auf demselben Stuhl, auf dem zwei Stunden vorher Catharina gesessen hatte. Sein Blick fiel auf ein gerahmtes Foto, das Weiglein mit einer Frau und zwei Kindern zeigte. Um die Stimmung ein wenig aufzulockern, sagte er: »Ich kenne das noch. Diese Sonntagsdienste mochte ich nie.«

Weiglein folgte seinem Blick, winkte ab, zwinkerte und erwiderte keineswegs schlecht gelaunt: »Allemal besser, als sich an einen überfüllten Strand zu legen, wo überall kleine Kinder brüllen. Und durch die Überstunden können wir so etwas unter der Woche machen, wo es deutlich entspannter zugeht.«

David kam ein Gedanke. »An welchem Wochentag wurde vor einem Jahr Elisabeth Schwab die Steilküste hinuntergeworfen?«

Der Kriminalbeamte dachte kurz nach. »Das war in einer Nacht von Dienstag auf Mittwoch.«

»Und der Fundort? War das eher ein Küstenabschnitt, der von Touristen frequentiert wird, oder gehen da Einheimische hin, die ihre Ruhe haben wollen? Ich war zwar schon einmal dort, habe aber vom Strand nicht viel gesehen.«

»Weder noch. Nach einem Erdrutsch sind 2011 ganze Strandabschnitte gesperrt worden. Außerdem ist der Strand dort nur wenige Meter breit. Bei etwas mehr Wellengang hätte sich das Meer das Mädchen geholt. Dass wir sie überhaupt gefunden haben, verdanken wir einem Hobbyangler, der mit dem Boot vorbeigefahren ist.«

Die Stunden in Haft waren vielleicht doch nicht ganz sinnlos gewesen. Auch wenn sich David in der Zelle auf nichts hatte konzentrieren können, die Zwangspause hatte doch etwas Distanz zu dem Erlebten der letzten Tage geschaffen. »Und die Stelle, an der wir das Mädchen im Wald gefunden haben ...«, fragte er weiter, »... würden Sie sagen, dass die jemand kennt, der nicht aus der Umgebung kommt? Ich meine, es führt zwar dieser Forstweg hin, aber sonst ist da doch nichts Markantes, oder?«

Weiglein zog eine Wanderkarte des Nationalparks heraus, breitete diese aus und markierte die Lichtung mit einer kleinen Muschel, die neben dem Foto seiner Familie lag. David stand auf und sah sich die Karte an. Rund um die Auffindestelle war kein einziger Wanderweg oder irgendeine Sehenswürdigkeit eingezeichnet. Weiglein sprach aus, was David dachte: »Jemanden von außerhalb können wir fast ausschließen. Dazu sind die beiden Plätze zu weit vom Schuss.« Er setzte sich wieder in seinen Bürostuhl und fügte hinzu: »Das ist zwar keine unwichtige Erkenntnis, aber ich sehe nicht, wie uns das weiterbringen soll. Immerhin bleiben trotzdem Tausende Tatverdächtige übrig.«

David hatte zwar einen weiteren Gedanken, aber den behielt er für sich. Er war selbst gerade zu Unrecht beschuldigt worden und es war zu früh, um jetzt den Namen von Alicias Vater laut auszusprechen. Schon gar nicht ohne jeden Beweis. Es waren mehr eine Ahnung und einige Umstände, die möglicherweise dafür sprachen. Erstens war der Mann vor einem Jahr genau dort gewesen, wo man Elisabeth Schwab gefunden hatte, zweitens hatte er Moritz Unruh zu Unrecht beschuldigt und darauf auch beharrt. Drittens hatte Alicia erzählt, dass sie früher oft mit ihm ausgeritten war. Und ein Pferd wäre das ideale Transportmittel, um die Mädchen erst zu ködern und dann an die entsprechenden Stellen zu bringen.

»Geht es Ihnen gut?«

David schob die Gedanken beiseite. »Was?«

»Ob es Ihnen gut geht? Sie wirken, als hätten Sie einen Geist gesehen.«

David winkte ab. »Ja … ja … alles gut. Ich habe nur gerade darüber nachgedacht, was ich wegen Alicia mache. Immerhin hat sie mir ganz schön Ärger eingehandelt und es hätte durchaus schlimmer enden können.«

Weiglein machte eine ausladende Geste. »Da kann ich Ihnen nicht helfen. Es ist Ihre Entscheidung, ob Sie Alicia Drescher anzeigen möchten.«

David schüttelte den Kopf. »Werde ich nicht. Aber irgendwer sollte dieser jungen Frau die Konsequenzen ihres Verhaltens vor Augen führen. Und ich habe wenig Vertrauen, dass es die Familie Drescher selbst tut. Die schweben in einer Höhe, wo man sich für nichts verantworten muss. Ich gehe sogar so weit, dass die Alte … Entschuldigung, Marlene Drescher diese Sache nur aufgeklärt hat, um jeden Makel von der Familie fernzuhalten. Es ist ja nach wie vor ein Stigma, wenn eine Frau vergewaltigt wurde. Und bei einem Prozess hätte das sicher die Runde gemacht.«

Sein Gegenüber atmete laut aus, erwiderte aber nur: »Harte These. Aber ich finde auch, dass man sich Alicia Drescher noch einmal zur Brust nehmen sollte. Morgen ist der Staatsanwalt wieder im Haus, vielleicht macht der das.« Weiglein sah zur Tür und fügte etwas leiser hinzu: »Allerdings sitzt der Mann zweimal im Jahr mit den Dreschers zu Tisch und wird sich daher auch nicht weit aus dem Fenster lehnen.«

»Was sind diese Leute hier?«, fragte David deutlich lauter und mit etwas Wut in der Stimme. »Irgendwelche Gottheiten?«

Weiglein zog eine Augenbraue nach oben. »Gottheiten nicht. Aber sie sitzen wie eine Spinne in der Mitte eines Netzes, das sie über Jahrzehnte aufgebaut haben. Jeder, der in der Gegend Geld oder Macht hat, hat auch einen Grund, den Dreschers wohlgesinnt zu sein. Wenn Sie wissen, was ich meine.«

»Weiß ich«, brummte David.

»Und wie geht es jetzt mit Ihnen weiter?«, wechselte der Polizist das Thema.

David zuckte mit den Schultern. »Keine Ahnung. Offiziell ist mein Auftrag noch nicht beendet und, ehrlich gesagt, meine Neugierde auch noch nicht gestillt. Aber wenn mir die Dreschers den Auftrag entziehen, weiter nach dem Mädchenmörder zu suchen, werden wir die Sache wohl beenden. Ich ... wir können es uns nicht leisten, unentgeltlich zu arbeiten.«

»Sehen Sie, genau das meinte ich. Denn schon ist ein weiterer Faden im Netz der Dreschers dazugekommen. Auch Sie gehören, zumindest im Moment, zu deren Netzwerk.«

David überging die Aussage und grübelte nach. Er fühlte sich inzwischen selbst nicht mehr wohl damit, dass die Dreschers ihn bezahlten, hatte den Gedanken bisher aber erfolgreich verdrängt. Und die direkten Worte bezüglich seiner Abhängigkeit von ihnen taten nicht gut. Er nahm sich vor, die Sache mit Catharina und Clara zu besprechen, was ihn gleich zu einem anderen Thema brachte: »Haben Sie eine Ahnung, wo meine Partnerin untergekommen ist? Das Drescher-Apartment haben Sie ja versiegelt.«

Weiglein nickte. »Sie war vorhin hier und ich soll Ihnen ausrichten, dass sie in der Nähe bleibt, bis Sie entlassen werden.«

»Gut«, erwiderte David, stand auf und erkundigte sich noch, wo man seinen Wagen hingebracht hatte. Weiglein gab ihm die Hand, erklärte, dass dieser unten auf dem Parkplatz stand, und bat: »Sagen Sie bitte Bescheid, wenn Sie länger in der Gegend bleiben. Nicht, dass wir uns bei unseren Ermittlungen gegenseitig in die Quere kommen.« Dann ließ er eine kurze Pause folgen und fügte hinzu: »Und ich hoffe, Sie verstehen, dass ich den Vorwürfen der jungen Frau nachgehen musste. Anfänglich sprach ja auch einiges gegen Sie.«

»Ich hätte früher nicht anders gehandelt«, bestätigte David und verließ erst das Büro und dann das Präsidium.

Kapitel 41

Nachdem David eine Viertelstunde bei seinem SUV gewartet hatte, staunte er nicht schlecht, als ein zum Camper umgebauter VW-Bus auf den Parkplatz bog mit Catharina hinter dem Steuer.

Sie stoppte den Wagen hinter seinem, sprang heraus und fiel ihm in die Arme. Nach zwei Küssen trat sie einen Schritt zurück, sah ihn von oben bis unten an und sagte: »Es kommt mir vor, als hättest du ewig im Gefängnis gesessen.« Dann zupfte sie seine halblangen Haare zurecht, machte eine Geste zu dem Bus und verkündete: »Na, was sagst du zu meiner rollenden Ferienwohnung? Hat mir Clara gestern sensationell schnell organisiert.«

»Ja, das kann sie«, freute sich David. »Und wie war die Nacht darin?«

Catharinas Gesicht verfinsterte sich, doch dann sagte sie mit einem Lachen: »Ich hatte eine Scheißangst. Die guten Campingplätze sind alle ausgebucht, also war ich draußen auf dem, wo das Mädchen verschwunden ist. Und da dort immer noch keiner ist, war es dunkel, still und gruselig.«

David lachte. »Und, hast du Geister gesehen?« Er hob die Arme und ging auf sie zu, wobei er etwas zu albern raunte: »Haben sie sich auf dich gestürzt und von deiner Seele genascht?«

»Blödmann!« Sie boxte ihn gegen die Schulter, wurde wieder ernster und erzählte: »Nein, aber ich war letzte Nacht im Stall der Dreschers und da ist es nicht weniger eigenartig.«

David schimpfte kurz mit ihr, wollte aber trotzdem wissen, was sie gefunden hatte. Also zündeten sie sich beide eine Zigarette an und Catharina erzählte die Kurzversion ihres Ausflugs. David dachte kurz nach und sagte dann: »Irgendetwas stimmt da ganz und gar nicht. Mir kam vorhin der Gedanke, dass Alicias Vater bei dem ersten Mord in der Gegend war. Bisher wird er nur als Zeuge behandelt, aber wer weiß. Vielleicht ist das in dieser verschlossenen Kiste ja sein Zeug.«

»Auch möglich«, erwiderte Catharina. »Lass uns später darüber reden. Wie geht es denn jetzt mit uns weiter?«

»Selbst wenn uns die Dreschers weiterbeschäftigen, würde es sich falsch anfühlen, wieder in dieses Apartment zu ziehen. Ich habe schon kein gutes Gefühl dabei, ihr Geld zu nehmen.«

Catharina wirkte zwar nicht glücklich, nickte aber. »Ja, verstehe. Ist zwar schade, weil das Bett dort echt toll war, aber in diesem Bus liegst du eh viel dichter an mir.« Sie ließ ein Zwinkern folgen und fragte: »Also, wie machen wir weiter? Unser Zeug ist ja auch noch dort.«

David wusste, dass er um das Telefonat nicht herumkommen würde. Also zog er sein Handy heraus und verkündete dabei: »Ich rufe jetzt Frau Drescher an. Dann haben wir Gewissheit und können planen.«

Die alte Frau kam wie immer sofort auf den Punkt und rang sich sogar eine Entschuldigung wegen Alicias Verhaltens ab.

Nach wenigen Minuten beendete David das Gespräch und erzählte: »Punkt eins: Wir sollen uns weiter um den Mörder kümmern, da der Tourismus zunehmend darunter leidet und die Dreschers an zahlreichen Hotels beteiligt sind. Punkt zwei: Wir hätten wieder dort einziehen können. Da wir das aber nicht wollen, schickt sie die Pflegerin ihres Mannes zu dem Apartment. Dann können wir unser Zeug holen und den Schlüssel abgeben.«

»Und Punkt drei? Ich habe mitgehört und da kam doch noch etwas.«

»Stimmt«, bestätigte David. »Und das ist interessant. Denn aufgrund der Vorfälle wünscht Frau Dreschers Sohn, dass ich das Anwesen nicht mehr betrete. Er sagt, dass er mich nicht mehr in Alicias Nähe sehen will.«

»So, so«, reagierte Catharina wissend und begann zu grinsen. »Dann ist es ja gut, dass du mich hast.«

»Genau, von dir war nicht die Rede«, erwiderte David mit einem Zwinkern.

»Aber weißt du, was ich mich frage?«

»Nein, was?«, antwortete David kopfschüttelnd.

»Warum sie uns weiter engagieren, wenn der Vater der Kinder solche Vorbehalte hat?«

Er dachte kurz darüber nach und spekulierte: »Na, vielleicht denken sie, dass wir ihnen aufgrund der Ereignisse nicht mehr zu nahe kommen werden. Auf mich wirkt dieses Kontaktverbot wie ein Vorwand. Denn so können wir nicht mehr bei ihnen herumschnüffeln. Wenn sie jetzt jemand anderen beauftragen, sieht der ganz anders auf die Dinge und entdeckt vielleicht etwas, von dem sie glauben, dass wir es jetzt übersehen.«

Catharina wirkte unzufrieden. »Das kann schon sein. Aber dann stimmt deine Ahnung, These oder was auch immer nicht, und Gerald Drescher hat nichts mit den Morden zu tun. Denn welcher Verbrecher geht das Risiko ein, gegen sich selbst ermitteln zu lassen, und bezahlt auch noch dafür?«

»Da ist was dran«, gab David zu, gab aber zu bedenken: »Oder wir bekommen in Kürze einen weiteren Verdächtigen präsentiert. Bei Moritz Unruh hat das ja fast geklappt.«

Catharina blieb kurz still, bevor sie feststellte: »Ich muss schon sagen, dass du wirklich einen interessanten Job hast. Privatermittler habe ich mir irgendwie langweiliger vorgestellt.«

»Wir«, berichtigte er sie. »Wir haben einen interessanten Job.«

Magdalena erwartete sie bereits vor dem Apartmenthaus. Die Pflegekraft stand etwas abseits unter einem Baum und trat ihre Zigarette aus, sobald sie Davids Auto erkannte. Catharina war ihm mit dem Camper hinterhergefahren und fand erst ein Stück weiter einen Parkplatz.

David wartete auf sie, dann gingen sie zum Eingang, wo er die beiden einander vorstellte. Magdalena antwortete nur mit einem schüchternen Lächeln und einem knappen »Hallo«.

David fand, dass die junge Frau schon besser ausgesehen hatte. Im Vergleich zu vor ein paar Tagen, als er sie im Dachgeschoss des Drescher-Anwesens kennengelernt hatte, wirkte sie gestresster.

Magdalena hielt sich auch nicht lange auf, drehte sich auf dem Absatz um, ging los und erklärte nur: »Habe schon ein bisschen geputzt, aber nix Sachen angefasst.«

»Kein Problem.« David gab seiner Stimme einen beruhigenden Klang.

Vor der Tür blieben sie kurz stehen und der Rest eines Polizeisiegels erinnerte ihn an die letzte Nacht im Knast. Nicht auszudenken, wenn sich das nicht aufgeklärt hätte.

Nachdem sie ihre wenigen Klamotten und Hygieneutensilien zusammengesucht hatten, stellten sie alles in den Hausflur und Magdalena wollte sich schon verabschieden, doch David bat: »Können wir kurz reden?«, und ging wieder zurück in die

Wohnung. Die Pflegerin wirkte erschrocken, folgte ihm aber bis ins Wohnzimmer, wo er stehen blieb, kurz nachdachte und dann ganz direkt fragte: »Können Sie von der Pflege leben oder haben Sie noch einen anderen Job?«

Magdalena erschrak ein weiteres Mal und antwortete schnell, vielleicht zu schnell: »Bezahlung bei Familie Drescher ist gut, muss nix andere Arbeit machen.«

»Auch nichts mit Männern? Ich habe Sie auf einem Supermarktparkplatz gesehen und den Eindruck, dass man Sie … na ja … für ein leichtes Mädchen hält.«

»Was ist leichtes Mädchen?«

Catharina kam David zur Hilfe und vielleicht entschärfte der Umstand, dass sie selbst eine Frau war, die Situation. »Das ist, wie soll ich sagen, eine Frau, die sich für gewisse Dienste von Männern bezahlen lässt.«

»Ach, du meinen Nutte?«

Diese offene Reaktion war im ersten Moment fast witzig, doch David riss sich zusammen, nahm das auf und fragte noch einmal: »Ja genau. Arbeiten Sie als Nutte?«

»Ich, nein.« Auch dieses Mal kam die Antwort zu schnell.

»Noch nie?«

Magdalena mochte ihre Gefühle halbwegs im Griff haben, doch ihre Gesichtsfarbe konnte sie nicht kontrollieren.

Catharina wusste zwar nicht genau, worauf David hinauswollte, legte aber ihre Hand auf die Schulter der zierlichen Frau und sagte: »Sie können es uns ruhig erzählen, von uns erfährt keiner was.« Dann ging Catharina der mögliche Hintergrund der Frage auf. Daher entschied sie sich für ein direkteres Vorgehen und eine Notlüge. »Oder haben Sie hier in der Gegend einen Freund? Herr Unruh, der ehemalige Gärtner der Dreschers, hat Sie nämlich einmal erwähnt.«

Die Gesichtsfarbe wurde noch eine Nuance röter, Magdalena schluckte und begann auf der Stirn ein wenig zu schwitzen. »Es ... wir ... nur einmal. Ich wollte nicht, aber Moritz hat ...« Sie stockte.

»Was hat Moritz?« Catharina gab ihrer Stimme einen sanften Ton.

Eine kleine Träne erschien in Magdalenas Augenwinkel. »Er es wollen. Zog mich in Stall und hat ... danach er mir etwas Geld gegeben.«

David bedeutete seiner Partnerin, dass er die nächsten Fragen stellen wollte. »Hat Moritz Sie vergewaltigt?«

Die junge Frau zuckte niedergeschlagen mit den Schultern.

»Benutzte er ein Kondom?«

Sie nickte.

»Hat das jemand gesehen?«

Wieder ein Schulterzucken. »Da gewesen ein Knarren von Tür. Moritz bemerkt, aber nicht aufgehört hat.«

»Wann ist das alles passiert?«

Magdalena musste nicht lange nachdenken. »Kurz vor Gefängnis.«

»Sie meinen, kurz bevor man Moritz Unruh eingesperrt hat?«

Sie deutete ein Nicken an. »Paar Tage vorher.«

David räusperte sich. »Ich weiß, das ist eine komische Frage, aber wissen Sie, was Moritz mit dem Kondom gemacht hat?«

Kopfschütteln. »Nein. Habe rausgerannt, als er gehört hat auf.«

David bedankte sich bei der jungen Frau, runzelte aber die Stirn und dachte kurz nach. Dann fragte er: »Und danach ist nichts mehr passiert? Also vor allem jetzt, in den letzten Tagen, seit Moritz wieder aus dem Gefängnis ist?«

Sie schüttelte den Kopf. »Nein, nix gesehen Moritz.«

David wusste nicht, ob er das glauben konnte, beließ es aber dabei.

KAPITEL 42

»Glaubst du die Geschichte?«, fragte Catharina mit einem Blick nach oben zum Apartment.

»Keine Ahnung. Irgendwie nicht. Aber ich wüsste auch nicht, warum sie uns anlügen sollte«, gab David zurück. »Und dass sie diese Vergewaltigung damals nicht gemeldet hat, wundert mich nicht. Die Dreschers sind vielleicht Arschlöcher, aber wie mir Alicia erzählte, wird Magdalena gut bezahlt, hat ein eigenes Zimmer und bekommt auch etwas zu essen. Was natürlich nicht ausschließt, dass sie sich noch etwas auf anderen Wegen dazuverdient.«

Catharina gab sich zwar damit zufrieden, wollte aber wissen: »Und was machen wir jetzt mit der Information? Ich meine, diese Tat ist, je nachdem wie es sich zugetragen hat, eine Sauerei. Und immerhin wurde Moritz Unruhs Sperma bei den toten Mädchen gefunden und damit ist die Sache mit dem Kondom, das er bei Magdalena benutzt hat, möglicherweise eine Spur. Wenn einer der Dreschers diese Vergewaltigung gesehen und sich das benutzte Kondom angeeignet hat, wäre das das perfekte falsche Indiz gegen Unruh. Und es hätte ja auch fast geklappt, ihn damit lebenslänglich hinter Gitter zu bringen.«

David öffnete geistesabwesend den SUV, lud das Gepäck ein und schloss den Kofferraum. Dann drehte er sich zu Catharina und erklärte: »Für uns ist diese Information wertvoll, aber für Weiglein und seine Leute ist es bei Weitem nicht genug, um etwas zu unternehmen. Was denn auch? Wir wissen weder, ob Magdalena und Unruh überhaupt gesehen wurden, noch, was er mit dem benutzten Kondom gemacht hat.« David stockte. »Hinzu kommt, dass Unruh zwar wegen des Mordes vor einem Jahr aufgrund eines Verfahrensfehlers und verunreinigter DNA-Spuren freigelassen wurde. Aber wo steht denn, dass er es nicht trotzdem war? Nur weil er den Mord letzte Woche nicht begangen haben kann, schließt das den an Elisabeth Schwab ja nicht aus. Und wenn der Kerl zu einer Vergewaltigung fähig ist, dann vielleicht auch zu dem Missbrauch eines Mädchens mit Todesfolge.«

»Also suchen wir jetzt zwei Täter?«, reagierte Catharina etwas resigniert und fügte hinzu: »Allerdings wissen wir ja noch nicht einmal, ob sich die Geschichte dieser Pflegerin tatsächlich so ereignet hat.«

David beantwortete ihren fragenden Blick mit: »Stimmt, auch das kann nicht bewiesen werden.« Er atmete kurz durch. »Ich bin jetzt seit zwei Stunden aus dieser Zelle und wünsche mich fast zurück. Da drinnen hat man so viel Ruhe zum Nachdenken, das ist einfach göttlich. Vielleicht sollten wir uns eine solche Zelle in unseren Büroräumen einbauen.«

»Mir schwirrt auch der Kopf«, gab Catharina zu. »Lass uns ein bisschen was einkaufen und zurück zum Campingplatz fahren. Dort kannst du spazieren gehen und nachdenken, und ich koche uns was Einfaches. Na, wie klingt das?«

Er zeigte ihr ein breites Grinsen, als er vorschlug: »Ich weiß noch etwas Besseres, und das macht den Kopf so richtig frei.«

Sie stupste ihn auf die Nase. »Erst wird gegessen und dann sehen wir weiter.« Es folgte ein Zwinkern. »Vielleicht biete ich mich ja als Dessert an.«

Das Innere des Campers hatte sich in der späten Nachmittagssonne so stark aufgeheizt, dass sich Catharina erst einmal des Großteils ihrer Klamotten entledigte. »Ein See wäre schön«, sagte sie über die Schulter und griff nach einer kurzen Hose.

David, der aufgrund der beengten Verhältnisse draußen vor der Schiebetür stand und ihr dabei zusah, sagte nichts. Ihm war nach etwas ganz anderem als Baden und um das nicht ganz so plump kommunizieren zu müssen, schlug er vor: »Wie wäre es mit etwas Sonnenschutz, bevor du dich wieder anziehst?«

Da der Campingplatz nach wie vor leer war und sie mit der Tür sowieso in Richtung eines Feldes standen, drehte sie sich, nur mit einem Slip bekleidet, zu ihm um, blickte böse zu ihm hinunter und fragte ungeniert: »Seit wann brauchst du eine Ausrede? Sag doch einfach, dass du mit mir schlafen willst.«

Sein Schock darüber, dass sie ihn ertappt hatte, dauerte genau so lange, bis sie zu lachen begann. Sie deutete auf sein Gesicht und rief fröhlich: »Du solltest dich ansehen. So sehen sonst nur Kinder aus, die man gerade bei etwas Verbotenem erwischt hat.«

Es war keine echte Wut, trotzdem stieg David in den Camper und er rief dabei: »Na warte, ich zeige dir, was man mit ungezogenen Kindern macht.«

Catharina stieß einen spitzen Schrei aus, kletterte kichernd auf das zur Hälfte zusammengeschobene Bett im Heck und flehte gespielt theatralisch: »Bitte nicht … bitte nicht … ich werde auch nie wieder frech sein.«

Aufgrund der Hitze ließ David die Tür offen, zog sich rasch Jeans und Shirt aus und krabbelte ihr hinterher auf das schmale

Bett. Dort kauerte er sich über sie, flüsterte grinsend: »Du hast es nicht anders verdient«, und gab ihr einen langen intensiven Kuss. Als sie danach etwas um Atem rangen, brachte er seinen Mund neben ihr Ohr und sagte leise: »Ich habe dich vermisst.«

»Und ich dich«, erwiderte sie, schob mühsam ihren Slip ein Stück nach unten und genoss den dünnen Schweißfilm, der sich zwischen ihren Körpern bildete.

David richtete sich so weit auf, wie es das Gefährt zuließ, half ihr beim Ausziehen und küsste sich langsam über ihren heißen Körper nach oben. Seine Lippen brachten sie immer wieder leise zum Stöhnen und als sein Mund endlich wieder über ihrem war, gewährten ihm ihre geöffneten Beine Einlass.

»Wow«, keuchte David atemlos.

»Wow wegen mir oder der Hitze?«

Er ließ sich zur Seite rollen und gab zu: »Ich glaube, wegen beidem.« Dann fing er mit dem Zeigefinger einen Schweißtropfen auf, der kurz davor war, ihr von der Stirn ins Auge zu laufen. Er küsste sie noch einmal auf die Brustwarze und fragte danach: »Kann man hier irgendwo duschen?«

»Zusammen oder alleine?« Catharina konnte es nicht lassen.

Er grinste sie an, antwortete allerdings: »Gerne auch zusammen, aber dann brauch ich erst eine Pause.«

Sie lachte. »Es gibt auf der anderen Seite des Platzes ein Sanitärhaus, aber erwarte nicht zu viel. Wenn noch andere Leute hier wären, hätte ich für eine Dusche die Strecke zu meinem Haus nach Usedom in Kauf genommen.«

»So schlimm?«

»Geht so«, relativierte sie. »Aber weißt du was? Vielleicht ist die Dusche zu zweit doch erträglicher.« Damit rollte sie sich über ihn zur Bettkante, stand auf und holte eine kleine Waschtasche aus einem der wenigen Staufächer.

Die Sanitärräume eigneten sich tatsächlich nicht gerade für wilde Liebesspiele. Sie brachten das Notwendige hinter sich, verzichteten auf anderes und gingen erfrischt zurück zu dem Wagen, wo sie Frau Wissing bereits erwartete.

David stellte sich der Campingplatzbesitzerin noch einmal vor, doch ihre ernste Miene alarmierte ihn, daher fragte er: »Ist alles in Ordnung?«

Die etwas verhärmte Frau schüttelte zwar den Kopf, sagte aber: »Sehen Sie mal unauffällig über meine rechte Schulter rüber zum Waldrand.« Dann kaute sie kurz auf ihrer Lippe herum und fügte hinzu: »Sorry, aber der VW-Bus hat vorhin so gewippt, dass ich ahne, was Sie darin gemacht haben. Nicht, dass es mich etwas angeht, aber den Typen dort drüben am Waldrand geht es gleich zweimal nichts an.«

David rieb sich über die Wange, während er in die angegebene Richtung blickte. Den Umrissen nach war es ein Mann, der dort im Schatten saß und sie offenbar mit einem Fernglas beobachtete. Dann erinnerte er sich an eine Begegnung vor ein paar Tagen. Als er Unruh damals in der Nähe des Drescher-Anwesens gesehen hatte, hatte der ebenfalls ein ziemlich großes Fernglas bei sich gehabt und behauptet, dass er sich für Vögel interessierte.

Die unangenehme Tatsache, dass die Frau ihr Liebesspiel mitbekommen hatte, wurde von der Frage verdrängt, wer dieser Typ dort drüben war. Und sollte es Unruh sein, warum beobachtete er sie?

David riss sich von dem Anblick los und sah Frau Wissing wieder in die Augen, wobei er für ihren Beobachter einen fröhlichen Gesichtsausdruck zeigte, aber ernst sagte: »Danke, dass Sie uns gewarnt haben. Ich gehe der Sache auf den Grund.«

Die Frau wirkte nicht überzeugt. »Meinen Sie, das ist der Typ, der das Mädchen von hier entführt und ermordet hat?

Vielleicht beobachtet er ja gar nicht Sie, sondern sucht nach einem neuen Opfer.«

Weder David noch Catharina wussten darauf eine Antwort, also sagte er beruhigend: »Kann ich mir nicht vorstellen. Und außerdem ist ja niemand hier, dem er gefährlich werden könnte.«

»Doch, mir!«, widersprach sie, winkte allerdings ab und fand zu ihrem Humor zurück: »War nur Spaß. Von einem jungen hübschen Mädchen bin ich inzwischen weit entfernt.«

David stimmte zum Schein für ihren Beobachter in das Lachen ein, erklärte dabei aber: »Seien Sie unbesorgt, ich regle das. Lassen wir ihn einfach in dem Glauben, dass wir ihn noch nicht entdeckt haben.«

»Alles klar«, bestätigte Frau Wissing, wandte sich zu Catharina und fragte: »Wenn Sie beide Lust haben, komme ich später wieder auf ein Bier vorbei.«

Catharina zuckte bei dem Wort Lust innerlich etwas zusammen, schenkte ihr aber ein Lächeln. »Ja klar, gerne. Sie kennen bestimmt noch viele Geschichten über die Leute aus dieser Gegend.«

Frau Wissing zwinkerte. »Worauf Sie sich verlassen können.« Damit drehte sie sich um und ging zurück zu ihrem Haus, in dem sich auch die Rezeption befand.

Catharina wagte einen schnellen Blick über das Feld, stellte sich unauffällig neben David und fragte: »Und was jetzt?«

Kapitel 43

David blickte noch einmal unauffällig zum Waldrand, wo die Gläser eines Fernglases kurz im Licht der tief stehenden Sonne aufblitzten.

»Ist er noch da?«, fragte Catharina so leise, als könnte ihr Beobachter sie hören.

»Ja.«

»Und jetzt?«

David versuchte, Normalität zu spielen. Er hängte sein Duschhandtuch über einen der Campingstühle, deutete auf den Bus und sagte: »Du hast die Schlüssel.«

Catharina hängte ebenfalls ihr Handtuch auf, öffnete den Bus mit der Fernbedienung und schob die Seitentür auf. Dann holte sie eine Bürste aus ihrer Waschtasche und begann mit der Haarpflege. Er trat an sie heran und erklärte dabei: »Ich werde mir jetzt meine Laufklamotten anziehen und versuchen, unauffällig an ihn ranzukommen. Mach du einfach ganz normale Sachen und behalt ihn im Blick. Du kannst mich auf dem Handy erreichen, falls etwas ist.«

»Alles klar, mein Schatz.« Sie schenkte ihm ein echtes Lächeln, gab ihm einen Kuss und raunte: »Pass auf dich auf.«

»Und du auf dich«, antwortete David, ging zu seinem Wagen und holte seine Laufschuhe, eine kurze Hose und ein Shirt heraus. Dann machte er sich keine Umstände und zog sich direkt am Kofferraum um.

Kurz danach verabschiedete er sich mit einem weiteren Kuss und verließ den Campingplatz auf dem Weg, den auch Catharina in der Nacht genommen hatte. Auf diesem blieb er, bis genügend Wald zwischen ihm und dem nächsten Feld war, dann verließ er ihn und hielt sich parallel zum Waldrand.

Der Weg um das Feld herum war weiter als gedacht und brachte seine vernachlässigte Kondition an ihre Grenzen. Als er endlich auf der Seite des Beobachters war, hielt er an, wartete, bis sich sein Puls beruhigt hatte, und ging dann langsamer weiter. Ein Blick auf das Handy zeigte, dass Catharina keine neuen Informationen hatte und der Typ noch immer auf seinem Platz war.

Fünf Minuten später sah er den Beobachter durch das Unterholz, das am Waldrand deutlich dichter war. Es war eindeutig ein Mann. Da dieser aber mit dem Kopf zum Feld auf dem Bauch lag, konnte David das Gesicht noch nicht erkennen.

Die nächsten Schritte machte er wie in Zeitlupe, wobei er peinlich genau darauf achtete, auf keinen noch so kleinen Zweig zu treten. Die Situation erinnerte ihn an den Beginn dieses Falles, als er den Drescher-Jungen überwältigt hatte und dieser dann schreiend zu seiner Oma gelaufen war.

Den letzten Schritt schaffte er nicht mehr unentdeckt. Der Mann drehte sich zu ihm und bei dem Anblick von Unruhs Gesicht ging der Zorn mit David durch. Er packte den Mann vorne an seiner dünnen Tarnjacke, zog ihn ein Stück heran und schlug ihm gleichzeitig mit der Faust ins Gesicht.

Unruh jaulte auf, drehte sich zur Seite und rief: »Nicht ... bitte ... ich kann alles erklären.« Dabei hob er seinen rechten Arm schützend vors Gesicht.

David spürte, wie die Wut in ihm wuchs, und war kurz davor, erneut zuzuschlagen, als Unruh eigenartig ruhig wurde. Dieser nutzte sein Zögern und wiederholte: »Bitte nicht mehr schlagen … es ist … es geht um Magdalena.«

Die Aussage besänftigte David nur kurz. Er packte die Jacke noch fester und raunte wütend: »Ach ja. Du Arschloch beobachtest uns beim Sex und willst mir jetzt erzählen, dass es um Magdalena geht.« Er zog ihn wieder zu sich heran und brüllte fast: »Erst diese Mädchen und jetzt das. Meine Partnerin gefällt dir wohl? Die wäre schon was für deine perversen Spielchen.«

Unruh machte mit beiden Armen eine winkende Bewegung und schrie beim Anblick der Faust: »Nein! So ist das nicht! Sie müssen mir glauben. Ich mach mir Sorgen um Magdalena. Sie ist bei den Dreschers nicht mehr sicher!«

David zögerte erneut. »Ach, und bei dir ist sie wohl sicher? Du Schwein hast die Frau vor einem Jahr vergewaltigt. Das hat sie uns erst vor ein paar Stunden selbst erzählt.«

Unruh fasste sich kurz an seine lädierte Nase, aus der ein dünner Blutstrom lief. »Das war gelogen. Wir haben uns das zusammen ausgedacht, damit Sie endlich in die richtige Richtung schauen.«

»Was?« David begriff nicht und seine Wut ebbte etwas ab.

Unruh senkte den Blick auf Davids Hand, die den Jackenkragen derart zuzog, dass er fast keine Luft mehr bekam. Dann bat er: »Könnten Sie mich bitte loslassen? Ich werde auch nichts tun und nicht weglaufen … bitte.«

David atmete durch, lockerte seinen Griff aber noch nicht. Dann deutete er mit der freien Hand auf Unruhs Gesicht. »Eine falsche Bewegung oder sonst irgendetwas, was mir nicht gefällt, und ich prügel dich windelweich. Ist das klar?«

»Ist klar.«

Nachdem sich seine Hand geöffnet hatte, rutschte Unruh ein kleines Stück zurück, setzte sich auf und sagte »Danke«.

»Spar dir das«, erwiderte David und forderte: »Also? Ich hoffe, du hast eine verdammt gute Geschichte für mich.«

Eigentlich hatte er sich Unruhs Geschichte sofort anhören wollen, doch vielleicht war es kein Schaden, wenn auch Catharina darüber urteilen würde. Also ging er mit dem Mann quer über das Feld zurück zum Campingplatz und setzte ihn auf einen Stuhl. Als er mit Unruh ankam, fing sich David wegen dessen Nase von Catharina einen ermahnenden Blick ein. Doch sie sagte nichts dazu und holte dem Mann einfach ein Taschentuch.

Jetzt saß Unruh auf einem der Klappstühle, Catharina ihm gegenüber drei Meter entfernt auf dem zweiten und David blieb neben dem Mann stehen.

David musste Catharina erst einmal erklären, wen er da überhaupt am Waldrand überwältigt hatte, da sie Unruh noch nicht kannte. Danach fügte er hinzu: »Ach ja, und unser ehrenwerter Herr Moritz Unruh behauptet jetzt, dass er das alles für Magdalena macht. Ich denke, wir dürfen uns auf eine hübsche Geschichte freuen.« Damit holte er seine Zigarettenpackung aus dem Van.

Unruh bat: »Kann ich auch eine haben? Und nein, eine hübsche Geschichte werden Sie nicht hören. Denn nichts an dem, was in den letzten Jahren passiert ist, taugt für eine hübsche Geschichte. Außer vielleicht, dass Magdalena und ich uns ineinander verliebt haben.«

David fand den Einstieg spannend genug, dass er dem Mann tatsächlich eine Zigarette und Feuer gab.

Nach zwei tiefen Zügen lehnte sich Unruh zurück, schloss kurz die Augen und begann: »Ich habe Angst um Magdalena und weiß nicht, wie ich sie von den Dreschers wegbekommen soll. Dass diese Familie sie wie eine Leibeigene behandelt, ist nicht neu, aber es wird immer schlimmer. Vor allem

Alicia scheint langsam durchzudrehen und hat sie sogar geschlagen.«

»Haben Sie Beweise?«, fragte Catharina sofort dazwischen und zu ihrer Überraschung erklärte David: »Die braucht er nicht. Ich bin noch nicht dazu gekommen, es dir zu erzählen, habe es aber schon gesehen. Einmal gab Alicia Magdalena eine Ohrfeige und außerdem hatte die Pflegerin einen großen blauen Fleck auf Brusthöhe. Bis hierhin stimmt die Geschichte.« David stockte, drehte sich zu Unruh und sagte: »Allerdings erschließt sich mir nicht, was das damit zu tun haben soll, dass Sie uns hier auflauern und uns beobachten.«

»Das ist die eine Frage«, bestätigte auch Catharina. »Und eine andere ist, warum Magdalena nicht einfach geht? Ich meine, der Job ist vielleicht ganz lukrativ, aber Pflegekräfte werden im ganzen Land gesucht. Es wäre doch ein Leichtes für sie, eine andere gute Stelle zu finden.«

Unruh nahm einen weiteren Zug, blies den Rauch in die Luft und erklärte: »Ich habe Sie beobachtet, weil ich sicher sein musste. Als Sie Ihre Sachen aus dem Apartment geholt haben, hat Magdalena mitbekommen, dass Sie auf diesem Campingplatz sind. Ich, wir wussten aber nicht, ob Sie beide hierbleiben oder ob Sie …«, er sah zu David, »… wieder bei den Dreschers einziehen.«

David runzelte die Stirn: »Was hätte das für einen Unterschied gemacht?«

Moritz Unruh zuckte mit den Schultern, antwortete aber mit der Gegenfrage: »Sind Sie bereit, sich von den Dreschers abzuwenden? Sind Sie bereit, Ihre Loyalität Ihren Auftraggebern gegenüber aufzugeben?«

»Wofür?«

Unruh sah David in die Augen: »Für die ganze und wahre Geschichte.«

»Dann kennen Sie den Mörder der beiden Mädchen?«

Der ehemalige Gärtner schüttelte den Kopf: »Leider nicht. Aber ich bin mir zu neunundneunzig Prozent sicher, dass er aus dem Hause Drescher kommt.«

David ging kurz in sich, setzte sich auf die Einstiegskante des Vans und deutete ein Nicken an. »Legen Sie los. Von mir … von uns … erfährt keiner ein Wort.«

KAPITEL 44

Moritz Unruh zog seine dünne Jacke aus, bat um etwas Wasser und trank gierig davon. Danach betastete er seine von Davids Schlag lädierte Nase. Erst dann lehnte er sich in dem Campingstuhl zurück und begann mit den Worten: »Magdalena ist schon ziemlich lange bei den Dreschers. Sie kam mit Ende sechzehn als Au-pair hierher. Sie wollte damals Deutsch lernen und den Grundstein für ein Leben in Deutschland legen. Ich weiß es noch, als wäre es gestern gewesen, als dieses lebenslustige junge Ding hier ankam. Die Gartenbaufirma, bei der ich gelernt habe, war damals schon für das Anwesen zuständig und ich oft in dem Park, der zum Drescher-Anwesen gehört. An dem Tag, als sie aus Gerald Dreschers Wagen stieg, stand ich nur wenige Meter entfernt in einem Rosenbeet und war sofort in sie verliebt. Sie war so anders als die deutschen Mädchen. Für sie spielte es keine Rolle, wer was für eine Stellung hatte. Sie winkte mir oft zu, lachte mit der Köchin und ignorierte sogar Patricks spezielle Art. Nur mit Alicia wurde sie nie warm. Ich glaube fast, dass Alicia sie als Konkurrenz und damit als Feindin betrachtete.«

»Konkurrenz inwiefern?«, fragte Catharina dazwischen. »Und wie alt war Alicia damals?«

»Sie war vierzehn und ihr Vater zeigte deutlich mehr Interesse an Magdalena als an seiner Tochter.«

David erinnerte sich an die wenigen Begegnungen mit Alicias Vater und konnte das gut nachvollziehen. Und die Art, wie der Mann das Wort Interesse betonte, erklärte sich, als er weiterredete.

Unruh atmete tief durch und erklärte: »Am Anfang waren es nur seine Blicke, dann unscheinbare Berührungen und schließlich besuchte er sie in ihrem Dachzimmer. Drei Wochen nach ihrer Ankunft begann der Missbrauch und einen weiteren Monat später war Magdalena schwanger. Als sie es erfuhr, war sie gerade siebzehn geworden und völlig überfordert. Sie wollte das Kind abtreiben lassen, aber die Dreschers hatten etwas dagegen. Es bestand die Gefahr, dass etwas an die Öffentlichkeit gelangte, und da Magdalena noch minderjährig war, wäre es auf sie zurückgefallen. Immerhin trugen sie als Gastfamilie die Verantwortung für das Mädchen, egal wer der Vater war.« Unruh stockte und schien ehrlich betroffen. Er brauchte einen Moment, trank noch einmal aus der Flasche und bat David dann um eine weitere Zigarette. Nach einigen Zügen räusperte er sich. »Also löste diese Bande das Problem auf Drescher-Art. Sie schlangen ihre Tentakel um Magdalena und sorgten dafür, dass alles normal aussah.«

»Wie das?«

Unruh sah David an. »Sie behaupteten, dass sie schon schwanger angekommen sei und dass sie dem armen Mädchen helfen wollten. Also behielten sie Magdalena hier und ließen sie ihr Kind austragen.«

»Und ihre Eltern wurden nicht misstrauisch?«, hakte Catharina nach.

Unruhs Blick wurde mitleidig. »Wir reden von rumänischen Bauern, die noch weitere vier Kinder haben. Die waren einfach froh, dass sie sich nicht um die Sache kümmern mussten. Jedenfalls nicht während der Schwangerschaft. Denn wie Ihnen aufgefallen sein dürfte, gibt es auf dem Anwesen kein weiteres Kind.«

»Es ist bei seinen Großeltern«, wusste David von Claras Facebook-Recherche.

»Genau«, bestätigte Unruh. »Man ließ Magdalena noch etwas Zeit zum Stillen und dann brachten sie das Kind zu deren Eltern, die monatliche Schecks kriegen.«

Catharina schüttelte den Kopf. »Ich verstehe trotzdem nicht, warum sie noch hier ist. All das ändert doch nichts daran, dass sie sich auch einen anderen Job in Deutschland suchen kann.«

Unruh antwortete mit einem falschen Grinsen und den Worten: »Als ich von Tentakeln sprach, meinte ich das wörtlich. Für Gerald Drescher würde der Missbrauch einer Minderjährigen Gefängnis bedeuten. Also umarmt man seinen Feind und sorgt dafür, dass er schweigen muss. Und so stehen gegen Magdalena zwei Drohungen im Raum, die dafür sorgen, dass sie schön artig bei den Dreschers bleibt und den Mund hält. Die erste betrifft ihr Kind. Sollte sie etwas unternehmen, würde Gerald Drescher einen Vaterschaftstest fordern und das Kind hierherholen. Sie würden es unter ihre Fittiche nehmen. Und dann würden sie es so machen wie bei Alicia und Patrick, die ihre Mutter so gut wie nie zu Gesicht bekommen.«

»Und die zweite Drohung?«, fragte David ungeduldig.

»Die ist etwas komplizierter. Magdalenas Eltern sind wie gesagt Bauern und haben etwas Land. Allerdings nicht so viel Land, wie sie in Brüssel geltend gemacht haben und wofür sie ordentliche Subventionen erhalten. Marlene Drescher weiß das und hat genügend Kontakte zum EU-Parlament. Ein Wort von ihr und es wäre Schluss mit diesen Zahlungen. Und nicht nur das: Magdalenas Eltern müssten alle bisher bezogenen

Zahlungen zurückerstatten, eine Strafe zahlen und wären somit ruiniert.«

Das bedrückende Schweigen passte nicht zu der Kulisse. Die Luft kühlte langsam auf angenehme Temperaturen ab und die Abendsonne schien hinter einer dünnen Wolkendecke, was ein ganz besonderes Licht erzeugte. Sanfter Wind trug Davids Zigarettenrauch zu dem nahen Feld, wo er wie ein Schleier durch die Kornähren zog. David fing diesen Anblick ein und verband ihn mit dem Schleier, der über diesem Auftrag hing. Magdalenas Schicksal war ohne Zweifel grausam und doch gab es noch immer die beiden ermordeten Mädchen. Den Umständen ihres Todes waren sie trotz dieser Schilderungen kein Stück nähergekommen.

Außerdem musste David sich wieder bewusst machen, dass an den Mädchen das Genmaterial des Mannes gefunden worden war, der jetzt zwei Meter von ihm entfernt saß und ebenfalls über die Felder blickte. David sah ihn an und fragte noch einmal: »Magdalena erzählte uns vor ein paar Stunden, dass Sie kurz vor dem ersten Mord von Ihnen vergewaltigt wurde. Und jetzt erzählen Sie uns … ja, was? Dass Sie schon lange ein Paar sind? Dass es damals einvernehmlicher Sex im Stall der Dreschers war? Was stimmt jetzt?«

Unruh antwortete wie aus der Pistole geschossen. »Vor ein paar Stunden dachten wir noch, dass Sie dieser Familie hörig sind. Das gefundene Sperma an dem ersten Mädchen kann nur von diesem Treffen zwischen mir und Magdalena stammen. Ich benutzte ein Kondom, das ich danach dort in die Mülltonne warf. Aber die Dreschers hätten eine Beziehung zwischen mir und Magdalena als Bedrohung wahrgenommen. Sie hätten Magdalena genau das angetan, was ich vorhin schilderte. Und da wir ahnten, dass wir an diesem besagten Abend beobachtet worden waren, einigten wir uns auf die Geschichte der Vergewaltigung. Magdalena ging zu Gerald Drescher und erzählte ihm die Lüge, dass sie von mir missbraucht worden sei. Wir gingen davon aus, dass uns eines der Kinder beobachtet hatte. Und wenn eines von ihnen petzen sollte, würde Gerald Drescher bereits von einer anderen Geschichte ausgehen.«

»Moment«, bat Catharina. »Warum haben Sie das dann bei Ihrer Verhaftung verschwiegen? Das hätte alles aufklären können und Sie wären vielleicht nie ins Gefängnis gekommen. Ganz egal, ob Sie sich nun an Magdalena vergriffen haben oder Sie beide einvernehmlichen Sex hatten.«

»Es hätte wahrscheinlich nichts geändert«, antwortete David anstelle von Moritz Unruh. »Die Beweislast sprach, zumindest auf den ersten Blick, derart gegen Herrn Unruh, dass man ihm so eine Geschichte als Ablenkungsmanöver ausgelegt hätte. Wäre er damals mit der These gekommen, dass einer der Dreschers das Mädchen ermordet hat, hätte man ihn bestenfalls ausgelacht.«

»So ist es«, bestätigte Unruh. »Ich hätte nichts gewonnen und Magdalena alles verloren.« Er ließ ein kurzes Schweigen folgen, bevor er resigniert hinzufügte: »Und so ist es übrigens immer noch. Selbst wenn Sie mir diese Sache glauben, hätten wir keinen einzigen Beweis für meine Vermutung. Alles, was ich will und mir von ihnen erhoffe, ist eine Idee, wie ich Magdalena da rausbekomme.«

David dachte darüber nach. »Ich sehe nur einen einzigen Weg und der heißt Wahrheit. Wenn tatsächlich einer der Dreschers der Mörder ist, müssen wir ihn überführen. Dann kann die Staatsanwaltschaft nicht mehr anders und muss bei denen genau hinschauen. Und ich denke nicht, dass sich diese ehrenwerten Leute dann noch groß mit Magdalena befassen können.«

»Trotzdem habe ich noch eine Frage, und die betrifft Ihre Glaubwürdigkeit.« Catharina sah dem Mann in die Augen.

»Welche?«

Sie lehnte sich zurück, knabberte kurz an ihrer Unterlippe und sagte schließlich: »Es gab bezüglich der Herkunft Ihres Spermas Ermittlungen in einem Bordell. Wie passt das mit einer Beziehung zusammen?«

Unruh machte eine hilflose Geste. »Das Jahr im Gefängnis hat uns verändert. Besser gesagt, es hat Magdalena verändert. Wir haben uns seit meiner Entlassung erst dreimal treffen können und hatten nur einmal Sex. Und danach gestand sie mir, dass sie das im Moment eigentlich gar nicht will.«

»Ach, deswegen stand sie auf diesem Supermarktparkplatz«, dachte David laut.

Unruh nickte. »Drüben bei meinem Vater. Ja, da haben wir uns immer getroffen. Und dort gestand sie mir auch, dass sie momentan Abstand zu mir will.«

»Das wundert mich nicht«, platzte David heraus, bereute den Satz aber sofort. Doch es war zu spät, sowohl Catharina als auch Unruh sahen ihn erwartungsvoll an.

Er verschränkte seine Finger ineinander und bat an Unruh gewandt: »Versprechen Sie mir, dass Sie nicht ausflippen und unüberlegte Dinge tun.« Dann erklärte David, ohne die Antwort abzuwarten: »Ich habe das Haus, kurz bevor Catharina auf die Insel kam, von außen beobachtet und konnte in das Zimmer des alten Herrn Drescher sehen. Der Mann mag, wie Sie es ausdrückten, zwar eine Kartoffel sein, aber seine Hände sind noch ziemlich aktiv. Magdalena saß bei ihm auf dem Bett und fütterte ihn. Dabei sah ich, wie er sie unsittlich berührte und sie es zuließ.«

»Was?« Unruh sprang auf, erbebte regelrecht, schlug sich die Hände vors Gesicht und fluchte: »Ich bringe diese ganze Brut um. Ich zünde dieses Haus an … diese gottverdammten Arschlöcher. Erst der Sohn, dann der Vater … was sind das für Menschen?« Unruh stieß einen Schrei aus, drehte sich zu David und schrie: »Sie haben das gesehen und weiter für dieses Pack gearbeitet? Sie sind auch nicht besser.«

Das ging Catharina zu weit. Sie erhob sich ebenfalls und erwiderte laut: »Das reicht, Herr Unruh! Mir ist klar, dass Sie sich um Magdalena sorgen, aber geben Sie uns nicht die Schuld an dem, was dort passiert.«

Unruh spreizte die Arme weg, behielt das, was er sagen wollte, für sich und ging davon. Nach etwa zehn Metern ließ er sich auf die Knie fallen. David und Catharina sahen, wie er heftig ein- und ausatmete, ließen ihm aber Zeit.

Einige Minuten später kam er etwas gefasster zurück und fragte nur: »Helfen Sie mir?«

David und Catharina nickten gleichzeitig, wobei nur sie bestätigte: »Wir helfen Ihnen.«

Kapitel 45

»Meinst du, es war klug, ihn zurückzulassen?« Obwohl sie mitten im nächtlichen Wald waren, flüsterte Catharina.

»Ich hoffe es.« David leuchtete nur ab und zu mit der Taschenlampe, um den Boden auf Hindernisse zu kontrollieren. Die Nacht war aufgrund der starken Bewölkung deutlich dunkler als die letzte, in der sich Catharina alleine auf den Weg zum Herrenhaus gemacht hatte.

Sie deutete nach vorne in die Dunkelheit und verkündete: »Dort ist der Holzstapel. Wenn wir uns jetzt nach links wenden, sollten wir genau hinkommen.« Dann kam sie noch einmal auf Unruh zurück und fragte: »Was, wenn er doch noch durchdreht?«

David blieb stehen. »Dann können wir es auch nicht ändern. Ich habe vorhin noch einmal eindringlich mit ihm gesprochen und er versprach mir, keine Alleingänge zu unternehmen. Aber selbst, wenn er es doch tut, ist mir das allemal lieber, als wenn wir dabei sind. Wie heißt es so schön: mitgefangen, mitgehangen.«

»Wir hätten Weiglein Bescheid sagen müssen«, gab sich Catharina weiter skeptisch.

»Und dann? Meinst du, er hätte uns dazu geraten, noch einmal in den Stall einzubrechen, um nach Beweisen zu suchen?«

»Natürlich nicht«, gab Catharina zu. »Aber das hier fühlt sich falsch an.«

David gab sich gelassen. »Warum? Marlene Drescher hat uns den Auftrag gegeben, nach dem Mörder der beiden Mädchen zu suchen – und genau das tun wir. Und wenn Unruh recht hat und es ist tatsächlich einer aus dieser Familie, dann ist es eben so. Es würde noch nicht einmal etwas an unserer Erfolgsprämie ändern, denn die ist im Vertrag festgeschrieben.«

»Welche Ironie«, gab sich Catharina geschlagen und bat, da sie nun den Weg verlassen mussten: »Mach kurz Licht, sonst brechen wir uns den Hals.«

Sie hatten extra lange gewartet und ohne Fahrrad deutlich länger gebraucht als Catharina am Vortag. Als sie die Rückseite des Hauses erreichten, war es bereits kurz vor Mitternacht. Das einzige Zimmer, aus dem noch Licht kam, war das von Alicia oben im zweiten Stockwerk. Alle anderen Fenster waren dunkel.

»Was die wohl wieder ausheckt«, murmelte David, konzentrierte sich aber weiter auf den Waldboden.

Hinter dem Stall führte ihn Catharina zu dem Fenster, zog es ein kleines Stück nach außen auf und beide lauschten hinein. Abgesehen von den Geräuschen des Waldes hörten sie nur ab und zu eines der Pferde schnauben und scharren.

»Okay«, beschloss David leise und wollte Catharina über das Fensterbrett helfen. Dabei musste er allerdings feststellen, dass sie offenbar deutlich besser in Form war als er selbst. Sie schwang sich ohne Mühe hoch, auf der anderen Seite wieder hinunter und verschwand damit aus seinem Sichtfeld. David hielt die ausgeschaltete Taschenlampe in das dunkle Loch und bat: »Kannst du die bitte kurz halten?«

Ihre Hand erschien und nahm ihm das Gerät ab. Danach schob er sich etwas umständlich auf das Fensterbrett und wäre innen einfach heruntergefallen, wenn sie ihn nicht gestützt hätte. Er hörte ein leises Kichern und die hämischen Worte: »Mach dir nichts draus, vor dem nächsten Auftrag trainieren wir ein bisschen zusammen.«

David schluckte eine bissige Antwort herunter, rappelte sich auf und fragte: »Wo ist diese Truhe und die Luke im Boden?«

»Da dr…« Weiter kam Catharina nicht. Die Schritte waren kaum wahrnehmbar, aber sie waren da und näherten sich dem Stall. Catharina reagierte schnell. Sie konnte sich noch einigermaßen an das Innere des Stalls erinnern und wusste, wo sie Deckung finden konnten. Ihre Hand suchte und fand David, bekam ihn am Ärmel zu fassen und zog ihn sanft mit sich. Im selben Augenblick, in dem vorne die Stalltür geöffnet wurde und der Strahl einer Taschenlampe durch den Raum glitt, zog sie David mit sich nach unten.

Beide hielten den Atem an. Sollte sie jemand gesehen haben und suchen, würde ihr Versteck hinter einigen Strohballen schnell auffliegen. Doch dann hörten sie leises Gemurmel, anhand dessen David den Neuankömmling als Alicia identifizieren konnte. Wieder flog der Lichtkegel an der alten Holzdecke entlang, verschwand, und als er auf irgendetwas am Boden gerichtet wurde, blieb nur diffuses Umgebungslicht.

David und Catharina lagen dicht aneinandergedrängt auf dem harten Boden und sahen sich ängstlich an. Dann erkannte David, dass seine Partnerin ein Problem hatte, da sie immer wieder die Nase hochzog. Er erinnerte sich an einen Triggerpunkt, der ein Niesen verhindern sollte, und begann, ihr mit dem Finger sanft auf die Nasenspitze zu tippen. Es funktionierte tatsächlich und Catharina dankte es ihm kurz darauf mit einem deutlichen Augenaufschlag.

Nachdem sie eine Zeit lang nur undefinierbare Geräusche gehört hatten, setzte wieder Alicias Gemurmel ein. Es klang, als befände sie sich in einem Zustand der Trance. Kaum etwas war verständlich, und wenn, dann klang es wie: »Braves Mädchen ... Kreis ... immer linksherum ... Hass ... bücken ... Beine ... braves Mädchen ... Hass ... bücken ...«

Alicia gab sich keine Mühe, leise zu sein. Ihre Stimme schwoll an, wurde leiser, wurde aggressiv, wurde sanft, wurde laut, und dann begann alles von vorne.

Zwischendurch raschelte Papier und sie hörten ein Geräusch, das klang, als würde Metall über Holz scharren. David hätte seine Lage gerne etwas verändert, wagte es aber nicht. Natürlich hatte er keine Angst vor dieser jungen Frau, aber wenn sie hier entdeckt wurden, hätten sie absolut nichts gewonnen. Man würde sie wegen Einbruchs anzeigen und mögliche Beweise wären dahin.

Catharina war weniger ängstlich und drehte sich in eine bessere Position. Ihr Gesicht befand sich nun vor einer Lücke zwischen zwei Strohballen. Obwohl er sie im Dunkeln kaum sehen konnte, wirkte ihr Gesichtsausdruck auf David wie erstarrt. Was auch immer Alicia da tat, es schien Catharina gleichzeitig zu faszinieren und zu ängstigen.

Nach weiterem Geraschel hörte David, wie Alicia auf der anderen Seite der Strohballen etwas sang, das wie »Mein lieber, lieber Opa« klang. Danach zuckte der Strahl der Taschenlampe wieder kreuz und quer über die Wände und er hörte Schritte. Kurz darauf wurde die Holztür geöffnet, wieder geschlossen und sie blieben in der Stille und Dunkelheit zurück.

Catharina wartete noch eine Weile, drückte sich dann neben David in eine sitzende Position und atmete durch. Mit dem nächsten Ausatmen sagte sie leise: »Was zur Hölle war denn das?«

David gab ihr ein paar Sekunden, bevor er fragte, was sie gesehen hatte. Er konnte Catharinas Gesicht kaum erkennen, aber sie klang eindeutig verstört, als sie sagte: »Sie wirkte wie … ich weiß auch nicht. Fast wie ein kleines Kind. Ich konnte eigentlich nicht viel erkennen, sah aber, wie sie sich einige Blätter aus der Truhe anschaute.«

»Was?«, fragte David, der sich keinen Reim darauf machen konnte. »Sagtest du nicht, dass du beim letzten Mal Kinderbilder darin gesehen hast?«

»Ja, glaube ich zumindest«, bestätigte Catharina mit noch immer belegter Stimme.

»Okay«, beschloss David. »Ich schleiche jetzt zur Tür und schaue nach, ob sie wirklich weg ist. Und danach nehmen wir uns diese Truhe vor. Vielleicht finden wir einen Hinweis darauf, was diese Aktion eben sollte.« Er wollte sich schon erheben, suchte aber Catharinas Hand, drückte diese und fragte dabei: »Geht es dir gut?«

Er hörte sie schlucken, bevor sie leise erwiderte: »Nein, ja … das wirkte gerade eben wie aus einem Horrorfilm. Alicias Gesicht war so ausdruckslos, fast wie das einer Puppe. Ich weiß auch nicht. Vielleicht interpretiere ich aber auch nur etwas hinein und es lag nur an dem komischen Licht der Taschenlampe.«

»Bestimmt.« David versuchte, beruhigend zu klingen, fragte aber: »Hast du gesehen, ob sie am Schluss etwas mitgenommen hat? Eine Waffe oder so?«

Trotz der Dunkelheit erkannte er ihr Kopfschütteln. »Nein. Also, ich weiß nicht, ob sie etwas mitgenommen hat. Aber eine Waffe konnte ich nicht erkennen.«

»Okay.« David strich ihr über die Wange, erhob sich und ging langsam und vorsichtig zur Vorderseite des Stalles. Als er an den beiden Pferden vorbeikam, gab eines von ihnen ein Schnauben von sich, was ihn zusammenzucken ließ.

An der Tür blieb er kurz stehen und lauschte. Als er sie dann öffnen wollte, gab sie kein bisschen nach. Also ging er zu einem der kleinen, schmutzigen Fenster und sah nach draußen. An dem Haus hatte sich nichts verändert. Alles wirkte still und dunkel. *Zu dunkel*, kam es ihm in den Sinn, denn eigentlich hätte Alicia gleich mehrere Bewegungsmelder auslösen müssen, doch keiner der Außenstrahler war angegangen.

KAPITEL 46

»Ich denke, sie ist weg«, flüsterte David in die Dunkelheit. Fast im selben Moment erschien hinter den Strohballen ein leichter Lichtschein und Catharina erhob sich. Sie hielt ihre Hand vor das Glas der Lampe, ließ aber genug Licht durch, damit sie die Stelle erkennen konnten, an der Alicia vor wenigen Augenblicken gesessen hatte.

Der Deckel der schweren Holztruhe stand offen. Davor lagen Bilder im Halbkreis, die eindeutig von einem Kind gemalt worden waren. Abgesehen von vielen Grautönen gab es in jedem Bild auch einige rote Stellen. Die beiden näherten sich den Blättern beinahe andächtig. Und erst als sie direkt vor dem Halbkreis standen, gab Catharina etwas mehr Licht frei.

»Es gibt eine Reihenfolge«, beschrieb Catharina, was David ebenfalls sofort aufgefallen war.

Ein Indiz dafür war, dass die Motive von links nach rechts zunehmend besser ausgeführt waren. Man sah die typische Entwicklung eines Kindes beim Malen. Aus einfachen Strichmännchen wurden mehr und mehr richtige Körper und auch andere Details waren besser herausgearbeitet.

Das erste Bild der Reihe zeigte einfach nur eine große Figur neben einer kleinen, wobei sich die angedeuteten Hände berührten. Drum herum gab es ein paar kindlich dargestellte Tannen.

Auf dem zweiten Bild schienen die beiden Figuren nebeneinanderzuliegen. Wieder berührten sich nur die Hände, und dieses Mal umgaben die beiden einige viel zu groß gemalte Blumen. Hier war die rote Farbe nur für die Hand der größeren Figur verwendet worden.

Danach veränderten sich die Zeichnungen. Die Figuren wurden lebensechter, wobei auffiel, dass die deutlich kleinere Figur von Zeichnung zu Zeichnung größer wurde. Auf dem vierten Bild war nicht nur die Hand rot dargestellt, es gab auch ein paar rote Striche auf der kleineren Figur, wobei sich die meisten auf der Brustpartie befanden.

Beim fünften Bild veränderte sich das Motiv. Die große Figur war verschwunden. Stattdessen zeigte diese Zeichnung ein komplett in Rot gemaltes Mädchen, das inmitten eines Kreises lag.

Blatt Nummer sechs wirkte endgültig verstörend. Aus einfacher Malerei war schon fast Kunst geworden. Das gezeigte Mädchen war nackt und bildete bereits weibliche Formen aus. Die Augen waren geschlossen und um ihren Hals lagen zwei Hände, die sie offenbar würgten. Doch anstatt der Hände war hier der Schambereich des Mädchens rot eingefärbt.

Catharina beleuchtete das letzte Bild, auf dem das noch ältere Mädchen dieses Mal in einem Kreis kniete. Ihr Kopf war rasiert und ihre Haare lagen vor ihr auf dem Boden. Die Zeichnung zeigte sie von der Seite. Sie hatte ihren Blick nach oben gerichtet und den Mund zu einem Schrei geöffnet.

Catharina schluckte, bevor sie leise fragte: »Denkst du, was ich denke? Sehen wir hier die Chronik eines Missbrauchs?«

David musste sich erst von den Bildern lösen, deutete schließlich ein Nicken an und erwiderte gedämpft: »Das kann man nicht anders deuten.« Dann bat er um die Taschenlampe, ging zu der Truhe und sah hinein. Es gab noch weitere Blätter, die unter einem Spielzeug lagen. Er nahm erst ein Holzpferd heraus, griff sich die Blätter und legte sie unter den anderen aus.

Das Papier und auch die Art der Zeichnungen deuteten darauf hin, dass diese Bilder noch nicht so alt waren. Die Motive wirkten kraftvoller, die Bleistiftstriche energischer und die rote Farbe wurde darauf anders verwendet als auf den vorigen Bildern.

Ein Bild zeigte eine abgeschlagene Hand, ein zweites einen Mann ohne Gesicht, der mehrfach durchgestrichen war, was fast wie eine Zerstückelung aussah.

Das dritte zeigte eindeutig ein Selbstporträt von Alicia. Der Triumph stand ihr ins Gesicht geschrieben, doch ein Detail stimmte nicht. Die beiden oberen Eckzähne waren viel zu lang dargestellt, was sie wie einen Vampir wirken ließ.

David legte das letzte der vier Bilder auf den Boden. Es zeigte nur ein großes Auge, in dem sich ein kleines nacktes Mädchen spiegelte. Hier war die Farbe Rot für eine beinahe dreidimensional wirkende Träne verwendet worden.

»Hast du eine Idee dazu?«

David trat einen Schritt zurück, beleuchtete noch einmal ein Bild nach dem anderen. Danach ließ er den Lichtstrahl zum letzten Bild der ersten Reihe zurückkehren, das das geschorene Mädchen zeigte. Er schluckte und raunte dann: »Dazu habe ich eine Idee. Dem Mädchen, das vor einem Jahr getötet wurde, fehlten ebenfalls die Haare.«

»Du meinst?« Catharina wagte nicht auszusprechen, was sie dachte, und David sagte nur: »Ich meine, dass es immer wahrscheinlicher wird, dass diese Familie etwas damit zu tun hat. Denn wenn ich die roten Stellen auf den verschiedenen Bildern auf ein Bild übertragen würde, ergäben sich fast alle Verletzungen, die auch die beiden Mordopfer aufwiesen.«

Catharina beließ es vorerst dabei und stellte fest: »Dann beziehen sich die neueren Bilder auf Rache?«

»Würde ich so deuten«, bestätigte David. »Fragt sich nur, wer damit gemeint ist. Nehmen wir das Offensichtliche an und Alicia wurde über Jahre missbraucht, dann kommen sowohl ihr Opa als auch ihr Vater dafür infrage.«

»Und angesichts dessen, was du durch das Fenster gesehen hast, könnte es durchaus der Großvater gewesen sein. Du sagtest doch, dass sie ihn geschlagen hat, als sie ihn mit der Hand zwischen Magdalenas Beinen erwischt hat.«

David betrachtete das Bild mit dem Auge, schloss kurz die eigenen Augen und fluchte schließlich: »Scheiße, warum ist mir das nicht früher eingefallen?« Damit ging er zu der Truhe und begann, darin herumzuwühlen.

Catharina folgte ihm und fragte leise: »Was, David? Was ist dir nicht eingefallen?«

Anstatt einer Antwort nahm er, ohne auf den entstehenden Lärm zu achten, alles aus der Truhe und warf es achtlos daneben auf den Boden. Erst als Catharina ebenfalls ein wenig lauter wurde und ihn aufforderte, endlich mit ihr zu reden, hielt er inne.

Er richtete sich auf, suchte kurz nach den richtigen Worten und erklärte ihr: »Ich habe in dem Zimmer des alten Herrn Drescher noch etwas beobachtet, dem aber keine Bedeutung zugemessen. Alicia stand nach der Sache mit Magdalena vor seinem Bett und zeigte ihm etwas auf dem Handy. Und du sagtest, dass du gestern durch den Spalt ebenfalls ein Handy in der Truhe gesehen hast. Und genau das ist jetzt weg.«

»Ja und?« Sie verstand nicht.

David leuchtete auf das Bild mit dem Auge, in dem sich ein Mädchen spiegelte. »Ich glaube, dass sie ihn mit irgendetwas quält. Dass auf dem Handy Sachen zu sehen sind, die ihn schockieren und ihn an seine eigenen Taten erinnern sollen.«

»Die Morde«, sprach es Catharina aus und fügte hinzu: »Wenn das wirklich so wäre, hätten wir endlich Beweise. Lass uns Kommissar Weiglein anrufen.«

»Noch nicht«, beschloss David. »Bis jetzt haben wir nur Kinderbilder und eine Theorie. Das ist noch nicht genug für einen Durchsuchungsbeschluss. Und den würde Weiglein brauchen, wenn er sich dieses Handy ansehen will.« Als er trotzdem sein Handy herauszog, fragte Catharina: »Was jetzt?«

Er grinste sie an: »Jetzt holen wir unsere Geheimwaffe dazu.« Damit wählte er Claras Privatnummer.

Nach dem achten Freizeichen schwand seine Zuversicht, dann hörte er endlich Clara murmeln: »Was zur Hölle?«

Sein Blick ging zu den Bildern am Boden. »Hölle trifft es ganz gut. Sorry für den Anruf, aber wir brauchen deine Hilfe.«

Beim nächsten Satz klang seine Angestellte schon deutlich wacher, als sie erwiderte: »Für ein privates Schwätzchen hätte ich dich auch getötet. Wie viel Uhr ist es?«

»Kurz vor eins.«

»Na super, genau meine Zeit. Was brauchst du?«

David schilderte ihr kurz, was passiert war und was sie gefunden hatten, dann fragte er: »Kannst du auf ein Handy zugreifen? Wir glauben, dass Alicia irgendwelche Sachen auf einem Handy hat, mit denen sie ihren Großvater quält. Fotos oder so.«

»Aha.«

»Was heißt Aha?«

»Hast du die Nummer des Handys?«

David kam jetzt erst in den Sinn, dass es sich sicher nicht um Alicias normales Gerät handeln dürfte, denn das hätte sie sicher nicht in einer Kiste. »Nein.«

Clara atmete hörbar aus. »Und wie stellst du dir das dann vor? Wie soll ich auf etwas zugreifen, das ich nicht kenne?«

»Weiß ich auch nicht. Ich dachte, du hast vielleicht irgendeine Idee.«

Es folgte Stille in der Leitung, bis Clara zusammenfasste: »Ihr seid also neben diesem Herrenhaus in einem Stall und Alicia ist wahrscheinlich in der Nähe. Sie hat ein Handy dabei, auf dem sich vielleicht irgendwelche Beweise befinden. Sehe ich das richtig?«

»Ja, genau.«

»Hm.«

Im Hintergrund hörte David die Startmelodie eines Laptops und Clara fragte: »Hat man dir, als du dort gewohnt hast, Zugang zum WLAN gewährt? Hast du einen Netzwerkschlüssel bekommen?« Und als David noch darüber nachdachte, beschloss Clara: »Lass gut sein, ich schaue selbst nach. Falls wir gleich getrennt werden, liegt es daran, dass ich auf dein Handy zugreife. Wir haben ja diese App installiert, mit der ich dich immer finden kann.«

»Und damit kannst du … ist jetzt auch schon egal. Tu, was du tun musst.« David beschloss, sich zukünftig mehr mit Technik zu befassen.

Die Verbindung blieb stabil und nach einigen Sekunden erklärte ihm Clara: »Ich komme tatsächlich über das WLAN ins Netzwerk der Familie. Aber es wird ein bisschen dauern, bis ich Näheres weiß. Dein Akkustand ist nur noch bei dreißig Prozent. Ich lege jetzt auf und melde mich wieder, wenn ich etwas gefunden habe. Lass unbedingt das Handy eingeschaltet und bleibt in der Nähe des Hauses.« Damit beendete sie das Gespräch.

KAPITEL 47

»Und jetzt?« Catharina hatte das Gespräch zwischen David und Clara mitgehört und sah sich unschlüssig um. Ihre Anspannung schien sich auch auf die beiden Pferde zu übertragen, die in ihren Boxen unruhig wurden.

David hielt das Handy hoch. »Und jetzt warten wir.«

Catharina gefiel das nicht. Sie hatte kein gutes Gefühl und als sie im gedämpften Schein der Taschenlampe einen uralten Wandkalender sah, der an einer der Holzwände hing, kam ihr ein Gedanke. Sie zog ihr eigenes Handy heraus und fragte leise: »Weißt du, in welchem Bundesland die beiden Drescher-Kinder aufs Internat gehen?«

David dachte kurz nach. »Nordrhein-Westfalen.«

Sie tippte und wischte kurz auf dem Display herum, bevor sie feststellte: »Da beginnt übermorgen das neue Schuljahr. Sollte Alicia irgendetwas planen, wäre heute die vorerst letzte Nacht, in der sie noch hier ist. Denn normalerweise reisen Internatsschüler einen Tag früher an. Und so, wie Alicia vorhin auf mich wirkte, befindet sie sich in einem Ausnahmezustand. Also entweder wir rufen jetzt Weiglein an oder gehen selbst in das Haus.«

Er sah sie einen Augenblick lang an und beschloss: »Okay. Lass uns rausgehen und versuchen, ob wir durch die Fenster etwas erkennen können. Hier gibt es eh nichts mehr zu holen.«

Catharina sah noch einmal dabei zu, wie sich David durch das Fenster auf der Rückseite des Stalls quälte. In einer anderen Situation hätte sie ihn damit aufgezogen, aber inzwischen war die Lage zu ernst. Sie wartete auf ihn, wandte sich nach rechts und ging bis zum Ende des Stalles. Dort sah sie um die Ecke, doch keines der Fenster auf dieser Seite des Herrenhauses war beleuchtet. Als sie weiterwollte, hielt David sie zurück und flüsterte: »Wir müssen am Waldrand hinter den letzten Bäumen bleiben, sonst schlagen die Bewegungsmelder an. Alicia hatte sie zwar vorhin ausgeschaltet, aber danach vielleicht wieder aktiviert.«

»Alles klar«, raunte Catharina und ging im Schutz des alten Holzgebäudes zurück zum Waldrand. Dort wandten sie sich nach rechts und schlichen in Richtung der Seite, von der aus man in das Zimmer des alten Herrn Drescher sehen konnte.

Hier brannten immer noch Lichter, sowohl in Alicias Zimmer als auch eine Etage tiefer. Allerdings waren die von David initiierten schweren Vorhänge zugezogen und außer einem schwachen Leuchten war nichts erkennbar.

Sie blieben stehen und gingen wie abgesprochen beide in die Hocke. David stieß einen leisen Fluch aus und erklärte: »Dieser Scheißsichtschutz ist auf meinem Mist gewachsen.«

Catharina wollte gerade etwas erwidern, als sie ganz oben am Haus eine Reflexion des schwachen Mondlichts wahrnahm. Sie tippte ihn an, deutete in die Richtung und fragte: »Weißt du, zu welchem Zimmer das Dachfenster dort oben gehört?«

Die Frage erübrigte sich allerdings, da nun ein Kopf in dem geöffneten Fenster erschien und sie Magdalena leise rufen hörten: »Wer da unten ist?«

David nahm die Taschenlampe, sagte: »Mach die Augen zu«, und beleuchtete kurz ihre Gesichter. Dann hielt er sein Handy hoch, deutete darauf und hoffte, dass die Pflegerin verstand und seine Visitenkarte noch hatte.

Offenbar traf beides zu, denn wenige Augenblicke später erschien eine unbekannte Nummer im Display. David hob ab und fragte leise: »Magdalena, sind Sie das?«

»Ja. Wo ist Problem? Warum ihr im Wald in Nacht?«

David dachte kurz darüber nach, wie viel er ihr erzählen sollte. Dann sagte er nur: »Ich erkläre Ihnen später, warum wir hier sind. Könnten Sie kurz nach Herrn Drescher schauen, aber dabei Alicia aus dem Weg gehen?«

»Warum? Was los da ist?«

»In seinem Zimmer brennt noch Licht und wir machen uns Sorgen um ihn.«

Magdalena antwortete nicht sofort und dann nur zögerlich: »Eigentlich ich darf jetzt nicht nach unten. Alicia gesagt hat, dass schaut sie selber nach Opa, weil es ist ihre letzte Nacht hier.«

Catharina, die ihr Ohr neben das Handy gehalten hatte, zupfte David am Ärmel und ermahnte ihn: »Lass es. Es ist zu gefährlich. Sie soll bleiben, wo sie ist, und sich einsperren.«

David gab das so weiter und legte auf. Sein Handy zeigte einen verpassten Anruf von Clara an. Er rief sie zurück, und als sie ohne Begrüßung sagte: »Ihr braucht die Polizei«, zog sich sein Magen zusammen.

Nachdem Catharina Weiglein alarmiert hatte, öffneten sie eine Datei, die ihr Clara aufs Handy geschickt hatte. Der kurze Film war abscheulich und zeigte die vierzehnjährige Elisabeth Schwab, wie sie kurz vor ihrem Tod misshandelt wurde. Von dem Täter selbst kamen nur kurz zwei Finger ins Bild, die sofort wieder verschwanden. Catharina spielte das Video noch einmal ab und fragte danach mit belegter Stimme in Richtung von Davids Handy: »Clara? Stammt diese Aufnahme von dem Handy aus dem Stall?«

David hatte das Gerät auf Freisprechen gestellt, aber die Lautstärke heruntergeregelt, trotzdem konnten sie Clara gut verstehen, als diese sagte: »Das weiß ich nicht, da ich drei aktive Handys im Netzwerk gefunden habe. Es ist aber von dem einzigen Gerät ohne SIM-Karte, das vermutlich nur zum Filmen benutzt wurde. Und das ist nur einer von vielen Filmen und Bildern. Es gibt auch welche von dem Mord letzte Woche. Und da ihr sicher gleich danach fragen werdet: Nein, der Täter ist auf keinem Film oder Bild erkennbar.«

»Moment«, bat David, nahm Catharina ihr Handy aus der Hand und startete den Film erneut. An der Stelle, wo kurz die Finger ins Bild kamen, stoppte er und vergrößerte das Bild. Dann verstand er gar nichts mehr und dachte laut: »Unsere Theorie, dass Alicia die Täterin ist, kann nicht stimmen. Hast du die Finger gesehen, Clara?«

»Ja.«

»Die gehören ziemlich sicher zu einem Mann und sind auf keinen Fall Alicias Finger. Dazu hat sie viel zu schlanke Hände.«

»Und das heißt?«

»Keine Ahnung«, gab David zu und ergänzte: »Entweder wir haben uns, was sie angeht, geirrt oder sie hat einen Komplizen.«

Clara erstaunte sie mit der Aussage: »Dann Zweiteres.«

»Wie …?« Weiter kam David nicht, da seine Assistentin bereits erklärte: »Ich kann nicht nur auf die Dateien des besagten Handys zugreifen, sondern auch die Kamera und das Mikrofon aktivieren, was ich natürlich getan habe. Die Kamera zeigt nur Dunkelheit und bis jetzt dachte ich, diese Alicia führt Selbstgespräche. Aber jetzt, wo du es sagst, könnte es auch sein, dass sie die ganze Zeit über das Festnetz mit jemandem telefoniert.«

»Lass uns mithören«, bat Catharina, doch Clara widersprach: »Dann müssen wir zu deinem Handy wechseln. Davids Akku ist inzwischen bei fünf Prozent.«

David reagierte mit: »Das ist Mist. Magdalena kennt nur meine Nummer. Wenn sie Hilfe braucht, kann sie niemanden erreichen.«

»Reg dich ab«, erwiderte Clara gelassen. »Auf ihr Handy kann ich auch zugreifen. Ich schreibe ihr schnell eine Nachricht mit meiner Nummer und dann melde ich mich über Catharinas Handy bei euch.«

Keine zwanzig Sekunden später kam der Anruf. Catharina hob ab und Clara sagte nur: »Ich schalte jetzt zu Alicia um. Sie redet immer noch.«

Catharina stellte etwas lauter und sie hörten Alicia gerade sagen: »... ich werde es der dummen Fotze in die Schuhe schieben. Die Rumänin hat genügend Gründe, unsere Familie zu vergiften. Eigentlich würde ich sie gerne länger leiden lassen ...« Es folgte eine kurze Stille. »... was? Ja, natürlich freue ich mich. Und wenn wir das Geld erst haben, dann ... Scheiße, mein Bruder ist wach.« Das Gespräch brach ab, man hörte so etwas wie Schritte und dann Alicia fragen: »Was, du hast Durst? Ich wollte mir gerade selbst etwas holen, soll ich dir ein Glas Milch mitbringen?«

Sie konnten nicht verstehen, was Patrick erwiderte, doch Alicia sagte viel zu mild: »Ist doch kein Problem, Brüderchen. Ich hole dir gerne was. Heute Nacht hat offenbar jeder Durst. Opa wollte auch schon etwas und sogar Dad hat vorhin ein zweites Bier getrunken. Muss wohl am versalzenen Abendessen liegen.«

»Bringst du mir ein Bier?«, hörten sie jetzt auch Patricks Stimme, worauf Alicia erwiderte: »Nein ... ja ... warum eigentlich nicht? Die anderen schlafen eh alle und du bist alt genug.

Und morgen geht es wieder in das Scheißinternat. Du hast recht, wir haben uns beide ein Bier verdient.«

»Cool!« Nun klang der Junge wieder so, wie ihn David in Erinnerung hatte.

»Okay«, erwiderte Alicia. »Geh wieder in dein Zimmer. Ich bringe es dir.«

In den nächsten Minuten waren nur Hintergrundgeräusche zu hören, doch dann hatte Alicia offenbar wieder ihren Gesprächspartner in der Leitung: »Hi, ich bin es wieder. Es läuft besser als gedacht. Mein Bruder will ein Bier, das ich ihm holen soll. In ein paar Minuten bekommt der auch nichts mehr mit.«

David hatte genug gehört. Und auch wenn er sich noch keinen rechten Reim darauf machen konnte, was hinter diesen Mauern gerade passierte, wählte er erneut Claras Nummer. Sein Akkustand zeigte noch zwei Prozent, die aber genügten, um von ihr zu fordern: »Wir brauchen den anderen Gesprächsteilnehmer. Kannst du da irgendetwas machen?«

Er hörte noch »Nein, nichts. Das ist klassisches altes Festnetz, da komme ich nicht ran ...«, dann ging sein Handy aus.

KAPITEL 48

»Wie lange brauchen die?« David blickte immer wieder in Richtung der Zufahrtsstraße.

Dieses Mal war Catharina gelassener. »Es ist mitten in der Nacht, da wird Weiglein höchstens ein paar Streifen zur Verfügung haben. Vielleicht hätten wir ihm sagen sollen, dass das SEK nötig sein könnte.«

»Ja, wäre besser …« – David verstummte, als erneut Alicias Stimme durch das abgehörte Handy übertragen wurde. Sie klang beinahe euphorisch, als sie sagte: »Hier, Bruderherz, lass dir dein Bier schmecken.«

Patrick reagierte darauf mit Argwohn in der Stimme und fragte: »Was ist los mit dir? Bist du betrunken oder warum spielst du nicht wie sonst die böse große Schwester?«

Es folgte das Klirren von Flaschen, die aneinandergestoßen wurden, und etwas, was wie das leise Quietschen einer Matratze klang, bevor Alicia antwortete: »Ach, weißt du, ich finde, heute Nacht hat alles seine Ordnung. Es ist fast ein bisschen, als würde das Haus heute uns gehören.« Dann kicherte sie und fügte hinzu: »Komm, mach schon. Ex oder Arschloch, ich habe noch zwei Flaschen mitgebracht. Bis man das merkt, sind wir längst im Internat.«

Nun drang leises Schmatzen, Schlucken und ein Rülpser aus der Leitung. Danach herrschte kurz Stille und als Patrick erneut zum Sprechen ansetzte, lallte er derart, dass man nichts mehr verstehen konnte.

David runzelte die Stirn: »Von einem oder zwei Bier fällt der Junge um?«

Catharina schüttelte den Kopf. »Nein, glaub ich nicht. Da drinnen läuft etwas ganz anderes.« Und als sie Alicia sagen hörten: »Schlaf schön, du Arschloch«, wurde aus der Ahnung schon beinahe Gewissheit.

Im selben Augenblick näherten sich vom Wald her Scheinwerfer. Catharina und David waren zunächst froh, dass endlich Verstärkung kam, und mussten dann ungläubig dabei zusehen, wie genau ein einziger Streifenwagen auf den kreisförmigen Vorplatz des Herrenhauses fuhr. Sie gaben ihre Deckung auf und liefen auf den Wagen zu. Dass erneut kein Bewegungsmelder reagierte, nahm David nur am Rande wahr.

Da er selbst einmal Polizist gewesen war, vergaß David manchmal, dass er Beamten nun als Privatperson gegenüberstand. So auch jetzt, als er Weiglein pampig fragte: »Ist das alles? Wir sind einer mutmaßlichen Mörderin auf der Spur und Sie kommen mit nur zwei Kollegen?«

Der Kriminalmeister musterte ihn mit einem abschätzigen Blick und erwiderte: »Wie ich meine Arbeit mache, müssen Sie schon mir selbst überlassen. Abgesehen davon stehen Sie hier auf Privatbesitz und ich hoffe sehr, dass es dafür einen guten Grund gibt. Wenn ich mich recht erinnere, will Sie Herr Drescher nicht mehr in der Nähe seiner Tochter sehen.«

Nun mischte sich Catharina ein. Sie schob sich zwischen die beiden Männer und bat deutlich friedlicher: »Bitte hören Sie mir kurz zu. Wir haben jetzt keine Zeit für ausführliche Erklärungen. Die Kurzfassung lautet: Wir konnten Alicia Drescher über ein manipuliertes Handy abhören und sind der festen Überzeugung, dass …«, sie deutete auf das Herrenhaus, »… dort drin gerade etwas Furchtbares passiert.«

Es fiel dem Polizisten sichtlich schwer, sich darauf einzulassen. Er bedachte David noch einmal mit einem düsteren Blick, fragte dann aber: »Worum geht es? Von welcher Bedrohung sprechen Sie?«

Im selben Augenblick kamen wieder lautere Töne aus Catharinas Handy, das noch immer Alicias Tun übertrug. Jetzt summte die junge Frau ein Kinderlied, das jedoch mehrmals von metallischem Klicken gestört wurde.

David riss seiner Partnerin das Gerät aus der Hand, hielt es sich ans Ohr und konnte dieses Klicken ein letztes Mal hören. Sein Blutdruck stieg, als er den anderen erklärte: »Ich kann mich irren, aber das klang nach dem Zündfunken eines Gasherds.«

Weiglein sah das weniger kritisch und zuckte mit den Schultern: »Ja und? Meine Frau macht sich nachts auch manchmal einen Tee.«

David schüttelte energisch den Kopf. »Hier geht es nicht um Tee. Wir gehen aufgrund dessen, was wir vorhin mitgehört haben, davon aus, dass Alicia ihre ganze Familie unter Drogen oder Schlafmittel gesetzt hat. Und wenn sie jetzt mit dem Gasherd spielt, kann das nur eines bedeuten.«

Weiglein gab sich einen Ruck, winkte die beiden Streifenbeamten zu sich und ging auf die Eingangstür zu. Dort drückte er auf den Knopf der Gegensprechanlage und stand im selben Augenblick im Schein zweier starker Lampen.

Nach einigen Sekunden der Stille drückte er erneut auf den Knopf und begann danach, mit der Faust gegen die Tür zu hämmern.

David sah ihm zu, drängte sich schließlich an ihm vorbei und gab auf einem Tastenfeld den Code ein, den er während seiner Zeit hier bekommen hatte. Das Eingabefeld leuchtete rot auf. Er stieß einen Fluch aus und wiederholte die Eingabe mit dem gleichen Ergebnis.

Weiglein wurde endlich auch nervös und fragte: »Sie haben doch eine Zeit lang hier gewohnt, gibt es noch einen anderen Zugang?«

David sah ihn an. »Die Fenster können wir vergessen, die sind im Erdgeschoss alle vergittert. Bleibt nur die Terrasse auf der anderen Seite, aber die ist nicht weniger einbruchsicher als diese Tür.«

Der Kommissar gab seinen Kollegen den Befehl nachzusehen. Inzwischen hörten sie aus Catharinas Handy, dass Alicia das Klopfen offenbar mitbekommen hatte. Jedenfalls flüsterte sie jetzt etwas vor sich hin, was klang wie: »Weg … weg … alle weg.« David hörte kurz zu und stellte dann fest: »Sie muss völlig durchgedreht sein.«

Anstatt darauf einzugehen, schlug Catharina vor: »Wir haben immer noch Magdalena.«

»Die Pflegerin des alten Herrn Drescher?«

Catharina nickte Weiglein zu. »Ja. Wir haben vorhin mit ihr telefoniert und ihr geraten, sich oben in ihrem Dachzimmer einzusperren. Wenn Alicia da drinnen tatsächlich irgendetwas mit Gas anstellt, ist Magdalena nicht nur unsere einzige Chance, sondern auch in Lebensgefahr.«

»Können wir sie erreichen?«

»Ja«, bestätigte David. »Geben Sie mir bitte Ihr Handy. Bei meinem ist der Akku leer.«

Weiglein reichte ihm sein Gerät und David wählte Claras Nummer. Diese schickte ihm wiederum Magdalenas Nummer auf Weigleins Handy. Er drückte auf das Anruf-Symbol und wartete. Die junge Frau hatte offenbar auch schon mitbekommen, dass im Haus etwas vor sich ging, und sagte leise: »Ja, wer da ist?«

»Ich bin es, David Bender. Seien Sie jetzt bitte still und hören Sie zu. Wir gehen davon aus, dass Alicia ihre Familie betäubt hat und jetzt irgendetwas plant. Können Sie Gas riechen?«

Magdalena klang verstört. »Ich, nein, nix Gas.«

»Gehen Sie bitte zu Ihrer Zimmertür und riechen Sie auch dort.«

Sie hörten leise Geräusche und dann: »Ja, vielleicht Gas ein bisschen.«

Davids Lippen formten ein unanständiges Wort, wobei er etwas ratlos erst Catharina, dann Weiglein ansah. Er hielt den Lautsprecher zu und sagte leise: »Wir können sie da nicht runterschicken. Entweder sie atmet das Gas ein oder es könnte eine Explosion geben.«

Clara hatte offenbar über Catharinas Handy mitgehört, denn nun kam statt Alicias Stimme ihre aus dem Gerät, als sie sagte: »David, kannst du mich hören?«

Der sah sich zunächst verwirrt um, bevor ihm Catharina ihr Handy hinstreckte. »Ja, ich kann dich verstehen. Hörst du uns etwa schon die ganze Zeit zu?«

»Na klar. Was ich mit Alicias Handy gemacht habe, kann ich natürlich auch bei euch. Aber das ist jetzt egal. Ich wollte dir nur sagen, dass es egal ist, wenn Magdalena etwas Gas einatmet. Erdgas ist nicht mehr giftig, man sollte es nur nicht übertreiben. Sie muss nur wegen der Explosionsgefahr aufpassen.«

»Stimmt das auch?«, versicherte sich David.

»Ja, natürlich.«

»Gut, alles klar. Danke.« David gab Catharina das Gerät zurück, hob Weigleins Handy ans Ohr und fragte: »Magdalena, sind Sie noch da?«

»Ja.«

»Okay, dann tun Sie jetzt bitte Folgendes: Wir müssen unbedingt ins Haus, kommen aber nicht rein. Also müssen Sie sich runterschleichen und uns die Tür öffnen. Schaffen Sie das?«

»Kann versuchen. Aber Gas ist da«, erwiderte sie ängstlich.

»Das macht nichts. Versuchen Sie, so wenig wie möglich zu atmen. Aber selbst, wenn Sie es einatmen, passiert nichts. Sie müssen nur aufpassen, dass nirgends offenes Feuer ist und …«, er stockte kurz und fügte dann hinzu: »…und dass Sie Alicia nicht begegnen. Gehen Sie ihr unbedingt aus dem Weg.«

»Okay, ich versuche.«

»Prima«, lobte David und als Catharina noch eine Geste machte, bat er: »Öffnen Sie alle Fenster, an denen Sie vorbeikommen, damit das Gas rauskann.«

»Habe verstanden.«

Dass Magdalenas Stimme wieder fester klang, gab David Grund zur Hoffnung, daher trieb er sie an: »Dann los jetzt. Stellen Sie das Handy auf Freisprechen, damit wir Sie hören können. Wir sind ganz leise, damit wir Sie nicht verraten.«

Das nun folgende »Okay« klang schon nicht mehr so fest, trotzdem hörten sie, wie Magdalena ihre Zimmertür aufschloss.

KAPITEL 49

Inzwischen waren auch die beiden Streifenbeamten zurückgekehrt. Einer von ihnen informierte Weiglein: »Da ist nichts zu machen. Das Haus ist eine Festung.«

»Alles klar«, bestätigte der, befahl aber: »Geht zum Wagen und fordert ...«, er hielt inne, drehte sich zu Catharina und fragte: »Wissen Sie, wie viele Leute im Haus sind?«

An ihrer Stelle meldete sich David zu Wort. »Wenn wir Alicias Gespräch mit ihrem Bruder richtig deuten, dann sind alle da. Ihre Großeltern, ihr Vater und ihr Bruder.«

Catharina ergänzte: »Dazu kommen sie selbst und Magdalena.«

Weiglein atmete hörbar aus. »Also gut, dann fordert die Feuerwehr, das SEK und Sanitäter für sechs mögliche Verletzte an.«

Während seine Kollegen zum Streifenwagen rannten, wandte sich Weiglein der Tür zu, wobei er sich laut fragte: »Irgendwo muss man doch reinkommen.«

David schüttelte den Kopf. »Nein, das war das Erste, was ich an meinem ersten Tag bei den Dreschers überprüft habe. Diese Tür ist extra verstärkt und der Verschluss arbeitet mit

Sicherungsbolzen.« Dann deutete er auf die Alarmanlage und das Display der elektronischen Schließeinrichtung und erklärte: »Der richtige Code wäre unsere einzige Chance.«

»Aber den muss Magdalena doch kennen«, warf Catharina ein.

David wusste nicht, ob er es wagen sollte, entschied sich aber dafür. Er hob Weigleins Handy an den Mund und sagte leise: »Magdalena, können Sie mich hören?« Doch alles, was er als Antwort bekam, waren ihre Atemgeräusche.

»Magdalena?«, versuchte er es etwas lauter. Es folgten ein knisterndes Geräusch und ein gehauchtes »Ja«.

»Kennen Sie den aktuellen Code für die Eingangstür?«

Die Stimme der Pflegerin war so leise, dass er nur mit Mühe verstehen konnte, was sie sagte, und das war: »Das geht nix. Ich kann nicht nachts raus. Hab nur tagsüber richtigen Code.«

»Das gibt es doch nicht«, fluchte Weiglein so laut, dass sich David beeilte, das Mikrofon des Handys abzuschirmen. Offenbar zu spät, denn nun hörten sie gleich aus beiden Handys, wie Alicia fast schon singend rief: »Magdalena, du kleine Schlampe, bist du das da oben? Ich habe dir doch befohlen, in deinem Zimmer zu bleiben.«

»Was tun ich soll?«, hörte David Magdalena flüstern.

»Wo sind Sie?«

»Erster Stock, bei Wohnung der Alten.«

»Ist die Tür abgeschlossen?« David hörte ein Klicken und ein leises »Nein«.

»Dann rufen Sie runter, dass es Ihnen leidtut und Sie jetzt wieder nach oben gehen. Danach verstecken Sie sich in der Wohnung.«

Magdalena verstand und machte ihre Sache großartig. Wieder hörten sie es aus beiden Handys, aus dem von Catharina aber deutlich leiser, dass die Pflegerin mit unterwürfiger Stimme rief: »Bitte, tut leid mir, Frau Drescher. Habe nur etwas gehört. Werde gehen wieder in Zimmer.«

Alicias Antwort lautete: »Ja, verpiss dich, und zwar ein bisschen schnell.«

Durch Magdalenas Handy hörten sie deren Schritte und eine Tür klicken, dann fragte David: »Wie ist es mit dem Gas? Riecht es schlimm?«

Anstatt einer Antwort kam ein unterdrückter Schrei, dann die Erklärung: »Bin bei Chefin … sie ist … sieht … ist sie tot?«

David und Weiglein wechselten einen Blick. David gab sich ruhig, als er fragte: »Fühlen Sie ihren Puls und wir müssen wissen, wie schlimm es mit dem Gas ist.«

Es folgte kurz Stille. »Frau Drescher hat Puls wenig. Gas riecht schlimmer als oben.«

»Alles klar, Magdalena, Sie machen das wirklich sehr gut. Und jetzt öffnen Sie das Fenster in dem Raum.«

Kurz darauf hörten sie über dem Eingang ein leises Quietschen. David ging die Treppe hinunter, bis das Vordach endete, und sah das Gesicht der jungen Frau schemenhaft etwa fünf Meter über sich. Magdalena stand in dem dunklen Zimmer am geöffneten Fenster und rief leise: »Bitte, ich wollen hier raus. Alicia ist böse, sie töten mich wird.«

Catharina war David gefolgt und hörte es auch. Und anstelle ihres Partners antwortete sie: »Bleiben Sie ruhig, wir lassen uns etwas einfallen.«

»Was willst du dir einfallen lassen?«, zischte David.

»Keine Ahnung, aber wir können das nicht von ihr verlangen. Da drinnen herrscht möglicherweise akute Explosionsgefahr und kein Mensch weiß, was Alicia antreibt.«

David antwortete nicht gleich und dann: »Vor dem Stall liegt eine alte Leiter«, und an Weiglein gewandt fragte er: »Wo bleibt die Scheißfeuerwehr?«

Als dieser nur mit den Achseln zuckte, übernahm Catharina die Führung und beschloss: »Holt ihr beide die Leiter und ich beruhige Magdalena. Beeilt euch!«

Als die Leiter endlich stand, aber einen halben Meter unter dem Fenster endete, schickte sich Catharina an hochzusteigen, doch David hielt sie zurück und erklärte: »Du nicht. Wenn Alicia dich sieht, dreht sie endgültig durch.«

»Und wer soll sonst da rein? Sie musste Weiglein vor Kurzem gestehen, dass sie dich zu Unrecht beschuldigt hat. Dem wird sie auch nicht trauen.«

»Aber mir, immerhin habe ich sie nicht angezeigt«, entgegnete David und setzte einen Fuß auf die Leitersprosse.

Mit einem leise gerufenen »Raus, ich raus will« erinnerte Magdalena sie daran, dass sie keine Zeit zum Streiten hatten. Catharina trat zurück, versuchte, der Leiter mehr Halt zu geben, und sagte: »Viel Glück. Und hau ab, wenn es zu heikel wird.«

Zwei Minuten später schwang sich David oben über die Fensterbank, half der Pflegerin kurz darauf auf die Leiter und drang ins Haus vor.

Der Gasgeruch war nur unmittelbar neben dem Fenster kaum wahrnehmbar, doch schon in der Mitte von Frau Dreschers Schlafzimmer wurde es unangenehm. Die alte Frau lag tatsächlich wie tot in ihrem Bett. David leuchtete sie kurz mit der Taschenlampe an, fühlte ebenfalls einen leichten Puls und ging weiter.

Er ließ ihre Tür offen, ging zügig zum Zimmer ihres Mannes und öffnete auch dort das Fenster. Danach wollte er zum Treppenhaus, doch ein leises Stöhnen ließ ihn innehalten.

Der alte Mann blinzelte gegen das Licht der Taschenlampe und David sah, dass ihm Tränen über die Wange liefen. Wenn Alicia wirklich alle Familienmitglieder unter Drogen oder

Schlafmittel gesetzt hatte, war es sicher kein Zufall, dass sie ihn ausgelassen hatte. David konnte nur spekulieren, aber nach allem, was er in der letzten Stunde gesehen hatte, konnte er sich denken, warum sie ihm ein sanftes Entschlafen nicht gönnte. Doch wie auch immer, damit konnte er sich jetzt nicht aufhalten.

Der geschaffene Durchzug durchlüftete die Wohnung der alten Dreschers schnell und das Atmen wurde einfacher. Schlimm wurde es erst wieder, als er die Wohnungstür zu der großen Freitreppe hin öffnete.

Ihm wäre es deutlich lieber gewesen, Alicia hören zu können, aber hier war es so still, wie es nur sein konnte. Seine Augen suchten im Dämmerlicht nach einem Zeichen von ihr, fanden aber nichts Ungewöhnliches. Der große Eingangsbereich des Herrenhauses wirkte wie ein Museum.

David wagte sich auf die Treppe. Im ersten Moment ging seine Hand zur Waffe, doch dann erinnerte ihn der übelkeiterregende Gasgeruch daran, dass die bei der Gaskonzentration keine gute Idee war.

Eigentlich wollte er langsam vorgehen, doch das Atmen fiel ihm immer schwerer. Im Erdgeschoss angekommen sah er sich noch einmal um. Von Alicia fehlte jede Spur. Er erinnerte sich an das Klicken, das ihn an den Zünder eines Gasherds erinnert hatte. Und da diese Gefahr oberste Priorität hatte, wandte er sich nach rechts. Er stieß die Tür auf, kontrollierte das Esszimmer und ging zügig auf die andere Seite, wo man durch eine Schiebetür zur Küche gelangte.

Bisher war er davon ausgegangen, dass Alicia den Herd so präpariert hatte, dass dort das Gas austrat. Doch an der etwas geöffneten Schiebetür angekommen, sah er, dass eine kleine blaue Flamme auf dem Herd brannte.

Die Gefahr einer Explosion konnte nicht größer sein. Das eigentliche Leck war offensichtlich irgendwo anders und durch die weiter geöffnete Schiebetür gelangte noch mehr Gas in die Küche. David hastete zum Herd, schaltete ihn ab und den Dunstabzug ein. Das Ding machte sofort einen ziemlichen Lärm, aber darauf konnte er jetzt keine Rücksicht nehmen. Allerdings stellte sich diese Aktion sofort als Fehler heraus, da das Gebläse nun auch das Gas aus dem Nebenraum ansaugte und er die steigende Konzentration sofort riechen konnte. Also stellte er das Gerät wieder ab und öffnete das einzige Fenster.

David spürte nur am Rande, dass sein T-Shirt vor Schweiß auf seiner Haut klebte, und die Gefahr war noch nicht gebannt. Irgendwo in diesem riesigen Haus strömte weiterhin Gas ungehindert aus der Leitung. Er bückte sich neben den Herd und leuchtete mit seiner Taschenlampe dahinter. Entgegen seiner Annahme, dass die Leitungen aus dem Keller kamen, verschwanden sie waagerecht in der Wand. Und da es hier keine weitere Tür gab, musste man irgendwie anders zu dem Nachbarraum gelangen. Dann erinnerte er sich an den Flur, der zu dem Arbeitszimmer von Alicias Vater führte.

Nun nahm er keine Rücksicht mehr darauf, dass Alicia ihn bemerken könnte. Er verzichtete sicherheitshalber darauf, die Deckenbeleuchtung einzuschalten, und benutzte stattdessen seine Taschenlampe. So durchquerte er erst die Küche, dann den Speisesaal und wandte sich in der Eingangshalle nach links. Der Flur war fensterlos und verlief parallel zu den beiden Räumen, aus denen er gerade gekommen war.

Im Schein seiner Lampe sah er ungefähr dort, wo er das auch vermutet hätte, eine unscheinbare Tür. Die Entfernung dürfte stimmen und auf dem kleinen Schild neben der Tür stand: »Technikraum«.

Da die Tür ein Stück offen stand, war die Gaskonzentration hier so hoch, dass er kaum noch atmen konnte. Er wollte sie gerade ganz öffnen, als er furchtbar zusammenzuckte. Alicia stand irgendwo hinter ihm und rief aggressiv: »Lass es!« Er drehte sich um und riss dabei die Taschenlampe nach oben. Die junge Frau stand dort, wo er gerade herkam. Sie trug ein langes weißes Nachthemd, in dem sie wie ein Geist aussah. Dazu passte ihr starrer Blick und als sie ihre rechte Hand hob, zog sich sein Magen zusammen. Denn zwischen ihren Fingern hielt sie ein metallisch glänzendes Zippo-Feuerzeug mit geöffnetem Deckel.

KAPITEL 50

David streckte seinen Arm in Alicias Richtung aus, machte eine beruhigende Geste und sagte möglichst einfühlsam: »Bitte leg das Feuerzeug weg.«

»Einen Scheiß werde ich. Du hättest nicht herkommen sollen, meine Familie hat es nicht anders verdient.«

David unterdrückte die Übelkeit aufgrund des heftigen Gasgeruchs, dann spürte er einen Luftzug und es wurde etwas besser. Er machte einen Schritt auf Alicia zu und bat noch einmal: »Leg es weg. Egal, was passiert ist, wir können das auch anders lösen.«

Sie schüttelte den Kopf. »Können wir nicht und du weißt gar nichts. Man kann keine Uhr zurückdrehen. Verschwinde von hier oder du stirbst ebenfalls.«

Die Anspannung ließ ihn zittern, trotzdem sagte er: »Nein, Alicia. Ich kann nicht zulassen, dass du sie alle tötest. Leg das Feuerzeug auf den Boden und komm mit mir nach draußen.« Der Gedanke, sie abzulenken, durchzuckte ihn. »Was hast du ihnen überhaupt gegeben?«

Sie lachte laut und boshaft auf. Und da sie sich offenbar sicher war, dass David es später niemandem mehr würde erzählen können, sagte sie: »Ich habe nur Omas Vorrat an Schlaftabletten geplündert. Und weil das Essen heute zufällig ein wenig versalzen war, haben Oma und Vater ordentlich getrunken. Nur bei Patrick dauerte es etwas länger, bis er Durst bekam, aber der wird den großen Wumms ebenfalls verschlafen.« Nach dem kurzen Triumph wurde ihr Gesichtsausdruck wieder härter. Sie rief: »Hättest mal besser am Weiher mit mir gefickt. Jetzt ist es zu spät.« Damit wandte sie sich in Richtung Eingangshalle, lief los und hielt dabei das Feuerzeug über ihren Kopf.

David sah wie in Zeitlupe, dass sie ihren Daumen über das Zündrädchen legte. Um von der Tür, hinter der das Gasleck war, wegzukommen, rannte er ein paar Schritte in die andere Richtung, warf sich auf den Boden und verschränkte seine Arme zum Schutz über seinem Kopf. Es verging eine gefühlte Ewigkeit, in der nichts passierte, dann hörte er Weigleins Stimme, als dieser rief: »Ich hab sie. Drehen Sie das verdammte Gas ab.«

David brauchte eine Sekunde, drehte sich auf den Rücken und sah den Flur entlang zur Eingangshalle. Dort kniete der Kommissar über der auf dem Bauch liegenden und furchtbar fluchenden Alicia und legte ihr gerade Handschellen an. Das Feuerzeug lag einen Meter neben ihr.

David rappelte sich auf und öffnete vorsichtig die Tür zum Technikraum. Er hielt die Luft an, trat ein und leuchtete nach Luft ringend mit der Taschenlampe umher. Auf den ersten Blick waren keine Leitungen zu sehen, dann rückte er einen großen leeren Karton zur Seite und fand, was er suchte.

Zu mehr war er im Augenblick nicht fähig, da sich in seinem Kopf alles zu drehen begann. Er machte einen Schritt rückwärts zur Tür, bekam weiche Knie und knickte ein. Einen Augenblick lang wusste er nicht, ob er nur träumte, dass ihn zwei starke Hände unter den Achseln packten. Seine Wahrnehmung war verschwommen, trotzdem bekam er noch mit, wie sich ein Feuerwehrmann mit Atemmaske an ihm vorbeidrängte. Er selbst wurde rückwärts aus dem Gefahrenbereich und anschließend durch die Eingangshalle gezogen. Erst als er die kühle Nachtluft spürte, wagte er den ersten tiefen Atemzug. Man legte ihn vorsichtig ab und er schloss die Augen.

Eine halbe Stunde später saßen David und Catharina nebeneinander in einem Rettungswagen. Er nahm ein paar letzte Züge aus der Sauerstoffmaske, zog sie sich vom Kopf und erklärte dem Sanitäter: »Ich glaube, es geht jetzt wieder. Ich fahre auf eigene Verantwortung nicht mit ins Krankenhaus.«

»Sicher?«, fragte Catharina anstelle des Sanitäters und mit ehrlicher Sorge in der Stimme.

»Sicher«, bestätigte er und erhob sich. Für einen kurzen Augenblick kehrte der Schwindel zurück, dann ging es besser. David stieg langsam aus dem Heck des Wagens und sah sich um. Der Platz vor dem Herrenhaus glich einem Rummelplatz, jedenfalls was die Lichter anging. Jedes Blaulicht der zahlreichen Einsatzwagen flackerte in einem anderen Takt.

David sah sich um, wandte sich an Catharina und fragte: »Siehst du Weiglein irgendwo?«

Sie entdeckten den Kommissar gleichzeitig, als einer der Rettungswagen losfuhr und den Blick auf ihn freigab. Weiglein sah sie ebenfalls, kam zu ihnen herüber und erkundigte sich nach Davids Verfassung.

»Geht wieder«, lautete Davids knappe Antwort, bevor er sich nach den Dreschers erkundigte.

Weiglein sah kurz dem davonfahrenden Rettungswagen hinterher und erklärte: »Der Arzt sagte, dass die Dosis an Schlafmittel ziemlich hoch gewesen sein muss. Aber nach jetzigem Stand dürften es alle, auch Marlene Drescher, schaffen. Ihr Sohn und ihr Enkel sind ja noch deutlich jünger und sollten es besser wegstecken.«

»Und Alicia?«

317

Weiglein zuckte mit den Schultern. »Es ist noch völlig unklar, ob sie irgendetwas genommen hat oder etwas anderes eine Psychose ausgelöst hat. Das dadrin …«, Weiglein deutete zum Haus, »… war auf jeden Fall keine spontane Aktion, sondern geplant. Die Feuerwehr hat zwei Gaslecks gefunden: eines an der Zuleitung zur Küche und noch ein kleineres oben in den Wohnräumen der alten Dreschers. Dort war es an der Zuleitung zu einem abgestellten Durchlauferhitzer. Beide Leitungen wurden vorsätzlich angesägt und dann mit Panzertape abgedichtet. Alicia musste nur noch das Klebeband lösen, die Kochflamme anstellen und dann warten.«

»Und warum ist sie danach nicht abgehauen? Wir haben doch dieses Gespräch zwischen ihr und dem Unbekannten mitgehört. Und da klang sie nicht so, als wollte sie sterben.«

Weiglein zog sein Handy heraus, öffnete ein Foto und hielt es den beiden hin. »Sie wollte auch nicht sterben, aber trotzdem im Haus bleiben.«

Das Foto zeigte einen kleinen Raum, in dem es ein Wandtelefon und ein Regal mit Lebensmittelkonserven gab. David verstand als Erster und sagte ungläubig: »Es gibt einen Panic Room, von dem ich nichts weiß?«

»Ja, so ist es. Und der hat nicht nur verstärkte Mauern, sondern ist auch weit genug von der Küche entfernt. Er hätte die Explosion mit ziemlicher Sicherheit ausgehalten. Außerdem fanden wir dort einige persönliche Dinge von Alicia, die sie offenbar vor dem Verbrennen retten wollte.«

»Aber warum?« David verstand es nicht.

Anstatt einer Antwort beschloss Catharina: »Wir brauchen den unbekannten Anrufer. Das war eine gemeinsam geplante Aktion von Alicia und ihm.«

»Scheiße, ja«, stieß David aus. »Und mir fällt auch nur ein Grund ein.«

»Erbe«, schlussfolgerte nun auch Weiglein.

David nickte. »Natürlich. Sie wäre die einzige Erbin gewesen. Allerdings nur, wenn man sie nicht verdächtigt hätte. Also jagt sie das halbe Haus in die Luft und versteckt sich selbst am sichersten Platz. Danach kommt sie heraus, spielt das überlebende Opfer, ist ihre verhasste Familie los und kassiert ab.«

»Und sie und ihr Komplize machen sich ein schönes Leben«, vervollständigte Catharina.

David sah aus dem Augenwinkel, dass sich ein weiteres Auto genähert hatte, aber kurz vor dem Anwesen am Straßenrand stehen blieb. Die Scheinwerfer gingen aus und jetzt erkannte er, wer dort ausstieg.

Moritz Unruh sah sich kurz um und rannte, als er sie neben einem Streifenwagen stehen sah, auf Magdalena zu.

Catharina verfolgte das Geschehen ebenfalls. Und als Unruh die junge zierliche Frau umarmte, kommentierte sie es mit: »Na, die sieht ja nicht besonders glücklich aus.« Danach wandte sie sich an Weiglein und fragte: »Konnten Sie schon einen Blick auf die Telefonanlage werfen? Kann man den Anrufer, mit dem Alicia gesprochen hat, zurückverfolgen?«

Der Kommissar wirkte nicht glücklich. »Leider nein. Die Rufnummer war unterdrückt. Aber wenn wir uns ein wenig gedulden, lässt sich das sicher trotzdem herausfinden. Oder Alicia lässt sich auf einen Deal mit uns ein und legt ein Geständnis ab. Aber so weit sind wir noch lange nicht, der Arzt musste ihr eine Beruhigungsspritze geben.«

Inzwischen hatte Unruh von Magdalena abgelassen und kam zu ihnen herüber. Er gab erst Catharina, dann David die Hand, wobei er sagte: »Es war wohl doch gut, dass Sie gleich hierhergekommen sind, sonst hätte Magdalena vermutlich keine Chance gehabt.«

»Keine Chance inwiefern?«, fragte Catharina scheinbar beiläufig.

Unruh antwortete zu schnell: »Na, das hier zu überleben. Nicht auszudenken, wenn genügend Gas in die Küche geströmt wäre. Vermutlich wäre das ganze Haus …« Er stockte, blickte zu seinem Auto und rannte los.

Catharina hatte es kommen sehen, denn es gab nur eine Möglichkeit, woher Unruh wusste, was hier hatte passieren sollen. Sie brauchte nur die halbe Strecke, um ihn einzuholen, bekam ihn zu greifen und sie landeten beide auf dem englischen Rasen. Moritz Unruh wehrte sich nur kurz. Sie drehte ihn auf den Bauch, zog seine Arme nach hinten und sorgte dafür, dass er genügend Schmerzen hatte, um still liegen zu bleiben.

Kurz darauf reichte ihr Weiglein seine Handschellen, sagte aber: »Das müssen Sie mir jetzt erklären.«

Anstatt einer Antwort zog Catharina Unruhs Handy aus dessen dünner Sommerjacke, gab es David und bat: »Wähle die zuletzt angerufene Nummer.«

David nahm das Gerät, versuchte, es zu entsperren, trat vor Unruh und fragte: »Passwort?«

»Geht Sie nichts an.«

Catharina sah zu Weiglein und bat: »Könnten Sie kurz zu Ihren Kollegen gehen?«

Der grinste ein wenig und überquerte die kreisrunde Wiese vor dem Herrenhaus.

Catharina zog Unruhs Arm ein Stück höher und drückte dabei mit ihrem Daumen in sein Schultergelenk. Dabei sagte sie laut: »Sie sollten sich wirklich nicht wehren.«

»Passwort?«, fragte David noch einmal.

Unruh stöhnte kurz auf und wollte protestieren, was Catharina zum Anlass nahm, seinen Arm noch ein bisschen weiter zu strapazieren. Es folgte ein weiteres Stöhnen, ein unterdrückter Schmerzensschrei und dann endlich: »081285«.

Nachdem David das eingegeben und genickt hatte, drehte sich Catharina wieder zu Weiglein und rief: »Herr Kommissar, könnte uns bitte jemand Herrn Unruh abnehmen?«

Weiglein kam mit zwei Streifenbeamten zurück, nahm von David das Handy entgegen und folgte Catharinas Bitte, die zuletzt angerufene Nummer anzurufen. Wenige Sekunden später hörten sie aus den offen stehenden Fenstern des Drescher-Hauses einen leisen Klingelton.

KAPITEL 51

Weigleins Anruf kam überraschend. Der Kommissar schlug ein persönliches Gespräch außerhalb seiner Dienststelle vor, und so einigten sie sich auf ein kleines Dorf zwischen Rügen und Berlin.

Jetzt saßen sie zu dritt auf der Terrasse eines kleinen Cafés. David und Weiglein bestellten sich je ein alkoholfreies Bier und Catharina einen Aperol Spritz. Kurz darauf wurden die Getränke von einem jungen Mann gebracht und David fragte Weiglein: »Also, warum haben Sie uns herbeordert? Gibt es Probleme mit den Beweisen gegen Moritz Unruh und Alicia Drescher? Sollen wir noch einmal aussagen?«

Weiglein setzte das Glas an, nahm es wieder vom Mund und hielt es in die Mitte des Tisches. Dann sagte er: »Lassen Sie uns auf einen lupenrein abgeschlossenen Fall anstoßen.«

David und Catharina taten ihm den Gefallen, tranken einen Schluck und dann spekulierte Catharina: »Sie haben ein Geständnis?«

»Das haben wir«, bestätigte Weiglein. »Und da Sie beide einen nicht unerheblichen Teil zu dem Fall beigetragen haben, möchte ich Sie inoffiziell darüber in Kenntnis setzen, was ich inzwischen alles erfahren habe.« Damit setzte er das Glas ab, streckte zuerst Catharina die Hand entgegen und fügte hinzu: »Aber dazu brauche ich Ihr Ehrenwort, dass es dieses Gespräch nie gegeben hat.«

Beide gaben ihm ihre Hand darauf, dann erzählte er: »Alicia Drescher hatte ein paar lange Sitzungen mit einer Psychologin und hat uns dann, auf Anraten ihres Anwalts, die ganze Geschichte erzählt. Wir haben ihre Ausführungen natürlich überprüft und der Staatsanwalt hält sie allesamt für glaubwürdig. Vorab kann man sagen, dass sich Alicia im Laufe der Zeit einen wirklich dicken Panzer zugelegt hat, den Moritz Unruh zu knacken wusste.«

»Er hat sie manipuliert?«, warf David ein.

»Auf jeden Fall – und das schon seit einigen Monaten. Genauer gesagt begann ihre, wenn man es so nennen will, Beziehung mit seinem Mord an Elisabeth Schwab vor einem Jahr.«

»Dann war er es doch?«, meldete sich dieses Mal Catharina zu Wort.

»Ja, aber dafür werden wir ihn wohl nicht mehr belangen können«, bestätigte Weiglein und David ergänzte: »Weil bei uns die Hürden sehr hoch sind, ein zweites Mal für dasselbe Verbrechen angeklagt zu werden, und Unruh inzwischen freigesprochen wurde.«

»So ist es.« Weiglein trank noch einen Schluck. »Aber das ist im Grunde egal, wir haben inzwischen genügend andere Anklagepunkte gegen ihn und die werden ihn für lange Zeit hinter Gitter bringen.« Er ließ ein kurzes Schweigen folgen, bevor er weitererzählte: »Aber zurück zu den Dreschers. Sie beide haben den Fund im Pferdestall richtig gedeutet. Alicia wurde über Jahre von ihrem Großvater missbraucht. Der sorgte dafür, dass ihre Mutter aus dem Spiel genommen wurde und ihr Vater sehr viel zu tun hatte. So konnte er sich in aller Ruhe seiner Enkelin widmen.«

»Moment«, bat David. »Hat denn seine Ehefrau, Marlene Drescher, nichts mitbekommen?«

»Das ist gewissermaßen ein schwarzer Fleck bei den Ermittlungen«, gab Weiglein zu. »Wir denken schon, dass sie es zumindest ahnte. Aber in den ersten Jahren des Missbrauchs war sie oft als EU-Abgeordnete in Brüssel und folglich nicht vor Ort. Allerdings hat sie auch initiiert, dass Patrick und Alicia in ein Internat kamen. Was man so deuten kann, als wollte die alte Frau Drescher ihre Enkel aus dem Einflussbereich ihres Mannes bringen. Wie auch immer, auf jeden Fall klingt Alicias Martyrium wie aus einem Horrorfilm. Immer wenn sie sich ihrem Großvater verweigerte, sperrte er sie in diese Grube unter dem Stall, oft tagelang, und immer verbunden mit der Drohung, dass man sie dort nie mehr finden würde, wenn er die Luke schließt.«

»Und ihr Bruder? Der muss doch etwas davon mitbekommen haben«, hinterfragte David das Gehörte.

»Ja und nein. Als alles begann, war Patrick noch klein genug, um ihm irgendwelche Geschichten aufzutischen. Und später war Alicia derart abgestumpft und von Hass getrieben, dass man ihr nichts mehr anmerkte. Außerdem behandelte man Patrick wie einen Thronerben. Der hatte gar kein Interesse daran, es sich mit seinen Großeltern zu verscherzen. Und was ihren Vater betrifft, stieß Alicia bei ihm auf taube Ohren. Gerald Drescher hatte die Erziehung der alten Dreschers genossen und tat die Anschuldigungen seiner Tochter als Hirngespinste ab.«

»Puh, harter Tobak.« Catharina war schockiert, fragte aber: »Und wie war das nun zwischen Unruh und Alicia?«

»Alicia bekam den Mord an Elisabeth Schwab natürlich mit. Außerdem wusste sie, dass ihr Vater der wichtigste Zeuge war. Doch sie war nicht etwa schockiert über diese Tat. Ganz im Gegenteil, die Sache faszinierte sie. Warum das so ist, können uns vielleicht die Psychologen erklären; ich habe da allerdings meine eigene Theorie, nämlich, dass sie in Unruh ein Stück weit ihren Großvater sah. Beide hatten Gewalt über ein Mädchen. Und vielleicht war es ein Versuch, über Unruh etwas Kontrolle zu erlangen, als sie ihm einen Brief in die Haftanstalt schrieb. Oder sie wollte über ihn einfach nur verstehen, warum ihr Großvater so war, wie er war.«

»Gewagte These, aber ich kann folgen«, warf David ein. »Weiter.«

»Unruh hatte durch die Zeugenaussage einen ebenso großen Hass auf die Familie wie Alicia. Er sah in ihr eine Chance, erschlich sich durch zahlreiche Briefe ihr Vertrauen und sagte ihr schließlich, was zu tun war. Er gab ihr etwas Kontrolle zurück, indem er sie dazu ermutigte, ihren Großvater die Treppe herunterzustoßen. Da dieser aber nicht starb, sondern zum Pflegefall wurde, konnten sie ihren Hass erst richtig ausleben. Dieses zweite Handy aus der Truhe des Pferdestalles gehörte ursprünglich Unruh. Er hatte seine Tat an Elisabeth Schwab damit gefilmt. Und da er durch den Treppensturz wusste, dass er sich auf Alicia verlassen konnte, sagte er ihr, wo sie es finden konnte. Mit dem Film über den Mord konnte Alicia ihrem inzwischen wehrlosen Peiniger immer wieder vor Augen führen, was er jahrelang mit ihr gemacht hatte. Nicht körperlich, aber er hatte ihre Psyche verstümmelt.«

Catharina war zwar schockiert, sagte aber: »Man sollte die Geschichte verfilmen. So etwas kann man sich nicht ausdenken.«

»Und es geht noch weiter«, erklärte Weiglein und trank einen großen Schluck. »Alicia war inzwischen derart in Unruhs Welt eingetaucht, dass sie die Macht eines Mordes selbst erleben wollte. Und da ihr Mentor längst größere Pläne geschmiedet hatte, schlug er ihr die Entführung und den Mord an einem Mädchen von dem Campingplatz vor. Alicia sollte erleben, wie es sich anfühlt, einen Menschen zu quälen. Außerdem wollte

Unruh der Welt einen anderen Täter für Elisabeth Schwabs Tod präsentieren.«

»Und warum haben die beiden mit seiner DNA am Tatort eine falsche Spur gelegt? Er war ja nachweislich in der Tatnacht auf diesem Boot.«

Weiglein sah Catharina in die Augen. »Weil er uns einen anderen Täter präsentieren wollte. Und seine Wahl fiel auf Magdalena. Sie wollten Magdalena als Bauernopfer zur Mörderin machen.«

Catharina schlug sich mit der flachen Hand an die Stirn. »Natürlich. Jetzt verstehe ich es. Die wollten es so aussehen lassen, als könnte nur Magdalena als Mörderin infrage kommen. Nach der Explosion hätte Magdalena nichts mehr richtigstellen können und er hatte uns ja auch schon das Märchen erzählt, dass Magdalena und er ein Liebespaar sind. Außerdem hat er uns noch ganz nebenbei erzählt, dass er auch nach seiner Haft einmal Sex mit ihr hatte und nur sie im Besitz seines Spermas sein konnte. Alle Welt hätte geglaubt, dass Magdalena die Mörderin der beiden Mädchen ist, und er hätte seine Ruhe gehabt.«

»Was für ein Irrsinn.« David schüttelte den Kopf, trank von seinem Bier und fragte: »Was ist eigentlich mit der Familie Drescher? Was sagen die zu alldem?«

Weiglein atmete durch. »Die bleiben sich treu. Weder Marlene Drescher noch ihr Sohn Gerald Drescher wollen dazu Stellung beziehen. Und auch Patrick wird bei einer Befragung sicher nichts sagen oder tun, was der Familie schadet – so halten sie es ja alle. Vielleicht ist es ihnen sogar ganz recht, dass Alicia aus dem Verkehr gezogen wird. Schließlich wurde sie in den letzten Monaten immer mehr zu einer Gefahr, und das wäre mit dem Älterwerden sicher nicht besser geworden. Wenn man moralische Werte außen vor lässt, haben sie nicht viel verloren. Für den alten Herrn Drescher kommen die Anschuldigungen bezüglich des Missbrauchs seiner Enkelin zu spät. Er wird zwar höchstwahrscheinlich verurteilt, ist aber haftunfähig. Und mit Alicia hat die Familie, wie gesagt, ein Problem vom Hals. Die können jetzt in aller Ruhe Patrick formen und ihre sogenannte Dynastie fortsetzen.«

»Stopp, stopp, stopp«, forderte David, sah Weiglein verschwörerisch an und erklärte leise: »Ich weiß, wie Sie diese Familie trotzdem noch drankriegen können. Wenn Moritz Unruh uns in der Sache nicht belogen hat, dann wurde Magdalena wie eine Gefangene gehalten. Außerdem soll sie ein heimliches Kind mit Gerald Drescher haben, das aus einer Vergewaltigung hervorging. Es lebt bei ihren Eltern in Rumänien und wird als Druckmittel für ihr Schweigen genutzt.« David konnte sich das Grinsen nicht verkneifen, als er hinzufügte: »Wenn das auffliegt, dürfte es diese Dynastie doch ein wenig ins Wanken bringen. Oder nicht?«

Weiglein dachte kurz darüber nach, grinste ebenfalls und erwiderte mit einem Zwinkern: »Dann werden wir so gut für Magdalenas Zukunft sorgen, dass sie uns bestimmt auch noch ihre Geschichte erzählt.« Er trank sein Glas leer, legte ein paar Euro auf den Tisch und beschloss: »Leider werden Sie den Ausgang dieses Falles den Medien entnehmen müssen. Dieses Treffen war heikel genug und könnte eine Gefahr für die anstehenden Gerichtsprozesse werden. Immerhin sind Sie beide Zeugen und sollten unbefangen sein. Folglich werde ich jetzt gehen. Bitte denken Sie daran, dass dieses Gespräch nie stattgefunden hat.«

KAPITEL 52

Sie erreichten ihr Büro am späten Nachmittag. David stoppte den Wagen kurz vor der Laderampe des ehemaligen Möbelgeschäfts, in das er sich eingemietet hatte. Oben auf der Rampe standen ein Stuhl und der Bistrotisch, den sie jeden Sommer herausstellten. Auf dem Tisch standen zwei halb volle Teegläser, doch von Clara war nichts zu sehen.

David und Catharina gingen am Tisch vorbei, blieben aber an der offenen Eingangstür stehen. David blickte stirnrunzelnd in das leere Büro und erkannte, dass auch die Tür zu seinem zum Fitnessraum umfunktionierten Nebenraum offen stand. Es sah Clara gar nicht ähnlich, hier alles unbewacht zu lassen. Sogar ihr heiß geliebter und sündhaft teurer Laptop stand ungeschützt herum, was in Berlin einer Einladung glich.

»Wo ist sie?« Offenbar gefiel Catharina die Situation ebenso wenig wie David.

Er wollte gerade etwas antworten, als sie aus dem Nebenraum undefinierbare Geräusche hörten. Er flüsterte: »Vielleicht ist sie überfallen worden«, und zog seine Waffe. Dann bedeutete er Catharina, sich der offenen Tür von rechts zu nähern, während er auf der linken Seite blieb.

Zwei Schritte weiter war Schluss mit Anschleichen. David übersah seine eigene Wasserflasche, die er immer auf den Boden neben seinen Schreibtisch stellte. Die Glasflasche ging beim Umfallen zwar nicht kaputt, machte aber auch so einen Höllenlärm. Catharina und David erstarrten in der Bewegung. Sie nickten sich gerade zu und wollten durch die Tür stürmen, als sie Clara rufen hörten: »David, Catharina, seid ihr das?«

David antwortete: »Ja. Geht es dir gut?«

Es dauerte einen Augenblick. »Äh, ja, schon. Aber wartet bitte draußen, ich bin gleich da.«

Catharina und David sahen sich unschlüssig an, hielten sich aber daran. Zwei Minuten später erschien Clara in ihrem Rollstuhl im Türrahmen. Sie wirkte irgendwie verändert, da ihr kurzes Haar in alle Richtungen abstand und ihre Bluse schief zugeknöpft war. Zwei Sekunden danach erschien auch Ünal, der den Rollstuhl schob und ein breites Grinsen im Gesicht hatte. Er deutete zurück in den Raum, aus dem die beiden kamen, und sagte gelassen: »Da kann man wirklich gut Sport machen.«

David war viel zu irritiert, um etwas zu sagen. Er überging die Situation einfach, indem er fragte: »Habt ihr Lust auf ein Bier in der Abendsonne?«

Nachdem Clara noch kurz zur Toilette verschwunden war, hatte sich David wieder so weit gefangen, dass er sich Ünal zuwandte und leise sagte: »Wenn du ihr wehtust, trinken wir hier nie wieder Apfeltee zusammen.«

Der Automechaniker, dessen Werkstatt sich zwei Häuser weiter befand, hob die Hände. »Alles gut. Die Sonne scheint, die Luft ist warm und wir beide haben keine Familie«, dann grinste er und fügte hinzu: »Und was soll das überhaupt für eine Drohung sein? Bei uns hätten wir gesagt …«

»Hält er dir eine Ansprache?« Clara war früher als erwartet zurück ins Büro gekommen. Nun rollte sie so nahe an David heran, dass ihre Fußstützen ihn berührten. Sie sah zu ihm hoch und erklärte: »Du kannst mir den Spaß von der Arbeitszeit abziehen, aber alles andere geht dich nichts an.«

David winkte ab. »Weiß ich doch. Ich wollte doch nur …« Er stockte, begann zu grinsen und fragte locker: »Kein Schafzüchter mehr?«

Nun musste Clara lachen. »Nein, kein Schafzüchter mehr, aber er behält mich als Kundin. Vielleicht besorge ich Ünal zum Opferfest eine Ziege.« Jetzt lachten alle vier. David holte ein paar Bier aus dem Kühlschrank und Catharina noch zwei Stühle. Draußen setzten sie sich um den Bistrotisch und stießen an.

»Also, wie lief es bei euch?«, begann Clara. »Was wollte dieser Kommissar?«

Catharina winkte ab. »Das erzählen wir dir ein anderes Mal. Nur so viel: Diese Familie Drescher hat mehr Abgründe als Rügen Steilküsten.«

Claras Gesicht wurde nachdenklich. »Dann stecken die alle mit drin?«

»Irgendwie schon«, bestätigte David. »Allerdings dürften der alten Frau Drescher die Ausmaße nicht bekannt gewesen sein, denn sonst hätte sie mich, beziehungsweise uns, nicht engagiert. Nur so viel: Moritz Unruh hat den Mord vor einem Jahr begangen und Alicia Drescher den zweiten vor ein paar Wochen. Die beiden waren so etwas wie ein düsteres Paar oder ein mörderisches Team.«

Clara reagierte mit einem »Wow«, doch ihr Gesichtsausdruck blieb so lange nachdenklich, bis David fragte: »Was ist los, ist irgendetwas passiert?«

Nun grinste sie. »Ja, es ist etwas passiert. Und wenn ihr sagt, die hängen da alle mit drin, dann wundert es mich schon.«

»Clara«, sagte David drohend. »Was ist los?«

»Fünfundzwanzigtausend sind los.«

330

»Hä?« – David verstand es immer noch nicht.

»Die werte Familie Drescher hat uns fünfundzwanzigtausend Euro überwiesen. Aber so, wie ihr das schildert, ist das wohl eher Schweigegeld als Bezahlung. Doch wie auch immer, das Geld hilft euch sicher bei der Wohnungssuche. Und ich kann mit Ünal einen Kurzurlaub in der Türkei machen.«

»Daraus wird erst einmal nichts«, warf David ein.

»Kein Urlaub?«

»Nein, nicht das. Du … ihr könnt gerne ein paar Tage dorthin fliegen. Aber Catharina und ich werden uns erst einmal keine gemeinsame Wohnung suchen.«

»Ihr trennt euch?« Clara wirkte ehrlich erschrocken.

Catharina fand Claras Reaktion süß, begann zu lachen und erklärte: »Auch das nicht. Zwischen David und mir ist alles gut. Wir lassen aber erst einmal alles beim Alten.« Nun wirkte ihre Tonlage ein wenig triumphierend, als sie hinzufügte: »Aber ich darf in Davids Wohnung einige Optimierungsmaßnahmen durchführen. Und in der Zeit ohne Aufträge ziehen wir uns nach Usedom in mein Haus zurück.«

»Und außerdem haben wir beschlossen«, ergänzte David, »dass wir wieder ein Wohnmobil brauchen. Wir können uns bei zukünftigen Aufträgen nicht von überteuerten Hotelzimmern abhängig machen.«

Aufs Stichwort »Wohnmobil« beugte sich Ünal sofort vor und sagte verschwörerisch: »Du brauchst ein günstiges Wohnmobil? Gar kein Problem. Ich kenne Leute, die Leute kennen. Und die haben wirklich billige Fahrzeuge.«

Es folgte ein kurzes Schweigen, dann brachen alle vier in ein lautstarkes, befreiendes Lachen aus.

Folge dem Autor auf Amazon

Wenn dir dieses Buch gefallen hat, folge Mark Franley auf Amazon. Dann erhältst du eine Benachrichtigung, wenn der Autor sein nächstes Buch veröffentlicht. Um dem Autor zu folgen, gehe bitte folgendermaßen vor:

Desktop:

1) Suche auf Amazon.de oder in der Amazon App nach dem Namen des Autors.
2) Klicke auf den Namen des Autors, um auf die Autorenseite zu gelangen.
3) Klicke auf den »Folgen«-Button.

Smartphone und Tablet:

1) Suche auf Amazon.de oder in der Amazon App nach dem Namen des Autors.
2) Klicke auf einen Titel des Autors.
3) Klicke auf den Namen des Autors, um auf die Autorenseite zu gelangen.
4) Klicke auf den »Folgen«-Button.

Kindle eReader und Kindle App:

Wenn du dieses Buch auf einem Kindle eReader oder in der Kindle App liest, wird dir automatisch angeboten, dem Autor zu folgen, nachdem du die letzte Seite des Buches gelesen hast.

FSC
www.fsc.org
MIX
Papier | Fördert
gute Waldnutzung
FSC® C083411

Zeitfracht Medien GmbH
Ferdinand-Jühlke-Straße 7
99095 Erfurt, Deutschland
produktsicherheit@kolibri360.de

Druck:
CPI Druckdienstleistungen GmbH
im Auftrag der
Zeitfracht Medien GmbH
Ein Unternehmen der Zeitfracht - Gruppe
Ferdinand-Jühlke-Str. 7
99095 Erfurt